古典文獻研究輯刊

十七編

曾永義 主編

第3冊

傳統文論與書論會通研究（上）

資成都 著

國家圖書館出版品預行編目資料

傳統文論與書論會通研究(上)／資成都 著 — 初版 — 新北市：
花木蘭文化事業有限公司，2018〔民107〕
目 2+268 面；19×26 公分
（古典文學研究輯刊 十七編；第3冊）
ISBN 978-986-485-320-5（精裝）
1. 中國文學 2. 書法 3. 文學理論
820.8   107001697

ISBN-978-986-485-320-5

9 789864 853205

古典文學研究輯刊
十七編　第三冊　　　　　　　ISBN：978-986-485-320-5

傳統文論與書論會通研究（上）

作　　　者　資成都
主　　　編　曾永義
總 編 輯　杜潔祥
副總編輯　楊嘉樂
編　　　輯　許郁翎、王筑　美術編輯　陳逸婷
出　　　版　花木蘭文化事業有限公司
發 行 人　高小娟
聯絡地址　235 新北市中和區中安街七二號十三樓
　　　　　　電話：02-2923-1455／傳真：02-2923-1452
網　　　址　http://www.huamulan.tw 信箱 hml810518@gmail.com
印　　　刷　普羅文化出版廣告事業
初　　　版　2018 年 3 月
全書字數　415363 字
定　　　價　十七編 26 冊（精裝）新台幣 50,000 元

傳統文論與書論會通研究（上）

資成都　著

作者簡介

資成都，（1948～2015），本名潛，號本塵，領洗聖名德範，生於湖南省衡陽，二歲與家人流離台灣，於北投育幼院長大，中學轉讀員林實驗中學，1970年國立台灣師範大學國文系畢業，之後擔任高雄市前鎮高中國文老師，至2000年榮退計春風化雨30年，期間榮頒二次特殊優良教師「師鐸獎」。

畢生除致力國文教學外仍潛心書法研究暨推廣，2007年以《淳化閣帖研究》取得書法碩士學位，2015年再以《傳統文論與書論會通研究》榮獲國立高雄師範大學國文研究所文學博士。其書法師承汪中、李仲篪、王宗岳、鄭廷憲等老師，上追甲骨鐘鼎，下啓明清自成一格，並以蘇東坡「技道兩進」書法觀爲習書目標。

提　　要

這是一個很簡單的概念：同一文化背景之下，所產生的不同藝術類型，在理論上必然有其會通之處。

本論文即在探討我國傳統文學與書法，在理論上是否如此。共七章：分別是緒論、本源論、功夫論、創作論、風格論、品評論及結論。除首與尾二章外，本源論係就二者之根源加以探討，其餘四章從一位傳統作家與書家爲視角，觀察其養成、創作、作品的風格到觀賞者的批評，其兩兩之間的關係。其間計三十單元，來證明雖然二者藝術類型不同，理論卻有其會通處。

謝辭──謝天

內人在書櫥外側，我每天經過必然看到的地方，貼上「凡事謝恩」字。

年輕時，自以為是，認為一切都是我努力所得。年事日長，深覺負於人者多，感謝之心漸萌，卻遠不如這次為書寫論文所需要感謝的師長及同學、朋友為多。

我會想到這些年來在書法領域曾經影響過我的師長：小學時期張俊總學長，中學時期黃寶實學長，大學時期汪中老師；進入教職後有李仲篪先生、王宗岳先生、熊惠民校長、沈尚賢先生、鄞廷憲老師等等。

我會想到十年前盧毓麒老師在甲子書會聚會時，放出高師成立書法碩士班的消息。如果不是這個班的成立，我不太會考慮繼續進修。

我會想到碩士班末期，每當走廊上遇見林文欽主任，主任總是鼓勵我繼續讀博士班。猶豫之際，小女念婷為我決定參加考試，長女念萱及其夫婿逸昀為我網路報名。

我會想到入學口考時，提出的研究計劃和現在的題目相近，某位老師說：「你寫不出來。」主考的林主任回應：「反正他已經退休，有時間。」不過那句話，在我進行的過程中，給予我相當大的動力，激起我必須完成的心願。

我會想到幫我蒐集資料的陳宜萱同學、劉滄龍老師、黃志煌老師、葉秀娥老師、電腦網路、高師圖書館以及幾位不知名的館員。

我會想到首先教我電腦開機及簡單操作的黃樹中教官，曾經教我如何尋找某一詞彙的丁韋安老師，女婿鴻鳴特地為我更新整台電腦，張睿宸教官、賴東旭教友、我子念堂，都在操作上給予不少協助。

我會想到念萱送我的隨身碟，以及實地幫助我列印的吳素日老師、黃鴻泰老師、歐哲銓老師、陳志達老師、柯恩琪老師等。

我會想到這兩年來當我低潮時，不時安慰我的內人、長女念萱、學姊梁姿茵、同學黃靖芬老師、葉秀娥老師。

我會想到黃慕怡老師在審試前爲我摺疊祝福的紅玫瑰。

我會想到初審與複審時，全力協助我幕後事宜，讓我能集中心思的黃靖芬老師、葉秀娥老師、管力吾大哥、鄭輝雄同道、邱信忠學長、陳宜青學姊；尤其是洪靖婷小妹。

我會想到初審與複審時給予我許多寶貴意見的林晉士老師、黃宗義老師、林文欽主任、管力吾大哥、游志誠老師及黃冬富老師。

我會想到幫助我題目翻譯成英文的輔大陳美靜老師、管力吾大哥。

我會想到給了我足以安身立命的退休俸。

我會想到這兩年來身體上有不少老化現象產生，爲我健康把關的張薰文醫師及張書寶醫師。

我會想到高師能讓我入學，也讓我完成學業。

我會想到幫助我圓滿這最後一段旅程（上傳）的黃靖芬老師。

最不能忘懷的是帶著屢弱的身軀，爲我解決生活上諸多後顧之憂的老伴。

這麼多的協助，豈一個「謝」字了得！

陳之藩先生說：「要感謝的人太多了，只有謝天！」老天，我感謝；對於在這段日子曾經幫助過我的師長、同學、朋友、同事、妻小，讓我安老的政府，都深致謝意。

104.07.25

目次

第一章 緒 論

一、研究動機

　　文章的書寫及書寫的轉化為藝術，在我國傳統都是藉由毛筆及漢字這個相同的工具。取漢字的內容，演化為文學；取漢字的外型，演變成書法。或許因為這個緣故，傳統文人的生活天地裡，除了作詩、吟對、論文、品評，書寫的良窳，比起同樣工具的繪畫，早先超越而成為精神生活的重要部分。文人未必能畫，但書寫成文則為文人之必需。於是美好的字跡，人們不獨賞心悅目，而且從賞心悅目中，進而分析書寫的心性、書寫的淵源、藝術風格等等。同樣，當看待書寫這件事情時，也常以對待詩文的觀點來加以論述。因此，文論與書論在同一文化背景之下，在觀念論述上自當有其會通之處。

　　但是，自從鴉片戰爭之後，與西方觀念的接觸日益頻繁。傳統詩文是繼續維護傳統，還是轉化為通俗口語，即已遭受強烈衝擊；又因為西方書寫工具自來水筆的傳入，傳統唯我獨尊的毛筆，同樣面臨何去何從的命運。如今超過一個世紀半的時間〔註1〕，傳統詩文轉化為通俗的白話，早已為人們所接受；至於建立在傳統工具的書法一藝，也因為自來水筆、鉛筆、原子筆等各

〔註1〕中英鴉片戰爭（英語：First Opium War），時間在道光二十年五月二十九日至道光二十二年六月二十八日（1840 年 6 月 28 日～1842 年 8 月 4 日），因英國向中國傾銷鴉片，造成國弱民貧而爆發的戰爭。戰爭的導火線是前一年道光十九年（1839 年 6 月 3 日）清欽差大臣林則徐奉道光皇帝聖旨於廣東虎門銷煙。最終中國戰敗，與英國簽訂《南京條約》。對我國的影響：一、半殖民社會的開端；二、開眼看世界；三、今文經與與經世致用等。見李嘉所、李來容著《中國近代史：告別帝國》（臺北市：三民書局，2008）頁 7～35。

式硬筆的產生及廣泛流行，距離生活日漸遠去。上個世紀（二十世紀）末葉，電腦的普遍，更給予傳統書法致命的衝擊。人們只需按鍵，快速又整齊美觀的情況下，又有多少愛好者願意投注多年的時間，方能獲得書寫美好的喜悅？古人建立在日常生活的書法，如大江之東去，已是不可挽回的事實。〔註 2〕

在我國古代傳統餘燼尚未全然熄滅之前，蒐集、整理先人曾憑畢生心血遺留的資料，傳給後世子孫一份清楚明白的遺產，已成當務之急。

筆者生於傳統式微之末季，忝為國文系一員；又幸而承前輩厚愛，沾濡書法一藝之微沫。明知這是一項艱鉅的課題，耗時耗力，但有意從事文論與書論方面會通之探索，一則整理過往有關二者間之聯繫，一則為來日對這方面有興趣繼續深入者，盡我綿薄。

二、文獻探討

就是因為文論與書論都籠罩在傳統文人的生活圈內，而且中國是一個歷史悠久的國家，不論文論還是書論，都早已累積無以計數的資料。

有關文論與書論的記錄，除了部分專書、名篇，如《文心雕龍》、《詩品》、《典論・論文》、〈文賦〉，此外散見友朋書信、史傳碑誌、序跋筆記、註疏眉批、隨性雜感，形式豐富、內容龐雜，幾乎涉及我國文化所有領域。為此，選擇代表性之「論」，是件不容易的工作。所幸，進入二十世紀以來，已經出現有關方面的著作。但是，回顧有關這方面之作，文論與書論幾成平行狀態。即文論者歸文論，書論者歸書論。文論者如：郭紹虞主編的《中國歷代文論選》、賈文昭主編的《中國古代文論類編》，而與文論相關的、成系統的著作更多，如華諾文化出版未署名《文學理論資料彙編》、朱潤東等著的《中國文學批評家與文學批評》、郭紹虞著的《中國文學批評史》、劉若愚著杜國卿譯的《中國文學理論》、諶兆麟著的《中國古代文論概要》、濟南華東師範大學研究所編《中國古代文論研究方法論集》、童慶炳主編的《文學理論導引》、古代文學理論研究編委會編的《古代文學理論研究》、蔡鐘翔、黃保眞、成復旺著《中國文學理論史》、徐中玉主編《古代文學理論研究》、張少康著《中國文學理論批評史》、賴力行著《中國古代文論史》等皆是。

〔註 2〕按：本句係從「讀書入口」與「實際使用毛筆」之比例立說。毛筆是傳統讀書人唯一的書寫工具；如今雖仍有從事者，已是讀書人口少數中的少數，甚至極少。可參考梁實秋〈書法的前述〉一文。見鄭一增編《民國書論精選》（杭州：西泠印社出版社，2011）頁 173～174。

　　書論成為類書者更早，如唐代張彥遠的《法書要錄》、韋續的《墨藪》，宋朝朱長文的《墨池篇》、陳思的《書苑菁華》，明朝盛熙明《法書攷》、王世貞《古今法書苑》，清朝倪濤的《六藝之一錄》、官方編輯的《佩文齋書畫譜》等等。上一世紀則有楊家駱《藝術叢編》的《唐人書學論著》、《宋元人書學論著》、《明人書學論著》、《清人書學論著》、《近人書學論著》、《宋人題跋》、《明清人題跋》。另有華正人（黃簡）編輯的《歷代書法論文選》、崔爾平選編的《歷代書法論文選續編》、《明清書法論文選》，鄭一增編的《民國書論精選》、毛萬寶與黃君主編的《中國古代書論類編》、華人德主編的《歷代筆記書論彙編》、《歷代筆記書論續編》。此外，還有有關傳統書論成系統的著作，如日人中田勇次郎的《中國書法理論史》、王鎮遠著《中國書法理論史》等等。

　　以上書論係取有關書法之論著者，或逕稱「書論」，或稱「書學論著」，或稱「書法論文」，或稱「書法理論」，皆在「書論」一詞籠罩之下；唯「書法理論」係指有系統的論述。至於「題跋」，內容複雜，但是編輯者也將書論夾雜其中，如《東坡題跋》卷四、《山谷題跋》卷八、卷九。

　　文論部分，同樣選取與「文論」二字字面相關者。「文論」與「文學論著」同屬一義，「文學論著」當是「文論」全稱。「文學理論」顧名思義是有系統、有組織、有架構思想性的文章，中國傳統性談理論的文章，多半不具備這個條件。「多半為文人感悟式隨筆、題跋。」〔註 3〕「文論」是凡涉及「文」者皆屬之，因此，嚴格說來，「文學理論」應屬於「文論」的一部分。另外，「文學理論」與「文學批評」也永遠難以劃分。有的標目為「文學理論」的書籍，將文學理論與文學批評、文學史鼎足而三，統歸文藝學，如姚文放的《文學理》即是。〔註 4〕但是劉若愚著杜國卿譯的《中國文學理論》，標目為「文學理論」，在行文中卻不時出現「文學批評」。作者對文學理論、文學批評、文學史鼎足而三的看法，認為「至今仍未獲得普遍採納」，而且說「許多作者仍然使用『文學批評』一詞，以包括理論探討與實際批評這兩者。」〔註 5〕張少康著的《中國文學理論批評史》在名稱上即將二者全然上陣。我們如自賴力行著的《中國古代文論史》與張少康著的《中國文學理論批評史》，又會發現

〔註 3〕簡月娟〈書法美學研究方法論的省思〉。見《興大中文學報》第十八期，頁 218。2006（民 95 年）1 月。

〔註 4〕姚文放著《文學理論》（南京：江蘇教育出版社，2007）頁 3。

〔註 5〕劉若愚著、杜國卿譯《中國文學理論》（臺北市：聯經出版事業公司，民 70）頁 1。

一本標目「文論」，一本標目「文學理論批評」。二書頁數多寡不計，內容多少不計，翻看章目卻大致相同。「文論」包括理論與批評，劉若愚之說有共鳴者。本論文勢必將凡書目為《批評史》，亦納入參考資料。

至於二者相關聯之文章，約而言之有二類：

一為零星篇章。偶見於書中之某章某節，古人未必無之，如趙宧光《寒山帚談》云：「筆鋒引帶，如詞章中過文，雖然，似是而非也。筆鋒乃無中生有，本是虛器，過文（乃）全篇脈絡，去此離矣，是則實語者。」「詩文忌老舊，文字惟老舊是遵。詩文忌蹈襲，文字亦忌蹈襲。舊與蹈襲，故自有分矣，格調形似之異也。」〔註6〕又如劉熙載《遊藝約言》云：「徐季海論書，以為亞於文章。余謂文章取示己志，書誠如是，則亦何亞之有？」「文章、書法，皆有乾坤之別，乾變化，坤安貞也。」「不論書畫、文章，須以無欲而靜為主。」「辭必己出，書畫亦當然。」〔註7〕這些雖然都道出書法與文學間的相關聯性，但恐僅作後人引用而已。

近人著作如金榮華《比較文學》第七章的〈文學與書法〉、劉墨《書法與其他藝術》第二章〈與中國文學的比較〉、金學智《中國書法美學》有〈文學與書法〉一節之類。範圍皆屬於書法與文學之大範圍，而且內容多半泛泛，重心更不在文論與書論。以上所列《中國古代文論研究方法論集》、《古代文學理論研究》都屬於單篇談文學理論文章的集合，對書論與文論相關性完全於事無補。

單篇論文談論文與書的理論，透過華藝線上圖書館，所得為數甚少。最符合本論文題目的，首推陳俊堂與張暉的〈王世貞文學理論與其書法理論的關係〉〔註8〕，直接標示出「文學理論」與「書法理論」。文中列出王世貞在文論與書論復古、折衷、與「性靈」相關及具體品評四個方向，分別提出例證。雖篇幅甚短，不過三頁而已，至少在表達形式上仍可參考。

汪軍的〈《文賦》與《書譜》——中國古代文論與書論之間關係的個案分析〉〔註9〕，從副標已可看出屬於文論與書論相關性範疇。〈文賦〉是西晉陸

〔註6〕 趙宧光撰《寒山帚談》頁40、51。見楊家駱主編《明人書學論著》（臺北市：世界書局，民62）。

〔註7〕 劉熙載著《遊藝約言》。王水照編《歷代文話》第六冊（上海市：復旦大學出版社，2007）頁5585。

〔註8〕 《山西大同大學學報》，2011年2月第25卷第1期。

〔註9〕 《東南大學學報》，2004年5月第6卷第3期。

機的文學專著，《書譜》是初唐孫過庭的論書名篇。雖然作於不同時代，而且分屬不同的藝術領域，但是兩者關於藝術體類的特徵、創作靈感的產生、個性與藝術風格之間、藝術對於情感的表現等方面，都有許多共同之處。表述方式十分接近，行文風格也十分相近。作者由此證明〈文賦〉對《書譜》的影響。透過這一個案的分析，可以證驗我國古代文論與書論的內在聯繫，對本論文也有可探之處。

王水照、由興波的〈論黃庭堅詩學思想和書法理論的互通與互補〉〔註10〕，雖然「文論」、「書論」之名，卻有其實。黃庭堅注重詩學思想與書法理論的精神互通，免俗是其文學、藝術觀中的一貫立場。其詩論與書論，都透過詩、書的外在形式來達到求韻、求拙的內在本質，內容頗見深度，很可參考。

至於以「文學」與「書法」關係名篇者，亦不多見。

張麗紅的〈蘇軾：書如其詞　詞如其書〉〔註11〕，試圖從書法藝術領域所倡導的創作觀點，探討對蘇詞創作風格的影響，僅僅兩頁，有針對性而無廣泛性。

劉褘、廖穎英的〈東坡書畫題材詩文的思想內蘊〉〔註12〕。蘇軾書畫題材，詩文是文學、書法、繪畫三種藝術的融合，並由藝術層面上升到哲學高度。蘇軾主張「寓意於物而不可以留意於物」〔註13〕，藝術上以「常理」論書畫，體現人與自然和諧的「天人合一」觀。

周黃美惠的〈魏晉風度——論陸機〈文賦〉與音樂、書法〉〔註14〕，由副標題可見係由陸機的〈文賦〉中的音樂與書法成份爲範圍，析其「魏晉風度」。雖後有中國文化大學中文學研究所教授皮述民推薦函，但該篇限於表達能力，只見資料堆砌，餖飣支離。

史月梅的〈從《文心雕龍‧練字》看劉勰的書法美學觀〉〔註15〕，之所以有此文，依筆者揣測，可能是由於「練字」一詞文論與書論皆有。內容是否合理，作者或許找到例證，未免牽強。

〔註10〕　《南昌大學學報》，2006 年 3 月第 37 卷第 2 期。

〔註11〕　《語文學刊（高教版）》，2007 年第 3 期。

〔註12〕　《上饒師範學院學報》，2010 年 4 月第 30 卷第 2 期。

〔註13〕　〈寶繪堂記〉。蘇軾著《蘇東坡集》（臺北市：臺灣商務印書館，民 54）第六冊，頁 28。

〔註14〕　《木方人文學誌》，2010 年 9 月第 9 卷第 3 期。

〔註15〕　《蘭州教育學院學報》2010 年 2 月，第 36 卷第 1 期。

龐光華的〈論《文心雕龍‧定勢》篇的「勢」〉〔註16〕，本篇看似與前篇有關，卻毫不相涉；特別的是，該篇並不是單純的探討文學中之勢。作者認爲《文心雕龍》中〈定勢〉篇中的「勢」，學術界有不同的理解。作者則以爲，除有廣泛而長久的文化史背景，只有透過對《文心》與書法理論的關聯，才能準確把握「勢」的涵義。經過作者的引證，得到的答案是「筆勢」一詞是由書法理論的術語擴散到文論中去，於是文論書論因此聯繫。

有兩篇爲拙作〈韓愈蘇軾看張旭草書〉及〈從唐代古文運動看相應的書法觀念〉〔註17〕。前篇是兩位文學巨擘看待張旭草書的差異，後一篇是文學與書法在相同文化背景下，雖形式不同，其個別表現方式的改變，卻有相似處。

至於王德威的〈國家不幸書家幸——臺靜農的書法與文學〉〔註18〕表面看有文學有書法，細看則是臺靜農抒情的兩種方式，與本論文文學與書法相關探討全然無關。

中國期刊全文數據庫則更少，僅兩篇耳。

曠浩源、雷東陽、何雲波的〈神‧意‧道：蘇軾文論、畫論、書論的比較研究〉〔註19〕，其中加入畫論本無可厚非，但在敘述上產生互相撞擊現象，未免治絲益棼。

胡舟的〈「意象」在文論書論中的概念變遷與比較〉〔註20〕，雖然在闡述變遷與比較中限縮在文論與書論，實質上書論部分多而文論部分闕如，頗不成正比。

單篇論文外，另一爲學位論文。最直接者，莫過於2009年9月出版之大陸華中師範大學黃峰博士學位論文《中國古代書論與文論的關係研究》。文中分本原研究、古代文論對書論的影響、書論對文論的影響、書論與文論相通之處四章。就其分章，可見其重點在二者相互間之影響，十分扣合題旨。標題可觀，但細讀即知內容與標題不相應、圖片與內容未見配合，最大的問題在以近人或作者之意看古人，疑未必爲古人之意。諸多缺失造成有待發揮之空間加大。

〔註16〕 《五邑大學學報（社會科學版）》2007年11月第9卷第4期。
〔註17〕 分見《問學》第十六期2012年6月、《國文學報》第十六期2012年6月。
〔註18〕 《臺大中文學報》2009年12月第31期。
〔註19〕 《湖南農業大學學報（社會科學版）》2007年10月第8卷第5期。
〔註20〕 《湖北社會科學》2004年9月。按：該刊又特別標明英文 Social Sciences In Hubei，似爲外籍人士而寫，故文中加入康德、黑格爾等現代美學思想，而非就傳統言傳統。

　　其次是 2013 年 1 月本校徐純姮書法教學碩士論文《魏晉南北朝書法與文學融攝之研究》。該論文以書法與文學之間的「融攝」爲主題，文論與書論理當爲其中一環；但翻閱全文，第三到六章標題都少不了「融攝」二字（按：第五章使用「涵濡」二字，與「融攝」意義並無不同。），二者眞正融合收攝的密度並不高；其中談論書法者爲多。縱使如此，也有可採者。

　　不論是單篇或學位，不論是長篇或短文，不論是形式還是內容，不論是深入還是淺出，對本論文有用者，則酌情取之。

三、研究步驟

　　本論文進行之步驟，先界定範圍，再次確立綱領。有範圍之界定、綱領之確立，方能集中心力爲之。

（一）界定範圍

　　文論與書論成爲文字的時代，大約是在兩漢。〔註 21〕文論係涉及關於文學的各種理性論述。這類對文學的理性談論，當作家不滿足於僅僅寫作文學作品，而是要直接告訴人們自己這樣的寫作意圖時；當讀者不局限於只是閱讀一部文學作品，而是想把他同時對於別的文學作品的閱讀聯繫起來比較時，來自作家和讀者兩方面的文學理論探索就已經出現了。傳統文論大致在文源、文用、因革、創作、鑑賞、品評的圈子內發展；近世紀以來，「文學理論早已不再是具有強大普遍性的『關於文學性質的解釋』，或者『解釋研究文學的方法』，而是造成了對於具體個別或是特殊問題的片段式論述。文學成了一系列沒有固定界限的，評說天下萬事萬物的各種著述。涉及人類學、藝術史、電影研究、性別研究、語言學、哲學、政治理論、心理分析、科學研究、

〔註21〕　按：文論方面，曹丕的〈典論論文〉爲文學批評之祖。此後，方有專門論文的散篇文章。但專門討論文體的論述，如楊雄論賦；專門記載文藝作品的著錄，如《漢書‧藝文志》之〈詩賦略〉兩漢已有。書論方面一般都以西漢揚雄《法言‧問神》所記：「言，心聲也；書，心畫也。聲，畫形，君子小人見矣。」爲首，事實上，「揚雄筆下之『書』，所指並非書法，而是『文章』；但書學界對它的『誤讀』、『誤用』由來已久。」毛萬寶、黃君主編《中國古代書論類編‧後記》（合肥：安徽教育出版社，2009）誠如所言，自宋代「書爲心畫」理論的出現，論者每以揚雄之言爲引，其影響之大不可小覷。但是，不論從揚雄起，還是從許慎《說文解字》、趙壹〈非草書〉、蔡邕〈筆論〉起，都係東漢人氏，故書論之起，斷自東漢。

社會史、思想史和社會學等廣泛的學科門類。」〔註22〕讓人投注畢生也難見全豹。不禁令人慨歎：「吾生也有涯，而知也無涯。」〔註23〕

至於書論，顧名思義就是討論如何書寫的文字，這是最粗淺不過的解釋。和文論相同，「在文字形成過程中，人們在很古的時候起，就開始有意識地把字寫得漂亮些。隨著時代的發展，文字的形體變得更加整齊、美觀和裝飾化。看看殷、周時期上古器物上的各種款識，就能發現這種演變的蹤跡。可以設想，在那段時間裡，人們曾多少次把已經書寫的文字進行比較，判定其優劣，從而進一步使文字得到美化。這中間已包含有品評文字美醜的意識，而這種意識，就成了後世書法理論的源頭。」〔註24〕但是自有紀錄書寫的篇章出現以來，由於傳統對於書寫一藝的重視，所衍生的範圍，不單單包括擇帖、臨摹、執筆、用筆、結字、章法、佈局、創作，還包括書體、書史、書家、鑑賞、品評等，而且還涉及文學、歷史、心性、音樂、繪畫等藝術修養。近世紀以來，和其他學科相激相盪之下，更發展出書法哲學、書法美學、書法社會學、書法心理學、書法教育學、書法未來學等等，這個範圍就更摸不著邊際了。

本論文因精力所限，僅以過往「傳統」所論為研究範圍；所謂傳統，僅限於有文論、書論之始，到清末民初為止。

雖界定傳統為範圍，但古人所累積之資料多如牛毛。故本論文在文論方面，以華正書局出版，郭紹虞主編之《中國歷代文學家論著精選》為主〔註25〕；書論方面以世界書局出版，楊家駱主編《藝術叢書》中「書學論著類」、部分「題跋類」、上海書畫出版社崔爾平選編點校之《歷代書法論文選讀編》、上海書店出版社崔爾平選編點校之《明清書法論文選》為基本。

（二）確立綱領

雖然文學與書法在我國傳統文人的生活天地，因為特殊的文化背景，二者之間有其相當程度的聯繫。但是在文藝大範圍圈內，一般人的認知，仍屬於兩種不同類型的藝術。為了證明二者有其會通，必須先界定二者的共同有的特色。

〔註22〕 王一川著《文學理論》（北京：北京大學出版社，2011）頁11。

〔註23〕 〈養生主〉。郭象撰《莊子注》卷二。《欽定四庫全書》1056冊（上海市：上海古籍出版社，1987），頁20。

〔註24〕 中田勇次郎著、盧永璘著《中國書法理論史》（天津市：天津古籍出版社，1987）頁6。

〔註25〕 按：令上海古籍出版社郭紹虞、王文生合編之《中國歷代文論選》四冊，與此書大同小異。

亞伯拉姆斯（M. H. Abrams）在《鏡與燈》（The Mirror and the Lamp）一書中提出一件藝術作品有關四個要素：即作品、藝術家、宇宙（可包括人和動作、觀念和感情、素材和事件，以及超感官知覺的素質）和觀眾。用圖表來呈現，即：

他發現所有西方藝術理論，展示出可以辨別出來的一個定向，亦即趨向這四個要素之一。〔註 26〕我們將文學及書法套入上述的圖示，不必太多的思考，二者都若合符契，兩相合宜，畢竟文學與書法都是藝術大環境中表現方式的一部分；而因此產生出的文論與書論，也勢必不離此圖。〔註27〕。

在這種情形下，作品與宇宙間的關係，產生本論文的第二章：本源論。就作品與藝術家之間的關係，產生本論文的第三、四章：學養論與創作論。就作品的本身，產生第五章：風格論。就作品與觀眾之間，產生第六章品評論。外加首尾緒論及結論，共計七章。〔註 28〕並以「文論」與「書論」共有之「論」爲各章之基本命名。

〔註 26〕 原文見 M. H. Abrams《The Mirror and the Lamp：ROMANTIC THEORY AND THE CRITICAL TRADITION》（臺北市：巨浪出版社，民 65）頁 6。譯文見劉若愚著、杜國卿譯《中國文學理論》（臺北市：聯經出版事業公司，民 70）頁 12～13。

〔註 27〕 按：此圖未盡合理想，劉若愚《文學理論》將亞伯拉姆斯的圖形，轉化成兩個同心圓：北極是宇宙，南極是作品，中是作者，西是觀眾。同心圓的兩圓各有箭頭，外圓宇宙指向作者，作者指向作品，作品指向觀眾，觀眾指向宇宙；同樣，內圓以相反的箭頭，逐步指向。比起亞伯拉姆斯原圖要周密，要圓融。又 1988 年童慶炳主編的《文學理論引導》（北京：高等教育出版社）頁 3 已經將「宇宙」一詞換成「生活」。

〔註 28〕 按：王驥德《曲律》云：「作曲，猶造宮室者然。工師之作室也，必先定規式，……。作曲者，亦必先分段數，以何意起，何意接，何意作中段數衍，何意作後段收煞，整整在目，而後可施結撰。此法，從古之爲文、爲辭賦、爲歌詩者皆然。」李漁《閒情偶寄》云「『結構』二字……如造物之賦形，當其精血初凝，胞胎未就，先爲制定全形，使點血而具五官百骸之勢。倘先無成局，而由頂及踵，逐段滋生，則人之一身，當有無數斷續之痕，而血氣爲之中阻矣。工師之建宅亦然，……。」見楊家駱主編《歷代詩史長編二輯》（臺北市：中國學典館復館籌備處出版：鼎文經銷，民 63）四，頁 123；七，頁 10。

四、研究方法

本論文在進行過程中，雖有其步驟，但在方法上，不離文獻法、比較法及歸納法。分述如下：

（一）文獻法〔註29〕

本論文既以「傳統」為限，儘量避免一己之私見，自然以古人所述論證古人之觀念。蒐集、鑒別、整理文獻，並透過對文獻研究形成對事實之確認，是必然途徑。

有關資料取擇已如上述。或許有人認為，文論與書論浩如煙海，以上之選文當不足以賅備所有；又編輯者選文之觀念勢必影響其取捨〔註30〕。但在有限之時間、有限之精力下，不得不以上述選文為考量。為彌補受限於選文之缺憾，除以上所述外，再輔以相關之書籍、短文。總以前人典籍所述為主。

（二）比較法〔註31〕

本文論屬跨界研究，既屬跨界，必然使用跨界間相互之比較，而相互間設定某些單元，就單元範圍內相互比較，屬比較法中的類比研究。

文論與書論資料根據上述所列大綱，依據性質，分別置入某章節內；而後，辨析是否有相關或類似之觀點。先決條件，有能彼此會通者，方分別列入以排列之篇章。

〔註29〕 按：文獻範圍有古今之別：文獻二字源自《論語·八佾》孔子之言：「夏禮吾能言之，杞不足徵也；殷禮吾能言之，宋不足徵也。文獻不足故也，足，吾能徵之矣。」朱子《四書集注》：「文，典籍也；獻，賢也。」文是指已形成的文字紀錄；獻是賢人的說辭。今人則云：「一切載體所載錄的，可以呈現信息或知識的任何文字或符號，均稱之為『文獻』。」見周彥文著《中國文獻學理論》（臺北市：台灣學生書局，2011）頁27。本論文所徵引者，皆屬傳統孔子之觀念。文獻法主要指蒐集、鑒別、整理文獻，並透過對文獻的研究形成對事實的科學認識的方法。見《中文百科在線》。網址見參考書目。以下凡註明為網址者，皆同。

〔註30〕 按：明朝譚元春〈古文瀾編序〉即云：「選書者，非後人選古人書，而後人自著書之道也。」見《譚友夏合集》（臺北市：偉文圖書出版社，民65）卷八，頁六。按：頁數有二類，一般皆一面為一頁，以阿拉伯數字標示；但有部分傳統書籍，正反兩面為一頁，該類書籍以國字之一、二、三之類標示。本論文亦仍其舊，不做更改；下皆同此。

〔註31〕 「取兩種以上之事物，比較推量，以求出其共通點及各自特點，稱比較法。」見熊鈍生主編《辭海》（臺北市：台灣中華書局，民69）頁2511。「對照兩種以上事物的異同，求出其共同之點及各自的特點，叫『比較法』。」見張嘉文主編《辭海》（臺北縣土城市：鐘文出版社，民89）頁537。

　　書論篇幅不及文論，此必然之勢。大小之間，筆者採取以大就小之法。先完成書論部分以作可比對之方向，而後再進行文論之檢索。依章節細目進行時，必須二者兼而有之者，方能入文。因此，歷代文論雖然龐大，當書論從缺時，只有割愛；反之，書論亦自有其範圍，如書論有而文論未見，亦不得不相應從缺。又有同一命題而二者表達之性質未必相同者，或以論說為主，或以敘述為多，為比較其觀念，不論其性質差異，勉強用之；又二者之量不能相差過於懸殊，於是材料多者，勢必有所揀選，以配合材料少者，總以文意完足為基本思考。

　　「會通」為本論文之重心。將文論與書論相關資料羅列排比，有些不必言說，即可一目了然；有些略加闡述，而後贅言其相似。

（三）歸納法

　　由特殊事實推出普通原理的方法是為歸納法。〔註32〕本論文第二章至第六章，係屬從各種角度看文論與書論之個別性會通。有此五章及其細節之探索，雖各節均歸納其結論，而第七章又復總其成。可視為歸納法之雙重運用。

〔註32〕　張嘉文主編《辭海》（臺北縣土城市：鐘文出版社，民89）頁530。「歸納法：倫理學名詞，舊稱內籀，與演繹法相對待。由種種特殊事例以歸納一般的原理之謂。如云：『人獸草木皆有死；而人獸草木皆為生物，故知凡生物皆有死。』近世科學昌明，賴方法之力為多。」見熊鈍生主編《辭海》（臺北市：台灣中華書局，民69）頁2488。

第二章　本源論

　　本論文標題是《傳統文論與書論會通研究》，在正式進入「會通」研究之前〔註1〕，必須探討的是文學與書法是兩種不同的藝術類型，文論與書論這兩類「論」是否有「觀眾理會聚處而貫通之」的可能。為此，本論文試圖從本源開始探討。

　　本源即指事物的根源、起源。哲學意義上的「本源」、「本原」、「本元」指世界的來源和存在的根據。希臘文原義是開始，又譯為始基。世界本身的來源、世界的一般內容合組成部分，存在於世界之中的各種事物是世界的本源。簡單說，就是現象界最根本的質素；更明白的說，就是現象界最根本的源頭。文論與書論是兩種不同類型的藝術，如果能從本源上找到其會通之處，則其餘會通的可能性相對增高。

　　有關文學本源的說法，賈文昭主編的《中國古代文論類編》列出有源於生活者，源於書本者，源於心、性、太極者等等〔註2〕；有關書法本源的說法，毛萬寶、黃君主編的《中國古代書論類編》則列出自然論、心性論、功用論、

〔註1〕 「《易・繫辭》：『聖人有以見天下之動，而觀其會通。』疏：『觀看其物之會合變通。』《朱子本義》：『會謂理之所聚而不可遺處，通謂理之可行而無所礙處。』《周易折中》引胡氏炳文曰：『不會則於理有遺闕，如之何可通，不通則於理有窒礙，如之何可行。』按據朱、胡二氏說，觀其會通，即觀眾理會聚處而通貫之也。」見熊鈍生主編《辭海》（臺北市：台灣中華書局，民69）頁2197。

〔註2〕 〈文源論〉。賈文昭主編《中國古代文論類編》下（福州：海峽文藝出版社，1988）頁1。

地位比較論等等。〔註3〕根據以上兩書的分類，二者皆有心性，自不必論，《文論類編》中之源於生活、太極，相當於《書論類編》之自然，因此以自然與心性二說述之。〔註4〕

選取這兩類項目，也符合「緒論」一節中，宇宙與作品之關係〔註5〕；只是亞伯拉姆斯這樣的用語過於單純。宇宙一詞，中國古代稱「上下四方曰宇，往古來今曰宙。」〔註6〕無盡的空間，無盡的時間，畢竟都屬於外在，極其靜穆而毫無生命意義。所幸亞伯拉姆斯還認爲包括人和動作、觀念和感情、素材和事件，以及超感官知覺等的素質〔註7〕，顯然指的是宇宙一詞內部所包含的內容，而非空洞無物的虛靜。這樣的附件，我們以人和動作爲中心，將觀念和情感、超感官知覺歸於心性，將素材和事件歸之於自然的一部份，於是亞氏宇宙一詞分自然與心性兩部分，當可接受。〔註8〕

第一節　本之自然

文論中，認爲本之超形體、超物質、超經驗者，有如梁劉勰云：「人文之元，肇自太極。」〔註9〕而書論中，則如：「夫書肇於自然。」〔註10〕「用筆

〔註3〕〈書法本質論〉。毛萬寶、黃君主編《中國古代書論類編》（合肥：安徽教育出版社，2009）頁3～22。

〔註4〕按：自然之範圍，見下文「自然釋」。「源於書本」一項，列入「功夫論」中的「涵泳典籍」。

〔註5〕按：亞伯拉姆斯《The Mirror and the Lamp》原文作「UNIVERSE」，杜國卿譯劉若愚著《中國文學理論》作「宇宙」。見第一章《緒論》。

〔註6〕汪繼培輯《尸子》卷下。見續修四庫全書編纂委員會編《續修四庫全書》（上海市：上海古籍出版社，1995）1121冊，頁289。又《文子‧自然》曰：「往古來今謂之宙，四方上下謂之宇。」見《文子》卷八。《續修四庫全書》958冊，頁708。二字連用，始見於《莊子‧齊物論》：「旁日月，挾宇宙，爲其脗合，置其滑涽，以隸相尊。」見郭慶藩輯《莊子集釋》（臺北市：河洛圖書出版社，民63）卷一下，頁100。

〔註7〕劉若愚著，杜國卿譯《中國文學理論》（臺北市：聯經出版事業公司，民70）頁12。

〔註8〕按：童慶炳用「生活」一詞，可能更爲貼切。《文學理論導引》（北京：高等教育出版社）頁3。

〔註9〕〈原道〉。劉勰撰、范文瀾注《文心雕龍注》（臺北市：開明書局，民57）卷一，頁一。

〔註10〕蔡邕〈九勢〉。陳思《書院菁華》卷十九。見永瑢、紀昀等撰《欽定四庫全書》（上海市：上海古籍出版社，1987）814冊，頁185。

者，天也；流美者，地也。」〔註11〕「書之爲徵，期合乎道。」〔註12〕「古之書畫與造化同根。」〔註13〕等。

雖然以上所列分屬文論與書論，有關本源的辭彙卻有數種，分別是「太極」、「自然」、「天地」、「道」與「造化」。

「道」字如果指本源，一般的看法似是道家專利，儒家也說，但是意義偏重在道德和社會，認爲是一種生活方式或者甚至是「人生之道」。不過，冠居羣經之首的《周易》，所言卻是天地之本源。如〈繫辭上〉云：「易與天地準，故能彌綸天地之道。」「一陰一陽之謂道。」子曰：「知變化之道者，其知神之所爲乎！」「形而上者謂之道。」等。〔註14〕因此，朱熹論〈繫辭傳〉云：「或言造化以及《易》，或言《易》以及造化，不出此理。」〔註15〕可見儒家未嘗不言道。

「太極」、「自然」看似不同的辭彙，內涵卻都歸於同一源頭。我們試將「人文之元，肇之太極」與「夫書肇於自然」兩個句子並列觀察，一個主詞是「人文之元」，一個主詞是「書」，他們的動詞同是「肇」，「自」字、「於」字同是介詞，說明時間或處所的起點。不論「肇自」，還是「肇於」，譯成現代白話都是「起源於」，那麼，「太極」與「自然」是同樣的位格，都是指源頭，只是用詞的不同而已。而這個源頭，不論是「太極」，或是「自然」，從哲學的角度視之，這些都是宇宙萬事萬物的本源，也就是哲學上所稱「形上」的本體。「太極」屬於儒家用語，《易·繫辭上》稱：「《易》有太極，是生兩儀，兩儀生四象，四象生八卦。」〔註16〕其初始之意就是形上、萬物的本體應無疑議。而「自然」一詞，今人張天弓的解釋如下：「〈九勢〉中『自然』處於陰陽之先，大抵相當於『道』。如《列子·仲尼篇》張

〔註11〕〈用筆法並口訣〉。韋續編纂《墨藪》頁28。見楊家駱主編《唐人書論著》（上海市：上海書局，民64）。

〔註12〕〈張懷瓘書斷上並序〉。張彥遠集《書法要錄》卷七，頁103。見楊家駱主編《唐人書學論著》（臺北市：世界書局，民64）。

〔註13〕龔賢《乙輝篇》。毛萬寶、黃君主編《中國古代書論類編》（合肥：安徽教育出版社，2009）頁6。

〔註14〕王弼、韓康伯注、孔穎達疏《周易注疏》（臺北市：臺灣學生書局，民56）卷七，頁597、601、626、642。

〔註15〕朱熹撰：朱傑人、嚴佐之、劉永翔主編《朱子全書》（上海：上海古籍出版社，2002）第十六冊，頁2497。

〔註16〕王弼、韓康伯注、孔穎達疏《周易注疏》（臺北市：臺灣學生書局，民56）卷七，頁636～637。

湛注引夏侯玄語：『天地以自然運，聖人以自然用。自然者，道也。』阮籍
《達莊論》：『天地生於自然，萬物生於天地。』此『自然』亦相當於『道』。」
〔註 17〕結合文學與書法，意思是文學與書法的本源就是超乎萬象而在其上
者。

　　除了「太極」、「自然」，鍾繇的：「用筆者，天也；流美者，地也。」「天」
與「地」在這裡是「互文」。〔註 18〕說「天」，包括「地」；說「地」，包括「天」，
意即天地是同一回事。全句譯成語體：用筆也好，流美也好，不是人為的，
而是來自於不可言說的「天地」。如果這樣的解釋無誤，那麼「天地」一詞，
也是指一種不可言說、不可聽聞的本體。至於「與造化同根」，「造化」本來
就是指萬物的本源，與「造物者」、自然界的創造者同意。「道」、「自然」、「太
極」、「天地」、「造化」五個詞彙，使用「道」為文論、書論本質，最為恰當；
不過，自古以來，「道」字永遠說不明白，而「自然」一詞比較具體，因此本
節以此標目。

一、自然釋義

　　「自然」一詞源自道家；但是如《老子・二十五章》云：「人法地，地法
天，天法道，道法自然。」〔註 19〕的「法」是「法則」的意思；「自然」則是
「自然而然」。依語法觀察，「法」此處當動詞，屬意謂動詞，譯成語體是「以……
為法」。「道法自然」就是道以自然為法；更進一步的意思就是以自然而然當
做法則，意謂道的性質就是自然而然，不是人為造作可得。王弼注如是說：「法
自然者，在方而法方，在圓而法圓，於自然無所違也。」〔註 20〕；與「無為」
同意。〔註 21〕今人張天弓云：「陳鼓應以為《老子》中，『自然』均指『形容

〔註 17〕　張天弓〈蔡邕〈九勢〉考辨〉。見張天弓著《張天弓先唐書學考辨文集》（北京：榮寶齋，2009）頁 42。

〔註 18〕　為求節省文字，變化字面，有用參互建議的方法，相備相釋，這種修辭法，叫做『互文』。見黃永武《字句鍛鍊法》（臺北市：洪範書局，民 78）頁 164。更明確的說法：文章中某上句省略下句出現的字詞，下句省略上句出現的字詞，但上句與下句合併後即成為一個意思，相互補足。

〔註 19〕　〈二十五章〉。王弼等著《老子四種》（臺北市：大安出版社，1999）頁 21。

〔註 20〕　同註 21，頁 22。

〔註 21〕　陳鼓應註釋《老子今註今譯及評介》（臺北市：臺灣商務印書館，2007）頁 28：「『自然』和『無為』這兩個名詞可說是二而一的。」又頁 151：「所謂『道法自然』，就是說：道以自然為歸；道為本性竟是自然。『自然』這一觀念是老子哲學的基本精神。」

「自己如此」的一種狀態。』東漢王充《論衡》中有專論『自然』凡二十見，皆指屬性或狀態。」〔註22〕

上上世紀西學東漸後，「自然」一詞的內涵演變成「自然界」（Nature）。近人也有以自然界解釋傳統文獻者。沈尹默〈歷代名家學書經驗輯要釋義〉如此說：「一切種類的文藝作品，都是一定的社會生活（包括自然界）在人們頭腦中反映的產物，書法藝術也不例外。自有人類社會以來，人們有感於周圍耳目所及，羅列萬有，變化無端，受到這些啟示，不但效法自然仿製出了許多關於日常生活必需的用品，而且文化娛樂生活中所不可少的各種藝術的萌芽，同時也逐漸發生。象形記事的圖畫文字就是取象於天地、日月、山水、草木，以及哭啼、鳥迹而成的。」〔註23〕同類的說法古人未必無之，〈繫辭下〉云：

> 古者包犧氏之王天下也，仰則觀象於天，俯則觀法於地，觀鳥獸之文，與地之宜。近取諸身，遠取諸物，於是始作八卦，以通神明之德，以類萬物之情。〔註24〕

是說伏羲氏觀察整個大自然，包括上至天、下至地，中間涵蓋大地萬物，遠近皆賅，而後為天地萬象歸納出宇宙萬事萬物組成的八個元素。〔註25〕〈繫辭上〉云：「卦有大小，辭有險易。辭也者，各指其所之。」又云：「聖人有以見天下賾，而擬其形容，象其物宜，是故謂之象。」〔註26〕八個卦象的符號由此而來；不只八卦，《易》中六十四卦，三百八十四爻，這些卦象，全都是「觀物取象」，而後爻辭「假象喻意」。〔註27〕

〔註22〕 張天弓〈蔡邕〈九勢〉考辨〉。見張天弓著《張天弓先唐書學考辨文集》（北京：榮寶齋出版社，2009）頁42。

〔註23〕 沈尹默著、馬國權編《論書叢稿》（臺北市：華正書局，民78）頁38。

〔註24〕 王弼、韓康伯注、孔穎達疏《周易注疏》（臺北市：臺灣學生書局，民56）卷八，頁674。王天下：當天下共主。地之宜：不同土地所各自適宜的。以通神明之德，以類萬物之情：表達神明的心意，比喻各種事物的狀況。

〔註25〕 徐芹庭〈易經導讀〉。見田博元、田何主編《國學導讀叢編》（臺北市：康橋出版事業，民68）頁85。

〔註26〕 王弼、韓康伯注、孔穎達疏」《周易注疏》（臺北市：學生書局，民56）卷七，頁597、611～612。賾：謂幽深難見。

〔註27〕 〈繫辭上〉：「子曰：『書不盡言，言不盡意。』然則聖人之言其不可見乎？子曰：『聖人立象以盡意，設卦以盡情偽。』」黃壽祺、張善文撰《周易譯註·前言》（北縣土城市：頂淵文化事業，民89）頁3～4：「以八卦與陰陽二爻相比較，兩者的創立，有一共同點：均是古人通過觀察自然物象所得，

　　《易》的「觀物取象」、「假象喻意」，都在視而可見的範圍內觀察，至於聲音，也離不開自然。《禮記‧樂記》裡可以找到答案〔註28〕：

> 凡音之起，由人心生也。人心之動，物使之然也。感於物而動，故形於聲；聲相應，故生變；變成方，謂之音。
>
> 地氣上齊，天氣下降。陰陽相摩，天地相蕩。鼓之以雷霆，奮之以風雨，動之以四時，煖之以日月，而百化興焉。如此，則樂者天地之和也。〔註29〕

　　「凡音之起，由人心生也。人心之動，動使之然也。」人心之動，物使之然，心物關係可見。但，是何物？「地氣上齊，天氣下降。陰陽相摩，天地相蕩」，範圍就是天地之間。所謂「天地之和」的音樂，就是「鼓之以雷霆，奮之以風雨，動之以四時，煖之以日月，而百化興焉。」意謂音樂也是來自天地，一切無逃乎宇宙之間。

　　準此，則「自然」一詞，含有三義：

　　一、與「太極」、「道」同義，具指超然的本體，猶如《周易》、《老子》所形容的「道」；

　　二、最原始的「自然而然」、「自己如此」，與「無爲」同義；

　　三、自然界萬事萬物，視而可見，聽而可聞，觸而可覺；範圍包括科學的自然與人文的社會生活。上述亞伯拉姆斯認爲包括素材和事件的素質，當以此範圍爲內。

　　以上三義，本節所言之「自然」，屬第三義之「大自然」，第一義移至第二節〈道體〉中。晚唐，司空圖《二十四詩品》中有「自然」一項，該詩主旨據前人云：「此言凡詩文無論平奇濃淡，總以自然爲貴。」「自然則當然而

　　　　然後又作爲喻示種種物情、事理的象徵符號。……其中所『觀』之物，乃是自然、生活中的具體事物；所『取』之象，則是模擬這些事物，成爲有象徵意義的卦象。……就卦爻辭看，……『假象喻意』，即擬取人們生活中習見常的物象，通過文字的具體表述，使卦形、爻形內涵的象徵旨趣更爲鮮明生動。

〔註28〕張少康著《中國文學批評史‧上卷》（北京：北京大學出版社，2005）頁19：「詩樂舞三位一體的狀況，決定了決定了樂論的內容實際也就是詩論的內容。而且先秦的詩歌理論批評家實際是從音樂理論批評中派生出來的。

〔註29〕鄭注：「方，猶文章也。」鄭玄注《禮記》（臺北市：新興書局，民60）卷十一，頁126、129。聲相應，故生變；變成方，謂之音：不同的內心反應，就發出各種不同的「聲」；這些不同的「聲」有一定的格律，就成爲音調。

然，不知其所以然而然。」〔註 30〕強調詩風之自然而然，不假絲毫人力；顯然屬第二義。不在本章討論之例，依其性質，列入第五章〈風格論〉中。

二、自然與文學

（一）本之自然的文論

取法大自然的說法，和曹丕同一時代，建安七子之一的應瑒，其〈文質論〉就是一例：

> 日月運其光，列宿曜其文，百穀麗於土，芳華茂於春。是以聖人合
> 德天地，稟氣淳靈，仰觀象於玄表，俯察式於群形。〔註 31〕

日月施展它的光芒，星宿閃爍它的光彩，五穀雜糧在地上揮灑它的美麗，春天的花散放它的香美。聖人配合天地的恩澤，稟受天地清純之氣，抬頭觀看天外群象，低頭細看各種不同的不同形象的模式。同時代的阮瑀曾著〈文質論〉，認爲質（本質或實質）比文（文化教養或外在文飾）更爲重要。應瑒則作此文駁斥，文中的「日月運其光，列宿曜其文，百穀麗於土，芳華茂於春」，無一不是指大自然；而「仰觀象於玄表，俯察式於群形」，又與〈繫辭〉「仰則觀象於天，俯則觀法於地」何異？

發揮「形上」本體思想最強力的，莫如劉勰。因劉氏熟諳印象因明之學，又深受魏晉玄學影響，對前人的理論作出嚴密系統的總結。《文心雕龍‧原道》云：

> 文之爲德也大矣！與天地並生者。何哉？夫玄黃色雜，方圓體分。
> 日月疊璧，以垂麗天之象；山川煥綺，以鋪理地之形，此蓋道之文
> 也。〔註 32〕

文的作用，實在關係重大！它是和天地同時發生的。怎麼說呢？當混沌初開時，天玄地黃，五色間雜，圓者爲天，方者爲地，劃分成兩種不同的形體。日月更迭，周而復始，就像兩塊重疊的璧玉，顯示出天上光輝燦爛的景象；同時，一片錦繡似的天河，也展示了大地條理分明的地形。這些都是自然規律產生的文采。篇名「原道」，若將「原」視爲意謂動詞，則意指以道爲本源；

〔註 30〕 司空圖原作、陳國球導讀《二十四詩品》（臺北市：金楓出版有限公司，1987）頁 71。

〔註 31〕 〈文質〉。歐陽詢等撰《藝文類聚》（臺北市：文光出版社，民 63）卷二十二，頁 411。阮瑀原文：「蓋聞日月麗天，可瞻而難附；群物著地，可見而易制。夫遠不可識，文之觀也；近而得察，質之用也。文虛質實，遠疏近密。」

〔註 32〕 劉勰撰、范文瀾注《文心雕龍注》（臺北市：開明書局，民 57）卷一，頁 1。

若視「原」與「道」之間省略「於」，經補足，二者意義相同。作者首先從文采的角度，將「文」提升到「與天地並生」的位階，這個觀念顯然來自「《易》與天地準」。所謂「與天地並生」，意謂自有天地，就是「文」，其來久矣！所謂「玄」、「黃」、「方」、「圓」，不過是「天地」一詞的異稱。天上有日月，「日月疊璧，以垂麗天之象」，地上有山川，「山川煥綺，以舖理地之形」，這些都是「道」之「文」。這個「道」，即是《周易》所稱宇宙內在的本體。重要的是，「文」在何處？作者認爲在天地，在日月，在山川，即是大自然的一切。下文云：

> 傍及萬物，動植皆文：龍鳳以藻繪呈瑞，虎豹以炳蔚凝姿；雲霞雕色，有踰畫工之妙：草木賁華，無待錦匠之奇。夫豈外飾？蓋自然耳。至於林籟結響，調如竽瑟，泉若淚韻，和若球鍠──故形立則章程矣；聲發則文生矣。夫以無識之物，鬱然有形，有心之器，其無文歟？〔註33〕

人以外其他事物，無論是動物或植物，也都有文采。龍和鳳以美麗的鱗羽，表現出吉祥的徵兆；虎和豹以動人的皮毛，而構成壯麗的雄姿。雲霞的彩色，比畫師的點染還美妙；草木的花朵，也依靠匠人來加工。這些都不是外加的裝飾，而是它們本身自然形成的。還有林木的孔竅因風而發出聲響，好像竽瑟和鳴；泉流石上激起的音韻，好像磬鐘齊奏。所以，只要有形體就會有文采，有聲音就會有節奏。這些沒有意識的東西，都有濃鬱的文采；那麼富有智慧的人類，怎能沒有文章呢？下一段起首，就點出人文的初始，就是來自大自然：「人文之元，肇自太極。」〔註34〕

「人文」怎麼來的？來自「太極」，「太極」是儒家對宇宙本體的稱呼。《易‧繫辭上》「是故易有太極，是生兩儀。」韓康伯注曰：「夫有必始於無，故太極生兩儀也。太極者，無極之稱，不可得而名，取之有之所極，況之太極者也。」〔註35〕既然同是「宇宙本體」，何不同上文，都稱之爲「自然之道」？

〔註33〕 劉勰撰、范文瀾注《文心雕龍注》（臺北市：開明書局，民57）卷一，頁1。
〔註34〕 同註35。
〔註35〕 王弼、韓康伯注、孔穎達疏《周易注疏》（臺北市：臺灣學生書局，民56）卷七，頁636。按：「太極」，對道家而言，稱「太一」：指陰陽未分的混沌狀態。《集解》引虞翻曰：「太極，太一：分爲天地，故『生兩儀』也。」《正義》：「太極，謂天地未分之前，元氣混而爲一，即是『太初』、『太一』也。故《老子》云：『道生一』，即此『太極』是也。又謂混元既分，即有天地，故曰：『太極生兩儀』，即《老子》云：『一生二』也。」見黃壽祺、張善文撰《周易譯註》（北縣土城市：頂淵文化事業，民89）頁560。

這是因為劉勰的時代，玄學以無為體，以有為用，以自然為體，以名教為用的緣故。

是誰最早將天地大自然的文采帶給人間？「幽贊神明，易象為先。」〔註36〕這種如同無形中贊助神明的工作，作者認為是「易象」最先開始的。下文詳說：

> 庖犧畫其始，仲尼翼其終，而乾坤兩位，獨制文言。言之文也，天地之心哉？〔註37〕

伏犧首先畫了八卦，孔子最後寫了《十翼》；而對乾、坤兩卦，孔子特地寫了〈文言〉。可見言論必須有文采，這是宇宙的基本精神！「易象」是怎麼開始的？傳統上，伏犧氏畫八卦及六十四重卦；中間文王為各卦作說明，亦即卦辭；文王或周公為各爻作說明，亦即爻辭；到孔子作「易傳」，又稱「十翼」止。這些都是「言之文」，難道不是諸聖稟承「天地之心」而來的？那麼「天地之心」又是什麼？

原文結尾除了終結前文的「爰自風姓，暨於孔氏，玄聖創典，素王述聖，莫不原道心以敷章，研神理而設教。」〔註38〕更加上他們之所以寫成卦象、卦辭、爻辭、易傳的方法：

> 取象乎河洛，問數乎蓍龜；觀天文以極變，察人文以化成。〔註39〕

他們效法《河圖》和《洛書》用蓍草和龜甲來占卜，觀察天文以窮究各種變化，學習過去的典籍來完成教化。中間包含代表自然的《河圖》、《洛書》、問卜的蓍草龜甲及天文；更為重要的是，「自然」的範圍，由法天地的自然，延伸至《易‧賁》卦人文的社會寫照。〔註40〕「天地之心」就在科學的自然與社會的人文上顯現。

〔註36〕劉勰撰、范文瀾注《文心雕龍注》（臺北市：開明書局，民57）卷一，頁1。

〔註37〕同註38。

〔註38〕同註38，頁1～2。譯文：於是上自伏羲，夏及孔子，無論遠古的創立典章，或孔子的追述先賢遺訓，他們無一不是推本天地自然的精神，敷陳文章；窮究神明之理，作為設教立說的根據。按：「道心」、「神理」，即上文「天地之心」。

〔註39〕同註38，頁2。

〔註40〕按：「觀天文以極變，察人文以化成」見《易‧賁‧象》：「觀乎天文，以察時變：觀乎人文，以化成天下。」王弼、韓康伯注、孔穎達疏《周易注疏》（臺北市：臺灣學生書局，民56）卷三，頁260。

　　劉勰自然加上社會生活的「大自然」，並非劉勰一人之獨見。論書部分見於下文，論文部分如同一時代的昭明太子蕭統，在著名的〈文選序〉中同樣引用《易‧賁‧彖》：

> 式觀元始，眇覿玄風，冬穴夏巢之時，茹毛飲血之世。世質民淳，斯文未作。逮乎伏羲氏之王天下也，始畫八卦，造書契，以代結繩之政。由是文籍生焉。《易》曰：「觀乎天文，以察時變；觀乎人文，以化成天下。」文之時義遠矣哉！〔註41〕

這段文字令人不得不和前引〈繫辭下〉〔註42〕及劉勰的〈原道〉的文字取得聯繫。和原〈繫辭〉微有出入的是，〈繫辭〉中八卦歸伏羲、書契歸倉頡，此處引文則八卦、書契同歸伏羲；至於命意都在說明伏羲之前人類處於蒙昧時代，有了八卦、書契後，人類進入「文籍」的開始；同時也是文明的開始。至於「文」從何而來？很簡單地引用《易‧賁‧彖》之文而後綴以「文之時義遠矣哉！」讚歎「文」之形成是很遙遠的事。看起來這段文字說到「文」的本源，當引用到《易》文時，即知本之於天地自然，並加上人文生活。又如蕭統之弟簡文帝蕭綱亦云：

> 故《易》曰：「觀乎天文，以察時變；觀乎人文，以化成天下。」是以含精吐景，六衛九光之度；方珠喻龍，南樞北陵之采；此之謂天文。文籍生，書契作，詠歌起，賦頌興。成孝敬於人倫，移風俗於王政，道綿乎八極，理決乎九垓，贊動神明，雍熙鍾石；此之謂人文。若夫體天經而總文緯，揭日月而諧律呂者，其在茲乎！〔註43〕

與其兄的差別，天文是指何事，人文又指何事，內容較為清楚；其命意則皆同。

　　劉勰、蕭統兄弟的說法，幾乎成為後世立論的楷模。

〔註41〕昭明太子撰《文選》（臺北縣板橋鎮：藝文印書館，民72）頁1。式觀元始，眇覿玄風：式，發語詞，無義。元始，上古時代。眇，遠也。覿，見也。玄風，意謂上古之世幽古淳樸之民風。

〔註42〕按：指「古者包犧氏之王天下也，仰則觀象於天，俯則觀法於地，觀鳥獸之文，與地之宜。近取諸身，遠取諸物，於是始作八卦，以通神明之德，以類萬物之情。」

〔註43〕〈昭明太子序〉。嚴可均校輯《全上古三代秦漢三國六朝》（北京市：中華書局，1958）《全梁文》卷十二，頁3016。含精吐景，六衛九光之度；方珠喻龍，南樞北陵之采：謂星辰滿天。道綿乎八極，理決乎九垓，贊動神明，雍熙鍾石：使道理由中央綿延通達到各地，協助撼動神明，使千石大鐘的直響和諧。經緯：原本的意思是「織物的直線與橫線」，後來影射為「常法」。

　　唐初李百藥在《北齊書・文苑傳序》、魏徵在《隋書・文學傳序》也用了同樣內涵的語句：

　　　　夫玄象著明，以察時變，天文也；聖達立言，化成天下，人文也。
　　　　達幽顯之情，明天人之際，其在文乎？〔註44〕

　　　　《易》曰：「觀乎天文，以察時變；觀乎人文，以化成天下。」《傳》
　　　　曰：「言，身之文也。言而不文，行之不遠。」故堯曰則天，表文明
　　　　之稱。周云盛德，著煥乎之美。然則，文之為用，其大矣哉！〔註45〕

中唐，自然與文學，在敘述上大體皆天文與人文類比，可見之於李舟的〈獨孤常州集敘〉、梁肅的〈常州刺史獨孤君集後序〉、權德輿的〈贊皇文獻公李棲筠文集序〉等文論。從天文與人類的類比中，襯托出文學的「本之自然」。

　　「本之自然」在文論的另外一條表現途徑是與心性之間，或可稱為心與物之間，也可稱情與景之間。物與景名稱或異，所稱則一。

　　心情與景物之間很難單獨存在。陸機〈文賦〉云：

　　　　遵四時以歎逝，瞻萬物而思紛。悲落葉於勁秋，喜柔條於芳春。
　　　　〔註46〕

「四時」是自然，是景物；「歎逝」是心性，是情。「萬物」是自然，是景物；「思紛」是心性，是情。「勁秋」是自然，是景物；「悲落葉」是心性，是情。「芳春」是自然，是景物；「喜柔條」是心性，是情。無一句不是心物相因，情與景交融。

　　回頭重看劉勰《文心雕龍》的〈原道〉篇，作者的敘述，一段之中，常是自然與心性交雜，難以劃分。其他篇章如：「情以物興，……物以情觀，……」〔註47〕「情以物遷，辭以情發」〔註48〕。他們都是兩兩並列。

　　明朝謝榛，文學家，後七子之一。所著的《四溟詩話》是明朝研究詩體詩格的重要著作，論述詩歌的本質特徵有相當深入的見解。其中有言：

〔註44〕李百藥撰、楊家駱主編《新校本北齊書》（臺北市：鼎文書局，民67）卷四十五，頁601。
〔註45〕魏徵等撰、楊家駱主編《新校本隋書》（臺北市：鼎文書局，民68）卷七十六，頁1729。
〔註46〕昭明太子撰《文選》（臺北縣板橋鎮：藝文印書館，民72）卷十七，頁244。
〔註47〕劉勰撰、范文瀾注《文心雕龍注》（臺北市：開明書局，民57）卷二〈銓賦〉，頁47。
〔註48〕〈物色〉。同註49，卷十，頁1。按：該篇就是著力在詩人感物而發之於文。

作詩本乎情景：孤不自成，兩不相背。凡登高致思，則神交古人；
窮乎遐邇，繫乎憂樂。此相因偶然，著形於絕跡，振響於無聲也。
夫情景有異同，模寫有難易。詩有二要，莫切於斯者：觀則同於外，
感則異於内。當自用其力，使内外如一，出入此心而無間也。景乃
詩之媒，情乃詩之胚。合而爲詩，以數言統萬形，元其渾成，其浩
無涯矣。〔註49〕

夫萬景七情，合於登眺，若面前列群鏡，無應不眞。（是）憂（是）
喜無兩色，偏（部分）正（全體）惟一心。偏則得其半，正則得其全。
鏡猶心，光猶神也。思入杳冥，則無我無物。詩之造，玄矣哉！
〔註50〕

本來這個問題猶如先有蛋還是先有雞是相同的道理，「景乃詩之媒，情乃詩之
胚。合而爲詩，以數言統萬形，元其渾成，其浩無涯矣。」「偏則得其半，正
則得其全。」當渾然一體時，「則無我無物」。

　　明末清初王夫之，傑出的思想家、哲學家、明末清初大儒。與顧炎武、
黃宗羲並稱明清之際三大思想家。亦云：

情、景名爲二，而實不可離。神於詩者，妙合無垠；巧者則有情中
景，景中情。〔註51〕

他也舉出實例：「『青青河畔草』與『綿綿思遠道』，何以相依因、相合吐？神
理湊合時，自然洽得。」〔註52〕這兩句出自《古詩十九首》，是婦人思念遠離
的丈夫。前兩句的前一句是自然，是景；後一句是心情，是情。爲什麼兩句
配合得天衣無縫？「根據王夫之的解釋，是因爲詩人直覺感到沿著河畔綿延
不斷的青草與婦人綿綿不斷的思夫之情之間，所隱含的親密關係。換句話說，
完美的詩，是詩人的直覺（心性）與事物的基本原理（自然）完美一致的結果。」
〔註53〕

〔註49〕 謝溱撰《四溟詩話》（北京市：中華書局，1985）卷三，頁41。七情：指喜、
　　　　怒、憂、思、悲、恐、驚等七種情志活動。爲人的精神意識對外界事物的反
　　　　應。
〔註50〕 同註51，頁42。杳冥：謂奧秘莫測。
〔註51〕 《薑齋詩話》卷下，頁3。丁福保編訂《清詩話》冊一（臺北市：藝文印書館，
　　　　民54）。
〔註52〕 同註53，頁2。
〔註53〕 劉若愚著、杜國卿譯《中國文學理論》（臺北市：聯經出版事業公司，民70）
　　　　頁80。

心與物不但難以區分，詩人之心性與外在之自然相應，自然產生佳妙入神之作：「含情而能達，會景而生心，體物而得神，則自有靈通之句，參化工之妙。」〔註54〕

雖是這麼說，「本之自然」在情景交融之中，永遠佔有絕對重要的成分。

（二）本之自然的實例

文學上本之自然，可謂不乏其例；本之自然的書法，同樣可以尋得。

上文云自然，包括科學的自然與人文社會兩大類；我國最早的一部詩歌總集《詩經》的取材，無法逃出這兩部份的範疇。它的時間，從周初到春秋中期五百年間；它的內容包括周民族的形成、盛世到厲、幽的衰世再到平王東遷、諸侯分立；它的層級涵蓋貴族、平民；它的生活方式從漁牧到農漁；它的範圍有社會狀況的描寫，有開疆拓土及種族戰爭的記載，有宗廟祭祀及宴會的儀制，有農耕畜牧各種生活的反映，也有自由大膽的愛情歌唱：可以說無所不包，無所不與。

不過，這些都屬於人文。不可忽視的是，當時人們與自然的接觸比我們這個世代緊密得多。由開始的逐水草而居、採食野果、打獵漁敗，逐漸發展到築屋而居、耕稼放牧，無時無刻都離不開與自然的聯繫與依賴。他們周圍的生活環境，始終有大批未開墾的荒野、草木茂盛的山林；此外，還有縱橫交錯的河流、星羅棋布的水澤，鳥獸成群，雜草叢生。因此，這種環境的特殊性，就成了《詩經》鳥獸草木大量出現的重要原因。下面我們從《詩經》「比」、「興」修辭的運用，看文學本之自然的一例：

> 手如柔荑，膚如凝脂，領如蝤蠐，齒如瓠犀，螓首蛾眉。〔註55〕

這是〈衛風・碩人〉中寫莊姜美麗的容貌。姚際恆說：「千古頌美人者，無出其右，是為絕唱。」〔註56〕我們細看詩人使用的辭彙：荑，初生的茅。嫩茅去皮後，潔白細軟，以此比喻莊姜潔白細軟的雙手。凝脂，凝結的脂肪，既白且滑，藉以形容莊姜的皮膚。蝤蠐，天牛的幼蟲，白色身長，用來描寫莊姜的頸項又白又長。瓠犀，即瓠瓜的子，因為排列得白長整齊，所以借來描

〔註54〕　《薑齋詩話》卷下，頁5。丁福保編訂《清詩話》冊一（臺北市：藝文印書館，民54）。

〔註55〕　〈衛風・碩人〉。朱熹集註《詩集傳》（臺北市：臺灣中華書局，民59）卷三，頁36。

〔註56〕　姚際恆撰《詩經通論》（臺北市：廣文書局，民50）卷四，頁83。

繪牙齒。螓，像蟬卻小，額頭寬廣方正；蛾，指蠶蛾的眉毛細長彎曲，以此
比喻莊姜的額及眉。

> 碩鼠碩鼠，無食我黍。三歲貫女，莫我肯顧。逝將去女，適彼樂土。
>
> 樂土樂土，爰得我所。〔註57〕

這是〈魏風‧碩鼠〉中的第一節。大老鼠啊大老鼠，請別再吃我的黍穀。整
整三年餵養了你，我的死活你卻不顧。我發誓離開你，到那快樂的地方。樂
土啊樂土，那才是我安身的處所。詩人用象徵的手法，表現百姓對統治者沉
重剝削的怨恨與控訴。碩鼠，就是大老鼠。我們不只是看到百姓的怨恨與控
訴，還看到百姓對統治者形象的描繪，貪婪無厭，腦滿腸肥的模樣。

> 嘒彼小星，三五在東。肅肅宵征，夙夜在公。寔命不同。〔註58〕

這是〈召南‧小星〉的第一節。小小星星閃爍著微光，三顆五顆出現在東方。
急急忙忙半夜趕路，為了官家早晚忙碌：都是人啊為什麼命運卻大不相同？
詩人藉小臣終日忙碌，連夜趕路，感嘆人間為什麼命運有如此的差異：高官
悠遊，而小臣不得休息。東方三五小星稀稀落落的景象，朱熹說：「故因所見
以起興，其於義無所取，特取『在東』、『在公』兩字三相應耳。」

> 野有蔓草，零露漙兮。有美一人，清揚婉兮。邂逅相遇，適我願兮。
>
> 〔註59〕

野外蔓生的青草，零星露珠遍佈原野。有位美人啊，眉清目秀叫人著迷。意
外相遇滿心歡喜，多年心願竟然得償！這是戀歌中的第一小節。詩人寫男女
兩人相遇於原野草露間，滿心喜悅的情景。蔓生的青草、零星的露珠，和兩
人的不期而遇沒有多大關聯，作者以之起興。〔註60〕

> 彼采葛兮。一日不見，如三月兮！
>
> 彼采蕭兮。一日不見，如三秋兮！
>
> 彼采艾兮。一日不見，如三歲兮！〔註61〕

〔註57〕 〈魏風‧碩鼠〉。朱熹集註《詩集傳》（臺北市：臺灣中華書局，民59）卷五，
　　　　 頁66。
〔註58〕 〈召南‧小星〉。同註1，卷一，頁12。
〔註59〕 〈鄭風‧野有蔓草〉。同註59，卷四，頁55。
〔註60〕 「男女相遇於寫田草露之間，故賦其所在以起興。」同註62，卷四，頁56。
〔註61〕 〈王風‧采葛〉。朱熹集註《詩集傳》（臺北市：臺灣中華書局，民59）卷四，
　　　　 頁46。

這是一首懷人的詩。葛，生於山野的草本植物，枝莖很長，很結實，可用來捆紮物品。蕭，植物名；蒿類。有香氣，古人用來祭祀。艾，菊科植物。燒艾葉可以灸病。詩人想像所懷念的人正在采葛采蕭采艾。葛、蕭、艾在詩中不是主體，主體是感情由「一日不見，如三月兮」，而「三秋」，而「三歲」，令人感受到懷人者情感的眞摯、深厚與日俱長。

以上諸詩，如柔荑、凝脂、蝤蠐、瓠犀、蠑首、蛾眉、碩鼠、小星、蔓草、零露、葛、蕭、艾，沒有一樣不是大自然可見之物。加上人文社會諸端，可見文學「本之自然」的一證。

有些前人歸結於「比」中。所謂比，朱熹說：「以彼物比此物也。」〔註62〕，劉勰說：「比者，附也。……比之爲義，取類不常：或喻於聲，或方於貌，或擬於心，或譬事。」〔註63〕如〈碩人〉、〈碩鼠〉者是。有些歸屬在「興」，所謂興。朱熹說：是「先言他物以引起所詠之詞也。」〔註64〕在《朱子語類》又補充說明：「比底只是從頭比下來，不說破。」〔註65〕「先言他物以引起所詠之詞」，也就是託物興詞。但物與詞之間，不見得有直接關係；只是爲了說詞而引入他物。〔註66〕如〈小星〉、〈野有蔓草〉、〈采葛〉。

若論比興，「今人流沙河先生統計出《毛傳》標『興』的 389 種興象中，取材自然界的多達 349 個，取材人事的僅 40 個。而所謂人事，事實上也是人作用於自然，如釣魚、採薪、打獵等。」「《詩經》標『比』的 127 處中，取材自然的有 99 處，而取材人事的只 28 處。倘若再加上用『賦』法直接歌誦自然景物的詩句，那整部《詩經》所反映的自然界就更廣闊了。」〔註67〕以

〔註62〕　〈螽斯〉註。同註64，卷一，頁4。
〔註63〕　劉勰撰、范文瀾注《文心雕龍注》（臺北市：開明書局，民57）卷八，頁1。
〔註64〕　〈關雎〉註。同註64，卷一，頁1。
〔註65〕　黎靖德編《朱子語類》六（北京市：中華書局，1986）卷八十，頁2069。
〔註66〕　按：近代顧頡剛認爲「凡興者，所見在此，所得在彼，不可以事類推，不可以理義求也。」以「關關雎鳩」爲例，「作詩的人原只要說『窈窕淑女，君子好逑』，但嫌太單調了，太率直了，所以先說一句『關關雎鳩，在河之州』。它的最重要的意義，只在『州』與『逑』的協韻。至於雎鳩的情摯，而有別淑女與君子的和樂而恭敬，原只是作詩的人所絕沒有想到的。」朱自清的答覆是「從當前習見習聞的事指指點點的說起，這便是『起興』。初民心理不重思想聯繫而重感覺的聯繫，所以起興的句子與下文常是意義不相屬，卻在音韻上相關連著。」見何定生著《詩經今論》（臺北市：臺灣商業印書館，民55）頁181～183。
〔註67〕　轉引自許伯卿〈《詩經》比興探源〉。見《中國韻文學刊》1997年第1期，頁23。

這樣的數據，不得不讓人下的結語是，我國文學在初始，即與自然之間的關係密切如此。

　　繼《詩經》而起的《楚辭》雖然有進一步的發展〔註68〕，同樣與自然密不可分。自從王逸在《楚辭章句》謂〈離騷〉之文依詩取興，引類譬喻，作出如下的結論：「善鳥香草，以配忠貞；惡禽臭物，以比讒佞；靈修美人，以媲於君；宓妃佚女，以譬賢臣；虬龍鸞鳳，以託君子；飄風雲霓，以為小人。」〔註69〕後人可以很容易的找出其中的例證，〈離騷〉中象徵作者自身道德之修練與高節之品行，如「扈江離與辟芷兮，紉秋蘭以為佩」、「朝搴阰之木蘭兮，夕攬中洲之宿莽」、「朝飲木蘭之墜露兮，夕餐秋菊之落英」、「擥木根以結茝兮，貫薜荔之落蘂；矯菌桂以紉蕙兮，索胡繩之纚纚」。〔註70〕其中「江離」、「辟芷」、「秋蘭」、「木蘭」、「宿莽」、「墜露」、「秋菊」、「木根」、「結茝」、「薜荔」、「落蘂」、「菌桂」、「落英」、「蕙」，無一不是大自然的植物。又如〈招魂〉的片段：

> 魂兮歸來！西方之害，流沙千里些。旋入雷淵，麋散而不可止些。
> 幸而得脫，其外曠宇些。赤蟻若象，玄蠭若壺些。五穀不生，叢菅
> 是食些。其土爛人，求水無所得些。彷徉無所倚，廣大無所極些。
> 歸來！歸來！恐自遺賊些。〔註71〕

魂魄啊回來吧！西方的禍害真不少，一片流沙廣萬里。流沙推轉墜深淵，教人骨肉零散不止啊！就算僥倖能脫險，曠野荒漠妳要去哪裡啊？又有紅色的螞蟻如大象，黑色的土蜂像葫蘆。長年五穀不分，只有荊棘茅草填肚皮。土質焦爛教人身吧！回來吧！留在那裏只有自己惹災殃。作者以西方的「流沙」、「西淵」、「赤蟻」、「玄蠭」、「叢菅」、土地的危險、恐怖來象徵西方的險惡；所取之物或涉想像，亦不離自然；這些都是熟悉《楚辭》的人所共知。其中〈天問〉一篇，最為奇詭。「天」的廣義，是萬物的總名。屈原所問，包括天地未分、洪荒未闢的事；天地既形、陰陽變化的道理；以及日月星辰的位置，晝夜晦明的原因等天象：

〔註68〕　參見梁少華〈《詩經》楚辭比興藝術之差異〉。《語文學刊》2010年9月。黃桂鳳〈《楚辭》對比興的發展〉。《玉林師範高等專科學校學報》第21卷第2期，2000年。

〔註69〕　〈離騷經章句第一〉序。劉向編集、王逸章句《楚辭》（北京：中華書局，1985）頁1～2。

〔註70〕　同註72，頁2～6。

〔註71〕　劉向編集、王逸章句《楚辭》（北京：中華書局，1985）頁102～103。些：句末語助。等同於「兮」。

遂古之初，誰傳道之？上下未形，何由考之？冥昭瞢闇，誰能極之？

馮翼惟象，何以識之？明明闇闇，惟時何爲？陰陽三合，何本何化？

天何所遝？十二焉分？日月安屬？列星安陳？出自湯谷，次於蒙

汜，自明及晦，所行幾里？夜光何德，死則又育？厥利維何，而顧

菟在腹？〔註72〕

太古之初，是誰傳言到今？天地未闢，又怎能考定出宇宙產生的過程？天地
未分之時，晝夜尚未形成，漆黑一團，渾沌一氣，又有誰能夠瞭解它是怎樣
的呢？天地間是一片無形的大氣澎澎地運動著，又從何處認識它的形體？晝
夜晦明的變化，這是爲了什麼？陰陽參錯相合，它的根源是什麼？它爲何能
變化？天地在何處會合？十二星宿又如何劃分？太陽和月亮靠什麼牽引下
墜？眾星何以陳列得那麼穩當？太陽從湯谷出來，晚間向西休息在蒙水邊
上。從天明到日暮，走了多少里路？月亮的性質是什麼，既已死去又能再生？
顧兔在月亮的肚內，這對月亮有什麼好處？

　　〈天問〉中又大量吸收了民間型的神話和傳說，例如女岐無夫而生子、
鯀聽鴟龜之計而築長堤、禹治洪水、共工傾地、后羿射日、啓母化石而生啓
及啓上天竊天帝的樂歌、鯀死化爲黃熊，入於羽淵，以及簡狄生契、后稷被
棄、伊尹生於空桑等，不勝枚舉。〔註73〕但是，必須知道，不論神話還是傳
說，都是人文社會的一部分。

　　漢賦若涉及自然界者，同樣是大量汲取，最爲代表的，莫若司馬相如的
〈子虛賦〉、〈上林賦〉。其〈子虛賦〉寫雲夢地區，用「其山……」、「其土……」、
「其石……」、「其東……」、「其南……」、「其高燥……」、「其埤濕……」、「其
西……」、「其中……」、「其北……」、「其上……」、「其下……」十二小段，
縱使不看內容，也知是以各種角度極力形容雲夢地區。寫天子上林苑，雖然
調整筆調，不用機械式的「其山」、「其土」的方式，而改用「於是乎」劃分
段落，仍不離自然，譬如：

〔註72〕劉向編集、王逸章句《楚辭》（北京：中華書局，1985）頁39、40。

〔註73〕以上原句見「女岐無合，夫焉取九子？」、「鴟龜曳銜，鯀何聽焉？」、「洪泉
極深，何以窴之？」、「應龍何畫，河海何歷？」、「康回憑怒，墜何故以東南
傾？」、「羿焉彃日？烏焉解羽？」、「啓棘賓商，〈九辯〉〈九歌〉，何勤子屠母，
而死分竟地？」、「化爲黃熊，巫何活焉？」、「簡狄在臺，嚳何宜？玄鳥致貽，
女何喜？」、「稷維元子，帝何竺之？投之於冰上，鳥何燠之？」、「水濱之木，
得彼小子。夫何惡之，媵有莘之婦？」

於是乎蛟龍赤螭，鯾鱧漸離，鯣鰏鰅鮔，禺禺魼鰨；捷鰭掉尾，振
鱗奮翼，潛處乎深巖。魚鱉讙聲，萬物眾夥；明月珠子，的礫江靡；
蜀石黃硬，水玉磊砢；磷磷爛爛，采色澔汗，叢積乎其中。鴻鸕鵠
鴇，駕鵝屬玉，交精旋目，煩鶩庸渠，箴疵鵁盧，群浮乎其上。汎
淫泛濫，隨風澹淡，與波搖蕩，奄薄水渚，唼喋菁藻，咀嚼菱藕。
〔註74〕

「蛟龍赤螭，鯾鱧漸離，鯣鰏鰅鮔，禺禺魼鰨」寫的都是水族類；「明月珠子」、
「蜀石黃硬」寫的是珠玉類；「鴻鸕鵠鴇，駕鵝屬玉，交精旋目，煩鶩庸渠，
箴疵鵁盧」寫的是鳥類。

後世不斷由自然取得聯繫者，大概屬山水詩及田園詩。

寫人文的，如揚雄的〈解嘲〉末段自述所以書寫〈太玄〉的原因：

若夫藺生收功於章臺，四皓采榮於南山，公孫創業於金馬，驃騎發
跡於祁連，司馬長卿竊訾於卓氏，東方朔割炙於細君。僕誠不能與
此數子並，故默然獨守吾《太玄》。〔註75〕

藺生，即藺相如，曾轟轟烈烈完璧歸趙。四皓，即秦、漢間的四位隱士，東
園公、綺里季、夏黃公、角里先生，隱居不仕。公孫即公孫弘，驃騎指霍去
病。引此數人旨在說明如今進不能建功，退不能高隱，又不肯失於放誕之行。
所引藺相如、四皓、公孫弘、霍去病、司馬相如、東方朔，皆屬人文之例。
時代越晚，人與自然的關係依舊，但是人與人文化成的社會日益密切，明、
清興盛的小說、戲曲，無不取材於社會現象，更是最好的例子。

以上總總，如果不是文學通於整個自然與人文社會，何能致此？清朝葉
燮《原詩》云：「自開闢以來，天地之大，古今之變，萬彙之賾，日月河嶽，

〔註74〕 昭明太子撰《文選》（臺北縣板橋鎮：藝文印書館，民72）卷八，頁127。鯾
鱧、漸離、鯣、鰏、鰅、鮔、禺禺、魼鰨有的揚起它的鰭調動它的尾，與奮
波動游水，有的潛藏在深水的石縫。魚鱉大夥歡聲聚集。大珠、珠子江邊閃
爍。各種玉石累積不少，色澤燦爛，光芒四射，叢積於水中。鴻、鸕、鵠、
鴇、駕、鵝、屬玉、交精、旋目、煩鶩、庸渠、箴疵、鵁盧各種鳥類或浮泛
在水上或依洲渚嬉戲。發出咬哂水草、菱角、蓮藕的聲音。

〔註75〕 昭明太子撰《文選》（臺北縣板橋鎮：藝文印書館，民72）卷四十五，頁
644。譯文：至於藺相如在秦朝章臺宮誓死護和氏璧成功，四位白髮老翁在
商山採取草木以果腹，公孫弘由待詔金馬門時開始創建他的功業，霍去病
在祁連山嶄露頭角，司馬相如用詭譎的手段取得卓王孫的資財，東方朔割
下炙肉給其妻。我做不到這幾位的所作所為，所以默默獨自守著我所作的
《太玄》。

賦物象形，兵刑禮樂，飲食男女，于以發爲文章，形爲詩賦，其道萬千。」
〔註76〕究其鴻，則在本於自然。

三、自然與書法

（一）本之自然的書論

書論與自然之間，在漢朝書論初始時，蔡邕的〈九勢〉就已經明白標示：

夫書肇於自然。〔註77〕

但是，元朝鄭杓的《衍極》對於書法和自然之間，有下列一段文字：「至哉，聖人之造書也，其得天地之用乎！盈虛消長之理，奇雄雅異之觀，靜而思之，默然無朕，散而觀之，萬物紛錯，書之義大矣哉。」他認爲當我們定心觀察時，彷彿和自己完全無關；而當我們放懷比對時，自然與書法紛然交錯，範圍奇廣。下文又云：「自秦以來，知書者不少，知造書之妙者爲獨少。」〔註78〕行文之意，頗見遺憾。下文僅就有限資料，略加申述。

自然一詞，書論與文論，嚴格說來，都有似「自然界」的涵義。書法和文字是脫離不了關係的。「在書法等同於文字的時期，書法審美起源與規律，實與先民創造文字的實用審美傾向結合，此時書法的基本定義爲『文字』是不可推翻的。」〔註79〕日人中田勇次郎撰寫的《中國書法理論史》，「至漢至清，在每一章的開始處，都先從中國文字的結構和文字的特點談起，⋯⋯因爲書法一道雖屬藝術範疇，其基礎卻是建築在文字的實用性上面的。」〔註80〕如此說來，文字的起源就是書法的起源。東漢許慎《說文解字・敘》曰：

黃帝之史倉頡，見鳥獸蹏迒之跡，知分理之可相別異也，初造書契。
〔註81〕

〔註76〕 葉燮著《原詩》頁 8～9。丁福保編訂《清詩話》（臺北市：藝文印書館，民54）。

〔註77〕 陳思《書苑菁華》卷十九。見永瑢、紀昀等撰《欽定四庫全書》（上海市：上海古籍出版社，1987）814 冊，頁 185。

〔註78〕 並見鄭杓述、劉有定譯《衍極》卷三，頁 265。見楊家駱主編《宋元人書學論著》（臺北市：世界書局，民 61）。無朕：猶言空寂無形。

〔註79〕 簡月娟〈書法美學研究方法論的省思〉。見《興大中文學報》第十八期，頁 218。民 95 年，1 月。

〔註80〕 中田勇次郎著、盧永璘譯《中國書法理論史》（天津：天津古籍出版社，1987）頁 3，吳小如〈盧永璘譯《中國書法理論史》題記〉。

〔註81〕 許慎撰、段玉裁注《說文解字注》（臺北縣板橋鎮：藝文印書館，民 55）頁761。按：《說文解字》此宋朱長文方才收入《墨池篇》。但將敘述文字構造原

文字學上倉頡初造書契這樣的觀念，不僅見於文字學，而且屢見於書論的文獻，例如：「黃帝之史，沮誦、倉頡者，眺彼鳥跡，始作書契。」〔註82〕「鳥迹跡，頡皇循。聖作則，制斯文。」〔註83〕「皇頡作文，因物構思，觀彼鳥跡，遂成文字。」〔註84〕「書契之興，始自頡皇。寫彼鳥跡，以定文章。」〔註85〕等皆是。

倉頡如何造字？除了上文所引：「見鳥獸蹏迒之跡，知分理之可相別異也，初造書契」、「眺彼鳥跡」、「因於鳥跡」、「因物構思，觀彼鳥跡」、「寫彼鳥跡」，許慎又加上如下之語：

　　倉頡之初作書，蓋依類象形，故謂之文。……文者，物象之本。……

　　著於竹帛謂之書，書者如也。〔註86〕

「依類象形」如同上述諸語，也即「物象之本」；至於「書者如也」，清代段玉裁《說文解字注》寫道：「謂如其事物之狀也。……謂每一字，皆如其物狀。」〔註87〕

書論家孫過庭《書譜》和劉勰有同樣的思維，借用《易經》之句云：

　　《易》曰：「觀乎天文，以察時變；觀乎人文，以化成天下。」況書

　　之爲妙，近取諸身。〔註88〕

他的意思是說：觀察天上日月的文采，人們可以獲知四時的變化；觀察人們禮儀的文采，可以教化成就天下。何況書法的微妙，同樣可以從近身處取得同類的譬喻！值得注意的是，引用《易·象·賁》曰：「觀乎天文，以察時變；

理和書體種類列爲書法範圍的論著，在唐朝張彥遠纂輯《法書要錄》中，如後魏時期江式的〈論書表〉、唐代張懷瓘《書斷》皆已涉及。蹏迒：蹄瓜的痕跡。分理：肌肉的紋理，此指紋理。別異：各自不同。

〔註82〕衛恆《四體書勢》。房玄齡等撰《晉書》（臺北市：鼎文書局，民68）卷三十六，頁1062。張懷瓘《書斷·古文》稱〈古文贊〉。張彥遠集《法書要錄》卷七，頁106。見楊家駱主編《唐人書學論著》（臺北市：世界書局，民64）。

〔註83〕蔡邕〈篆勢〉。見衛恆《四體書勢》。同註85。頁1063。

〔註84〕成公綏〈隸書體〉。嚴可均校輯《全上古三代秦漢三國六朝文》（北京市：中華書局，1958）《全晉文》卷五十九，頁1789。

〔註85〕崔瑗〈草書勢〉。見衛恆《四體書勢》。同註85，頁1066。又卷六十〈索靖傳〉〈草書狀〉云：「倉頡既生，書契是爲。科門鳥篆，類物象形。」

〔註86〕許慎撰、段玉裁注《說文解字注》（板橋：藝文印書館，民55）頁761～762。

〔註87〕同註89，頁762。

〔註88〕孫虔禮《書譜序》（臺北市：國立故宮博物院，民76）頁29。

觀乎人文，以化成天下。」〔註89〕的一節文字，與文論相同，等於擴大自然的範疇，從偏於科學的自然，加上社會的人文生活：天地之大，萬物之多，盡在其內。

其他書論都難逃以上範圍，唐初書家虞世南〈筆髓論〉「契妙」一節說：

> 字雖有質，跡本無為，稟陰陽而動靜，體萬物以成形。〔註90〕

字雖然有形體，但卻不是一定的。它稟承天地陰陽相反相成的原則運筆，它的形象是以萬物為體而成。萬物者何？當如上述包括自然與人文社會。

開元時書法家、書法評論家張懷瓘在解說許慎「題之竹帛謂之書」時，把這個意思發揮得更為詳盡：

> 書者如也，舒也，著也，記也。著明萬事，記往知來，名言諸無，宰制群有，何幽不貫，何往不經。〔註91〕

〈文字論〉這一篇，他繼續說：

> 範圍宇宙，分別川原高下之可居，土壤沃瘠之可殖，是以大荒籍矣。
> 紀綱人倫，顯明君父，尊嚴分別而愛敬盡禮，長幼班列而上下有序，
> 是以大道行焉。闡《典》、《墳》之大猷，成國家之盛業者，莫近乎
> 書。〔註92〕

可以說天地萬象，從往古到未來，從視而可見到幽冥難尋，自然的宇宙大荒，人文的倫常禮儀，無不在「書」的範圍。原始的文字，既然從整體自然而來，其後衍生的書體，同樣不能免除。〔註93〕鄭杓的《衍極》從書體上，全面為書法本之自然立說，云：

> 草本隸，隸本篆，篆出於籀，籀始於古文：皆體於自然，效法天地。
>
> 〔註94〕

〔註89〕　王弼、韓康伯注，孔穎達疏《周易注疏》（臺北市：臺灣學生書局，民56）卷三，頁260。

〔註90〕　韋續編纂《墨藪》頁38。見楊家駱主編《唐人書學論著》（臺北市：世界書局，民64）。

〔註91〕　〈張懷瓘書斷上並序〉。張彥遠集《法書要錄》卷七，頁105。楊家駱主編《唐人書學論著》（臺北市：世界書局，民64）。

〔註92〕　〈文字論〉。同註94，卷四，頁70。籍：被書成冊。

〔註93〕　按：有關書法本之自然的理論，近人林語堂在其《吾國吾民》一書〈中國書法〉一節敘述甚詳。但內容甚長，且原書為英文版，譯成中文用字用詞甚至語法各有不同，謹記於此，供有心者尋索。

〔註94〕　鄭杓述、劉有定釋《衍極》卷二，頁236。見楊家駱主編《宋元人書學論著》（臺北市：世界書局，民61）。

明朝湯臨初《書指》云：

> 大凡天地間，至微至妙，莫如化工。故曰神，曰化，皆由合下自然，
> 不煩湊泊，物物有之，書固宜然。……字有自然之形，筆有自然之
> 勢，順筆之勢則字形成，盡筆之勢則字法妙。不假安排，目前皆具
> 此化工也。〔註95〕

則統合書法的從最原始的象形到書法藝術抽象化之形成，凡有形、無形皆在
其內，「自然」可謂無所不在，無所不有。那麼書法的本根，源之於自然，當
可成立。這或許就是蔡邕所云：「夫書肇乎自然」之緣由。

　　以上這些說法，都屬文字創始階段，無不證明文字「本之自然」。文字創
始之初，觀物取象而得，因此文字雖不是純然物象之再現，在古大字與部分
甲骨文的時代，物象與文字之間的狀貌相去不會太遠；但是，文字形體隨著
使用者以傳情達意為主要內容後，文字的符號化日趨明顯，也就是距離實物
原形相去日遠。原本「日」的圓形，小篆為求規整化已拉成長形，隸書則成
折角扁形；「月」的半圓形，到小篆已多出長腳，到隸書也成折角扁形。成公
綏〈隸書體〉云：「時變巧易，古今各異。」〔註96〕衛恆〈隸勢〉云：「鳥跡
之變，乃惟佐隸。蠲彼繁文，崇此簡易。」〔註97〕字形演變到更簡略符號的
草書，崔瑗〈草勢〉云：「草書之法，蓋又簡略，應時諭指，用於卒迫。兼功
并用，愛日省力，純儉之變，豈必古式？」〔註98〕朱履貞撰《書學捷要》云：
「書肇於畫，象形之書，書即畫也。籀變古文，斯、邈因之。楷真、行、草
之變，書離於畫矣。」〔註99〕

　　雖然文字運用講求快速便捷，「豈必古式」？不過，在書法理論上，這個
問題終須解決。

　　我們發覺文字的來源，除了將自形象形化，還有將自然抽象化。重新審
視「文」之本源的其中之一——八卦，〈繫辭下〉云：

〔註95〕　倪濤撰《六藝之一錄》（臺北市：臺灣商務印書館，民59）27冊，卷二百九
　　　　　十六，頁1～2。湊泊：凝聚、結合。化工：自然形成的工巧。
〔註96〕　嚴可均校輯《全上古三代秦漢三國六朝文》（北京市：中華書局，1958）《全
　　　　　晉文》卷五十九，頁1789。
〔註97〕　衛恆《四體書勢》。房玄齡等撰《晉書》（臺北市：鼎文書局，民68）卷三十
　　　　　六，頁1065。蠲：除去。
〔註98〕　同註100，頁1066。
〔註99〕　朱履貞撰《書學捷要》頁37。見楊家駱主編《清人書學論著》（臺北市：世界
　　　　　書局，民61）。

> 古者包犧氏之王天下也，仰則觀象於天，俯則觀法於地，觀鳥獸之
> 文，與地之宜。近取諸身，遠取諸物，於是始作八卦，以通神明之
> 德，以類萬物之情。〔註100〕

伏犧氏固然觀察整個天地大自然，而後爲天地萬象歸納出宇宙萬事萬物組成
的八個因素。〔註101〕不論八個卦象，還是六十四卦、三百八十四爻，全都一
長橫、二短橫所組成的「符號」。同是前文所說的「觀物取象」、「假象喻意」，
這個「象」距離天象、鳥獸之文、天地之宜的實際形象間相去甚遠；這就是
將自然抽象化。許愼在撰寫《說文解字》時，幾乎用了與〈繫辭下〉如出一
轍的文字：

> 古者庖犧氏之王天下也，仰則觀象於天，俯則觀法於地，視鳥獸之
> 文，與地之宜。近取諸身，遠取諸物，於是始作《易》八卦，以垂
> 憲象。〔註102〕

也或許在東漢，人們使用的文字形體，已經是距離原始古文字甚遠的隸書，
許愼於是爲後人預留文字的另一個起源——八卦。這種抽象化的卦象，給予
論書者很好的憑藉。張懷瓘說：「夫卦象所以陰隲其理，文字所以宣載其能。
卦則渾天地之窈冥，祕鬼神之變化；文能以發揮其道，幽贊其功。是知卦象
者，文字之祖，萬物之根。」〔註103〕這一說，彌補了既說象形，卻離形日遠
的論述。

　　類似的文字又見於〈繫辭上〉，亦云：「在天成象，在地成形。」「見乃謂
之象，形乃謂之器。」「天垂象，見吉凶，聖人象之。」〔註104〕於是，張懷瓘
更明白地說：

> 臣聞形見曰象，書者法象也。〔註105〕

〔註100〕 王弼、韓康伯注、孔穎達疏《周易注疏》（臺北市：臺灣學生書局，民56）
　　　　卷八，頁674。

〔註101〕 徐芹庭〈易經導讀〉。見田博元、周何主編《國學導讀叢編》（臺北市：康橋
　　　　出版事業，民68）頁85。

〔註102〕 許愼撰、段玉裁注《說文解字注》（板橋鎮：藝文印書館，民55）頁761。

〔註103〕 〈張懷瓘書斷上並序〉。張彥遠集《法書要錄》卷七，頁113。楊家駱主編《唐
　　　　人書學論著》（臺北市：世界書局，民64）。陰隲：暗中安排。

〔註104〕 王弼、韓康伯注、孔穎達疏《周易注疏》（臺北市：臺灣學生書局，民56）
　　　　卷七，頁584、635～636、638。

〔註105〕 〈六體書論〉。董誥等編《全唐文》（上海市：上海古籍出版社，1990）卷四
　　　　百三十二，頁1951。

善學者，乃學之於造化，異類而求之，固不取乎似本，而各挺之自
然。〔註106〕

夫草木各務生氣，不自埋沒，況禽獸乎？況人倫乎？猛獸鷙鳥，神
采各異，書道法此。〔註107〕

引文的「形」，當即〈繫辭上〉「在地成形」的形；引文的「象」，當即〈繫辭
上〉「在天成象」的象。張懷瓘提出的「法象」之說，所形成的象與物之本體
相差甚遠，和〈繫辭下〉所述由一長橫、二短橫組成的卦象間有何差異？由
此，他對書法的結論是：書法是「妙探於物」，「慮以圖之，勢以生之，氣以
和之，神以肅之，合而裁成，隨變所適。」〔註108〕絕非依類象形式的古篆書
的造型摹擬，是以總體精神氣韻上去把握和汲取。「囊括萬殊，裁成一相。」
〔註109〕包羅各種不同的物象，裁剪成一幅獨特的形體。只是我們專注在文字
的運用，很少有人去思考這個問題。

這不是張懷瓘的獨見，如同為唐代蔡希綜的《法書論》，讚美張旭法「意象
之奇，不能一一全其古制」，「群象自形，有若飛動」〔註110〕，韋續編纂的《墨
藪》記蔡邕〈筆論〉對於作品云：「縱橫有象，可謂書矣。」〔註111〕；宋代趙
構《翰墨志》說《淳化帖》、《大觀帖》「風骨意象皆存」〔註112〕；元代鄭杓《衍
極‧書要篇》則把蔡邕所說的「縱橫有象」演化為「縱橫皆有意象」。〔註113〕

〔註106〕〈張懷瓘書斷上並序〉。張彥遠集《法書要錄》卷七，頁 111「行書」。楊家
騊主編《唐人書學論著》（臺北市：世界書局，民 64）。譯文：擅長學習的人
是向造物主學習：從書法以外的萬象去尋求，不從書法這條路去找，卻能夠
恣意呈現書法的本然。

〔註107〕〈張懷瓘書議〉。張彥遠集《法書要錄》卷四，頁 66。楊家騊主編《唐人書
學論著》（臺北市：世界書局，民 64）。譯文：草木各逞生氣，不埋沒自己，
何況是動物之類的禽獸，更何況是萬物之靈的人類？猛獸、兇鳥，神彩各自
不同：書法就是學習這個。

〔註108〕〈六體書論〉。董誥等編《全唐文》（上海市：上海古籍出版社，1990）卷四
百三十二，頁 1951。

〔註109〕同註 111，頁 68。

〔註110〕陳思《書苑菁華》卷十一。永瑢、紀昀等撰《欽定四庫全書》（上海市：上海
古籍出版社，1987）814 冊，頁 120。

〔註111〕〈用筆法並口訣〉。韋續編纂《墨藪》頁 27。見楊家騊主編《唐人書學論著》
（臺北市：世界書局，民 64）。

〔註112〕高宗撰《翰墨志》頁 4。見楊家騊主編《宋元人書學論著》（臺北市：世界書
局，民 61）。按：本論文凡碑、帖，視同書籍，符號採《　》。後皆同此。

〔註113〕鄭杓述、劉有定釋《衍極》卷二，頁 250。見楊家騊主編《宋元人書學論著》
（臺北市：世界書局，民 61）。

上述引文值得注意的是「象」之外，又多出一個辭彙「意象」。這個詞彙，早在《易・繫辭上》云：「聖人立象以盡意。」〔註114〕後，王充《論衡・亂龍篇》結合成「意象」一詞。〔註115〕其後，王弼《周易略例・明象》將意與象分別作解。〔註116〕劉勰《文心雕龍・神思》則引入文學創作。〔註117〕在書法上，大概唐人認為「象」容易產生物類之本的「象形」聯想，於是沿用「意象」。這是滲入作者主觀意識的詞彙，以此區別象形化與抽象化之間的差異。

清人劉熙載《藝概》云：「聖人作《易》，立象以盡意。意，先天，書之本也；象，後天，書之用也。」〔註118〕可以作為上述申論的綜結。

（二）本之自然的實例

書論中本之自然的實例，所謂的象，早初是象形，中唐以後皆指滲入書者主觀意識的意象。

就在唐朝，這類紀載頗多。以書家先後排序，最早的是中晚唐蔡希綜〈法書論〉及韋續編纂《墨藪》追記鍾繇的「每見萬類，皆畫象之。」〔註119〕

〔註114〕 王弼、韓康伯注、孔穎達疏《周易注疏》（臺北市：臺灣學生書局，民56）卷七，頁641。

〔註115〕 〈亂龍篇〉：「夫畫布為熊麋之象，名布為侯，禮貴意象。」王充著《論衡》三（北京市：中華書局，1985）卷十六，頁173。按：其涵義只是用來表示尊重意識的象徵。

〔註116〕 「夫象者，出（於）意者也；言者，明象者也。盡意莫若象，盡象莫若言。言生於象，故可尋言以觀象；象生於意，故可尋象以觀意。」王弼撰《周易略例》（臺北市：成文出版社，民65）頁21。

〔註117〕 〈神思〉：「獨照之匠，闚意象而運斤。」一個技術獨到的工匠，根據自己的想像去揮動斧斤製造器具一樣。劉勰撰、范文瀾注《文心雕龍注》（臺北市：開明書局，民57）卷六，頁1。

〔註118〕 劉熙載撰《藝概》（臺北市：廣文書局，民58）卷五，頁一。按：《易・繫辭上》：「聖人立象以盡意，設卦以盡情偽。」意指聖人創立卦象以表達看不到的宇宙萬物的意念，劉氏闡發於書法，用以說明書法本體的兩個方面——書意〈精神內涵〉與書象〈外部形態〉，認為前者是先於書象的根本，後者是後於書意而呈現的工具。在這裡，表現出的意與象密切結合，無法分離。

〔註119〕 蔡希綜〈法書論〉作「每見方數，悉書象之。」見陳思《書苑菁華》卷十二。永瑢、紀昀等撰《欽定四庫全書》（上海市：上海古籍出版社，1987）814冊，頁118。〈用筆法並口訣第八〉。韋續編纂《墨藪》頁28。見楊家駱主編《唐人書學論著》（臺北市：世界書局，民64）。

鍾繇自述云:「用筆者,天也;流美者,地也。非凡庸所知。」〔註 120〕
意思是說:我用筆的流暢優美,是稟之於天地;不是一般人所懂得的。這究
竟是怎麼一回事?臨死,才透露其中秘密:

> 臨死,乃於囊中出以授其子會,謂曰:「吾精思學書三十年,讀他書
> 未終,盡學其字。與人居,畫地廣數步。臥畫被,穿過表。如廁,
> 終日忘歸。每見萬類,皆畫象之。」〔註121〕

他之所以能用筆流美,除了專心致志,渾然忘我外,全在於「每見萬類,皆
畫象之。」天地萬象,他都以象徵的筆調表達。

其次,〈唐朝敘書錄〉有唐太宗從戰陣領悟佈局的記載:

> 朕少時為公子,頻遭陣敵,義旗之始,乃平寇亂。執金鼓必自指揮,
> 觀其陣,即知其強弱。每取吾弱對其強;以吾強對其弱。敵犯吾弱,
> 追奔不踰百數十步;吾擊其弱,必突過其陣,自背而返擊之,無不
> 大潰。多用此制勝,朕思得其理深也。今吾臨古人之書,殊不學其
> 形勢,……而形勢自生耳。〔註122〕

在征戰中,李世民必然是將軍身分。這個身分的特色是綜觀全局,因此他說:
「每取吾弱對其強;以吾強對其弱。敵犯吾弱,追奔不踰百數十步;吾擊其
弱,必突過其陣,自背而返擊之,無不大潰。」寫字何嘗不然?以戰陣名篇
的書論並非起於此,聞名的〈衛夫人筆陣圖〉就以「陣」字為名,又〈題〈衛
夫人筆陣圖〉後〉起首就在解釋為何稱「筆陣」的原因:「夫紙者陣也,筆
者刀矟也,墨者鍪甲也,水硯者城池也,心意者將軍也,本領者副將也,結
構者謀略也,颺筆者吉凶也,出入者號令也,屈折者殺戮也。」〔註 123〕唐
太宗所描述的,是「字勢」,是結構中不得不然的道理;簡單地說,就是相
避相讓的道理。戰陣和書法之間,看起來雖不是大自然與書法,但也屬於與
人文間的聯繫。

〔註120〕 〈用筆法並口訣第八〉。韋續編纂《墨藪》頁 28。見楊家駱主編《唐人書學
論著》(臺北市:世界書局,民 64)。

〔註121〕 同註124。

〔註122〕 張彥遠集《書法要錄》卷四,頁 72～73。楊家駱主編《唐人書學論著》(臺
北市:世界書局,民 64)。

〔註123〕 〈題衛夫人筆陣圖後〉。張彥遠集《書法要錄》卷卷一,頁 4。楊家駱主編《唐
人書學論著》(臺北市:世界書局,民 64)。刀矟:即刀與長矛。鍪甲:盔甲。
颺:與「揚」通。

再其次，屬李陽冰的〈論篆〉：

> 陽冰志在古篆殆三十年，見前人遺跡，美則美矣，惜其未有點畫，
> 但偏傍模刻而已。緬想聖達立卦造書之意，乃復仰觀俯察六合之際
> 焉：於天地山川，得方圓流峙之形；於日月星辰，得經緯昭回之度；
> 於雲霞草木，得霏布滋蔓之容；於衣冠文物，得揖讓周旋之體；於
> 鬚眉口鼻，得喜怒慘舒之分；於蟲魚禽獸，得屈伸飛動之理；於骨
> 角齒牙，得擺拉咀嚼之勢。隨手萬變，任心所成，可謂通三才之氣
> 象，備萬物之情狀者矣。〔註124〕

李氏之作，緣於後世篆籀誤謬，於是重新觀察天象人事以入書。比之《說文》
有餘而無不足。

其四，張懷瓘不獨有他「本之自然」的論述，「夫物芸芸，各歸其根，復
本之謂也。書復於本，上則法於自然」〔註125〕，並且狂言狂語地說：「聖人不
凝滯於物，萬法無定，殊途同歸，神智無方而妙有用，得其法而不著，至於
無法，可謂得矣。何必鍾、王、張、索而是規模？道本自然，誰其限約？亦
猶大海，知者隨性分而挹之。」〔註126〕於是敘述他自己作品道：

> 僕今所制，不師古法。探文墨之萬有，索萬物之元精，……或若擒
> 虎豹，有強梁挐攫之形；執蛟螭，見蚴蟉盤旋之勢。探彼意象，入
> 此規模。〔註127〕

他是很自負的。自古以來，人們所學，不離先人所創之法；但是張氏「不師
古法」，直接從萬事萬物中去擷取。「道本自然，誰其限約？」更從動物的各
種動作，獲取筆勢。其中「意象」一詞，不是早初純粹對自然的再現，而是
合乎「法象」的道理。又在〈評書藥石論〉有如下的說詞：

> 百靈儼其如前，萬象森其在矚，雷電興滅，光陰糾紛，考無說而究
> 情，察無形而得相，隨變恍惚，窮探杳冥，金山玉林，殷於其內，

〔註124〕　〈上李大夫論古篆書〉。董誥等編《全唐文》（上海市：上海古籍出版社，1990）
　　　　　卷四百三十七，頁1974。

〔註125〕　〈評書藥石論〉。同註128，卷四百三十二，頁1953。

〔註126〕　〈評書藥石論〉。董誥等編《全唐文》（上海市：上海古籍出版社，1990）卷
　　　　　四百三十二，頁1952。

〔註127〕　〈張懷瓘文字論〉。張彥遠集《書法要錄》卷卷四，頁71～72。楊家駱主編
　　　　　《唐人書學論著》（臺北市：世界書局，民64）。強梁：強盜、暴徒。挐攫：
　　　　　相持搏鬥。蛟螭：猶蛟龍，亦泛指水族。蚴蟉：蛟龍屈折行動狀。盤旋：沿
　　　　　著螺旋軌道運動：旋繞飛行。

何奇不有，何怪不儲！無物之象，藏之於密，靜而求之或存，躁而
索之或失，雖明目諦察而不見，長策審逼而不知，豈徒倒薤、懸針、
偃波、垂露而已哉？〔註128〕

本引文是印證前文以馬爲喻：「夫馬筋多肉少爲上，肉多筋少爲下；書亦如
之。」〔註129〕馬固然可以使人在書法上有所啓發，大自然無奇不有，無怪
不儲，無形無象，藏在幽隱之中，靜心索求，或許可獲，心浮氣躁，必然無
得。這些隱密，不只是呈現在倒薤體、偃波體及是否收鋒的豎畫，也可以在
許許多多我們所尚未領悟道的東西上。這樣「象」不單是有形之物，更在於
無形的概念。

除了鍾繇、唐太宗、李陽冰、張懷瓘，這類的記載，最廣爲後人們傳述
的，莫過張旭。

中唐韓愈看待張旭的狂草，無不是自然的化身。〈送高閑上人序〉裡
說：

往時張旭善草書，不治他技。……觀於物，見山水崖谷，鳥獸蟲魚，
草木之花實，日月列星，風雨水火，雷霆霹靂，歌舞戰鬥，天地事
物之變，……一寓於書。〔註130〕

在韓愈眼中，其狂草可謂集天地萬象，宛如鍾繇「每見萬類，皆畫象之。」
又如張懷瓘「囊括萬殊，裁成一相」。《新唐書・藝文傳》云：

始見公主簷夫爭道，又聞鼓吹，而得筆法意，觀倡公孫舞〈劍器〉
得其神。〔註131〕

「爭道」，或許是從其中悟得佈白結體相避相讓的道理；「聞鼓吹」或許是從
音樂的旋律中，悟得快慢、輕重、長短、高低等的啓示；跳〈劍器〉舞或許
是從舞蹈的動作中獲得節奏相沿相續，圓滿婉轉，乍旋乍止，頓挫有節等之
美。每個人的領悟容有不同，但這些現象都是一般人視而可知，聞而可感的。
而張旭卻將之融於線條的往復連斷，承上生下及其組合之中。

〔註128〕同註130，頁1953。倒薤、懸針、偃波、垂露：皆書體名。見第三章第一節
〈書論中的書體〉。
〔註129〕同註130。
〔註130〕韓愈撰、馬其昶注《韓昌黎文集校注》（臺北市：世界書局，2002）頁285。
〔註131〕歐陽脩、宋祁等奉敕撰《新唐書》（臺北市：鼎文書局，民68）卷二百二，
頁5764。

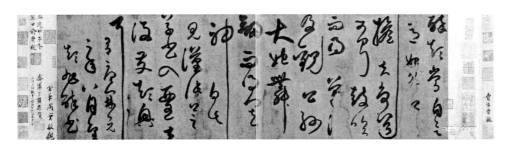

圖 1：張旭《自言帖》

釋文：醉類嘗自言意：始見公□擔夫爭道，又聞鼓吹而得筆□及觀公孫大娘舞劍
　　　而得其神。自此見漢張芝草書入聖，甚復發顛興耳。有唐開元二年八月望
　　　顛旭醉書。

　　蔡希綜〈法書論〉及託名顏眞卿的〈述張長史筆法十二意〉中，都同樣
記載了畫沙的故事：

　　　僕嘗聞褚河南用筆如印印泥，思（其）所以，久不悟。後目閱江島間
　　　平沙細地，令人欲書。復偶一利錐，便取書之，健勁明麗，天然媚
　　　好，方悟其志。此蓋草、正用筆，悉欲令筆鋒透過紙背。用筆如畫
　　　沙、印泥，則成功極致。自然其蹟可得齊于古人。〔註132〕

文中的「印印泥」以及利鋒書沙而成的「錐畫沙」，即是文末所寫的「欲令筆
鋒透過紙背」。後人常解爲行筆時，皆欲中鋒用筆，鋒藏畫中。印章印在封泥
上，深入有力，務存其眞。錐鋒書入沙裡，沙形兩邊凸起，中間凹成一線。
以此二者，比喻用筆功夫精深，下筆有力。〔註133〕

　　陸羽，玄宗開元十二年（733）生，德宗貞元二十年（804）卒，盛唐到
中唐間隱士。年少時，值張旭晚景〔註134〕，也轉記張旭告訴鄔彤、鄔彤又傳

〔註132〕蔡希綜〈法書論〉。陳思《書苑菁華》卷十二。永瑢、紀昀等撰《欽定四庫全
　　　書》（上海市：上海古籍出版社，1987）814 冊，頁 120。此處係採蔡希綜〈法
　　　書論〉，「僕」字依上下文，指張旭；顏眞卿〈述張長史筆法十二意〉則云是
　　　老舅陸彥遠說。
〔註133〕梁披雲主編《中國書法大辭典》（香港：書譜出版社，1984）頁 194。
〔註134〕按：關於張旭生卒年有數說：聞一多、熊秉明主張高宗顯慶三年（658），聞
　　　說至玄宗天寶六年（747），熊說至天寶七年（748），年八十九或九十；郭沫
　　　若、朱關田主張高宗上元二年（675）至肅宗乾元二年（759）；方磊則主張生
　　　於唐高宗永淳二年（683），卒於唐肅宗乾元二年（759）。見方磊〈張旭生卒
　　　年代探析〉，見〈西北美術〉1996 年第 4 期。另據阮堂明考證，生年約在正
　　　后垂拱元年（685）或稍前，卒年與郭、朱、方皆同。見阮堂明〈張旭卒年考
　　　辨〉《太原師範學院學報》第 3 卷第 4 期，2004 年 12 月。本文採取方磊之說。

之於懷素、懷素有所自得的話〔註135〕：

> 懷素與鄔形爲兄弟，常從形受筆法。形曰：「張長史私謂形曰：孤蓬
> 自振，驚沙坐飛，余自是得奇怪。草聖盡於此矣。」顏眞卿曰：「師
> 亦有自得乎？」素曰：「吾觀夏雲多奇峰，輒常師之；其痛快處，如
> 飛鳥出林，驚蛇入草。又遇坼壁之路，一一自然。」眞卿曰：「何如
> 屋漏痕？」素起，握公手曰：「得之矣！」〔註136〕

這是一段後人看似禪宗公案的故事，依結尾懷素高興地站起來握住顏眞卿的
手，在當年，必然不是難懂的語言。依前所說，「孤蓬自振，驚沙坐飛」這兩
句話不知是否形容用筆的快慢？慢如孤蓬自振，快如驚沙坐飛。孫過庭的《書
譜》曾對用筆速度的遲澀與勁疾做過說明，這裡則是從「孤蓬自坐，驚沙坐
飛」實物中，悟得對用筆的遲澀與勁疾。是指行筆的動作，不是曼妙多姿，
就是來無影，去無蹤，則懷素透過鄔形得知張旭運筆承之於造化者是如此。「夏
雲多奇峰」則是懷素從造化中的感悟，雲本不定，筆法亦當無定形；夏雲詭
譎，奇峰參差，書法亦當如此，錯變無方，不可捉摸。「飛鳥出林，驚蛇入草」，
是畫盡後的收筆及下一畫的起筆。〔註137〕「坼壁之路，一一自然」原是新粉
刷過的牆壁呈現的細微坼裂痕，自然而不造作，用來比喻用筆絲牽得自然有
致，非有意爲之；自然是承「飛鳥出林，驚蛇入草」而說。至於顏眞卿的「屋
漏痕」是指行筆不可一瀉直下，需手腕微微時左時右頓挫行筆，猶如屋漏之蜿
蜒而下。強調運筆過程的按壓、澀行及無固定軌轍。他們之間，看不出實際的
師生互動，能見到的是同從自然界去領悟，去擷取。這可能是感悟的最高層次。

〔註135〕 鄭杓述、劉有定釋《衍極》頁217：「旭又得諸遂良餘論，以授顏眞卿、李陽
冰、徐浩、韓滉、鄔彤、魏仲犀、韋玩、崔邈等二十餘人。釋懷素聞於鄔彤。」
楊家駱主編《宋元人書學論著》（臺北市：世界書局，民61）。

〔註136〕 陸羽《懷素別傳》。張宏庸輯《陸羽全集》（桃園縣：茶學文學出版社，民74）。
譯文：懷素和鄔彤是兄弟，常追隨鄔彤接受筆法。彤向懷素說：「張長史私下
跟我說：「我看到蓬草，自我搖晃，被風旋起的黃沙，驚動地飛舞，我從此悟
出運筆的奇異。老師跟我說的就是這些。」顏眞卿聽到這個故事，問道：「法
師您也有自己的心得嗎？」懷素回答說：「我觀察夏天的雲層變幻無窮，像奇
峰崛起，就時常效法它。到筆墨淋漓痛快的時候，像是飛鳥衝出樹林，受驚
的蛇虺鑽進草叢。又看到裂開牆壁的紋路，每一道都是那麼自然。」顏眞卿
說：「你認爲屋頂漏雨的痕跡怎麼樣？」懷素聽後站起，握住顏眞卿的手說：
「你得到書法的神髓了！」

〔註137〕 按：明末清初宋曹解作「來不可止，去不可遏。」《書法約言》頁6。見楊家
駱主編《明人書學論著》（臺北市：世界書局，民62）。

如此說來，他們所看到的，不是我們一般凡人所見到一定線條的形質，而是天地萬象。於是，陽冰刻石作篆，旭、素將通行的草書進一步演化成人們所稱的狂草。

以後，意象之說代有其人。宋朝，蘇軾曾經轉述過文同因蛇悟草法〔註138〕：

> 余學書凡十年，終未得古人用筆相傳之法。後因見道上蛇鬥，遂得其妙。乃知顛、素各有所悟，然後至於此耳。〔註139〕

朱長文的《續書斷》記雷簡夫《聽江聲帖》云：

> 予少年時學右軍《樂毅論》……但自恨不及自然。近刺雅州，晝臥郡閣，因聞平羌江暴漲聲，想其波濤番番，迅駃、掀閌、高下、廳逐、奔去之狀，無物可寄其情，遽起作書，則心中之想盡出筆下矣。噫！鳥跡之始，乃書法之宗，皆有狀也。唐張顛觀飛蓬驚沙、公孫大娘舞劍，懷素觀雲隨風變化，顏公謂覽牽法、拆釵股不如屋漏痕，斯師法之外皆有其自得者也。予聽江聲，亦有所得，乃知斯說不專為草聖；但通筆法已欽服，前賢之言果不相欺耳。〔註140〕

北宋四大家之一的黃庭堅也曾自述受大自然的影響：

> 余寓居開元寺之怡思堂，坐見江山，每於此中作草，似得江山之助。〔註141〕

> 山谷在黔忠實，多隨意曲折，意到筆不到。及來樊道舟中，觀長年盪樂，群丁撥棹，乃覺少進。意之所到，輒能用筆。〔註142〕

〔註138〕 文同，生於宋真宗天禧二年（1018），卒於宋神宗元豐二年（1079）。子與可，自號笑笑先生，人稱石室先生。四川梓州永泰（今四川鹽亭縣東北面）人。善畫墨竹，表弟蘇軾曾稱讚他為詩、詞、畫、草四絕。《宋史》卷四四三有傳。草書已失傳，尚有四幅墨竹傳世。後人編有《丹淵集》四十卷、《拾遺》二卷，附范百祿所撰墓誌及家誠之所撰年譜。

〔註139〕 〈跋文與可論草書後〉。蘇軾撰《東坡題跋》卷四。楊家駱主編《宋人題跋》上（臺北市：世界書局，民81）頁120。

〔註140〕 朱長文撰《墨池篇》卷二。永瑢、紀昀等撰《欽定四庫全書》（上海市：上海古籍出版社，1987）812冊，頁643～644。

〔註141〕 董更撰《書錄》卷中。同註144，814冊，頁300。

〔註142〕 〈跋唐道人編余草稿〉。黃庭堅撰《山谷題跋》卷九。楊家駱主編《宋人題跋》上（臺北市：世界書局，民81）頁277。樊道：古縣名。漢犀犍為。為樊人所居，故名。長年：船工。

元蘇天爵敘述鮮於樞領悟書法來自車行泥淖：

> 嘗聞故老云，鮮於公早歲學書，愧未能若古人。偶適野，見二人輓
> 車行淖泥中，遂悟書法，蓋與昔人觀劍器者同一機也。〔註143〕

「輓車泥淖」是泥淖中拉車的意思；領悟到的是什麼？應該是紙的阻力與筆
在紙面運行，阻力與運行之間所留下的力道。

張懋修，明朝官員，首輔張居正三子。其《墨卿談乘》紀錄自己的經驗：

> 余方草書，有震雷聲呼呼然，電光爍窗，閃閃不定。余不覺筆端自
> 戰，橫斜浮游，不能自持，乃凝神猛力一收，遂能成字，即有驚雷
> 收電之勢，比常書不同。自此書法頓進。〔註144〕

和前述書家不同的，不是來自視覺，而是來自聲音，比較接近於張旭的「雷
霆霹靂」、「聞鼓吹」與雷簡夫的「聽江聲」。

綜合法象的記載，有取之自然界者，也有取之人文生活者。可見在書法
史上，不只是有「觀物取象」、「假象喻意」的理論，也有以此入筆的書家與
一般文士。本之自然，從造字到書者領悟，幾乎無所不在。清陳奕禧曾云：「書
學大矣哉！通乎天，人乃成其事。自一畫造端，極於蕃變，何所不有，何所
不收，淺嘗之未至也。」〔註145〕陳氏之說，洵非虛語。

四、小結

以上，從理論、實例與自然之間的關係看文學與書法。

文論細分有兩項，一是大家熟知的取之於自然，一是自然與人結合的情
景合一；書論看起來只有一項——來自自然，若細分「意象」一詞，意象與
象之別在，象是客觀的產物，意象則是客觀的產物，再透過作者主觀之意念。
物進入象，很難不滲入人主觀的意識。縱使純用象，亦不免於意。若是這樣
的解釋無誤，和文學的情景相融又有何異？

從實例上觀察，文學中本之自然，俯拾皆是：《詩經》、《楚辭》、漢賦，
不過是舉例而已；而且，文學建立在字義，明瞭其義，讀者可以反其道而想

〔註143〕 〈題鮮于伯機詩帖〉。蘇天爵撰《滋溪集》（上海：上海古籍出版社，1987）
卷二十八，頁336～337。

〔註144〕 《墨卿談乘》卷九。華人德主編《歷代筆記書論彙編》（南京市：江蘇教育出
版社，1996）頁224。

〔註145〕 《綠蔭亭集・偶書》。崔爾平選編《明清書法論文選》（上海：上海書店，1994）
頁488。

像其情景。雖然未必能重現實景，總歸字義還是理解的橋樑。但是，書法的實例則未必如此。書法建立在字形及線條上，絕大多數的觀賞者，難就線條想像原書者的本意。不過就書者本之自然的部分，與文學就理論上觀察，是相通的。因此，就文論，就書論，本之自然是有其會通可見。

第二節　本之心性

不論文學也好，書法也好，在本質上，除了本之自然界的本質之外，還有一條大動脈：本之於人的心性。

一、心性釋義

心，原本是內臟之一，爲行血的總機關。舊時誤認心臟是掌管思慮的器官，所以相沿成爲「腦」的代稱；又演化成「心思」一詞。如《詩・小雅・巧言》：「他人有心，予忖度之。」〔註146〕「心」解爲「心思」。心在古人又有「根本」之意，《易・復》：「復，見其天地之心乎！」注：「復者，反本之謂也，天地以本爲心者也。」〔註147〕到這裡，心已然是本源之謂。〔註148〕

性，指人或事物本身所具有的本質，如人類知、情、意的稟賦，及事物具有的功能質地皆是。這是天生的，所以《春秋繁露・深察名號》曰：「自然之資，謂之性。」〔註149〕物各有性，性各不同，有生命的，隨其生命而各具氣質；沒生命的，亦有其特具之質味、效用等，都稱之曰性。或稱之爲性質，或稱性情或情性等。到宋明理學，性又解爲理。《中庸》曰：「天命之謂性。」朱注：「性即理也。」〔註150〕早在東漢時候，大儒鄭玄注《禮記・樂記》「天理滅矣」句時，作「理猶性也」〔註151〕，則性與理，義相通。理在程、朱的

〔註146〕朱熹集註《詩集傳》（臺北市：臺灣中華書局，民59）卷十二，頁142。

〔註147〕王弼、韓康伯注、孔穎達疏《周易注疏》（臺北市：臺灣學生書局，民56）卷三，頁270。

〔註148〕〈程子之書一〉：「道夫曰：『……，正是程子說「〈復〉見天地之心」。〈復〉之初爻，便是天地生物之心。』」見黎靖德編《朱子語類》六（北京市：中華書局，1986）卷九十五，頁2418。

〔註149〕董仲舒著、蘇輿撰、鐘哲點校《春秋繁露義證》（北京市：中華書局，1992）卷四十，頁291。

〔註150〕《中庸》頁1。朱熹集註《四書集註》（臺北市：世界書局，民55）。

〔註151〕鄭玄注《禮記》（臺北市：新興書局，民60）卷十一，頁127～128。

理學中，意指本體〔註152〕；同樣，性也是本體之謂。

心和性之間，朱熹在解《孟子‧盡心》「盡其心者，知其性也，知其性則知天矣；存其心，養其性，所以事天也。」時，云：「心者，人之神明，所以具眾理而應萬事者也；性則心之所具之理，而天又理之所從以出者也。」又引程子曰：「心也、性也、天也，一理也。自理而言謂之天，自秉受而言謂之性，自存諸人而言謂之心。」〔註153〕心、性加上天，心是我們的本心，性是我們的本性。

這樣的解釋心與性，當解爲一般性如「心思」，如「性情」時，好像立足在人間；當釋爲「本」，釋爲「理」時，又好像立足在玄遠的天上。和上文探討「自然」一樣，都夾雜著一般性質與本體性質兩種角色。如此，則亞伯拉姆斯的宇宙，屬於人和動作、觀念和感情，以及超感官知覺等的素質：都歸之於心和性的範疇。〔註154〕

本論文非專門探討心性者，僅擇取文論與書論類似者述之，姑且分心，指本體；性，指個性、情性、感情二大類。

二、心

文論中之心，可區別爲道體之心與道德之心。書論中，書法與文學最大的不同，文學以字義爲主，人們懂得字義，當可理解作者之心；書法以線條爲主，線條是一種抽象的符號，與書者間的關聯難解，何況書者的心！因此書論中，屬於這類的文字，不易覓得。

（一）道體之心

道體之心，簡言之，即道之本體，即道心；也即上節自然三義的第一義。

1. 文論言道體

在專門文論尚未興起之前，《詩緯‧含神霧》已經明示〔註155〕：

〔註152〕〈程子之書一〉：「『以其體謂之易，以其理謂之道』……易便是心，道便是性。」「先生曰：『就人一身言之：易，猶心也；道猶性；神，猶情也。』」同註152，頁2422、2423。

〔註153〕《下孟》卷七〈盡心〉上，頁187～188。同註154。

〔註154〕按：這就是劉若愚爲什麼修正亞伯拉姆斯圖形的重要原因。

〔註155〕按：緯書：依託經義專論符籙瑞應的書。有《易緯》、《書緯》、《詩緯》、《禮緯》、《樂緯》、《春秋緯》、《孝經緯》七種，稱爲七緯。埋葬於西漢文帝前的長沙馬王堆漢墓帛書有的內容已與緯書相似，至哀、平之際大盛。參考孫家

> 詩者，天地之心。〔註156〕

此心非心智，非心情，而是天地萬象之本體。緯書大盛的時代是西漢末期，是受西漢前期董仲舒「天人感應」說的影響。「《緯書》自稱旨在解釋儒家經典，事實上在闡揚宇宙論，涉及大宇與小宇宙（指人）之間錯綜複雜的互應、陰陽五行的相互作用，以及星象徵兆等等。」〔註157〕那麼，這裡所說的「詩者，天地之心」，顯然是說明瞭：詩與天地本源之間的關係，甚至可說詩是天地萬象的本尊，等同於解釋為本體的「心」。

　　無獨有偶，《西京雜記》是一本難知姓名的著作。或傳為西漢劉歆，或傳為晉葛洪，或傳為梁吳均：姑且當作從西漢末到南朝梁時期的看法。其中有一則記載司馬相如回答盛覽問賦之語，謂：

> 賦家之心，包括宇宙，總覽人物，斯乃得之於內，不可得而傳。
>
> 〔註158〕

詩、賦只是不同的文體，其為純文學則一。司馬相如認為「賦家之心，包括宇宙，總覽人物」，依上文解釋，豈不等同於「詩者，天地之心」的說法？那是宇宙道心，又豈得而傳？

　　在「本之自然」一節中，劉勰對文學之源有精采的論述；對於心同樣認為是文學之源。我們重新翻看《文心・原道》：

> 夫玄黃色雜，方圓體分。日月疊璧，以垂麗天之象；山川煥綺，以鋪理地之形，此蓋道之文也。仰觀吐曜，俯察含章，高卑定位，故兩儀既生矣。惟人參之，惟靈所鍾，是謂三才。（人）為五行之秀，實天地之心。心生而言立，言立而文明，自然之道也。〔註159〕

從宇宙混沌到天地分判，出現了兩塊圓玉似的日月，顯示出天上光輝燦爛的景象；同時，一片錦繡似的山河，也展示了大地條理分明的地形。這些都是自然規律產生的文采。天上看到光輝的景象，地上看到絢麗的風光；天地確定了高和低的位置，構成了宇宙間的兩種主體──陰與陽。後來出現鍾聚著

　　　　洲〈讖緯思想・讖緯的定義和起源〉，見彭林、黃樸民主編《中國思想史參考資料集──先秦至魏晉南北朝卷》（北京：清華大學出版社，2005）頁203。
〔註156〕歐陽詢撰《藝文類聚》（臺北市：文光出版社，民63）卷五十六，頁1002。
〔註157〕劉若愚著、杜國清譯《中國文學理論》（臺北市：聯經出版事業，民70）頁33。
〔註158〕劉歆撰《西京雜記》（臺北市：臺灣商務印書館，民68）頁8。
〔註159〕劉勰撰、范文瀾注《文心雕龍注》（臺北市：開明書局，民57）卷一，頁1。人都具有思想感情，從而產生出語言來；有了語言，就會有文章：這是自然的道理。

聰明才智的人類，就和大地並稱為「三才」。人是宇宙間靈氣聚合而成，是天地的核心。〔註160〕同樣一段文字，可以作如下解讀：天地來自本體，人與天地共列，同樣也來自這個本體：人與天地並列「三才」，並屬「道」之呈現，這是第一關。「日月疊璧，以垂麗天之象」是「天文」；「山川煥綺，以舖理地之形」是「地文」，既然人是「道」的呈現——「為五行之秀，實天地之心」。人心直通「道心」，人有了言語，而後有了因言語而有的「文」：這個「文」是第二關，如同道先有天地，而後有天文、地文。

　　從另一個角度，「道」是一切的本體，天地人三才是道的顯現的第一關，同樣與日月山川並列的動植飛潛的「色文」，林泉天籟的「聲文」是「道」所呈現的第二關，人秉道心而產生的「人文」，豈不等同於動植飛潛、林泉天籟秉持道所產生的「色文」、「聲文」？因此，下文云：

> 傍及萬物，動植皆文：龍鳳以藻繪呈瑞，虎豹以炳蔚凝姿；雲霞雕色，有踰畫工之妙；草木賁華，無待錦匠之奇。夫豈外飾？蓋自然耳。至於林籟結響，調如竽瑟，泉若激韻，和若球鍠——故形立則章成矣；聲發則文生矣。夫以無識之物，鬱然有彩，有心之器，其無文歟？〔註161〕

我們可以說：不論「色文」、「聲文」，還是本之於「三才」之一的「言文」，都源自於宇宙的本體。劉勰指出實例：

> 庖犧畫其始，仲尼翼其終，而乾坤兩位，獨制〈文言〉。言之文也，天地之心。〔註162〕

劉勰將伏羲、孔子所作卦象、十翼並列「言之文」，並稱「言之文也」乃「天地之心」。一方面呼應文文采來自道之本體，一方面很巧妙地與《詩緯》「天地之心」、司馬相如「賦家之心」遙相呼應。原文結束前，綜理前文，再度重申「爰自風姓，暨於孔氏，玄聖創典，素王述訓，莫不原道心以敷章，研神理而設教。」〔註163〕所謂的「道心」、「神理」，分明就是「天地之心」、「賦家之心」！一切人文制度，莫不因「道心」、「神理」演化而來。

〔註160〕史紫忱：「人的產生，可說是神祕美的傑作。」史紫忱著《書法美學》（臺北縣板橋市：藝文印書館，民68）頁11。按：史氏分美有三個層面：神祕美、自然美、人工美。神美來自太初，來自天，來自氣。見該書頁6～8。

〔註161〕劉勰撰、范文瀾注《文心雕龍注》（臺北市：開明書局，民57）卷一，頁1。譯文見前頁17。

〔註162〕同註165，頁1。

〔註163〕同註165，頁2。

　　《文心雕龍》之後，談論道體在作品風格呈現的，是晚唐的司空圖。在他之前的詩人，像王維、孟浩然在詩中具體表現他們對自然的關照，可是並沒有公開在詩中或散文裡討論他們的實際理論。反之，司空圖在題爲《二十四詩品》的二十四首四言詩中，表現他的形上詩觀。

　　他的《二十四詩品》不是一部系統的理論著作，但是，如果把它當作詩來讀，會覺得作者不時向人們吐露一個玄遠的、超然世外的思想。這個思想就是詩的背後，有一個道體之心。

　　如論「雄渾」，他說：「大用外腓，眞體內充。」〔註164〕無名氏《詩品注釋》云：「見於外曰『用』，存於內曰『體』。腓，變也。充，滿也。言浩大之用改變於外，由眞實之體充滿於內也。」〔註165〕「眞體」顯然是道體，「眞體內充」即能與道體合一。若能如此，自能「雄渾」。下文又說：「超以象外，得其環中」，「環中」一詞源自《莊子》。〈齊物論〉云：「樞始得其環中，以應無窮。」〔註166〕「環中」正是《老子》所說的「道沖」、「橐籥」〔註167〕，說的就是道體。「雄渾」境界的獲得，必須「超以象外，得其環中」，超乎言語、現象之外，才能得到道體之妙。

　　論「沖淡」云：「素處以默，妙機其微。飮之太和，獨鶴與飛。」這類作者平居澹素，以默爲守。涵養既深，天機自合。好像喝下「太和」之氣，只有鶴的不徐不急、悠然飛翔可以比擬。太和，陰陽會合沖和之氣。「飮之太和」即《易·乾卦》所謂「保合太和」之意〔註168〕，指飽含天地之元氣，而與自然萬物同化之謂，也就是元氣充滿內心，進入到「道」的境界。〔註169〕若能與「道」渾然一體，自能「沖淡」。

〔註164〕　以下司空圖《二十四詩品》引文部分，皆見何文煥編訂《歷代詩話》（臺北縣：藝文印書館，民60）頁24。

〔註165〕　司空圖原作、陳國球導讀《二十四詩品》（臺北市：金楓出版有限公司，1987）頁44～45。

〔註166〕　郭慶藩輯《莊子集釋》（臺北市：河洛圖書出版社，民63）卷一下，頁66。

〔註167〕　〈四章〉、〈五章〉。王弼等著《老子四種》（臺北市：大安出版社，1999）頁4。道沖：道的本體是虛無的橐籥：古代冶煉時用以鼓風吹火的裝置，猶今之風箱。喻指造化、大自然、本源。

〔註168〕　王弼、韓康伯注、孔穎達疏《周易注疏》（臺北市：臺灣學生書局，民56）卷一，頁62。

〔註169〕　張少康著《司空圖及其詩論研究》（北京：學苑出版社，2006）頁93。

論「高古」，他說：「畸人乘眞，手把芙蓉。」「畸人」出於《莊子・大宗師》：「畸人者，畸於人而侔於天。」〔註170〕「侔於天」即同乎自然。是說不偶於俗的人，率其本性，卻與天合。「畸人乘眞，手把芙蓉。」則是形容其不偶於俗的狀態，宛如手持蓮花，乘眞氣冉冉上昇於天際，不食人間煙火。下文又云：這類作者「虛佇神素，脫然畦封。」心之靈謂之神，象之眞謂之素。「虛佇神，脫然畦封」，言心之靈，象之眞，不染塵俗之氣，彷彿超離於疆界之外，不能以世俗禮教繩之。能超脫於塵世，自然能渾然無跡。這種境界也就是與道相合。

論「洗鍊」，他說：「體素儲潔，乘月返眞」。前人解本詩云：「此言詩樂同源，所以蕩滌邪穢，蕭融滓渣。後人出言腐雜，所以少此段功夫。苟非洗滌心源，獨立物表，儲精太素，遊仞於虛，孰能幾此？」〔註171〕詩文要求洗鍊，作爲一位作家，人所共知，問題在如何達到這個境界。解詩者歸之於「苟非洗滌心源，獨立物表，儲精太素，遊仞於虛，孰能幾此？」而這個概念來自於「體素儲潔，乘月返眞」句。「體素」即《莊子・刻意》說的「能體純素，謂之眞人。」〔註172〕無知無欲，無所與雜，是爲「儲潔」。故如得道之眞人，脫略塵俗，而乘月回歸自然。全篇是以「眞人」的心態，來比喻「洗鍊」的詩境。也就是說詩境務必達到一種自然純淨、返回本體，而無世俗塵垢的滲雜，方爲「洗鍊」。

其他如論「自然」，他說：「俱道適往，著手成春」〔註173〕；論「豪放」，他說：「由道反氣，處得以狂」〔註174〕；論「超詣」，他說：「少有道氣，終與俗違」〔註175〕；論「流動」，他說：「超超神明，返返冥無」〔註176〕，莫不與道心兩相聯繫。都在強調作者與道合一，方能達到該風格。

或許受時代盛行的理學影響，北宋英宗治平及神宗熙寧年間，一些士大夫開始致力於對宇宙、社會與人的終極和總體的理，「理」或者「道」、「太極」被凸顯出來，成爲貫通天地萬物與社會倫理共用的終極依據；而其終極目標

〔註170〕同註170，卷三上，頁272。
〔註171〕同註169，頁62。
〔註172〕同註170，卷六上，頁546。
〔註173〕以下所引，出自何文煥編訂《歷代詩話》（臺北縣：藝文印書館，民60）頁25、26。譯文：既與道合一，再去作詩，自然無所勉強。
〔註174〕譯文：處得以狂者，忘懷得失，超然於世，才能自得。
〔註175〕譯文：稍能與道合一，就能與俗相違。
〔註176〕譯文：要達到變化莫測，周流無滯的境界，必須回到空寂無形的道之本體。

是個人內在心性的探尋——內在心性的培養與道德的自覺。然而，蘇軾本非理學中人，其言理，遠超乎道德的氛圍，直通道心。蘇軾〈答謝民師書〉發揮孔子「詞達」之旨，謂：「孔子曰：『言之不文，行之不遠。』又曰：『詞，達而已矣。』夫言止於達意，則疑若不文，是大不然。求物之妙，如係風景。能使是物了然於心者，蓋千萬人而不一遇也；而況能使了然於口與手乎！是之謂詞達。」〔註177〕蘇軾的看法，能使繫風捕影之物了然於心，又能了然於口與手就叫「辭達」。〔註178〕這不是很容易的事嗎？但是，蘇軾不以爲然，因爲能做到的人太少，「千萬人而不一遇」。爲什麼千萬人中獨此人能「一遇」？程洵《尊德性齋小集・鍾山先生行狀》記敘李繪轉述蘇軾之言云：

> 物固有是理，患不能知之，知之患不能達之於口於手。辭者，達是理而已矣。〔註179〕

究其文意，「理」非理學家強調的道德之心，而是道體之心。如果辭能達意，必定是作者之心能通於理。釋惠洪〈跋東坡怳池錄〉作如下解釋：「東坡蓋五祖戒禪師之後身，以其理誦，故其文渙然如水之質，漫衍浩蕩，則其波亦自然而成文，蓋非語言文字也，皆理故也。自非從般若中來，其何以臻此！」〔註180〕蘇軾本人，其人、其文，在釋氏眼中即是一切來自「般若」之「理通」者。〔註181〕由於「理通」，何止辭達，更能「其文渙然如水之質，漫衍浩蕩，則其波亦自然而成文」。

　　南宋嚴羽《滄浪詩話》有一段極其出名的文字：

> 夫詩有別材，非關書也；詩有別趣，非關理也。……所謂不涉理路，不落言筌者，上也。……盛唐諸公，惟在興趣，羚羊挂角，無跡可求。故其妙處，透徹玲瓏，不可湊泊，如空中之音，相中之色，水中之月，鏡中之象，言有盡而意無窮。〔註182〕

〔註177〕蘇軾著《蘇東坡集》（臺北市：臺灣商務印書館，民54）第九冊，頁12～13。
〔註178〕按：「詞達」之詞，本作「辭」。見《下論》卷八〈衛靈公〉，頁110：「辭，達而已矣。」朱熹集註《四書集註》（臺北市：世界書局，民55）。
〔註179〕程洵撰《克庵先生尊德性齋小集》卷三。見續修四庫全書編纂委員會編《續修四庫全書》（上海市：上海古籍出版社，1995）1318冊，頁177。
〔註180〕釋惠洪撰《石門題跋》。見楊家駱主編《宋人題跋》上（臺北市：世界書局，民81）頁452～453。
〔註181〕按：般若，梵語，義譯曰智慧、慧、明等。「般若」如燈，能照亮一切，能達一切，猶如《老子》之明道者。
〔註182〕〈詩辯〉。嚴羽著《滄浪詩話》。何文煥編訂《歷代詩話》臺北縣：藝文印書館，民60）頁443。

嚴氏將詩中的別材、別趣，形成成可意會而難言傳之「空中之音，相中之色，水中之月，鏡中之象，言有盡而意無窮」。如果看做道體，應不爲過。

2. 書論言道體

上節「本之自然」中所引「夫書肇於自然。」「用筆者，天也；流美者，地也。」〔註183〕「書之爲徵，期合乎道。」「古之書畫與造化同根。」等，其中「自然」除去「大自然」與人文的部分，和「天地」、「道」與「造化」的幾個詞彙，未嘗不可看待爲道心，指超然的本體。

後人遵奉前輩爲學書楷模。在書法界常聽說的是：前輩必向更前輩學習，所謂前輩終有最原始時。試問：起首第一位書家向誰學習？元人袁裒給予我們如下的答案：

> 前乎千百載之先，崔、蔡、張、鍾之徒，復何所傚象而爲之哉？良以心融神會，意達巧臻，生變化於豪端，起形模於象外，諸所具述，鹹有其由。必如庖丁之目無全牛，由基之矢不虛發，斯爲盡美。《老子》曰：「通乎一萬事畢。」此之謂也。〔註184〕

前大半是說幾位起始書家憑藉「心融神會，意達巧臻」，在筆端產生無窮變化，能超出一般視覺所習慣的型態模式，都是有其原因的。下舉二例：「庖丁解牛」出自《莊子・養生主》，養由基事見《戰國策・西周策》。載籍中，庖丁解牛的技術已經到達出神入化、爐火純青的境界：「手之所觸，肩之所倚，足之所履，膝之所踦，砉然嚮然，奏刀騞然，莫不中音：合於《桑林》之舞，乃中《經首》之會。」〔註185〕養由基的射術亦然：「楚有養由基者，善射，去柳葉者百步而射之，百發百中。」〔註186〕又《呂氏春秋・精通》記載：「養由基射兕，中石，矢乃飲羽，誠乎兕也。」〔註187〕一說其精準，一說其力道。之所

〔註183〕〈用筆法並口訣〉。韋續編纂《墨藪》頁28。楊家駱主編《唐人書學論著》（臺北市：世界書局，民64）。

〔註184〕袁裒〈題書學纂要後〉。蘇天爵編《元文類》（臺北市：世界書局，民51）卷三十九，頁7。

〔註185〕郭慶藩輯《莊子集釋》（臺北市：河洛圖書出版社，民63）卷二上，頁117～118。

〔註186〕〈西周策〉。劉向編、高誘注《戰國策》（北京市：中華書局，1985）卷二，頁11。

〔註187〕呂不韋撰《呂氏春秋》（臺北市：臺灣中華書局，民57）卷九，頁9。注：「飲羽：飲矢至羽，誠以爲眞兕也。兕乃兒之或體。」兒：《說文》：「如野牛而青，象形。」本義：雌性犀牛，一說類似犀牛的異獸。

能「目無全牛」、「矢不虛發」，作者袁衷認爲「通乎一」的緣故。〔註188〕這個「一」，最讓人直接聯想的是《老子》的「道生一，一生二，二生三，三生萬物。」〔註189〕意謂雖然這些人的成就讓人驚羨不已，究其根源，只在上通於「道」。如果換成儒家說法即是「太極」：「易有太極，是生兩極，兩儀生四象，四象生八卦」的太極。簡言之，通於道體之心。庖丁如此，養由基如此，崔、蔡、張、鍾亦復如此。

相傳託名王羲之的〈晉天台紫眞筆法〉云：

子雖至於斯，仍未至於斯也。書之器，必達乎道，同混元之理。似七寶之貴，垂萬古之名。〔註190〕

引文「器」、「道」並文，《易・繫辭上》：「形而上者謂之道，形而下者謂之器。」〔註191〕書法畢竟是有形的形質，人們容易在形質上追尋；但是紫眞先生告訴王羲之，有形的形質不過是「形而下」的「器」，眞正至善的書法一定得達到「道」的境界。這個「道」和混元之理相同。到達這個境界，便和「七寶」同樣貴重，書跡就能留名千古。「七寶」是佛教供修行的七種聖物。〔註192〕顯然這個「道」即道心，或許因爲這個指示，王羲之除了擺脫舊有慣見的「古形」，以道爲主，另創新型。〔註193〕

六朝時的書論，統整過往書者，漸漸形成四大書家，他們即是張芝、鍾繇、王羲之與王獻之。如宋虞龢〈論書表〉云：「臣聞爻畫既肇，文字載興，『六藝』歸其善，八體宣其妙。厥後群能間出，洎乎漢、魏，鍾、張擅美，

〔註188〕按：引文出自〈天地〉：「通於一而萬事畢。」郭慶藩輯《莊子集釋》（臺北市：河洛圖書出版社，民63）卷五上，頁404。非《老子》而是《莊子》，作者誤置。

〔註189〕〈四十二章〉。王弼等著《老子四種》（臺北市：大安出版社，1999）頁37。

〔註190〕朱長文撰《墨池篇》卷一。永瑢、紀昀等撰《欽定四庫全書》（上海市：上海古籍出版社，1987）812冊，頁625。

〔註191〕王弼、韓康伯注、孔穎達疏《周易注疏》（臺北市：臺灣學生書局，民56）卷七，頁642。

〔註192〕按：《大方廣佛華嚴經》卷13：「周遍觀察見此大城。眾寶嚴飾。以金、銀、瑠璃、玻璨、赤珠、硨磲、碼碯七寶所成。七重寶塹周匝圍遶。」七寶指人間最寶貴的七種寶物，不同佛經對其內容說法不同。金、銀、琉璃、硨磲、瑪瑙是公認的，其他二寶有說是琥珀、珊瑚，有的說是珍珠、玫瑰，還有說是玻璃、赤珠的。

〔註193〕〈王僧虔論書〉：「亡曾祖領軍洽，與右軍俱變古形，不爾，至今猶法鍾、張。」張彥遠集《法書要錄》卷一，頁10。見楊家駱主編《唐人書學論著》（臺北市：世界書局，民64）。

晉末二王稱英。」〔註194〕梁袁昂〈古今書評〉更云：「張芝經（驚）奇，鍾繇特絕，逸少鼎能，獻之冠世：四賢共類，洪芳不滅。」〔註195〕如此推崇，到唐初依舊，因此李嗣眞列四人書跡爲「逸品」云：「鍾、張、羲、獻，超然逸品。」其〈書後品〉將當時古往今來的書家分爲十等，逸品更在十等之上。四位書家爲什麼能獲此殊榮？李嗣眞也提出答案：

> 四賢之跡，揚庭効技，策勳底績。神合契匠，冥運天矩。〔註196〕

四賢之書，流播人間，人所共見，又經過歲月歷練，方成其聲名。其所以能如此，更在於「神合契匠，冥運天矩」。所謂「契匠」，是指開天闢地的那一位；「天矩」指的是天地間的規矩，即宇宙的原理原則。簡言之，即道體之心。

　　唐朝，孫過庭對於書法本之自然形上的本體，除了贊同之外，書法與心性之間，也做出如下的說法──稟之於心：

> 《易》曰：「觀乎天文，以察時變；觀乎人文，以化成天下。」況書
> 之爲妙，近取諸身。假令運用未周，尚虧工於秘奧；而波瀾之際，
> 已濬發於靈臺。〔註197〕

《易經》上說：「觀看天文，可以察知自然時序的變化；瞭解人類社會的文化現象，可以用來教化治理天下。」何況書法的妙處，往往取法於我們自身周圍的所見所聞。假如筆法運用還不周密，其中奧秘之處也未掌握；雖是如此，當我們情緒有所波動，就已經啓動了我們的心靈。「靈臺」一詞，出自《莊子・康桑楚》：「不可內於靈臺。」成玄英疏：「靈臺，心也。」〔註198〕〈德充符〉作「靈府」，「不可入於靈府」。疏：「靈府者，精神之宅，所謂心也。」〔註199〕孫過庭的意思是書法早初從自然而來，在那個遠古的時代，書之成法，尚未完成，但是人的心靈，已經藉由揮灑點畫之際，表現出來。這不是書寫發展至意識形態藝術的事，而是源自文字創始的時候。孫氏認爲，人的心態當書

〔註194〕〈虞龢論書表〉。同註197，卷二，頁14。
〔註195〕〈袁昂古今書評〉。同註197，卷二，頁33。按：經奇，當作驚奇。
〔註196〕〈李嗣眞書品後〉。同註197，卷三，頁43。策勳：以簡策記功，引申爲著名、成就。底績：獲得功效。按：《新舊唐志》、《崇文總目・小學類》、《通志略》等皆作〈書後品〉。下引皆採〈書後品〉名目。
〔註197〕孫虔禮《書譜序》（臺北市：國立故宮博物院，民76）頁29。
〔註198〕郭慶藩輯《莊子集釋》（臺北市：河洛圖書出版社，民63）卷八上，頁793、794。
〔註199〕同註202，卷二下，頁212、213。

家心靈波動的時候，已經在他們心靈深處產生了。這就是所謂的「波瀾之際，已潛發於靈臺。」

其後，張懷瓘形容過張芝、羲之、獻之三位元的書跡，文字分別如下：

若清潤長流，流而無限，縈廻崖谷，任於造化，至於蛟龍駭獸奔騰拏攫之勢，心手隨變，窈冥而不知其所如。

備精諸體，自成一家法，千變萬化，得之神功，自非造化發靈，豈能登峰造極！

率爾私心，冥合天矩，觀其逸志，莫之與京。〔註200〕

以上引文分別敘述張芝及羲、獻。雖然只有三位，卻具象化了道體的形象，也讓我們明瞭「窈冥而不知其所如」、「造化發靈，登峰造極」、「神合契匠，冥運天矩」在書論家的理解。

南宋費袞《梁谿漫志》記載一則蘇軾教人如何作字：

葛延之在儋耳，從東坡遊。坡嘗教之作文，……又嘗教之學書，云：「世人寫字，能大不能小，能小不能大。我則不然，胸中有個天來大字，世間縱有極大字，焉能過此？從吾胸中天大字流出，則或大或小，惟吾所用。若能了此，便會作字也。」〔註201〕

世人常著於定相，於是「能大不能小，能小不能大。」這裡記的卻是教葛延之去除大小的觀念。蘇軾認為，書之大小在心。「胸中有個天來大字，世間縱有極大字，焉能過此？」字之大小猶為餘事，能大能小在心。依理推之，此心即道心。有此道心，大小無不如意。

元人韓性〈書則序〉云：

書有自然之理，理之所在，學者則焉，猶私之正也，車之軌也，砭劑之俞滎也。〔註202〕

〔註200〕〈張懷瓘斷書中〉。張彥遠集《書法要錄》卷八，頁 122、124。見楊家駱主編《唐人書學論著》（臺北市：世界書局，民64）。

〔註201〕〈東坡教人作文寫字〉。費袞撰《梁谿漫志》（臺北市：廣文書局，民58）卷四，頁109。

〔註202〕李修生主編《全元文》（南京市：江蘇古籍出版社，1998～2005）24 冊，頁28～29。按：砭：古代以石為針的醫療工具。劑，又作齊，音濟，指針刺的刺數和深淺的程度。砭劑：古以針為砭劑，相當於服藥的劑數。俞：通腧，穴位。滎：同滎，即滎穴。見李永春主編《實用中醫辭典》（臺北市：知音出版社，民85）頁513～514、825、473、123、833.。「砭劑之俞滎」即針之於穴道。

「自然之理」當即道體之心，學書者以此爲法。不獨書法爲然，射箭、行車、針灸、用藥，莫不如此。清初馮班云：「晉人用理。」〔註203〕其思路可能來自韓性所言。

清人張照〈自書昌黎石鼓歌〉曰：

> 夫書，六藝事，而未嘗不進乎道。非其胸中空洞無物，則化工生氣不能入而居之。……惟與造物者遊，而又加之以學力，然後能生動；能生動，然後能入規矩；入規矩，然後曲亦中乎繩，而直亦中乎鉤。
>
> 〔註204〕

至於同是清季的程瑤田，將道體喻之爲虛，雖然依舊不免抽象，就其舉例，似又讓人比較易於理解：

> 書之爲道，虛運也，若天然，惟虛也。故日月寒暑，往來代謝，行四時，生百物，亙古常然也。然虛之所以能運者，運用實也，是故天有南北極以爲之樞紐，繫於其所不動者，而後能運其所常動之天。日月五星，必各有其所繫之本。天常居其所，而後能隨左旋之，天日運焉，以成昏旦。書之爲道，亦若是則已矣。〔註205〕

這裡的「虛」，即是《老子》中的「道沖，而用之或不盈。淵兮，似萬物之宗；湛兮，似或存。」「沖」，古字爲「盅」。《說文》：「盅，器虛也。《老子》曰：『道盅而用之。』」〔註206〕引申爲「虛」，形容道體是空虛的。是「道」的代稱。雖難免抽象，但下文以「日月寒暑，往來代謝，行四時，生百物」爲喻，人生於其間，似乎可以理解，總有一個無形的虛在主宰著，否則怎能運行？下文又以南北極爲喻，南北極「繫於其所不動者」，所謂「繫於其所不動」依舊是虛，那個虛支配著地球的由右向左旋轉，於是人間有了晨，有了昏。不獨地球，五星皆然；可以說是「用之或不盈。淵兮，似萬物之宗；湛兮，似或存」的具象化。作者的結論，「書之爲道，亦若是則已矣。」書法也有個虛在掌控著，那個虛，顯然就是本文所稱道體。

〔註203〕馮班撰《鈍吟書要》頁3。見楊家駱主編《清人書學論著》（臺北市：世界書局，民61）。

〔註204〕張照撰《天瓶齋書畫題跋》（臺北縣板橋鎮：藝文印書館，民61）卷下，頁6。

〔註205〕《九勢碎事・虛運》。續修四庫全書編纂委員會編《續修四庫全書》（上海市：上海古籍出版社，1995）1068冊，頁646。

〔註206〕許慎著、段玉裁注《說文解字注》（板橋鎮：藝文印書館，民55）頁214～215。

歷來文人，袁裒、王羲之、李嗣眞、孫過庭、張懷瓘、蘇軾、韓性、馮班、張照、程瑤田，他們的用詞或許不一，但都爲晉人書法找到根由；也爲後世習書者找到心與道之間的聯繫。如此，方能進入書法之門。〔註207〕

（二）道德之心

道德是不是文學、書法之源，是一個值得探討的話題；但是在傳統，早已成爲觀念的一部分。

以道德爲文之源，自是儒家的看法。原先，孔子說：「有德者，必有言。」〔註208〕用一「必」字，其絕對性顯然可知。雖然多出下一句話：「有言者，不必有德。」有言者未必有得，仍不影響其「有德者，必有言」的必然性。《說文解字》解釋「美」字說：「美，甘也。从羊大，羊在六畜，主給膳也。美與善同意。」〔註209〕末句的「美與善同意」，「善」是什麼？「善字含有吉祥、親睦、能力、慈惠、愛惜、修治，以及人格行爲達到聖境的絕對價值。」〔註210〕「美與善同意」更標示出「善」與文學和書法有不可切割的關係。

1. 文論言道德

揚雄直指言與書爲心畫，其《法言・問神》說：

> 言，心聲也；書，心畫也。聲畫形，君子、小人見矣；聲畫者，君子、小人之所以動情乎！〔註211〕

「君子」的本意爲「君之子」。周朝時期，周天子分封諸侯，建立邦國。諸侯稱國君，國君的兒子稱爲君之子，即君子。因各諸侯國的君子普遍受到良好教育，因此文化、品味和修養水準都很高，後世也將道德水準、品德修養很高的人譽稱爲君子。孔子對君子進一步做出標準和規範，使得君子正式成爲一種道德評判的標準。相對於「君子」，「小人」則是君子的「反義詞」。原本爲官之人稱君子，平民則稱小人。後世稱不嚴格遵守道德和規則的人，沒有高尙人格和偉大理想的人，不爲他人利益著想的人。如孔子對子夏說：「女爲

〔註207〕 按：程瑤田本其盧運之說，衍生出盧之如何在人體運行以達於筆的路，文長，見第四章第二節〈相反以相成〉。

〔註208〕 《下論》卷七〈憲問〉，頁94。朱熹集註《四書集註》（臺北市：世界書局，民55）。

〔註209〕 同註210，頁148。

〔註210〕 史紫忱著《書法美學》（臺北縣板橋市：藝文印書館，民68）頁1。

〔註211〕 揚雄撰、李軌注《法言》（臺北市：臺灣中華書局，民55）頁3。

君子儒，無爲小人儒」。朱注：「儒：學者之稱。」〔註212〕不論解作孔子告訴
子夏：「你要成爲修身、齊家、治國、平天下的儒者，不要只是個心量狹小的
儒者而已。」還是孔子告訴子夏說：「你要做個仁德的君子，不要做違反良心
的僞君子。」〔註213〕都是以道德爲衡量的標準，分出的君子、小人。引文將
一個人的言、書與君子、小人兩相聯繫。言、書爲外在，君子、小人則是內
質；而君子、小人屬道德範疇。如此，則道德爲言、書之本；不論揚雄所謂
的書是學術性還是文學性。重要的是「聲畫形，君子、小人見矣」言語、書
籍表現，可以看出是有道的君子還是無德的小人。

　　揚雄之後，又過了兩百年，曹魏時期，文論興起，建安七子之一的徐幹
著《中論》，將藝事與德行，平等看待：

> 藝者德之枝葉也，德者人之根榦也。斯二物者不偏行，不獨立，
> 木無枝葉則不能豐其根榦，故謂之瘣。人無藝則不能成其德，故
> 謂之野。若欲爲夫君子，必兼之乎？……故君子非仁不立，非義
> 不行，非藝不治，非容不莊，此四者無愆而聖賢之器就矣。……
> 故恭恪廉讓，藝之情也；中和平直，藝之實也；齊敏不匱，藝之
> 華也；威儀孔時，藝之飾也。……事者有司之職也，道者君子之
> 業也。先王之賤藝者，蓋賤有司也。君子兼之則貴也。故孔子曰：
> 「志於道，據於德，依於仁，遊於藝。」藝者，心之使也，仁之
> 聲也，義之象也。〔註214〕

雖然作者有意將藝與道、德、仁居於同等地位，但首句已經提出「藝者德之
枝葉也，德者人之根榦也。」藝不過是樹顛的枝葉，德才是作者的根本。不
待下文申述，等於說明文學的本源在道德。

　　但是，文學的潮流，歷經兩漢、魏晉六朝皆以浮華爲尚。在獨尊儒術的
漢世四百年的薰陶下，就算是道藝並駕齊驅，也應人人皆爲聖賢；然而實際
情況則未必如此。反而是曹丕在〈與吳質書〉中，點出「古今文人，類不護
細行，鮮能以名節自立。」〔註215〕

〔註212〕《上論》卷三〈雍也〉，頁36。朱熹集註《四書集註》（臺北市：世界書局，
　　　　　民55）。

〔註213〕分見《論語簡說——明倫月刊資訊網》、《孔孟學說——udn部落格》。

〔註214〕〈藝紀〉。徐幹著《中論》（臺北市：臺灣商務印書館，民57）卷上，第七，
　　　　　頁12。

〔註215〕昭明太子撰《文選》（臺北縣板橋鎮：藝文印書館，民72）卷四十二，頁603。

　　此後，不僅是劉勰提出宗經徵聖的概念，梁、陳、隋、唐，如裴子野，如顏之推，如李諤，如初唐史家，甚至如盛、中唐時期的古文家，因不滿於創作界的淫靡浮濫，對六朝以來的文學起了「本質」上的懷疑。於是，一方面以古昔聖賢的著作重在實用爲標準；另一方面更以古昔聖賢的思想爲標準：這就是文以貫道的觀念〔註216〕，「道德」變成文學的內質。

　　隋末大儒王通，其撰作之《中說》首先提出：

　　　子曰：「學者，博誦云乎哉！必也貫乎道。文者苟作云乎哉！必也濟
　　　乎義。」〔註217〕

在傳統的看法，一位作者在創作之前，必須涵泳於前人典籍之中，方能言之有物。王通的看法，博覽讀前人經典固然必須，更須以「道」、「義」貫穿其中。盛唐到中唐，不少的學者文人探討過《易》曰：「觀乎人文，以化成天下。」〔註218〕的「人文」的範圍及所指。但如顧況的〈文論〉、尙衡的〈文道元龜〉、呂溫的〈人文化成論〉、獨孤鬱的〈辯文〉等，都有偏於道德的傾向。〔註219〕其中柳冕創爲「文道合一」的主張：

　　　夫君子之儒，必有其道；有其道，必有其文。道不及文則德勝，文
　　　不知道則氣衰。文多道寡，斯爲藝矣。〔註220〕

　　　文而知道，二者兼難；兼之者，大君子之事。……噫！聖人之道，
　　　猶聖人之文也。學其道不知其文，君子恥之。〔註221〕

　　　……故君子之文必有其道……言而不能文，非君子之儒也；文而不
　　　知道，亦非君子之儒也。〔註222〕

到這裡，文即是道，道即是文。文心即是道心，道心即是文心。所謂道，非君子之道，即聖人之道。

〔註216〕 按：「文以貫道」四字，源自李漢序《昌黎先生集》：「文者，貫道之器也。」。
　　　　見韓愈撰、馬其昶校注《韓昌黎文集校注》（臺北市：世界書局，2002）頁1。
〔註217〕 〈天地篇〉。王通撰、阮逸注《中說》（臺北市：廣文書局，民64）卷二，頁
　　　　14。
〔註218〕 王弼、韓康伯注、孔穎達疏《周易注疏》（臺北市：臺灣學生書局，民56）
　　　　卷三，頁260。
〔註219〕 郭紹虞著《中國文學批評史》（臺北市：盤庚出版社，民76）上卷，頁226～231。
〔註220〕 〈答荊南裴尚書論文書〉。董誥等編《全唐文》（上海市：上海古籍出版社，
　　　　1990）卷五百二十七，頁6791。
〔註221〕 〈答徐州張尚書論文武書〉。同註225，卷五百二十七，頁6792。
〔註222〕 〈答衢州鄭使君論文書〉。同註225，頁6793～6794。

到韓愈，在〈原道〉開宗明義即揭示：

> 博愛之謂仁。行而宜之之謂義。由是而之焉之謂道。足乎己，無待
> 於外之謂德。〔註223〕

同樣以「原道」二字為篇名，同樣探究道之本源，卻獲致不同的道心；劉勰
闡述的是道體兼聖人之心，而韓愈則認為是仁義道德。有這樣的心，方能發
而為文：

> 夫所謂文者，必有諸其中，是故君子慎其實。實之美惡，其發也不
> 揜。本深而末茂，形大而聲宏，行峻而言厲，心醇而氣和。昭晰者
> 無疑，優遊者有餘。體不備，不可以為成人；辭不足，不可以為成
> 文。〔註224〕

這段文字出自韓愈〈答尉遲生書〉，主旨只有一個：文章的來源是來自人的內
心；有充實的內心，自可以成人，可以成文，反之，如果沒有充實的內心，
不可以為成人，也就不可以成文。因此，為文者首要條件在「慎其實」。這個
充實的內心是什麼？溯其源，係來自《孟子》的「充實之謂美」〔註225〕；也
就是韓愈所領會的仁義道德，這就是道的本源。「根之茂者其實遂，膏之沃者
其光曄；仁義之人，其言藹如也。」〔註226〕如此，則道德也成為文學之所本。
韓門弟子李翱直截了當指出：「夫性於仁義者，未見其無文也。有文而能道者，
吾未見其不力於仁義也。由仁義而後文者，性也。」〔註227〕

宋初，幾位文論人物都欲繼韓愈之後，如柳開、趙湘、孫復、石介等是。
柳開說：「文章為道之筌也。」〔註228〕趙湘說：「靈乎物者，文也；固乎文者，
本也。本在道而通乎神明，隨發以變，萬物之情盡矣。……或曰：『古之文章
所以固本者，皆聖與賢。今非聖賢，若之何能之？』對曰：『聖與賢不必在古
而在今也。彼之狀亦人爾。其聖賢者，心也。其心仁焉，義焉，禮焉，智焉，

〔註223〕韓愈撰、馬其昶校注《韓昌黎文集校注》（臺北市：世界書局，2002）頁13。
〔註224〕〈答尉遲生書〉。同註228，頁150。
〔註225〕《下孟》卷七〈盡心〉下，頁211。朱熹集註《四書集註》（臺北市：世界書局，民55）。
〔註226〕〈答李翊書〉。韓愈撰、馬其昶校注《韓昌黎文集校注》（臺北市：世界書局，2002）頁177。
〔註227〕〈寄從弟正辭書〉。董誥等編《全唐文》（上海市：上海古籍出版社，1990）卷六百三十六，頁2844。
〔註228〕〈上王學士第三書〉。曾棗莊、劉琳主編《全宋文》（四川省：巴蜀書社，1988）卷一一六，頁582。

信焉，孝悌焉，則聖賢矣。』」〔註229〕石介說：「夫與天地生者，性也；與性生者，誠也；與誠生者，識也。性厚，則誠明矣：誠明，則識粹矣；識粹，則其文典以正矣。然則文本諸識矣。」〔註230〕綜觀其意，只在一切從根本出，根本者何？道也：道者何？仁義道德而已。

一位文學家，與道的關係有那麼密切嗎？歐陽脩作如下的解釋：

> 夫學者未始不爲道，而至者鮮；非道之於人遠也，學者有所溺焉爾。……昔孔子老而歸魯，六經之作，數年之頃爾。然讀《易》者如無《春秋》，讀《書》者如無《詩》，何其用功少而至於此也？聖人之文，雖不可及，然大抵道勝者，文不難而自至也。故孟子皇皇不暇著書，荀卿蓋亦晚而有作。若子雲、仲淹，方勉焉以模言語，此道未足而彊言者也。……若道之充焉，雖行乎天地，入乎淵泉，無不之也。〔註231〕

簡言之，道爲文之源，「若道之充焉，雖行乎天地，入乎淵泉，無不之也」，這又和韓愈的「夫所謂文者，必有諸其中，是故君子愼其實。實之美惡，其發也不揜」，遙相吻合。

至於道學家，最具代表的人物朱熹，認爲道是文之體：

> 道者，文之根本；文者，道之枝葉。惟其根本乎道，所以發之於文，皆道也。三代聖賢文章，皆從此心寫出，文便是道。〔註232〕

如此，則道乃生文，文外無道。道德成爲文心。

〔註229〕〈本文篇〉。趙湘撰《南陽集》（北京市：中華書局，1985）卷六，頁48～49。

〔註230〕〈送冀鼎臣序〉。石介撰《石徂徠集》二（北京市：中華書局，1985）卷之下，頁58。

〔註231〕〈答吳充秀才書〉。歐陽脩撰《歐陽脩全集》（臺北市：河洛圖書出版社，民64）卷二，頁156～157。

〔註232〕黎靖德編《朱子語類》八（北京市：中華書局，1986）卷一三九，頁3319。按：其他非道學中人，如司馬光〈趙朝議文蕑序〉：「在心爲志，發口爲言。言之美者爲文，文之美者爲詩。如鼓鐘者聲必聞於外，灼龜者兆見於表。玉蘊石而山木茂，珠居淵而岸草榮，皆物理自然，雖欲揜之，不可得已。」見《司馬文正公傳家集》（臺北市：臺灣商務印書館，民54）卷六十九，頁854。王安石〈上人書〉：「孟子云：『君子欲其自得之也。自得之則居之安，居之安則資之深，資之深則取諸左右逢其原。』孟子之云爾，非直施於文而已，然亦可以託以爲作文之本意。」見《王臨川集》（臺北市：臺灣商務印書館，民54）卷七十七，頁47。

南宋包恢，為北宋包拯九世孫。自其父颺、世父約、叔父遜從朱熹、陸
九淵學，包恢必然受家學影響。唐、宋詩之辨自張戒《歲寒堂詩話》、嚴羽《滄
浪詩話》已肇其端。張戒對東坡「以議論為詩」深表不滿〔註233〕、《滄浪詩話》
「詩辨」條認為唐詩主「興趣」，宋詩則「以文字為詩、以才學為詩、以議論
為詩」。〔註234〕包恢對此也發表他的意見：

> 今之學者，則終日之間無非倚物，倚聞見，以議論，倚文字，倚傳
> 註語錄，以此為奇妙活計，此心此理宋始卓然自立也。若能靜坐，
> 而不倚文字、傳註語錄，乃是能自作主宰，不以外物倚為主矣。卻
> 是所謂依仁，所謂據德，仁德乃吾所自有之物，依此據此，別無所
> 倚，與倚外物以為主者大異矣。〔註235〕

靜坐清心以養性，本道、釋修煉的方式。宋朝不論理學、心學，都援佛入儒、
以儒證道、儒表道裏。引文重點在後半，靜坐的重心在要人「依仁據德」，「仁
德乃吾所自有之物，依此據此，別無所倚。」而依仁據德本自《論語・述而》。
移之於作詩，其根源豈不在此？

宋王安石所首倡制義，神宗熙寧四年（1071），始以之試士。規定由四書
五經中課題，其後遵行，宋之有改。金如此，元如此，明、清更規定科舉考
試以程、朱為宗。另一方面，道學家前後相望。朱熹之前有邵雍、周敦頤、
二程夫子、楊時、尹焞、胡銓等人，朱熹之時有張栻，朱熹之後有真德秀、
魏了翁、家鉉翁、包恢等人，或受道學影響如陸遊、劉克莊等，日益擴張流
佈。道德成為道心，就成為傳統大多數文人根深蒂固的觀念。

2. 書論言道德

書法上重視書者的道德，漢世、唐季皆然。〔註236〕但在書論上，晚唐柳
公權對穆宗「心正則筆正」一則值得注意：

> 帝問公權用筆法，對曰：「心正則筆正，筆正乃可法矣。」時帝荒縱，
> 故公權及之。帝改容，悟其以筆諫也。〔註237〕

〔註233〕張戒撰《歲寒堂詩話》（北京市：中華書局，1985）卷上，頁5～6。
〔註234〕〈詩辯〉。嚴羽著《滄浪詩話》。何文煥編訂《歷代詩話》臺北縣：藝文印書
　　　　館，民60）頁443。
〔註235〕〈與留通判書〉。包恢撰《敝帚稿略》（臺北市：臺灣商務印書館，民61）卷
　　　　二，頁10。
〔註236〕參看第三章第二節〈書論上的重德〉。
〔註237〕劉昫等撰《新校本舊唐書》（臺北市：鼎文書局，民67）卷一百六十五，頁4312。

「心正則筆正」出現的背景是「筆諫」，卻直指心是書法之源，而且強調的是人品的正面性，正面性才有正面性的結果。溯其原係來自《易‧乾卦卦辭》：「乾、元、亨、利、貞。」〈疏〉云：「子夏傳云『……貞，正也。』」〔註238〕到《大學》成為行為之源：「心正而後身修，身修而後家齊，家齊而後國治，國治而後天下平。」〔註239〕突然從一般性的寫字直指人品。

再次強調書法為道德的散發，則是宋代文宗歐陽脩。其《集古錄跋尾》云：

> 斯人忠義出於天性，故其字畫剛勁獨立，不襲前蹟。挺然奇偉，有似其為人。〔註240〕

歐陽脩所謂的「斯人」，指的是一代儒臣顏眞卿。生於唐中宗景龍三年（709），卒於唐德宗貞元元年（785）。敢於諍言，遭宰相楊國忠排斥，出任平原郡太守（今山東省平原縣）。安祿山叛亂，河朔等地均被攻陷，獨有平原堅守不降。後肅宗即位，拜顏眞卿為太子太師，封魯邵公，因此人稱「顏魯公」。德宗建中四年（783），淮西李希烈兵叛，被派往招撫。李希烈用盡各種辦法皆不能使顏眞卿屈服。貞元元年（785）八月三日，將眞卿縊死於龍興寺柏樹下。顏眞卿的書跡，正楷端莊雄偉，氣勢開張；行書遒勁有力，人稱「顏體」。顏體在後來的《東坡題跋》、《山谷題跋》都有相當的份量；歐公謂出自「天性」，《宣和書譜》歸之於「心通性得」所致〔註241〕；然而，已經點出所通者已是「道德」之源──心性。

蘇軾繼歐陽脩後塵，對前人及時人之有氣節的書跡多所讚賞〔註242〕，認為：

> 人之字畫，工拙之外，蓋皆有趣，亦有以見其為人邪正之籠。
>
> 〔註243〕

〔註238〕王弼、韓康伯注、孔穎達疏《周易注疏》（臺北市：臺灣學生書局，民56）卷一，頁49、50。

〔註239〕《大學》頁2。朱熹集註《四書集註》（臺北市：世界書局，民55）。

〔註240〕《集古錄跋尾二‧唐顏魯公二十二字》。歐陽脩撰《歐陽脩全集》（臺北市：河洛圖書出版社，民64）卷六，頁32。

〔註241〕宣和間官修《宣和書譜》卷三，頁92。見楊家駱主編《宣和書譜》（臺北市：世界書局，民64）。

〔註242〕〈題子敬書〉、〈題魯公帖〉。蘇軾撰《東坡題跋》卷四。見楊家駱主編《宋人題跋》（臺北市：世界書局，民81）。頁110、112。

〔註243〕〈題魯公帖〉。同註248，頁112。

古之論書者，兼論其平生；苟非其人，雖工不貴也。⋯⋯世之小人，

書字雖工，而其神情終有睢盱側媚之態，不知人情隨想而見。〔註244〕

睢盱，質樸之形。側媚，取媚於人。睢盱側媚當是偏義複詞，即在語詞中偏重當中的一個字或一個詞，另一字詞不具意義。這在修辭中即所謂鑲嵌的配字法，其用一個平列而異義的字作陪襯，只取其聲以舒緩語氣，而不用其義。〔註245〕此處側媚是主，睢盱無。「人情隨想而見」是蘇軾的結論，就其理論非常簡單：「其理與韓非竊斧之說無異。」〔註246〕竊斧之說見《呂氏春秋・去尤》：「有亡鈇者，意其鄰之子。視其行步，竊鈇也；顏色，竊鈇也；動作態度，無為而不竊鈇也。抇其穀而得其鈇。他人復見其鄰之子，動作態度，無似竊鈇者。其鄰之子非變也，己則變矣；變也者無他，有所尤也。」〔註247〕鈇通「斧」，斧頭。亡鈇，遺失斧頭。抇，掘也。尤，異也。有所尤是心有所變異的緣故。這則寓言說明，主觀成見是認識客觀真理的障礙。但是，蘇軾在這裡借用這個故事，看到的卻是書跡與心性之間的聯想——不同的書跡聯想起不同的人品；並云：

人貌有好醜，而君子、小人之態不可掩也；言有辯訥，而君子、小

人之氣不可欺也。書有工拙，而君子、小人之心不可亂也。〔註248〕

蘇軾認為書跡是人心靈的反應。

這種說法，最明白易解的，莫過「書為心畫」。這一詞彙，依詞面意義：書寫線條，包括點畫及其組成的字形、章法、布白，是書寫者心靈的一幅圖畫；同時，由含有意義的文字，更可明示書者內在的世界。但是，這一詞的原始意義疑非如此。

原典出自漢朝揚雄《法言・問神》：「言，心聲也；書，心畫也。聲，畫形，君子、小人見矣！」〔註249〕已經不只一位提出此「書」非彼「書」。〔註250〕揚雄所在的西漢末，從當時知識份子的活動來看，還沒有研究書法

〔註244〕〈書唐氏六家書後〉。同註248，頁128～129。

〔註245〕黃慶萱著《修辭學》（臺北市：三民書局，民67）頁399。

〔註246〕按：此說又見於〈題魯公帖〉：「如韓子所謂竊斧者乎？抑真爾耶！」。同註248。按：竊斧之說見《呂氏春秋》，蘇軾誤置為《韓非子》。

〔註247〕呂不韋撰《呂氏春秋》（臺北市：臺灣中華書局，民57）卷十三，頁5～6。

〔註248〕〈跋錢君倚書遺教經〉。蘇軾撰《東坡題跋》卷四。見楊家駱主編《宋人題跋》（臺北市：世界書局，民81）。頁116。

〔註249〕揚雄撰、李軌注《法言》（臺北市：臺灣中華書局，民55）卷三，頁3。

〔註250〕見第一章〈緒論〉頁6，註3。

的，還不可能出現書論。從東漢許慎《說文解字》對書字的解釋：「著之竹帛謂之書」﹝註251﹞來看，書字的意思是「記」。「記」多半偏向於內容，雖然已經出現把焦點放在所形成文字的美醜感覺上﹝註252﹞，但是並沒有放在所散發的「心性」上。因此，「書為心畫」的後代的解釋，其觀念在漢世是不可能發生的。

目前所見最早使用「書為心畫」一詞的，大概要數和蘇軾生卒年同一時期的書論家——朱長文。朱氏在其著作《續書斷》中，列為神品第一名的顏真卿小傳云：

> 嗚呼！魯公可謂忠烈之臣也，而不居廟堂宰天下，唐之中葉卒多故
> 而不克興，惜哉！其發於筆墨，則剛毅雄特，體嚴法備，如忠臣義
> 士，正色立朝，臨大節而不可奪也。揚子雲以書為心畫，於魯公信
> 矣！﹝註253﹞

我們重新以宋代歐陽脩、蘇軾、朱長文所評對象觀察，「言，心聲也；書，心畫也。聲、畫形，君子、小人見矣！」三位偏重的，都在「君子、小人見矣」句。如此，揚雄的「書」，被轉移為「書法」。

將這個觀念使用最多的，要推宋宣和年間的一部集體之作——《宣和書譜》。﹝註254﹞該書特別聯繫書和人之間，其中直接用「心畫」二字說明書寫線條的地方有四處，分別見卷三〈元稹小傳〉、卷七〈桓溫小傳〉、卷十三〈諸葛亮小傳〉及卷十六〈薄紹之小傳〉。其餘雖未明示「心畫」二字，用這個概念所作的書評，一百九十三小傳中，可謂俯拾皆是。在作者的看法：

> 人心不同，書亦如之。顏真卿之筆，凜然如社稷臣；虞世南之筆，
> 卓乎如廊廟之器；以至王僧虔之字，若王、謝家子弟。是豈獨由升
> 入之學，其性以成之也。﹝註255﹞

﹝註251﹞ 許慎撰、段玉裁注《說文解字注》（臺北縣板橋鎮：藝文印書館，民55）頁761。

﹝註252﹞ 〈趙壹非草書〉。張彥遠集《法書要錄》卷一，頁2。見楊家駱主編《唐人書學論著》（臺北市：世界書局，民64）。

﹝註253﹞ 朱長文撰《墨池篇》卷三。永瑢、紀昀等撰《欽定四庫全書》（上海市：上海古籍出版社，1987）812冊，頁733。

﹝註254﹞ 劉有定注釋《衍極》云：「大德壬寅，延陵吳文貴和之，裒集宋宣和間書法文字，始晉終宋，名曰《宣和書譜》。」此說僅供參考。見鄭杓述、劉有定釋《衍極》卷三，頁286。楊家駱主編《宋元人書學論著》（臺北市：世界書局，民61）。

﹝註255﹞ 宣和間官修《宣和書譜》卷十七，頁383～384。見楊家駱主編《宣和書譜》（臺北市：世界書局，民64）。

末句「豈獨由升入之學，其性以成之也」，「升」字《欽定四庫全書》作「外」字。〔註256〕「豈獨由外入之學，其性以成之也」，其意係由孟子論人性轉變而來——「非由外鑠我也，我固有之也。」〔註257〕可見北宋末年，「書爲心畫」已成普遍性觀念，更遑論宋之後。〔註258〕

此後續有言心性者，舉其犖犖大者如下：

（書）藝之至，未始不與精神通。〔註259〕

書法即其心法也。故柳公權謂「心正則筆正」，雖一時諷諫，亦書法之本也。……其中心蘊蓄者已不能掩，有諸內者，必形諸外也。〔註260〕

夫書者，心之跡也。故有諸中而形諸外，得於心而應於手。〔註261〕

夫人靈於萬物，心主於百骸。故心之所發，蘊之爲道德，顯之爲經綸，樹之爲勳猷，立之爲節操，宣之爲文章，運之爲字蹟。〔註262〕

「有諸內者，必形諸外」、「諸中而形諸外，得於心而應於手」，可以說是「心正則筆正」的註解。

項穆的《書法雅言・心相》一節，有一段冗長的論述：

蓋聞德性根心，睟盎生色，得心應手，書亦云然。人品既殊，性情各異，筆勢所運，邪正自形。書之心，主張佈算，想像化裁，意在筆端，宋形之相也。書之相，旋折進退，威儀神彩，筆隨意發，既形之心也。試以人品喻之：宰輔則貴有愛君容賢之心，正直忠厚之相；將帥則貴有盡忠立節之心，智勇萬全之相；諫議則貴有正道格

〔註256〕 見永瑢、紀昀等撰《欽定四庫全書》（上海市：上海古籍出版社，1987）813冊，頁294。

〔註257〕 《下孟》卷六〈告子〉上，頁161。朱熹集註《四書集註》（臺北市：世界書局，民55）。

〔註258〕 元人韓性爲趙仲德寫的〈書則序〉，起首便云：「書果有則乎？書，心畫也。」韓性〈書則序〉。李修生主編《全元文》（南京市：江蘇古籍出版社，1998－2005）24冊，頁28。

〔註259〕 〈性情〉。姜夔撰《續書譜》頁6。見楊家駱主編《宋元人書學論著》（臺北市：世界書局，民61）。

〔註260〕 〈移諸生論書法書〉。郝經撰《陵川集》（臺北市：臺灣商務印書館，民62）卷二十三，頁17。

〔註261〕 盛熙明撰《法書考》（臺北市：臺灣商務印書館，民62）卷三，頁1。

〔註262〕 項穆撰《書法雅言》頁21。見楊家駱主編《明人書學論著》（臺北市：世界書局，民62）。

　　君之心，謇諤不阿之相；隱士則貴有樂善無悶之心，遺世仙舉之相。

　　由此例推：儒行也，才子也，佳人也，僧道也，莫不有本來之心，

　　合宜之相者。所謂有諸中，必形諸外，觀其相，可識其心。柳公權

　　曰：「心正則筆正。」余今曰：「人正則書正。」心為人之帥，心正

　　則人正矣。筆為書之充，筆正則事正矣。人由心正，書由筆正，即

　　《詩》云「思無邪」，《禮》云「毋不敬」，書法大旨，一語括之矣。

　　〔註263〕

所謂心者，粗淺面試解作書前之想像、構思，深層面則是書者的意趣、氣韻、風格，甚至人品。相是形諸於實的書法作品。所謂「有諸中，必形諸外，觀其相，可識其心。」「書法乃傳心也。」〔註264〕故有「心相」之說。而最為言簡意賅者，可能推清代劉熙載《藝概》所云：

　　書，如也。如其學，如其才，如其志。總之曰：「如其人而已。」

　　〔註265〕

更簡單的說法，即是平常所知的：「書如其人」，但也立體、縱深化了人的道心。

三、性

　　此處的性，偏性質、性情、情性的心情與個性。

（一）文論中言體性

　　早在《虞書》時代，已經出現「詩言志，歌永言」的說法。〔註266〕漢朝出現的〈毛詩序〉重申前說：「詩者，志之所之也。在心為志，發言為詩。情動於中而形於言；言之不足，故嗟嘆之；嗟嘆之不足，故永歌之；永歌之不足，不知手之舞之足之蹈之也。」〔註267〕固然「詩者，志之所之也。在心為志，發言為詩」，更在於「情動於中」而產生如下的後果；如果情不動，固然沒了言歌嗟嘆、手舞足蹈，也沒了詩。所以「情動於中」，成為關鍵。

〔註263〕同註268，頁45～46。

〔註264〕同註268，頁46、47。

〔註265〕劉熙載撰《藝概》（臺北市：廣文書局，民58）卷五，頁21。

〔註266〕〈虞夏書〉。屈萬里著《尚書釋義》（臺北市：華岡書局，民57）頁16。

〔註267〕昭明太子撰《文選》（臺北縣板橋鎮：藝文印書館，民72）卷四十五，頁649。
　　　　按：關於作者，眾說紛紜，可參閱永瑢等著《四庫全書總目提要》（臺北市：臺灣商務印書館，民54）卷十五，頁291～292《詩序二卷》下所錄各家說法，雖無定論，至少可以確定是漢代或漢以前對《詩》的看法。本文重心不在考證作者為誰，而在有此類說法。

　　從曹丕論文產生後，一開始，即趨向於個人主義，著重個人的個性，甚至普遍了人類情感。〔註268〕但是，他並沒有提出「性」、「性情」、「情性」及「情」等的個性化、情感化字詞。不過，仔細審視「王粲長於辭賦，徐幹時有齊氣，然粲之匹也。如粲之〈初征〉、〈登樓〉、〈槐賦〉、〈征思〉，幹之〈玄猿〉、〈漏卮〉、〈圓扇〉、〈橘賦〉，雖張、蔡不過也。然於他文，未能稱是。琳、瑀之章表書記，今之雋也。應瑒和而不壯；劉楨壯而不密。孔融體氣高妙，有過人者；然不能持論，理不勝詞；以至乎雜以嘲戲；及其所善，揚、班儔也。」〔註269〕本段文字或夾雜文體，或夾雜氣質，或夾雜單篇，或夾雜風，無非說明作者個性有別，擅長有別；反之，擅長之所以不同，源自個性而已。

　　有關本部分，論述特多，僅舉數例如下：

　　南朝齊梁時代已經提出「性情」或「情性」，如：鍾嶸〈詩品序〉云：

　　　氣之動物，物之感人，故搖蕩性情，形諸舞詠。〔註270〕

蕭子顯《南齊書·文學傳論》同樣出現：

　　　文章者，蓋情性之風標，神明之律呂也。〔註271〕

梁元帝《金樓子》謂：

　　　文者，惟須綺縠紛披，宮徵靡曼，唇吻遒會，情靈搖蕩。〔註272〕

或「情靈」，或「性情」，或「情性」，這些都是「情感」的意思。而劉勰《文心雕龍·體性》論情性則更為明白：

　　　才有庸儁，氣有剛柔，學有淺深，習有雅鄭：並情性所鑠。

　　　才力居中，肇自血氣；氣以實志，志以定言。吐納英華，莫非情性。

　　　〔註273〕

〔註268〕劉若愚著、杜國清譯《中國文學理論》（臺北市：聯經出版事業，民70）頁141。

〔註269〕〈典論論文〉。昭明太子撰《文選》（臺北縣板橋鎮：藝文印書館，民72）卷五十二，頁734。

〔註270〕何文煥編訂《歷代詩話》（臺北縣：藝文印書館，民60）頁7。

〔註271〕蕭子顯撰《南齊書》（臺北市：鼎文書局，民67）卷五十二，頁907。風標：風向指標。

〔註272〕〈立言篇〉。孝元帝撰《金樓子》（臺北市：臺灣商務印書館，民64）卷四，頁三十二。綺縠紛披：用字典雅。宮徵靡曼：符合音律。唇吻遒會：吟誦動聽。情靈蕩搖：文章意境。

〔註273〕並見劉勰撰、范文瀾注《文心雕龍注》（臺北市：開明書局，民57）卷六，頁8。庸儁：平凡與優秀。鑠：散放。

這裡「情性」都是指「個性」。〔註274〕至於〈情采篇〉所云則是「情感」：

　　夫鉛黛所以飾容，而盼倩生於淑姿；文采所以飾言，而辯麗本於情

　　性。〔註275〕

這段話很明白說明「情性」是文章的本源，有了情性，文章才有生命，詞采才能華茂。

　　到唐朝諸史學家整理前代文風，探究文之本時，情性已是普遍的使用。如《晉書‧文苑傳論》云：

　　夫賞好生於情，剛柔本於性。情之所適，發乎詠歌，而感召無象，

　　風律殊製。〔註276〕

又如《北齊書‧文苑傳序》云：

　　文之所起，情發於中。人有六情，稟五常之秀；情感六氣，順四時

　　之序。其有帝資懸解，天縱多能，摛翰鼓於生知，問珪璋於先覺。

　　譬雕雲之自成五色，猶儀鳳之冥會八音，斯固感英靈以特達，非勞

　　心所能致也。〔註277〕

文之形成，是由於「情」發自內心。有這份「情」加上天資文采，自能發之為文，必不是「勞心」所能獲致。也有將「性」寫作「性靈」者。「性靈」一詞見於劉勰〈原道〉：「（人乃）性靈所鍾，是謂三才。」此處「性靈」指自然的精神力量，或賦予人的這種力量。到姚思廉已經用為「性情」的同義詞：

　　夫文者，妙發性靈，獨拔懷抱；易逸等夷，必興矜露。〔註278〕

文中的「性靈」，即等同「性情」。

　　唐朝論文論詩以情為出發點而最著名的，大概屬白居易。白居易給元稹的書信中，以為天文以三光（日、月、星）為首，地文以五才（金、木、水、火、土）為首，人文以六經（詩、書、禮、樂、易、春秋）為首；六經以《詩經》為首，

〔註274〕劉若愚著、杜國清譯《中國文學理論》（臺北市：聯經出版事業，民70）頁151。

〔註275〕同註279，卷七，頁1。

〔註276〕房玄齡等撰《晉書》（臺北市：鼎文書局，民68）卷九十二，頁4206。

〔註277〕李百藥撰《北齊書》（臺北市：鼎文書局，民67）卷四十五，頁602。六情指
　　　　人的各種情感。六情者何？謂喜、怒、哀、樂、愛、惡。五常指五種儒家認
　　　　定的人倫關係的原則：仁、義、禮、智、信。六氣，又稱「氣運」，古人也有
　　　　稱之為「地氣」，是附會於五行的自然氣候變化的六種現象，指陰、陽、風、
　　　　雨、晦、明之氣。

〔註278〕魏徵、姚思廉同撰《梁書》（臺北市：鼎文書局，民67）卷五十，頁727。易
　　　　逸等夷，必興矜露：任何幽隱的情緒，都會感發出來。

何故？因爲詩是感動人心最有效的手段：

> 聖人感人心而天下和平。感人心者，莫先乎情，莫始乎言，莫切乎
> 聲，莫深乎義。詩者，根情，苗言，華聲，實義。上自聖賢，下至
> 愚騃，微及豚魚，幽及鬼神，群分而氣同，形異而情一；未有聲入
> 而不應，情交而不感者。〔註279〕

雖然他在運用上以反應時弗爲主，但其出發點則來自人與生俱來之情，「群分
而氣同，形異而情一；未有聲入而不應，情交而不感者。」

　　宋後文論，講性情者多雜人品德性，籠統歸之於上述。元朝楊維楨，其
「鐵崖體」〔註280〕作風怪怪奇奇，實則他的怪怪奇奇卻是他性靈的表現。他
主張「詩者，人之情性也。人各有情性則人有各詩也。得於師者，其得爲吾
自家之詩哉？」〔註281〕「詩得於言，言得於志。人各有志有言以爲詩，非跡
人以得之者也。」〔註282〕對於詩，不主張學之於人，認爲詩純然是情性之所
散發。很明顯地提倡性靈。

　　明代前七子之一的徐禎卿〔註283〕，也是七子中較早由文學轉入道學，又
最早轉向心學的人。〔註284〕徐禎卿的《談藝錄》，其詩學思想以「情」爲核心，

〔註279〕〈與元九書〉。白居易著、朱金城箋校《白居易集箋校》（上海市：上海古籍
　　　　出版社，1988）卷四十五，頁2792。
〔註280〕楊維楨，字廉夫，號鐵崖。元末明初政治人物。少時讀書於鐵崖山，其父楊
　　　　宏在鐵崖山麓築樓，樓上藏書萬卷，周圍種數百株梅樹，將梯子撤去，令其
　　　　專心攻讀，楊維楨苦讀五年，每日用轆轤傳遞食物。泰定四年（1327）中進
　　　　士，授天臺縣尹，杭州四務提舉。維楨爲人倔強，詩文奇詭，喜做翻案文章，
　　　　如《炮烙辭》一文支持紂王。又以擬古樂府見稱於時，是當時詩壇領袖，因
　　　　「詩名擅一時，號鐵崖體」，獨領風騷。
〔註281〕〈李仲虞詩序〉。楊維楨撰《東維子文集》（臺北市：臺灣商務印書館，民56）
　　　　卷七，頁67。見王雲五主編《四部叢刊・初編・集部》79冊。
〔註282〕〈張北山和陶集序〉。楊維楨撰《東維子文集》（臺北市：臺灣商務印書館，
　　　　民56）卷七，頁68。見王雲五主編《四部叢刊・初編》79冊。跡人：依循
　　　　他人足跡。
〔註283〕前七子：李夢陽、何景明、康海、王九思、邊貢、王廷相及徐禎卿。徐禎卿：
　　　　年少時，與同郡祝允明、唐寅、文徵明並稱「吳中四才子」。在文學方面，與
　　　　李夢陽、何景明、康海、王九思、邊貢和王廷相並成爲「前七子」，強調文章
　　　　學習秦漢，古詩推崇漢魏，近體宗法盛唐。
〔註284〕道學：宋明理學別稱。心學：宋明理學的一門學派，最早可推溯自孟子，而
　　　　北宋二程開其端，南宋陸九淵則大啓其門徑，而與朱熹的程朱理學分庭抗禮。
　　　　至明市，由王陽明首度提出「心學」兩字，至此心學開始有清晰而獨立的學
　　　　術脈絡。

帶動「氣、「聲」、「辭」、「韻」、「思」等，云：

> 情者，心之精也。情無定位，觸感而興，既動於中，必形於聲。故
> 喜則爲笑啞，憂則爲籲戲，怒則爲叱吒。然引而成音，氣寔爲佐；
> 引音成詞，文實與功。蓋因情以發氣，因氣以成聲，因聲而繪詞，
> 因詞而定韻，此詩之源也。〔註285〕

作者的意思，今天我們看一首詩，表面上能能會的氣、聲、詞、韻，其本，即心之精——情。後七子之一的王世貞〔註286〕發出同樣的理論：「夫詩，心之精神發而聲音者也，其精神發於恊氣而天地之和應焉，其精神發於噫氣而天地之變悉焉。」〔註287〕

明朝思想家李贄〔註288〕，屬於王陽明學派的極端份子。在〈童心說〉一文中，主張「童心」亦即「眞心」；不失「童心」者爲「眞人」，能夠創出偉大的文學，不只是詩，或散文，甚或小說，或戲劇，或八股文。依據他的看法，「天下之至文，未有不出於童心焉者也」〔註289〕。他的概念未嘗不見於前人，如孟子曾經說過：「大人者，不失其赤子之心也。」〔註290〕不過他的提出有其時代背景〔註291〕，作者並未以孟子標榜。

李贄是第一位將這種「童心」概念應用於作家，且認爲它是所有偉大文學學的唯一泉源。它的產生是在理學風行之後，可說是復甦了人類原初之本心。他也是第一位將通俗的戲劇和小說，視爲偉大的文學，因而擴大了傳統

〔註285〕 徐禎卿《談藝錄》。何文煥編訂《歷代詩話》（臺北縣：藝文印書館，民60）頁492。

〔註286〕 後七子：指的是明朝中期文壇的七位知名文學家，分別是：李攀龍、王世貞、謝榛、宗臣、梁有譽、徐中行、吳國倫。以上李攀龍與王世貞爲首。

〔註287〕 〈金臺十八子詩集序〉。王世貞撰《弇州四部稿》（臺北市：偉文圖書出版社，民65）七，卷六十五，頁3177。恊：協的俗字；協氣：協和之氣。噫氣：嘆息悲傷之氣。

〔註288〕 李贄深受「陽明學」支流「泰州學派」影響，是羅汝芳學生，把王陽明與羅汝芳的學說推向極端，且以「異端」自居。針對當時官學和知識階層獨奉儒家程朱理學爲權威的情況，貶斥程朱理學爲僞道學，提出不能「以孔子之是非爲是非」。詩文多抨擊前七子、後七子復古之主張，認爲《西廂記》、《水滸傳》就是「古今至文」。公安派三袁兄弟受其影響較深。

〔註289〕 李贄撰《焚書》（臺北縣樹林鎮：漢京文化事業，民73）卷三，頁99。

〔註290〕 《中孟》卷四〈離婁〉下，頁113～114。朱熹集註《四書集註》（臺北市：世界書局，民55）。

〔註291〕 按：其時，程朱理學遍天下。他認爲儒家經典，並不代表聖賢之言，只是提供「道學之口實，假人之淵藪」。

的「文學」概念的範圍。不過，李贄對文學批評的貢獻雖值得注意，主要的
興趣卻不在文學。他的觀念有待公安袁氏三兄弟的出現。〔註292〕

三兄弟排行第二的宏道比較注意感情和個性。給三弟中郎詩集的序：

> 大都獨抒性靈，不拘格套，非從自己胸臆流出，不肯下筆。有時情
> 與境會，頃刻千言，如水東注，令人奪魂。〔註293〕

竟陵派〔註294〕雖對公安餘緒進行反思和批判，但在文學與心性的關係，基本
上仍舊承襲公安思想，如鍾惺說：「夫詩，道性情者也。」〔註295〕

明末清初，錢謙益受公安派影響，詩主性情〔註296〕，為詩所下的定義：

> 詩者，志之所之也。陶冶性靈，流連景物，各言其所欲言者而已。
> 〔註297〕

> 古之為詩者，必有深情畜積於內，奇遇薄射於外，輪囷結轖，朦朧
> 萌折，如所謂驚瀾奔湍，鬱閉而不得流；長鯨蒼虯，偃蹇而不得伸；
> 渾金璞玉，泥沙掩匿而不得用；明星皓月，陰雲蔽蒙而不得出。於
> 是乎不能不發之為詩，而其詩亦不得不工。〔註298〕

〔註292〕 公安三袁（又稱三袁）是指明代晚期三位袁姓的散文家兄弟，他們分別是袁
宗道、袁宏道、袁中道。由於三袁是荊州公安縣長安里人，其文學流派世稱
「公安派」。

〔註293〕 《袁中郎文鈔・敘小修詩》。袁宏道撰《袁中郎文集》（臺北市：世界書局，
民53）頁5。

〔註294〕 竟陵派，為中國明朝晚期小品文代表流派之一，繼公安派而起，文學領袖首
推鍾惺、譚元春，其次則有劉侗。因其籍貫均為竟陵，故稱為「竟陵派」。竟
陵派反對仿摹，主張「獨抒性靈」，認為抒寫「性靈」或「靈心」的詩才是「真
詩」。即表現「幽情單緒」、「孤行靜寄」的作品，才是「真有性靈之言」。另
外他們反對公安派平易近人的文風。但其文學理論基本與公安派相同，不同
之處在於，以幽深孤峭來矯正公安派的浮淺，詩文風格一變公安派之清新輕
俊，轉為幽深孤峭，造怪句、押險韻尤為其特色。

〔註295〕 〈陪郎草序〉。鍾惺著：李先耕、崔重慶標校《隱秀軒集》（上海市：上海古
籍出版社，1992）卷十七，頁275。

〔註296〕 錢謙益：明末清初時期文學領域的集大成者，錢謙益領導這一時期的文壇長
達五十年。在政治上錢被視為東林黨或復社人士。錢謙益學問淵博，反對竟
陵派「尖新」、「鬼趣」的文風，倡言「情真」、「情至」，主張具「獨至之性，
旁出之情，偏詣之學」。

〔註297〕 〈范璽卿詩集序〉。錢謙錢著、錢曾箋注、錢仲聯標校《牧齋初學集中》（上
海市：上海古籍出版社，1985）卷三十一，頁910。

〔註298〕 〈虞山詩約序〉。同註303，卷三十二，頁923。薄射：無法施展。輪囷結轖：
委屈盤結，抑鬱不暢。朦朧萌折：一切在不明狀態，如剛發出新芽就已夭折。

同樣的內容，又見之於〈馮定遠詩序〉、〈愛琴館評選詩慰序〉、〈周元亮賴古堂合刻序〉、〈題蕪市酒人篇〉等，可見到錢氏越加發揚。其後，黃宗羲、尤侗、金人瑞、葉燮、袁枚，可以說都不離此旨。

　　姑以袁枚之說爲例〔註299〕；袁枚爲了說明詩歌本質在於人之性情，在〈陶怡雲詩序〉用飲食中的水和他物的配合關係譬喻說：

> 夫水，天下之至無味者也。何以治味者取以爲先？蓋其清冽然，其淡的然，然後可以調甘毳，加群珍，引之於至鮮，而不病其庮腐。詩之道亦然，性情者源也，詞藻者流也。源之不清，流將焉附？〔註300〕

正如水之至清至淡，爲飲食一道奠定了良好前提，詩歌也首先要求人至眞至誠的性情，只有這時才方便於借外在辭藻書面表達出來。如果沒有至眞至誠的性情，詩也將失去安身立命之所，稱不得上品。

　　以上都是各家從心性角度爲出發點的陳述，宋朝姜夔《白石道人詩說》曾將情性與結果作簡要的歸納：

> 喜，詞銳；怒，詞戾；哀，詞傷；樂，詞荒；愛，詞結；惡，詞絕；欲，詞屑。〔註301〕

喜、怒、哀、樂、愛、惡、欲，傳統對於人情欲的統稱，出自《禮記·禮運》〔註302〕，意謂涵蓋人的所有情緒。元朝范德機《木天禁語》引儲詠之言亦云：

> 性情褊隘者，其詞躁；寬裕者，其詞平；端靖者，其詞雅；疏曠者，其詞逸；雄偉者，其詞壯；蘊藉者，其詞婉。涵養情性，發於氣，形於言，此詩之本源也。〔註303〕

以此爲經，分別道出產生的文學現象，也可算是總結。

〔註299〕袁枚，清代詩人，散文家。字子才，號簡齋，別號隨園老人，時稱隨園先生。

〔註300〕袁枚撰《小倉山房詩文集》（臺北市：臺灣中華書局，民55）卷三十一，頁15。甘毳：味美的食品。庮腐：臭腐。不病其庮腐：不認爲它（水）會帶來臭腐。

〔註301〕何文煥編訂《歷代詩話》（臺北縣：藝文印書館，民60）頁439。姜夔：字堯章，號白石道人，南宋詞人。精通音樂，曾爲詩，初學山谷之江西詩派，後被歸類爲江湖詩派。亦善填詞。他的詞對於南宋後期詞壇的格律化有巨大的影響。

〔註302〕〈禮運〉：「何謂人情？喜、怒、哀、懼、愛、惡、欲，七者弗學而能。」鄭玄注《禮記鄭注》（臺北市：新興書局，民60）卷七，頁80。

〔註303〕范德機著《木天禁語》。何文煥編訂《歷代詩話》（臺北縣：藝文印書館，民60）頁483～484。范德機即范梈。詩豪宕清道，兼擅諸勝。

（二）書論中言情性

書論之言情性，以孫過庭《書譜》爲最早。云：「達其情性，形其哀樂」。〔註304〕「達其情性」部分，曰：「雖學宗一家，而變成多體，莫不隨其性欲，便以爲姿」，舉例如下：

> 質直者，則俓綎不遒；剛很者，又崛強無潤；矜斂者，弊於拘束；
>
> 脫易者，失於規矩；溫柔者，傷於軟緩；躁勇者，過於剽迫；狐疑
>
> 者，溺於滯澀；遲重者，終於蹇鈍；輕瑣者，染於俗吏。〔註305〕

性格耿直的，下筆平直而缺乏遒麗妍媚；剛強粗暴的，狀貌倔強而缺乏溫和潤澤；矜慎自斂的，缺點在於拘束；疏狂放蕩的，病在不守規矩；溫柔的，常失於軟弱；急躁的，則過於剽悍；狐疑的，弊在遲滯不前；遲重的，常致蹣跚痿鈍；輕浮瑣碎的，又流於俗吏的格調。這些都是性情獨特的人，偏於自己的愛好，所以和正道相乖離。書法之所以多樣，就在於此。所以劉熙載曾爲「書訣」：「古人之書不可學，但要書中有個我。我之本色若不高，脫盡凡胎方證果。」〔註306〕前人書跡不是不可學習，而是書跡中一定有「我」的存在。如果「我」的本色不夠好，那麼就脫胎換骨產生一個新我。

「形其哀樂」部分，孫氏揭示道：

> 涉樂方笑，言哀已嘆。豈惟駐想流波，將貽嘽嗳之奏；馳神睢渙，
>
> 方思藻繪之文？〔註307〕

心情快樂，就有笑聲；語及悲哀，自會嘆息。哪裡只有音樂家心在洋洋流水，才會有和樂的節奏；文學家神遊睢水、渙水，才想出華麗的詞藻？意思是情動於中，形諸於外，不是音樂家、文學家的專利，書家亦然。舉王羲之之作爲證：

> 寫《樂毅》則情多怫鬱，書《畫讚》則意涉瓌奇，《黃庭經》則怡懌

〔註304〕孫虔禮《書譜序》（臺北市：國立故宮博物院，民76）頁28。按：孫過庭，字虔禮。

〔註305〕同註310，頁29。按：張懷瓘也有同樣的說法，〈六體書論〉：「如人面不同，性分各異，書道雖一，各有所便。順其情則業成，達（當『違』字之誤。）其衷則功棄，豈得成大名哉！」董誥等編《全唐文》（上海市：上海古籍出版社，1990）卷四百三十二，頁1952。

〔註306〕劉熙載著《遊藝約言》。王水照編《歷代文話》第六冊（上海市：復旦大學出版社，2007）頁5589。

〔註307〕孫虔禮《書譜序》（臺北市：國立故宮博物院，民76）頁29。

虛無，《太師箴》又從橫爭折。暨乎蘭亭興集，思逸神超；私門誡誓，

情拘志慘。〔註308〕

寫《樂毅論》時心情不舒暢，多有憂鬱；寫《東方朔畫贊》時意境瑰麗，想像
離奇；寫《黃庭經》時精神愉悅，若入虛境；寫《太師箴》時感念激蕩，世情
曲折；說到蘭亭興會作序時，則是胸懷奔放，情趣飄然；立誓不再出山做官，
可又內心深沉，意志戚慘。證明不同情緒，產生不同心情的作品。更進一步說：

情動形言，取會風騷之意；陽舒陰慘，本乎天地之心。〔註309〕

情趣有感於激動，必然通過語言表露，抒發出與《詩經》、《楚辭》同樣的旨
趣；陽光明媚時會覺得心懷舒暢，陰雲慘暗時就感到情緒鬱悶。這些部是緣
於大自然的時序變化。書者的情緒之所以波動，之所以形諸言語，這和《三
百篇》的作者寫「風」，屈原寫〈離騷〉是相同的道理。書者的心緒猶如天之
陰晴，天晴則心神舒爽，天陰則轉而沉鬱，這些都根本於天地之心。書法線
條就是心緒的記錄，來自宇宙的本心。這等於說書法的本體是「天地之心」；
屬於形上的本源論。

唐人把書家心性和書跡之間，說解得最為密合的，是一代文壇盟主——
韓愈。他在〈送高閑上人序〉云：

苟可以寓其巧智，使機應於心，不挫於氣，則神完而守固，雖外物
至，不膠於心。堯舜禹湯治天下，養叔治射，庖丁治牛，師曠治音
聲，扁鵲治病，僚之於丸，秋之於奕，伯倫之於酒，樂之終身不厭，
奚暇外慕？夫外慕徙業者，皆不造其堂，不睽其戟者也。〔註310〕

假如有一件事，能將一個人的技巧與智慧，都融會其中，使變化與心相應，不
傷元氣，那麼就達到精神完滿、操守專一的境界。雖有外物干擾，也會無動於
心。堯、舜、禹、湯治理天下，養由基苦練射術，庖丁精研宰牛，師曠目盲而
治聲律，扁鵲專注於醫術，熊宜僚一心於戲人丸，弈秋潛心於橫，劉伶癡迷於
酒：他們都樂此不疲，哪裡還有閒工夫去對別的東西感興趣呢？那些見異思遷

〔註308〕同註313。蔡希綜的〈法書論〉亦云：「始其學也，則師資一同，及爾成功，
　　　　乃菁華各擅，亦猶綠葉紅花、長松翠柏，雖沾雨露，孕育於陰陽，而盤錯森
　　　　梢，豐茸艷逸，各入門自媚，詎聞相下？咸自我而作古，或因其而立度。」
　　　　至於孫過庭《書譜》及李後主《書述》老少不同的論調，也屬於人「情性」
　　　　範圍之一。
〔註309〕同註313。
〔註310〕韓愈撰、馬其昶校注《韓昌黎文集校注》（臺北市：世界書局，2002）頁284
　　　　～285。

的人，是不可能登堂入室，嘗到美味佳餚的。這是一篇韓愈寫給高閑上人的文章。高閑是一位活躍在宣宗在位年間（847～859）的書家，生卒年不詳。於湖州開元寺出家，事佛餘暇，酷愛書法，尤善草書，學張旭、懷素。〔註311〕在韓愈心中，張旭之所以能夠達到「變動猶鬼神」的境界，全然是心神合一、心手合一的結果，只要一動筆，純然是情性的反應，有是心而後有是書。下文遍舉古往今來，上自政治人物，下至百工雜技，莫不如此；書法，又何獨不然！尤其特殊的是張旭以豪飲而知名，酒後靈感來時，渾然忘我而後作書。

我們如果推敲首句「苟可以寓其巧智，使機應於心，不挫於氣，則神完而守固，雖外物至，不膠於心。」機通幾，《易·繫辭下》：「幾者，動之微」〔註312〕「機應於心」使初發的動機與天地之心互相呼應。「神完而守固」，保持心神的完整而且執一不變。「雖外物至，不膠於心」縱使有外物干擾，卻不會受到影響而動搖。究其思想根源，係來自《易》之「中孚」與《莊子》的「技進乎道」。中孚〈象〉曰：「中孚，柔在內而剛得中。」〔註313〕此處喻柔順處內自能剛健於外。〈庖丁解牛〉中有「臣之所好者道也，進乎技矣。」〔註314〕臣所喜好的是「道」，早就超越所謂的技術了。這是兩個層次：一個是心中是否有那份內在的悸動，即動之微的幾；一個是超乎技巧，進入「道」的境界。一般印象中的方外人士，必六根清淨，心境無波無浪。因此，文末反問：「今閑之於草書，有旭之心哉？不得其心而逐其跡，未見其能旭也。」〔註315〕這裡所謂的心，顯然是多變的情緒，韓愈認為是書法的根本。高閑可能有超乎技巧的書寫能力；但是，有如張旭的心嗎？

書者的情緒與書跡之間，元人陳繹曾《翰林要訣》做下列分析：

> 喜怒哀樂各有分數：嘉即氣和而字舒，怒則氣麤而字險，哀即氣鬱而字歛，樂則氣平而字麗。情有輕重，則字之歛舒險麗亦有淺深，變化無窮。〔註316〕

〔註311〕釋贊寧撰《宋高僧傳》卷三十〈唐天臺山禪林寺廣脩傳〉附〈高閑傳〉。見《文淵閣四庫全書》1052冊（臺北市：臺灣商務印書館，民72～），頁413。

〔註312〕王弼、韓康伯注、孔穎達疏《周易注疏》（臺北市：臺灣學生書局，民56）卷八，頁691。

〔註313〕同註318，卷六，頁542。

〔註314〕郭慶藩輯《莊子集釋》（臺北市：河洛圖書出版社，民63）卷二上，頁119。

〔註315〕韓愈撰、馬其昶注《韓昌黎文集校注》（臺北市：世界書局，2002）頁285。

〔註316〕陳繹曾撰《翰林要訣》頁18。見楊家駱主編《宋元人書學論著》（臺北市：世界書局，民61）。

對於這節內容，作者舉例：「《曹娥》之斂、《黃庭》之變、《蘭亭》之暢，亦逸之所留意。顧《剋捷表》乃鍾書之傑，是一時聞捷，喜而成比，詳其用筆，皆若鐵騎縱橫，劍戟森列，眞若行陣之聞，擊刺斬斫之狀，故與《力命》、《宣示》全不侔也。」〔註317〕又云：

> 清和肅壯，奇麗古澹，互有出入者是。膓明幾淨，氣自然清；筆墨不滯，氣自然和；山水仙隱，氣自然肅；□□□□，氣自然壯；珍怪豪傑，氣自然奇；佳麗園池，氣自然麗；造化上古，氣自然古；幽貞閒適，氣自然澹。八種交相爲用，變化又無窮矣。〔註318〕

前一則的喜怒哀樂，作者建立在書寫時書者按壓毛筆的分數有多少；後一則次兩項是書者的人品，其餘涉及周遭環境。人的心情常因外界而有變化，各種現象不可盡道，所列或可參考。明朝解縉《春雨雜述》有與《翰林要訣》相同的敘述：

> 喜而舒之，如見佳麗，如遠行客過故鄉，其發怡；怒而奪激之，如撫劍戟，操戈矛，介萬騎而馳之也，發其壯；哀而思也，低回戚促，登高引古，慨然嘆息之聲；樂而融之，而夢華胥之遊，聽鈞天之樂，與其簞瓢陋巷之樂之意也。〔註319〕

和《翰林要訣》的不同在：《翰林要訣》重在情緒和表達之間的關係，《春雨雜述》則重在喜怒哀樂在作品呈現的心理現象。

　　《宣和書譜》卷五記「道士梁元一」云：「丹藥之暇，尤喜翰墨。初慕鍾、王楷法，久而出入規矩之外，然其法嚴，其氣逸，其格清。其嚴也若秉簡而

〔註317〕張紳撰《法書通釋》105～106。見楊家駱主編《明人書學論著》（臺北市：世界書局，民62）。按：陳繹曾，字伯敷。本段字伯伯敷曰。又見於按語，其他版本未見，也可能是《法書通釋》作者張紳之語。

〔註318〕同註322。按：中缺「□□□□，氣自然壯」八字，據《書法正傳》補。馮武編《書法正傳》（臺北市：臺灣商務印書館，民59）頁15。

〔註319〕解縉撰《春雨雜述》頁3。楊家駱主編《明人書學論著》（臺北市：世界書局，民62）。《列子‧黃帝篇》：「（黃帝）畫寢，而夢遊於華胥之國。華胥氏之國，在弇州之西，台州之北，不之斯（離）齊國幾千萬里。蓋非舟車足力之所及，神遊而已。其國無帥長，自然而已。其民無嗜欲，自然而已。不知樂生，不知惡恐，故無夭殤。不知親已，不知疏物，故無所愛惜。不知背逆，不知向順，故無利害。都無所愛惜，都無所畏忌。入水不溺，入火不熱，斫撻無傷痛，指摘無痛癢。乘空入履實，寢虛若處林。雲霧不礙其視，雷霆不亂其聽，美惡不滑其心，山谷不躓其步，神行而已。」鈞天之樂：《史記》曰：「趙簡子疾，五日不知人。居二曰半。簡子寤，語大夫曰：『我之帝所甚樂，與百神游於鈞天，廣樂九奏萬舞。』」鈞天之名，蓋取諸此。

立星壇，其逸也若禦風而揮八極，其清也若秋霄之飲沆瀣。」為什麼能達到這種境界？下云：

> 凡以心專於抱一而不務外遊，故其神凝而慮寂。據梧隱幾，泯然身
> 世之俱亡。及棄興，一寓於揮灑，自然有超世絕俗之態矣。〔註320〕

與上段韓愈說張旭的文字，在立論的基本點可說彼此互通。晚清康有為〈綴法〉亦云：「能移人情，乃為書之至極。佛法言聲、色、觸、法、受、想，行識以想、觸為大。書雖小技，其精者亦通於道焉。」〔註321〕總總論述，都指向書法之本，來自於心性。

四、小結

本單元與上單元相同，都分為兩項：分別是心與性。心分道體之心、道德之心；性有情性、性情、性靈、情感、體性、個性諸種解釋。

不論心與性，我們都可以從歷代文論、書論中找到彼此相應的理論。清朝劉熙載《遊藝約言》云：

> 問：「詩、文、書、畫何以能通鬼神之奧？」曰：「中有體物，不遺
> 者存。」〔註322〕

「奧」是奧秘。「中有的體物，不遺者存。」語出《中庸・第十五章》：「鬼神之為德，其盛矣乎！視之而弗見，聽之而弗聞，體物而不可遺。」朱注：「鬼神無形與聲，然物之終始，莫非陰陽之所為。是其為物之體，而不能遺也。」〔註323〕鬼神看不到聽不到，但是看得到聽得到的世界，沒有不是陰陽所產生的，而這個陰陽就是萬物的本體，不可能須臾消失的。這個「陰陽」，正是《易・繫辭上》的「一陰一陽之謂道。」道即本體。劉氏認為詩、文、書、畫之所以能通鬼神之奧祕，是因為它們共同的本體互通。這樣說來，文學與書法不能會通也難。

〔註320〕宣和間官修《宣和書譜》卷五，頁132～133。見楊家駱主編《宣和書譜》（臺北市：世界書局，民64）。

〔註321〕康有為撰《廣藝舟雙楫》頁52。楊家駱主編《近人書學論著》（臺北市：世界書局，民73）。

〔註322〕劉熙載著《遊藝約言》。王水照編《歷代文話》第六冊（上海市：復旦大學出版社，2007）頁5596。

〔註323〕《中庸》頁11。朱熹集註《四書集註》（臺北市：世界書局，民55）。

　　至於情性，劉氏又說：「徐季海論書，以爲亞於文章。余謂文章取示忌志，書誠如是，則亦何亞之有？」〔註324〕徐季海即徐浩，其論書見張彥遠集《法書要錄》。〔註325〕劉氏認爲文章的功能表達作者的心志，書法亦是如此，不同意徐浩「亞於文章」之語。並舉陶淵明之例：「陶淵明言：『常著文章自娛，頗示己志。』書畫家當亦云爾，彼蓋即以書、畫爲文章也。」〔註326〕文章與志之間，本於《虞書》、〈毛詩序〉，已見前引。「情動於中」成爲必然。劉氏認爲書畫與文章同，所以沒有文章技高一階的說法。蘇軾在〈文與可畫墨竹屏風贊〉早已提出：「詩不能盡，溢而爲書，變而爲畫，皆詩之餘。」〔註327〕雖僅短短數字，卻與抒心寫靈的詩、直訴視覺的畫相提並論，書之能抒發情緒，不言而喻。

　　而作家或書家的個性，劉熙載說：「人尙本色，詩、文、書、畫亦莫不然。」〔註328〕就是說，書法中，「我」一定存在；詩、文、畫皆如此。強調的是書者個性在作品中的重要。

　　劉熙載論書論文，必「詩、文、書、畫」並列。可見其中有其會通處，方能如此。

　　南宋高宗曾作出如下之語：

　　　　甚哉字法之微妙，功均造化，跡出窈冥，未易以點畫工，便爲至極。
　　　　蒼、史始意演幽，發爲聖跡，劫合卦象，德該神明，開闔形制，化
　　　　成天下。至秦、漢而下諸人，悉胸次萬象，佈置模範。想見神遊八
　　　　表，道冠一時；或帝子神孫，廊廟才器，稽古入妙，用智不分，經
　　　　明行修，操尙高節，故能發爲文字，照映編簡。……非夫通儒上士
　　　　詎可言此？豈小智自私、不學無識者可言也！〔註329〕

這段引文可以算是本單元的結束。「以點畫工，便爲至極」是一般書家及觀眾對書法的認知標準；宋高宗則不然，他認爲「字法之微妙，功均造化，跡出

〔註324〕同註328，頁5585。
〔註325〕〈徐浩論書〉云：「德成而上，藝成而下，則殷鑑不遠，何學書爲？必以一時風流，千里面目，斯亦愈於博奕，亞於文章矣。」張彥遠集《法書要錄》卷三，頁51。楊家駱主編《唐人書學論著》（臺北市：世界書局，民64）。
〔註326〕同註328，頁5591。
〔註327〕蘇軾著《蘇東坡集》（臺北市：臺灣商務印書館，民54）第四冊，頁123。
〔註328〕同註328，頁5591。
〔註329〕高宗撰《翰墨志》頁6。見楊家駱主編《宋元人書學論著》（臺北市：世界書局，民61）。次：旅次，引申爲包羅。

窈冥」，那時來自深遠渺茫的道體。他認為文字創始之初，借卦象的總總以「化成天下」；但是秦、漢以下的書家，心胸包羅萬象，視界日益擴大，從取法天地萬象，到「經明行修，操尚高節」，都可「發為文字，照映編簡」。這分明是說明由外界的「本於自然」，慢慢回歸至內在的「本於心性」，也即天地之心。

如果我們觀察本章，關鍵所在都離不開《易》，可見一切觀念，共同的本源都來自《易》。《易》之本體即我國文人文學與書法觀念之始。近人史紫忱云：「中國美學淵源，萌生在《周易》裏面。」「中國美學精神，生之於太極，長之於太極，成之於太極。」〔註330〕若如此，二者之會通無可質疑，成為必然。

〔註330〕史紫忱著《書法美學》（臺北縣板橋市：藝文印書館，民68）頁6、10。

第三章　功夫論

文學與書法的源頭都本之於自然及人的心性，成為一位作家及書家，固然可以由源頭開始，但是，從人類進化的角度說，卻不必全然從最原始出發。《文心雕龍・徵聖》云：「作者曰聖，述者曰明。」〈總術〉曰：「常道曰經，述經曰傳。」〔註1〕聖人作經，賢人述傳。由傳而經，而聖，而道，汲取前人心血，站在前人肩膀，再加上作家與書家個人對自然與人性的感應，可能是更理想的辦法。因此，在創作前具備一些基本的學習，也就是基本功夫，成為一位文藝工作者，必須的條件。〔註2〕以下就文學與書法基本認知與深層素養這兩方面作一探討。

第一節　基本認知

文學與書法畢竟是兩種不同的藝術類型。這裡只選擇最基礎，最可能作為比對的兩樣：一、認識體類；二、摹擬前賢。

一、認識體類

所謂文章體類，名目繁多。現代學者對古代文體論的研究模式基本上可以歸納為兩種，一種可稱為一元闡釋模式，一種可稱為二分闡釋模式，其中

〔註1〕劉勰撰、范文瀾注《文心雕龍注》（臺北市：開明書局，民57）卷一，頁9；卷九，曰一二。

〔註2〕按：前人於此著墨甚多。如揚雄說：「玉不彫，璵璠不作器；言不文，典謨不作經。」（《法言・寡見》）孫過庭云：「有學而不能，未有不學而能者也。」（《書譜》）楊鉅說：「性而無習者其失也狂。」（《宣和書譜》卷四）項穆說得更明白：「資不可少，學乃居先。」（《書法雅言・資學》）

又以二分闡釋模式，流行最久，影響最大。其具體研究思路是：一般將指稱詩、賦等文章類型的文體範疇解釋爲「體類」或「體裁」、「文類」、「體製」等，而將文章的作者特徵、流派特徵、時代特徵、地域特徵等有關體範疇解釋爲「風格」或「體派」、「體性」、「體貌」等。前一類文體論在研究中常常被稱爲「文學體裁論」，而後一類被稱爲「文學風格論」。〔註3〕本論文既言文章類型，也包括風各特徵而爲後人效仿的體類；稱爲一元闡釋模式，亦無不可。

宋人倪思云：「文章以體製爲先，精工次之；失其體製，雖浮聲切響，抽黃對白，極其精工，不可謂之文矣。」明朝陳洪謨亦云：「文莫先於辯體，體正而後意以經之，氣以貫之，辭以飾之。體者，文之幹也；意者，文之帥也；氣者，文之翼也；辭者，文之華也。體弗愼則文龐，意弗立則文舛，氣弗昌則文萎。」〔註4〕足見認識體類的重要。

文章之初，紀錄的時代，應無所謂的類別，但隨著人際關係的日益複雜，於是產生不同的體類；也隨著時代的變遷，舊體與生活日益遠離，於是又產生新的體類。書寫雖然沒有人際關係的針對性，也有新的書寫型態產生，同樣出現所謂書體。因此，本論文先鋪陳兩種類別在文論與書論呈現的現象。

（一）文論中的文體

本論文對上述「文章體裁論」的四項名稱——「體類」、「體裁」、「文類」、「體製」——交互使用，但以文體一詞爲主。古來文學體類隨時代所需及時代變動，約可分橫向與縱向兩類。橫向屬文學類型，縱向屬古今流變。

1. 橫向分類

橫向分類，指的是作者就當時的時代，對所見文章類型的區分。

歷來文章家講究體裁，最早的，一般推《尚書・畢命》「辭尚體要」一語。〔註5〕「體要」如何解釋？並沒有明說。〔註6〕而且，六經本身所謂體

〔註3〕見姚愛斌著《中國古代文體論思辨》（北京市：北京大學出版社，2012）頁19。
〔註4〕〈文章綱領・總論〉。徐師曾著《文體明辨序說》（臺北市：大安出版社，1998）頁19。抽黃對白：用「黃」對仗「白」。指只求對仗工穩。
〔註5〕屈萬里著《尚書釋義》（臺北市：華岡書局，民57）頁190。
〔註6〕按：原文所謂「辭尚體要，不惟好異」，「辭尚體要」之意是「文辭之用，應體察其正則」。在這一語境中，「體」字非名詞之「文體」而爲動詞之「體察」，而「要」字相對於下句之「異」字，有正當、準則之意。及至《文心雕龍》的文體論述，始將它轉用爲名詞，表示「實現某一文類之『體』的正當準則」。見顏崑陽〈論「文體」與「文類」的涵義及其關係〉。《清華中文學報》第一期，頁38。

裁，不像後世劃分得涇渭分明，楚河漢界，互不相犯。宋代陳騤《文則》即云：

> 六經之道，既曰同歸，六經之文，容無異體。故《易》文似《詩》，《詩》文似《書》，《書》文似《禮》。〈中孚〉九二曰：「鳴鶴在陰，其子和之；我有好爵，吾與爾靡之。」使入《詩·雅》，孰別爻辭？〈抑〉二章曰：「其在於今，興迷亂于政；顛覆厥德，荒湛於酒；女雖湛樂，從弗念厥紹；罔敷求先王，克共明刑。」使入《書·誥》，孰別雅語？〈顧命〉曰：「牖間南嚮，敷重蔑席，黼純，華玉仍几；西序東嚮，敷重底席，綴純，文貝仍几；東序西嚮，敷重底席，畫純，雕玉仍几；西夾南嚮，敷重筍席，玄紛純，漆仍几。」使入〈春官·司几筵〉，孰別命誥？〔註7〕

從引文得知：《易》之爻辭，有的很像《詩》中用語；《詩》之雅語，有的很像《書》中文字；《書》之誥命，又像《禮》中句法。作者的用意當是證明六經之文雖各有方向，各有用語習性，但卻殊途而同歸。不過，還好只是特例，畢竟不是該經通篇如此。因此，文章類型始於六經的說法，只可作緣起，不可作定論。

漢代以前體裁寬鬆，漢世開始出現討論某種文章類型的言論，如揚雄論賦曰：「詩人之賦麗以則，辭人之賦麗以淫。」〔註8〕也出現專門記載文藝作品的著錄，如《漢書·藝文志》的〈詩賦略〉。〔註9〕范曄的《後漢書》已經有如下的記載：〈傅毅〉中說：「著師、賦、誄、頌、祝文、〈七激〉、連珠，凡二十八篇。」〈王逸傳〉中說：「其詩、賦、書、論及雜文凡二十一篇。」〔註10〕類此者，如杜篤、王隆、夏恭、黃香、李尤、蘇順、劉珍、葛龔、崔琦、邊韶、張升、趙壹等傳皆是。歸納所記文體，除詩之外，有賦、頌、誄、弔、銘、讚、書、祝文、哀辭、連珠、碑、記、論、箴、策、七體、牋、奏、令、雜文等。雖不見總志，文章體裁已漸見端倪。

魏、晉間文論興起，有關體裁隨之而起。曹丕《典論·論文》即提出：

〔註7〕 王水照編《歷代文話》第一冊（上海市：復旦大學出版社，2007）頁136。
〔註8〕 〈吾子〉。揚雄撰、李軌注《法言》（臺北市：臺灣中華書局，民55）卷七，頁1。
〔註9〕 按：詩賦略分屈原賦之屬、陸賈賦之屬、孫卿（荀卿）賦之屬、雜賦、歌詩。
〔註10〕 范曄撰《後漢書》（臺北市：鼎文書局，民67）卷八十上，頁2613、2618。

夫文本同而末異：蓋奏議宜雅，書論宜理，銘誄尚實，詩賦欲麗。
〔註11〕

它的特點在，起首即點出四類體裁原本就是文章，但各自有其特殊的性質。
知名的陸機〈文賦〉列出十類：

詩緣情而綺靡，賦體物而瀏亮，碑披文以相質，誄纏綿而悽愴，銘
博約而溫潤，箴頓挫而清壯，頌優遊以彬蔚，論精微而朗暢，奏平
徹以閑雅，說煒曄而譎誑。〔註12〕

比起曹丕，除了增加項目，說明各體裁的性質，還作分類。前六項皆有韻之
文，後四項爲無韻之文。

晉代摯虞所作《文章流別論》可算是分別文體最古的專著，但已散佚，
不可復見。〔註13〕傳至現代要算《文章緣起》、《文章雕龍》及《文選》三書，
都是蕭梁一代的作品。

《文章緣起》相傳爲梁新安太守任昉所作。〔註14〕自詩、賦、歌、騷，
至圖、勢、約止，共分八十四類。〔註15〕

〔註11〕 昭明太子撰《文選》(臺北縣板橋鎮：藝文印書館，民72) 卷五十二，頁734。
〔註12〕 昭明太子撰《文選》(臺北縣板橋鎮：藝文印書館，民72) 卷十七，頁246。
譯文：詩用以抒發感情，要辭采華美感情細膩。賦用以鋪陳事物。要條理清
晰，語言清朗。碑用以刻記功德，務必文質相當。誄用以哀悼恐者，情調應
該纏綿淒愴。銘用以記載功勞，要言簡意深，溫和順暢。箴用以諷諫得失，
抑揚頓挫，文理清壯。頌用以歌功傾德，從容舒緩，繁采華彰。論用以評述
是非功過，精闢縝密，語言流暢。奏對上陳敘事，平和透徹，得體適當。說
用以論辨說理，奇詭誘人，辭彩有光。
〔註13〕 按：摯虞之作，各家著錄，名稱卷數，均不盡同。《文章志》性質同於序：
《文章流別集》原是總集；《文章流別論》則爲敘論性質。原本一書，以卷
帙繁多，傳鈔者分合不一，於是名稱卷數均不同。原著《文章流別集》，已
佚。《文章流別論》，《北堂書鈔》、《藝文類聚》及《太平御覽》散見鱗爪，
由後人摘出別行。《文章流別論》是關於各種文類的性質、源流的專論，也
旁及文章的作用和文章的評價。它在前人的基礎上，對詩、賦、箴、銘、
哀辭、哀策、誄、頌、七、對問、碑銘等十一種文類溯其源流，考其正變，
將理論研究向前推進了一大步。摯虞論文，遵循儒家傳統的文藝思想，強
調文章的人倫與王澤的教化作用。論詩，以「四言爲正」；論賦「古之賦，
以情義爲主，以事類爲佐；今之賦，以事形爲本，以義正爲助」，主張有現
實內容，反對浮誇侈靡的文風，對後世文學頗有影響。
〔註14〕 按：《隋書‧經籍志》載任昉《文章志》一卷，稱有錄無書；《唐書‧藝文志》
載任昉《文章始》一卷，稱張績補。可知此書在隋時已亡佚，至唐時爲張績
所補，目前所見，疑係其作。
〔註15〕 見吳訥等著《文體序說三種》(臺北市：大安出版社，1998)。

《文心雕龍・序志》謂：「《文心》之作也，本乎道，師乎聖，體乎經，酌乎緯，變乎騷，文之樞紐，亦云極矣！若乃論文敘筆，則囿別區分，原始以表末，釋名以章義，選文以定篇，敷理以舉統。上篇以上，綱領明矣。」〔註16〕所列〈原道〉、〈徵聖〉、〈宗經〉、〈正緯〉四篇是文章的中樞。〈辨騷〉為其前四篇與其後諸篇之樞紐；餘〈明詩〉、〈樂府〉、〈詮賦〉、〈頌讚〉、〈祝盟〉、〈銘箴〉、〈誄碑〉、〈哀弔〉、〈雜文〉、〈諧讔〉、〈史傳〉、〈諸子〉、〈論說〉、〈詔策〉、〈檄移〉、〈封禪〉、〈章表〉、〈奏啓〉、〈議對〉、〈書記〉二十篇論文章體製。

至於《文選》，依據宋淳熙本固然以賦、詩為大宗，但賦、詩以外，還有騷、七、詔、冊、令、教、文、表、上書、啓、彈事、牋、奏記、書、移、檄、難、對問、設論、辭、序、頌、贊、符命、史論、史述贊、論、連珠、箴、銘、誄、哀文、哀策、碑文、墓誌、行狀、弔文、祭文共四十類，分體未免過碎，但較之陸機、摯虞諸家實為詳密。

上文所言文章類型的辨別，到齊梁時代已經分析羅列得十分清楚〔註17〕，後來繼《昭明文選》而起的，有《文苑英華》。此書在趙宋太平興國七年，由李昉、扈蒙、徐鉉、宋白等奉敕編纂。所錄從梁末以下開始，分別上續《文選》；即分類編輯的體例，也和《文體》大略相似。只是名目更覺繁瑣，而且有千卷之多。因此姚鉉選擇其中十分之一編成《唐文萃》百卷。所分文體，從詩、賦到碑、傳數十類，大體與《文苑英華》不相上下。趙宋以來，呂祖謙所編《宋文鑑》，分詩、賦至碑、傳、露布數十類〔註18〕；元蘇天爵所編的《元文類》，分十五綱四十三類；明程敏政所編的《明文衡》，分賦、騷、樂府等三十八類。這些總集都是斷代而成；若不是斷代而分體的著作，自《文苑英華》之下，有真德秀所編的《文章正宗》，內分辭令、議論、敘事、詩歌四類。除詩歌一門，屬於文章者，僅三門。這未免太過籠統，大概主於論理，而不論

〔註16〕 劉勰撰、范文瀾注《文心雕龍注》（臺北市：開明書局，民57）卷十，頁21。樞紐：中心思想。

〔註17〕 按：本句指《文心雕龍》一書完成於齊，《昭明文選》則完成於梁。〈時序〉：「皇齊馭寶，運集休明」等，可知成於齊代，署為梁通事舍人，係後人追述。見劉勰撰、范文瀾注《文心雕龍注》（臺北市：開明書局，民57）卷九，頁24。

〔註18〕 按：露布：古時戰勝捷報的文書，不用封緘。吳曾祺〈文體芻言〉云：「露布之名始於漢，謂上書不加封者，……本非將帥獻捷所用，至北魏時，以戰伐有功，欲天下聞之，乃書帛建於竹竿上，名曰露布。……唐宋文選中皆有此體，至明上沿用不廢。」見《涵芬樓文談》（臺北市：臺灣商務印書館，民57）頁17～18。

文。〔註19〕明代吳訥《文章辨體》，採輯詩文，從遠古到明初，分體編錄，各有說明。共分內外兩集，內集有四十九體，大概以《文章正宗》爲藍本。外集有五體，都屬駢偶。徐師曾依循吳訥《文章辨體》，擴大內集爲正編，共分一百零一目；擴大外集爲附錄，共分二十六目，定名爲《文章明辨》。後賀復徵又依循《文章辨體》廣爲搜尋，從三代到明末，分門別類，成《文章辨體彙選》。共七百八十卷，分一百三十二類。分析文體到此地步，可算是洋洋大觀。

前清乾隆時期，姚鼐取先秦兩漢，下及唐宋明清，編成《古文辭類纂》，所分類別不過十三：曰辨論、曰序跋、曰奏議、曰書說、曰贈序、曰詔令、曰傳狀、曰碑誌、曰雜記、曰箴銘、曰贊頌、曰辭賦、曰哀祭。所有分合出入，鑿然各當。

道光、咸豐年間，曾國藩擴大《古文辭類纂》，兼收經史，成《經史百家雜鈔》。共分著述、告語、記載三門，十一類。吳曾祺《涵芬樓古今文鈔》一百卷，則是在姚氏各類下加設子目，或數種，或十餘種，或數十種，計二百十三目〔註20〕，堪稱集今古之大成了。

以上所敘，可知文體區分，有系統的，始於梁，繁於宋、明，而論定於清世。梁以蕭統《文選》爲極則，明以吳訥《文章辨體》、徐師曾《文體明辨》爲大備，清代以姚鼐《古文辭類纂》、曾國藩《經史百家雜鈔》爲正宗。又明代以前，詩歌、樂府皆列入選錄；明代以後，詩文分途。〔註21〕這是分類大概，而劉勰《文心雕龍》上篇，辨析源流，別裁同異，可謂爲文體祖師，後世自不得不奉爲金科玉律。〔註22〕

古人分體浩繁，縱使如姚鼐，曾國藩之作，也覺不少。如此繁複的分類，南朝遂有「文」、「筆」之分。如《南史・顏延之傳》：「宋文帝問延之才能，

〔註19〕按：眞德秀，字景元，後改景希，號西山，後世稱西山先生。福建建州浦城人。南宋名臣、著名儒家學者，屬朱熹理學一派。道學之儒和文章之士，各有所重，不能強同。《四庫總目提要》謂：「四五百年以來，自講學家以外，未有尊而用之者。豈非不近人情之事，終不能強行於天下歟！」見永瑢等撰（臺北市：臺灣商務印書館，民54）卷一百八十七，頁4155《文章正宗二十卷續集二十卷》下。

〔註20〕〈附錄：文體芻言〉。吳曾祺著《涵芬樓文談》（臺北市：臺灣商務印書館，民57）頁1～2。

〔註21〕按：李東陽《懷麓堂集文後稿》三〈春雨堂稿序〉，即分別詩、文之體製。見《懷麓堂稿》（臺北市：臺灣學生書局，民64）五，卷三，頁15。

〔註22〕以上參考薛鳳昌《文體論》（臺北市：臺灣商務印書館，民66）頁2～14。

延之日：『峻得臣筆，測得臣文，……。』」〔註23〕劉勰《文心雕龍・時序》亦云：「庾以筆才逾親，溫以文思益厚。」其〈總術〉篇又說：「今之常言，有文有筆，以爲無韻者筆也，有韻者文也。」〔註24〕以有韻、無韻區分「文」和「筆」，這是一種說法；另外梁元帝《金樓子・立言篇》則以內容性質立說：

> 屈原、宋玉、枚乘、長卿之徒，止於辭賦，則謂之文。……至如不便爲詩如閻纂，善爲章奏如伯松，若此之流，泛謂之筆。吟詠風謠，流連哀思者，謂之文。……筆，退則非謂成篇，進則不云取義，神其巧惠，筆端而已。至如文者，惟須綺縠紛披，宮徵彌曼，唇吻道會，情靈搖盪。〔註25〕

蕭繹所說的文、筆之別，已經越過單純的有韻、無韻。「他認爲文的特點是抒發感情，以情動人，並注重語言的形式美（聲律、藻飾等），具有可供欣賞的價值。筆則是章奏之類的應用文。……筆也需要『巧惠』，但其『巧惠』僅僅在筆端而已，不能和『文』相比。」〔註26〕

但是影響後世深遠的《文心》與《文選》，並沒有實際的嚴格區分文與筆，它們所稱的「文」體，包括了許多應用文。劉勰的《文心雕龍》以文筆分：前十篇都屬有韻之文，後十篇則爲無韻之筆。〔註27〕「文」在《「文」心》中，「筆」也在《「文」心》中。《昭明文選》縱使看來不過是實用的文體，若「事出於沉思，義歸乎翰藻」〔註28〕，也入「文」之行列。到前清《古文辭類纂》、《經史百家雜鈔》莫不如此。

另外，每個時代都有些傑出的作家個人或群體，因爲其特殊風格，也產生特殊的體類。〔註29〕如嚴羽《滄浪詩話》分「以時而論」、「以人而論」兩類：

〔註23〕 李延壽撰《南史》（臺北市：鼎文書局，民68）卷三十四，頁879。
〔註24〕 劉勰撰、范文瀾注《文心雕龍注》（臺北市：開明書局，民57）卷九，頁24。按：庾指庾亮，溫指溫嶠：卷九，頁12。
〔註25〕 〈立言篇〉。孝元帝撰《金樓子》（臺北市：臺灣商務印書館，民64）卷四，頁32。
〔註26〕 袁行霈著《中國文學概論》（臺北市：五南圖書出版公司，民77）頁7。
〔註27〕 參見郭紹虞著《中國文學批評史》（臺北市：盤庚出版社，民67）上卷，頁131～132。
〔註28〕 〈文選序〉。昭明太子撰《文選》（臺北縣板橋鎮：藝文印書館，民72）頁2。
〔註29〕 按：錢志熙的〈再論古代文學文體學的內涵與方法〉一文，指出古代文體範疇有體裁與體性（即「風格」）二義，然後根據文體範疇的兩種內涵，對古代文體學的範圍重新劃定，認爲古代文體學應該主要是指關於文學體裁的常與

以時而論則有建安體（漢末年號。曹子建父子及鄴中七子之詩。）、黃初體
（魏年號，與建安相接，其體一也。）、正始體（魏年號。嵇阮諸公之詩。）、
太康體（晉年號。左思、潘岳、二張、二陸諸公之詩。）、元嘉體（宋年號。顏、
鮑、謝諸公之詩。）、永明體（齊年號。齊諸公之詩）、齊梁體（通兩朝而言之）、
南北朝體（通魏、周而言，與齊梁體一也。）、唐初體（唐初猶襲陳、隋之體。）、
盛唐體（景雲以後，開元、天寶諸公之詩。）、大曆體（大曆十才子之詩。）、
元和體（元白諸公）、晚唐體、本朝體（通前後而言之。）、元祐體（蘇、
黃、陳諸公。）、江西宗派體（山谷為之宗）；

以人而論，則有蘇李體（李陵、蘇武也。）、曹劉體（子建、公幹也。）、陶
體（淵明也。）、謝體（靈運也。）、徐庾體（徐陵、庾信也。）、沈宋體（佺期、
之問也。）、陳拾遺體（陳子昂也。）、王楊盧駱體（王勃、楊炯、盧照鄰、駱
賓王也。）、張曲江體（始興文獻公九齡也。）、少陵體、太白體、高達體（高
常侍適也。）、孟浩然體、岑嘉州體（岑參也。）、王右丞體（王維也。）、韋
蘇州體（韋應物也。）、韓昌黎體、柳子體、韋柳體（蘇州與儀曹合言之。）、
李長吉體、李商隱體（即西昆體。）、盧仝體、白樂天體、元白體（微之、
樂天，其體一也。）、杜牧之體、張籍王建體（謂樂府之體同也。）、賈浪仙
體、孟東野體、杜荀鶴體、東坡體、山谷體、後山體（後山本學杜，其語
似之者但數篇，他或似而不全；又其他則本其自體耳。）、王荊公體（公絕句最高，
其得意處，高出蘇、黃、陳之上，而與唐人烱隔一關。）、邵康節體、陳簡齋體
（陳去非與義也。亦江西之派而小異。）、楊誠齋體（其初學半山、后山，最後亦
學絕句於唐人，已而盡棄諸家之體，而別出機杼，蓋其自序如此也。）。〔註30〕

其他還有總總名目，此處不再贅述。

2. 縱向流變

文論中的分類，從歷代各代表性著作，可以發覺，幾乎全是水平面敘
述，而非垂直性演進。隨著時代的變遷，舊體與生活日益遠離，於是又產
生新的體裁，稱為縱向流變。而縱向流變又分兩類：一是名實皆異；二是
名同實異。

変，而屬於「風格論」的部分（如《文心雕龍·體性》篇之體論以及盛唐體、
山谷體、竟陵體之體論等）應排除在古代文體學研究之外。見《中山大學學
報》社會科學版 2005 年第 3 期。不過，此處採文體論之總類。

〔註30〕〈詩體〉。嚴羽著《滄浪詩話》何文煥編訂《歷代詩話》臺北縣：藝文印書館，
民 60）頁 444～445。

　　僅從純文學的範圍看，中國文學的變遷，分成幾個時期：自周到唐，都是詩的時代；宋是詞的時代；元是曲的時代；明清是小說、戲曲的時代。〔註31〕周是四言，兩漢是樂府詩，魏晉六朝是古詩，唐詩是新體詩，宋是詞，元是曲，明、清主流爲小說，爲戲曲。這些名實不同的流變，早初文論未見，原因在文體的演變務必在大勢底定之後。如南宋，嚴羽著《滄浪詩話》才出現過往詩體的分類：

> 風雅頌既亡，一變而爲離騷，再變而爲西漢五言，三變而爲歌行雜體，四變而爲沈、宋律詩。〔註32〕

經歷元朝，明代加上宋之詞、元之曲。王世貞《曲藻》云：

> 三百篇亡，而後有騷、賦；騷、賦難入樂，而後有古樂府；古樂府不入俗，而後以唐絕句爲樂府；絕句少宛轉，而後有詞；詞不快北耳，而後有北曲；北曲不諧南耳，而後有南曲。〔註33〕

胡應麟《詩藪》第一則即云：

> 四言變而《離騷》，《離騷》變而五言，五言變而七言，七言變而律詩，律詩變而絕句，詩之體以代變也。〔註34〕

第二則又云：

> 曰風，曰雅，曰頌，三代之音也。曰歌，曰行，曰吟，曰操，曰辭，曰曲，曰謠，曰諺，兩漢之音也。曰律，曰排律，曰絕句，唐人之音也。詩至於唐而格備，至於絕而體窮，故宋人不得不變而之詞，元人不得不變而之曲。詞勝而詩亡矣，曲勝而詞亦亡矣。
>
> 〔註35〕

第一則就字數言，第二則就音樂言，不論就字數，就音樂，只說明時代不同而名實流變。清末民初，王國維已經將宋詞、元曲列爲一代文學代表：「凡一代有一代之文學：楚之騷、漢之賦、六代之駢語、唐之詩、宋之詞、元之曲，皆所謂一代之文學，而後世莫能繼焉者也。」〔註36〕

〔註31〕　按：小說、戲曲列入詩之流變，原因見下文袁行霈說。
〔註32〕　同註30。
〔註33〕　王世貞操《曲藻》。楊家駱主編《歷代史詩長篇二輯》（臺北市：中國學典館復館籌備處出版，鼎文書局經銷，民63）四，頁27。
〔註34〕　胡應麟撰《詩藪》（臺北市：廣文書局，民62）一，內編，頁1。代：世。
〔註35〕　同註34，頁2。
〔註36〕　王國維撰《宋元戲曲攷》（臺北縣板橋市：藝文印書館，民63）頁1。

　　小說、戲曲這兩種體裁，今人視爲文學中不可或缺的部分，在傳統中，小說中的文言小說，或入史部或入子部。白話小說和戲曲，傳統涉及文體的代表性著作，基本上不予著錄。〔註37〕近人聞一多卻云：

> 從西周到宋，我們這大半部文學史，實質上只是一部詩史。但是詩的發展，從北宋實際也就完了。……本來從西周唱到北宋，足足二千年的工夫也夠長的了，可能的調子都已經唱完了。……從此以後，是小說、戲劇的時代。〔註38〕

是否如作者所言？近世紀，詩已因西力東漸而有變化，至於小說與戲劇之發展，從各文學史的著作觀察，早成定論。

　　如果我們把從周代產生的詩，到宋之詞、元之曲，說是名實皆異，應無異議。至於明、清盛行的小說、戲曲，今人袁行霈的《中國文學概論》認爲：「中國小說、戲曲……都有一種向詩歌靠攏的傾向，或者說有一種詩化的傾向。」「作者是把中國詩歌傳統的比興手法、象徵手法運用到小說創作中來了。它（小說）有詩的委婉、詩的含蓄，它最接近中國的詩，最能代表中國文學特色。」〔註39〕我們如果接受這個說法，小說與戲曲等同於詩的延續；不過，畢竟是不同的文類，不同的實質，同樣是名實皆異。

　　至於同一名目而實質已經轉變的名同實異現象，漢人已經發現。揚雄論賦曰：「詩人之賦麗以則，辭人之賦麗以淫。」〔註40〕揚雄一方面承襲現實生活中所稱的文學體裁爲「賦」，一方面又發覺生活中被稱爲「賦」的「賦」，與傳統異。傳統的時代的賦是鄭玄注《周禮・春官宗伯・大師》說：「賦之言鋪，直鋪陳今之政教善惡。」〔註41〕朱熹《詩經集傳》說：「賦者，敷陳其事而直言之者也。」〔註42〕而揚雄所見到的「賦」，不只是鋪陳，而是極力誇飾。「賦」之原始已變質，因此他將賦，「麗以則」的稱「詩人之賦」，「麗以淫」的稱「辭人之賦」。表明「名」雖同而「實」已異。

〔註37〕袁行霈著《中國文學概論》（臺北市：五南圖書出版公司，民77）頁8。

〔註38〕〈文學的歷史動向〉。聞一多撰《神話與詩》（臺北市：藍燈文化事業，民64）頁203。

〔註39〕見袁行霈著《中國文學概論》（臺北市：五南圖書出版公司，民77）頁47、29。

〔註40〕〈吾子〉。揚子撰、李軌注《法言》（臺北市：臺灣中華書局，民55）卷七，頁1。

〔註41〕鄭玄注《周禮鄭氏注》（北京市：中華書局，1985）卷六，頁152。

〔註42〕朱熹集註《詩集傳》（臺北市：臺灣中華書局，民59）卷一，頁3。

東漢、魏、晉，文論興起，文論家們也發現名同實異的現象。如摯虞《文章流別論》云：

> 頌之所美者，聖王之德也。則以爲律呂，或以頌形，或以頌聲，其細已甚，非古頌之意。昔班固爲〈安豐載侯頌〉，史岑爲〈出師頌〉，和熹〈鄧后頌〉，與〈魯頌〉體意相類，而文辭之異，古今之變也。揚雄〈充國頌〉，頌而似雅。傅毅〈顯宗頌〉，文與〈周頌〉相似，而雜以風雅之意。若馬融〈廣成〉、〈上林〉之屬，純爲今賦之體，而謂之頌，失之遠矣。〔註43〕

文中所舉幾位作家，從生活年代觀察，揚雄屬西漢末季；班固、傅毅，並屬東漢前期；史岑、和熹、馬融，同歸東漢中葉，而馬融又其後。〔註44〕前數位尙與《詩》之〈周頌〉、〈魯頌〉、〈雅〉之時代較近，縱使體意相類，文體則異。摯虞發現這是「古今之變」，而馬融則「純爲今賦之體」。可見頌之一體在漢世無形中受賦體的影響，內容日益擴大，與「古頌」單一美「聖王之德也」者，已經是名同而實異了。〔註45〕

文之中，序也是一例。序一般位於作品之前，也可位於書後，如司馬遷的〈太史公自序〉即位於《史記》結尾，位於篇末的序爲「後序」，通常稱爲跋或後記。由作者本人寫的序爲自序，作者以外的他人所寫的序爲他序。

但同是序，作爲一種文體名稱見於蕭統的《昭明文選》，涵義如上所述；唐代則新興一種文體——贈序。一般是在送朋友遠行時所作，內容多是一些安慰、勉勵之辭。其源流肇自魏、晉，起初是贈詩附序，後來演變爲唱和冠序，迄唐代發展爲送別贈詩前冠序，最終形成無詩的徒序，後人稱之爲贈序。如果說唱和、贈別詩所冠之序主要以紀事爲主，那麼贈序就更帶有自我表達的功能。當贈序擺脫了紀事的即時性要求而成爲一種主動性寫作時，其抒情言志色彩和交際功能就豁然凸顯出來。名雖同而實已異。雖然題名中有「戲」、

〔註43〕 摯虞《文章流別論》。見嚴可均校輯《全上古三代秦漢三國六朝文》（北京市：中華書局，1958）《全晉文》卷七十七，頁1905。

〔註44〕 按：爲便於觀察時代之遞變，數字爲西元紀年。揚雄，前53～18；班固，32～92；傅毅，？～90；史岑，69～148；和熹，81～121；馬融，79～166。

〔註45〕 按：除了時代的變動，還有內容用意之別。劉勰《文心雕龍·頌贊》亦云：「馬融之〈廣成〉、〈上林〉，雅而似賦，何弄文而失質。」意謂馬融作〈廣成頌〉之目的並非歌頌功德而是勸誡諷諭，是曲終奏雅，義必規諫的賦體，而非義必純美的頌體。

「餞」、「贈」、「別」字樣的序文都視爲贈序，但到明代的《明文衡》、《文章辨體》等，「贈序」都在「序」體一項中。前清姚鼐《古文辭類纂》方才分之爲二。〔註46〕

　　詩之中有分古體、近體、樂府。古體有四言、五言；近體有五、七言絕句、律詩、排律等，已經成爲常識。

　　其中樂府爲中國傳統詩歌詩體的一種，與古詩、近體詩構成古典詩歌中的三大類，原指合音樂以唱的歌詩。由於樂府是合樂的聲詩，以後凡是可傳唱的詩，廣義上都可稱爲樂府。因此樂府不僅是齊言的詩，連長短句的詞、曲也被士人俗稱爲樂府，如蘇軾的詞集《東坡樂府》、張可久的曲集《小山樂府》等便是。

　　古代樂府是合樂的詩，到後世曲譜部分失傳，惟歌詞流傳下來。從標題上，依然可以看出合樂的痕跡，如歌、行、吟、曲、樂、弄、操、引等字眼的，往往是合樂的樂府詩。唐朝以後的詩人在並無樂府曲的情況下自創的篇目，最著名的如杜甫的〈麗人行〉、〈兵車行〉、白居易的〈長恨歌〉、〈琵琶行〉等等，往往被稱爲「新（題）樂府」。這等同於名雖同而實已異。

　　小說一體縱向看，也是名同實異。小說一詞，最早見於《莊子·外物》：「飾小說以干縣令，其於大達亦遠矣。」成玄英疏：「夫修飾小行，矜持言說，以求高名令（問）〔聞〕者，必不能大通於至道。」〔註47〕這裡所說的小說，是指瑣碎的言談、微小的道理，與時下所認爲的小說相差甚遠。〔註48〕文學中，小說通常指長篇小說、中篇、短篇小說。一般描寫人物故事，塑造多種多樣的人物形象，是擁有完整布局、發展及主題的文學作品。早初的小說與魏晉南北朝開始出現的筆記、隋唐兩代出現的傳奇、宋代說書人的話本、元、明、清的章回，在實質及章法、布局都各有不同，今人統名曰「小說」。而先秦之前，與魏、晉之後，「小說」一名雖同而實質已異。

〔註46〕 參見〈附錄：文體芻言〉。吳曾祺著《涵芬樓文談》（臺北市：臺灣商務印書館，民57）頁21。

〔註47〕 郭慶藩輯《莊子集釋》（臺北市：河洛圖書出版社，民63）卷九上，頁925、927。

〔註48〕 桓譚《新論》云：「小說家合殘叢小語，近取譬論，以作短書，治身理家，有可觀之詞。」見《文選》李善注引。昭明太子撰《文選》（臺北縣板橋鎮：藝文印書館，民72）卷三十一，頁453。又班固《漢書·藝文志》云：「小說家者流，蓋出於稗官，街談巷語，道聽塗說者之所造也。」

戲曲亦復如是。戲曲一詞始見於元人劉壎《水雲村稿》中〈詞人吳用章傳〉。〔註49〕中國戲曲的根源在可以追溯到先秦到漢代的巫祇儀式,王國維將戲曲定義成「必合言語、動作、歌唱,以演一故事」〔註50〕,宋代南戲才有了完備的戲劇文本創作。〔註51〕爾後,戲曲之名迭有變遷,如元雜劇、元院本、元南戲、明傳奇等。〔註52〕晚明和清代又有雅、花之爭。〔註53〕名稱不同,結構不同,表現方式不同,其為「戲曲」之名則一。

以上橫向、縱向,分別就涉及之內容,大略敘述。

(二)書論中的書體

在書論的記載上,也分橫向及縱向。

1. 橫向分類

書論中最早出現有關書體的記載,是許慎的《說文解字》。〈敘〉中云:

> 秦書有八體:一曰大篆,二曰小篆,三曰刻符,四曰蟲書,五曰摹印,六曰署書,七曰殳書,八曰隸書。……
>
> 漢興,有艸書。……
>
> 及亡新居攝,……時有六書:一曰古文,孔子壁中書也。二曰奇字,即古文而異者也。三曰篆書,即小篆。四曰左書,即秦隸書,秦始皇史下杜人程邈所作也。(按:原文在「小篆」下。段注:「此十三字當在下文『左書,即秦隸書』之下。」)五曰繆篆,所以摹印也。六曰鳥蟲書,所以書幡信也。〔註54〕

〔註49〕 劉壎撰《水雲村稿》(臺北市:臺灣商務印書館,民62)卷四,頁4。「至咸淳,永嘉戲曲出,潑少年化之而後淫哇盛,正音歇然。」

〔註50〕 王國維撰《宋元戲曲攷》(臺北縣板橋市:藝文印書館,民63)頁44。

〔註51〕 指南宋流行於民間的永嘉戲曲,是南戲戲文發展之濫觴。在河南省偃師市出土的一座宋代墓葬裏,發掘出來的「宋雜劇演員丁都賽雕像磚」,是中國現存的最早記載戲曲演出活動形象的文物。現存最早的中國古代戲劇劇本是南宋時的《張協狀元》。

〔註52〕 按:「傳奇」一詞最早是指唐代文言小說,宋元時期,被稱諸宮調等說唱藝術以及南戲、雜劇。明代或以後,才專稱為演唱南曲為主的長篇戲曲。傳奇源自宋元南戲,因初期作品多演自唐傳奇,故藉以別於元代流行之雜劇。元、明以後傳奇變為一種繼承自元曲的戲曲,又稱南曲。

〔註53〕 按:崑曲受到宮廷皇室的喜愛,成為貴族生活的一部分,成為獲得官方肯定的戲劇藝術,稱「雅」;而以各地方言為基礎的地方戲,廣受民間喜愛,則稱「花」。

〔註54〕 許慎撰、段玉裁注《說文解字注》(臺北縣板橋鎮:藝文印書館,民55)頁761～769。

這段文字敘述書體分類的兩個階段：一是秦季，一是新莽。其間的差異，秦時的八體變爲六體。兩相比較，大篆消失了，小篆、隸書當道；但卻出現在秦時已經「絕矣」的古文。爲什麼？〈敘〉中交代有二：一是「孔子壁中書」，而且除了「壁中書者，魯恭王壞孔子宅，而得《禮記》、《尙書》、《春秋》、《論語》、《孝經》」，「又北平侯張蒼獻《春秋左氏傳》，郡國亦往往於山川得鼎彝，其銘即前代之古文。」代表古文不曾完全「絕矣」；另一是「亡新居攝，使大司空甄豐等校文書之部，自以爲應制作」。所謂「自以爲應制作」，段注：「王莽傳曰：『莽奏：起明堂、辟雍、靈臺，制度甚盛。立樂經。自言：盡力制禮作樂事。』」〔註 55〕意思是古文流行於新莽，是爲了配合當時執政者的做法。到這裡爲止，當時日用通行的書體是古文、篆書（小篆）與隸書。剩下的是特殊場合的圖案化書體：繆篆用在摹印，鳥蟲書用在幡信。消失的刻符、署書與殳書，也離不開圖案化。

自後，書論中敘說的書體大概有兩類：一種是如同《說文解字》，只要所知，包括圖案化，一概臚列；一種是書法界認同的書體，不論哪一類，都屬橫向分類。

第一類如北朝魏王愔〈古今文字志目〉。上卷羅列三十六種書，計：

> 古文篆、大篆、象形篆、科斗篆、小篆、刻符篆、摹篆、蟲篆、隸書、署書、殳書、繆書、鳥書、尙書大篆、鳳書、魚書、龍書、麒麟書、龜書、蛇書、仙人書、雲書、芝英書、金錯書、十二時書、懸針書、垂露篆、倒薤書、偃波書、蚊腳書、草書、行書、楷書、藁書、塡書、飛白書。〔註 56〕

南朝梁庾元威〈論書〉有所謂一百二十體。先是，齊末王融「圖古今雜體」，有六十四書。後湘東王派遣沮陽令韋仲定爲九十一種，而功曹謝善勛增九法，合成百體。：

> 懸針書、垂露書、秦望書、汲冢書、金鵲書、玉文書、鵠頭書、虎爪書、倒薤書、偃波書、幡信書、飛白篆、古頑書、籀文書、奇字、繆篆、制書、列書、日書、月書、風書、雲書、星隸、塡隸、蟲食

〔註 55〕 同註 54，頁 769、768。明堂：天子舉行朝會、祭祀之所。辟雍：本爲周天子所設大學。東漢以後，歷代皆有辟雍，作爲尊儒學、行典禮的場所。靈臺：漢魏晉三朝國家天文臺。

〔註 56〕 〈王愔古今文字志目〉。張彥遠集《法書要錄》卷一，頁 11。楊家駱主編《唐人書學論著》（臺北市：世界書局，民 64）。

葉書、科斗書、署書、胡書、蓬書、相書、天竺書、轉宿書、一筆篆、飛白書、一筆隸、飛白草、古文隸、橫書、楷書、小科隸。(此五十種皆純墨)璽文書、節文書、眞文書、符文書、芝英隸、花草隸、幡信隸、鍾鼓隸鍾鼓《隸釋》作鐘鼎、龍虎篆、鳳魚篆、駏驉篆、仙人篆、科斗蟲篆、雲篆、蟲篆、魚篆、鳥篆、龍篆、龜篆、虎篆、鷥篆、龍虎隸、鳳魚隸、麒麟隸、仙人隸、科斗隸、雲隸、蟲隸、魚隸、鳥隸、龍隸、龜隸、鷥隸、虵龍文隸書、龜文書、鼠書、牛書、虎書、兔書、龍草書、虵草書、馬書、羊書、猴書、雞、犬書、豕書，此十二時書。(己上五十種，皆采色。)〔註57〕

由該段文字之前，「齊末王融圖古今雜體」句及「余經爲正階侯書十牒屛風，作百體，間以采、墨。」加上文末：「宗炳又造畫〈瑞應圖〉，千古卓絕。王元長頗加增定，乃有虞舜獬鷹、周穆狻猊、漢武神鳳、衛君舞鶴、五城、九井、螺杯、魚硯、金縢、玉英、玄圭、朱草等，凡二百一十物。余經取其善草嘉禾、靈禽瑞獸、樓臺器服可爲翫對者，盈縮其形狀，糸詳其動植，制一部焉。……復於屛風上作雜體篆二十四種，寫凡百名，將恐一筆鄁子、凡百屛風。……雜體既資於畫，所以附乎書末。」〔註58〕依這樣的敘述，可以想像這百體係將文字圖案化的書體。

與王愔〈古今文字志目〉對照，可以說更爲詳細。例如〈志目〉的「科斗書」，此處分爲「科斗書、科斗蟲篆、科斗隸」；「雲書」，此處分爲「雲書、雲篆、雲隸」；尤其是「十二時書」，直接列出十二生肖「鼠書、牛書、虎書、兔書、龍草書、虵草書、馬書、羊書、猴書、雞、犬書、豕書」。以此逆推，舉凡〈古今文字志目〉所列與此相同及相關的，也必然是這類圖案形書體。

不過，除這一百體，又出現下列文字：

復有大篆、小篆、銘鼎、摹印、刻符、石經、象形、篇章、震書、到書、反左書等，及宋中庶宗炳出九體書，所謂縑素書、簡奏書、牋表書、弔記書、行狎書、槁書、薰書、半草書、全草書，此九法極眞、草書之次第焉。〔註59〕

〔註57〕〈庾元威論書〉。同註55，卷二，頁25。
〔註58〕〈庾元威論書〉。張彥遠集《法書要錄》卷二，頁25、26。楊家駱主編《唐人書學論著》(臺北市：世界書局，民64)。
〔註59〕同註58，頁26。

這二十體的前十一體，可能是篆、隸體系，後九體則是眞、草，但是似乎又以書寫材質論。加上這二十體，才稱之爲一百二十體。如果再加下文：一筆飛白書、一筆草書，實際共一百二十二體。〔註60〕總計這一百二十二體，可以說是篆、隸、眞、草與特殊場合的特殊書體的大雜燴。

唐朝韋續編纂的《墨藪》又有五十六種書，雖然加入外國書體，其餘，在性質上與上述王愔〈古今文字志目〉、庾元威〈論書〉羅列的書體並無不同。

也同時在〈墨藪〉的〈五十六種書〉這一篇，開始說明這些書體起於何時，因何而命此名。如「太昊庖犧氏獲景龍之瑞，始作龍書。」「炎帝神農氏因上黨羊頭山始生嘉禾八穗，作八穗書，用頒行時令。」〔註61〕與此類似的，如北宋僧夢英的〈十八體書〉、南宋陳思的《書小史》，元朝鄭构撰著、劉有定解釋的《衍極》都有不少相同的說明。因無關於本論文所需，僅附於此。

第二類來自東晉衛恆《四體書勢》始。其中部分文字如造字原則、古文的發現、大小篆的來源，甚至程邈究竟製作篆書還是隸書，以及「漢興而有草書」，都可以在許慎《說文解字》找到文字的足跡。但是，在書體上，僅列入古文、篆書、隸書、草書四種。該文篆書包括大篆及小篆。其「篆勢」係二體之結合，見唐朝張懷瓘《書斷》卷上「大篆」、「小篆」下之「大篆讚」及「小篆贊」。〔註62〕隸書也包括秦時隸書及東漢風行之八分，「今八分皆弘之法也。」〔註63〕以及魏初行書，「魏書，有鍾、胡二家爲行書法」；而不及其他特殊場合的特殊書體。

在強調技法的書論，託名衛夫人〈筆陣圖〉提到的是眞書、行草書、篆書、章草、八分、飛白、鶴頭、古隸。另外六種用筆提到的是篆法、章草、八分、飛白、鶴頭、古隸。〔註64〕

〔註60〕 原文：「張芝始作『一筆飛白書』，此於井、冊等字爲妙。所以唯云一筆飛白書，則無所不通矣。『反左書』者，大同中東宮學士孔敬通所創，余見而達之，於是座上酬答，諸君無有識者，遂呼爲『眾中清閑法』。今學者稍多，解者益寡。敬通又能『一筆草書』，一行一斷，婉約流利，特出天性，頃來莫有繼者。」同註59。

〔註61〕 並見韋續編纂《墨藪》頁1。楊家駱主編《唐人書學論著》（臺北市：世界書局，民64）。

〔註62〕 〈張懷瓘書斷上〉。張彥遠集《法書要錄》卷七，頁107。楊家駱主編《唐人書學論著》（臺北市：世界書局，民64）。

〔註63〕 衛恆《四體書勢》。房玄齡等撰《晉書》（臺北市：鼎文書局，民68）卷三十六，頁1064。

〔註64〕 〈衛夫人筆陣圖〉同註62，卷一，頁3。按：本論文皆作〈書品〉，下引同此。

〈筆陣圖〉的姊妹篇，託名王羲之的〈題衛夫人筆陣圖後〉涉及到的有眞書、行書、草書、篆書、八分、古隸、章草、章程行狎。〔註65〕

在列名書家的書論，劉宋羊欣的〈採古來能書人名〉，自秦至晉凡六十九人。涉及的書體僅篆、隸、八分、草、行。

南朝梁庾肩吾的〈書品〉，有段文字值得注意。該文大體已經分出後世認爲的書法範圍與非書法範圍的區別：

> 若乃鳥跡孕於古文，壁書存於科斗。符存帝璽，摹調蜀漆。署表宮門，銘題禮器。魚猶捨鳳，鳥已分蟲。仁義起於麒麟，威形發於龍虎。雲氣時飄五色，仙人還作兩童。龜若浮溪，蛇如赴穴。流星疑燭，垂露似珠。芝英轉車，飛白掩素。參差倒薤，既思種柳之謠；長短懸針，復想定情之製。蚊腳傍低，鵠頭仰立，塡飄板上，繆起印中。波回墮鏡之鸞，楷顧雕陵之鵲：並以篆籀重復，見重昔人。或巧能售酒，或妙令鬼哭。信無味之奇珍，非趣時之急務。且具錄前訓，今不復兼論；惟草、正疎通，專行於世，其或繼之者，雖百代可知。〔註66〕

這部分所列古文、科斗、符、摹、署、銘、魚、鳳、鳥、蟲、麒麟、龍虎、雲、仙人、龜、蛇、流星、垂露、芝英、飛白、倒薤、懸針、蚊腳、鵠頭、塡、繆、鸞、鵲，作者的看法都屬篆籀系列。縱使以前多有價值，多麼神聖，但在南朝梁時，已非當務之急。而且前人著作敘述甚多，不再重複。在梁時，通行的書體只有兩種：正與草。這樣的劃分，顯然已經區分出書法與特殊場合的特殊書體及圖案性文字的不同。

不過，作者的正、草又有別於後代人的觀念：

> 尋隸體發源於秦時，隸人下邳程邈所作，始皇見而重之。以奏事繁多，篆字難製，遂作此法，故曰隸書，今時正書是也。草勢起於漢時，解散隸法，用以赴急，本因草創之義，故曰草書。建初（章帝年號）中，京兆杜操始以善草書知名，今之草書是也。〔註67〕

結合前部分，我們可以看出作者係以秦篆、秦隸爲分野：秦篆之前爲篆籀，秦隸之後爲正、草。從秦隸到正書，其中還經過前漢的古隸，後漢的八分；

〔註65〕 〈題衛夫人筆陣圖後〉。同註62，卷一，頁4。

〔註66〕 〈庾肩吾書品〉。張彥遠集《法書要錄》卷二，頁27。楊家駱主編《唐人書學論著》（臺北市：世界書局，民64）。

〔註67〕 同註66。

從隸草到二王時代的今草，還經過與八分並行的草章。作者一概以正、草名之。

初唐孫過庭《書譜》的書體觀，可與庾肩吾的〈書品〉相參看。「六爻之作，肇自軒轅；八體之興，始於嬴政，其來尚矣，厥用斯弘。但今古不同，妍質懸隔，既非所習，又亦略諸。復有龍蛇雲露之流，龜鶴花英之類，乍圖眞於率爾，或寫瑞於當年，巧涉丹青，工虧翰墨，異夫楷式，非所詳焉。」〔註68〕同樣切割了日常生活書寫性的書體與篆、籀體系、圖案性文字的區分。只是眞、草比庾肩吾的〈書品〉區分得比較清楚。從「俯貫八分，包括篇章」兩句，可見八分與章草〈篇章〉已不在眞、草範圍內。但《書譜》在詞彙運用上，仍不免眞、隸二詞交互雜用。不過，從庾、孫二人的著作，可看出眞（正）、草（含行）二體已是時代所趨。

則天武后時代的李嗣眞〈書後品〉，涉及的有小篆（李斯、崔瑗）、隸書（程邈）、章草（張芝、崔寔）、正書（鍾繇、衛夫人、王羲之）、草書（王羲之、王獻之）、行書（王羲之、王獻之）、飛白（王羲之）、半草行書（王獻之）八種書體，但是也沒忘記交代：「蟲篆者，小學之所宗；草隸者，士人之所尙，近代君子故多好之。」〔註69〕他很清楚蟲篆是文字基礎，但時代風尙在草、隸，即草書與眞書。

盛唐張懷瓘《書斷》分成十體：古文、大篆、籀文、小篆、八分、隸書、章草、行書、飛白、草書，並分別述說各體源流及創始者。與前庾肩吾〈書品〉、孫過庭《書譜》相同，特別強調排除圖案性書體：「十書之外，乃有龜蛇麟虎雲龍蟲鳥之書，既非世要，悉所不取也。」〔註70〕看來是專門以書法角度論述書體的文字，另有〈六體書論〉，僅述大篆、小篆、八分、隸書、行書、草書，爲進呈皇上之作。「自書契之作，三千餘年，子孫支分，優劣懸隔。今考其神妙，捨彼繁蕪。當道要書，用此六體：當道要字，行此千文。」〔註71〕與《書斷》相比，顯然是以當時的社會書法面向爲準。〔註72〕比較需要特殊說明的是，「隸書」項下，內容所述全是「眞書」，可見作者心中的眞書即是隸；反之，隸書即眞書。影響所及，八分當是目前一般所認知的隸書。

〔註68〕 孫虔禮《書譜序》（臺北市：國立故宮博物院，民76）頁29。

〔註69〕 〈李嗣眞書後品〉。張彥遠集《法書要錄》卷三，頁47。楊家駱主編《唐人書學論著》（臺北市：世界書局，民64）。

〔註70〕 〈張懷瓘書斷〉。同註69，卷八，頁120。

〔註71〕 董誥等編《全唐文》（上海市：上海古籍出版社，1990）卷四百三十二，頁1952。

〔註72〕 按：眞、行、草是當時主流書體；大篆有《石鼓文》出土，小篆有李陽冰，八分有韓擇木、蔡有鄰、李潮、史惟則等。

　　面對這兩種現象，宋朝朱長文的《墨池篇》在韋續編纂的〈五十六種書並序〉曰：

> 所謂五十六種書者，何其紛紛多說邪！彼皆得於傳聞，因於曲說，或重複，或虛誕，未可盡信也。學者惟工大、小篆、八分、楷、章、行、草，爲法足矣，不必究心於諸體爾。〔註73〕

明人項穆《書法雅言》也說：

> 書契之作，肇自頡皇；佐隸之簡，興於嬴政。他若鳥宿□英之類，魚蟲薤葉之流，紀夢瑞于當年，圖形象于一日，未見眞蹟，徒著虛名，風格旣湮，考索何據？信今傳後，責在同文；探賾搜奇，要非適用。故書法之目，止以篆、隸、古文，兼乎眞、行、草體。〔註74〕

清人楊賓總論前人所言，作如下結論：

> 書之體，秦有八，漢有六，庾元威有百二十，韋續纂五十六，郭忠恕之論王南賓三百有六十，夢英之目十八，趙凡夫之目九。若其通古今而不能變者，則惟眞、草、隸、篆而已。〔註75〕

從以上現象看，第一種自《說文解字》起，即將圖案性文字列入其中，有些屬學術性敘述，有些但列書體，未必考慮書寫的實際情況；第二種則以書法爲主，明白劃分書體與現實使用之間。這種情形早已存在，朱長文、項穆只是直接道出而已。從二者的性質觀察，圖案性屬繪畫，非一筆可成；排除後的部分，簡言之，即一筆完成，不可重複，不可更改者。〔註76〕這就是我們現在還沿用的書法範圍。〔註77〕

　　後世除以書體分類，還以一體中傑出書家之風格分類。如歐體、虞體、褚

〔註73〕　朱長文撰《墨池篇》卷一。永瑢、紀昀等撰《欽定四庫全書》（上海市：上海古籍出版社，1987）812冊，頁609。

〔註74〕　項穆撰《書法雅言》頁19。見楊家駱主編《明人書學論著》（臺北市：世界書局，民62）。

〔註75〕　楊賓撰、楊霈編次《大瓢偶筆》卷八。崔爾平選編《歷代書法論文選續編》（上海：上海書畫出版社，1999）頁568。趙凡夫即趙宧光。

〔註76〕　〈用筆法并口訣第八〉：「信之自然，不得重改。」韋續編纂《墨藪》頁27。見楊家駱主編《唐人書學論著》（臺北市：世界書局，民64）。蔡希綜〈法書論〉：「其有誤發，不可再摹，恐失其筆勢。」見陳思《書苑菁華》卷十一。永瑢、紀昀等撰《欽定四庫全書》（上海市：上海古籍出版社，1987）814冊，頁119。

〔註77〕　按：如元人郝經〈敘書〉所提到的書體有古文（科斗書）、篆（大篆、小篆）、隸（八分）、楷（眞書、小楷、擘窠大字、匾榜大字）、行、草（章草），與朱長文的範圍相同。

體、顏體、柳體、趙體等是。此外還有官方書體，如宋太祖置御書院，侍書學寫王字以書誥敕，人呼為「院體」。宋米芾《書史》稱宋太宗好書，公卿以上，皆學鍾、王。至李宗諤主持文事，既久，士子為取科第，皆學其書。宋綬作參知政事，舉朝學之。這類因朝廷王公所好而影響之書，稱「朝體」。明代官場書體，取方正、光潔、烏黑、大小一律，稱「臺閣體」；清人則稱「館閣體」。

2. 縱向流變

以上各書論所列，都是該世代，該書論家所見或所聞，筆之於書。大抵皆屬橫向性，而縱向性亦寓於其中。

書論中最早出現有關這方面書體的記載，是許慎的《說文解字》。許慎在〈敘〉中，敘述過倉頡造字的效用、造字的原則後，云：

> 以迄五帝三王，改易殊體。封于泰山者七十有二代，靡有同焉。……。及宣王，大史籀著大篆十五篇，與古文或異。……
>
> 其後，諸侯力政，不統於王。惡禮樂之害已，而皆去其典籍，分為七國。田疇異晦，車涂異軌，律令異灋，衣冠異制，言語異聲，文字異形。秦始皇帝初兼天下，丞相李斯乃奏同之，罷其不與秦文合者。斯作《倉頡篇》，中車府令趙高作《爰歷篇》，大史令胡毋敬作《博學篇》，皆取史籀大篆，或頗省改，所謂小篆者也。是時，秦燒滅經書，滌除舊典，大發吏卒，興戍役，官獄職務繁，初有隸書，以趣約易；而古文由此絕矣。

引文從倉頡造字的古文到史籀整理的大篆，再從大篆到李斯、趙高、胡毋敬整理的小篆。原因都是文字從統一的現象，因為使用的關係，造成分歧混亂，「五帝三王，改易殊體。封于泰山者七十有二代，靡有同焉。」，「諸侯力政，不統於王。惡禮樂之害已，而皆去其典籍，分為七國。……，言語異聲，文字異形」，於是不得不作整理。其後，東漢靈帝的「熹平石經」、唐朝文宗時的「開成石經」，都是基於同一原因的產品。

唐初虞世南有〈書旨述〉一文，假玄通先生之語云：

> 「古者畫卦立象，造字設教。爰真形象，肇乎蒼史，仰觀俯察，鳥跡垂文。至于唐、虞，煥乎文章；暢於夏、殷，備乎秦、漢。洎思宣王史史籀，循科斗之書，採蒼頡古文，綜其遺美，別署新意，號曰籀文，或謂大篆。秦丞相李斯，改省籀文，適時簡要，號曰小篆，善而行之。」……

曰：「至若程邈隸體，因之罪隸，以明其書，朴略微而歷禩增損，亟
以湮淪。而淳、喜之流，亦稱傳習，首變其法，巧拙相沿，未之超絕。
史游制於急就，創立草藁而不之能，崔、杜燐理，雖則豐妍，潤色之
中，失於簡約。伯英重以省繁，飾之鋴利，加之奮逸，時言草聖，首
出常倫。鍾太傅師資德昇，馳騖曹、蔡，倣學而致一體，眞楷獨得精
妍。而前輩數賢，遞相矛盾，事則恭守無捨，儀則尚有瑕疵，失之斷
割。逮乎王廙、王洽、逸少、子敬，剖燐前古，無所不工。八體六文，
必揆其理，俯於眾美，會滋簡易，制成今體，乃窮奧旨。」〔註78〕

可以說簡單扼要敘述書體的演變。文中分兩部分，第一部分述秦之前，第二
部分述漢之後。第一部分談古文、籀、篆。第二部分則述隸書、章草、眞楷
及行草；同時兼及各書體的代表書家。簡言之，先秦書體由古文變大篆，由
大篆變秦篆（小篆）。秦後又由篆變隸，隸變眞（楷書），甚至章草、今草：這些
都是名與實皆異。

　　至於變化的規律，近人鄧以蟄之說可做參考，鄧氏將各代書體分正式官
方之書體與地方性或民間通行之隸書體兩大類，云：「國家所定之官體則爲正
書，如殷之文字畫、周之鐘鼎款識文字、秦之小篆、前漢之古隸，後漢之八
分、隋唐之楷書，皆正書也；地方性或民間通行之簡率之體則爲隸書，如殷
之龜甲文字、周末之列國文字、秦之隸、後漢之行草，皆隸書也。」他所說
的隸書有別於一般，因此特加解釋：「隸書又曰佐書，『秦造隸書，以赴急速，
惟官司刑獄用之』，蓋隸書者所以輔佐篆書也。」而後，下文云：

如是，其進化之跡，蓋爲：凡爲前代之隸書必爲下一代正書所自出。
《石鼓》自鄭樵而後定爲秦物，已無猶疑，於是乃六國之文字矣，
而爲秦之小篆所自出；如殷之甲骨之（當爲「字」字之誤），當時之隸
書也，而爲周之金文之大篆之所自出；秦之隸又爲漢之古隸與八分
之所自出；近年在新疆、甘肅所發現之漢晉時代之簡札，其中屬於
漢簡者，往往字體極近隋唐之隸，即今之所謂楷書者，是以知六朝
隋唐之隸（即楷書）又出於漢時通行於民間之書體。〔註79〕

〔註78〕　〈虞世南書旨述〉。張彥遠集《法書要錄》卷三，頁37～38。楊家駱主編《唐
　　　　人書學論著》（臺北市：世界書局，民64）。
〔註79〕　以上皆見《書法之欣賞》。鄭一增編《民國書論精選》（杭州：西泠印社出版
　　　　社，2011）頁121。按：鄧氏五代先祖爲清大書法篆刻家鄧石如。

也就是說，官方之正書，在過去使用的範圍有限，而輔佐性之隸書使用者範圍遠超過官方書。量變之後質變，人多勢眾，終將正式之官文書演變成另一新書體。

在書體變化中，產生新書體，實變名亦變，理所當然。比較特殊的是，實異卻依舊共用同一名目。如隸書、八分即是。

隸書是繼小篆之後通行的書體。許慎《說文解字·敘》云：「秦燒滅經書，滌除舊典，大發隸卒興役戍，官獄職務繁，初有隸書，趣約易。」〔註 80〕它的主要特點是：筆畫由篆書的圓轉變爲方折，結構刪繁就簡，便於書寫。隨著時代的變易，隸書的形體也在變動中；然而，到唐朝早已是眞書天下，名稱卻依然如故。如孫過庭《書譜》稱鍾繇眞書爲隸書即是。清朝翁方綱對隸書作了比較妥適的解釋：

> 隸者，通詞也。對大小篆而言，則漢人八分即謂之隸；對漢人八分而言，則晉、唐、鍾、王以下正楷又謂之隸；隸無定名也。八分可謂之隸，而隸不可概目爲八分也。篆之初變也，有橫直而無波勢，此古隸；及其爲漢人八分，則分隸；及其爲正楷書，則楷隸也，皆可名曰隸。〔註 81〕

翁氏的說法，隸書一個總名，涵蓋自漢到晉、唐的書體；細分之，從篆書初變時，有橫直無波勢的造型，稱古隸；產生左右波勢後稱八分；至於晉、唐楷書則稱楷隸。這可歸爲名雖同而實異。

「八分」也是一個令人困擾的詞彙。如果如翁氏所言，「八分者，言字勢左右生波，如『八』字之分布者也。」〔註 82〕一切已成定案，但是「八分」一詞卻另有解釋。劉熙載統合有兩種說法：「八分書『分』字，有分數之分，如《書苑》所引蔡文姬論八分之言是也；有分別之分，如《說文》之解『八』字是也。自來論八分者，不能外此兩意。」〔註 83〕翁氏即以「分」作「八」解。而康有爲則將「分」視爲「分數」解。云：

〔註80〕 許慎撰、段玉裁注《說文解字注》（臺北縣板橋鎮：藝文印書館，民 55）頁 765。

〔註81〕 〈與程瑤田論方君任隸八分辨〉。崔爾平錄《復初齋書論集粹》。《明清書法論文選》（上海：上海書店，1994）頁 735。

〔註82〕 同註 80。

〔註83〕 劉熙載撰《藝概》（臺北市：廣文書局，民 58）卷五，頁 2。

惟時時轉變，形體少異，得舊日之八分，因以八分爲名。蓋漢人相
傳口說，如秦篆變《石鼓》體而得其八分，西漢人變秦篆長體爲扁
體，亦得秦篆之八分。東漢又變西漢而增挑法，且極扁，又得西漢
之八分。正書變東漢隸體而爲方形圓筆，又得東漢之八分。八分以
度言，本是活偁，伸縮無施不可。……今爲別之，自《石鼓》爲孔
子時正文外，秦篆得正文之八分，名曰「秦分」，吾邱衍說也。西漢
無挑法，而在篆、隸之間者，名曰「西漢分」，蔡中郎說也。東漢有
挑法者，爲「東漢分」，總偁之爲「漢分」，王愔、張懷瓘說也。楷
書爲「今分」，蔡希綜、劉熙載説也。〔註84〕

依引文之意，八分是一個詞彙，是一個總合性名稱，其性質代表漸進。特色
是：新書型得舊書型之八分。鄧以蟄繼其說，解釋更爲詳盡：「蓋由篆之（到，
下同）八分，由八分之隸（楷書，下同），由隸之行草，其間必經過十分之八之
方式，如八分體，在其變之初，尤（猶）近於篆，時爲篆八隸（八分，下同）
二；若變之甚，則可爲隸八篆二，總有不出乎八分之點在。若變到一體之正，則
獨立爲一體矣。準是以談，誠有篆之八分書，而隸（楷，下同）亦可爲八分之
八分，行草亦無不可爲隸之八分。甚矣，八分之說，誠書體變化之關鍵也。」
〔註85〕於是，在八分統名之下，分秦分、西漢分、東漢分（東西漢分總稱漢分）、
今分。這也是名同實異的現象。

二、摹擬前賢

摹擬一般作模擬。摹或模，依仿範式以爲之之謂。藝術起源說之一，認
爲模仿爲人類之本能或衝動，如兒童之遊戲或流派之成功，模仿動作常爲主
要因素，如畫之所繪，雕刻之所擬，詩人之所描寫，舞者之所表演，無非模
仿自然及人生。民初梁啓超就曾說：「從前人所得的成績，從模仿下手，用很
短的時間，很小的精力，就可以得到。得到後，才挪出精力，作創作的功夫，
這是一件很經濟的事情。」〔註86〕

〔註84〕 康有爲撰《廣藝舟雙楫》頁18。見楊家駱主編《近人書學論著》（臺北市：世
界書局，民73）。
〔註85〕 《書法之欣賞》。鄭一增編《民國書論精選》（杭州：西泠印社出版社，2011）
頁121。
〔註86〕 《書法指導》。同註85，頁20。

（一）文論上的摹擬說

文學上，摹擬起於何時，沒有明確記載。不過，漢朝是賦的黃金時代，這是誰也不可否認的事實。班固〈兩都賦序〉描述過當時的情形：「大漢初定，日不暇給。至於武、宣之世，乃崇禮官，考文章。內設金馬、石渠之署，外興樂府協律之事，以興廢繼絕，潤色鴻業。是以眾庶悅豫，福應尤盛。……故言語侍從之臣，若司馬相如、虞丘壽王、東方朔、枚皋、王褒、劉向之屬，朝夕論思，日月獻納，而公卿大臣御史大夫倪寬、太常孔臧、太中大夫董仲舒、宗正劉德、太子太傅蕭望之等，時時間作，……蓋奏御者千有餘篇，而後大漢之文章，炳焉與三代同風。」〔註87〕但，創作豈是一件容易的事？桓譚《新論・祛蔽》有一段記載：「余少時見揚子雲之麗文高論，不自量年少新進，而欲逮及。嘗激一事而作小賦，用精思太劇，而立感動發病，彌日瘳。子雲亦言：『成帝時，趙昭儀方大幸。每上甘泉，詔令作賦，為之卒暴，思精苦，賦成，遂困倦小臥，夢其五臟出在地，以手收而內之。及覺，病喘悸，大少氣，病一歲。』由此言之，盡思慮，傷精神也。」〔註88〕

或許因為如此，揚雄的摹擬，自來一直被後人所記憶。班固的《漢書・揚雄傳贊》云：

> (雄)實好古而論道，其意欲求文章成名於後世，以為經莫大於《易》，故作《太玄》；傳莫大於《傳論》，作《法言》；史篇莫善於《倉頡》，作《訓纂》；箴莫善於〈虞箴〉，作〈州箴〉；賦莫深於〈離騷〉，反而廣之；辭莫麗於相如，作四賦。皆斟酌其本，相與放依而馳騁云。
>
> 〔註89〕

「放依」就是「仿效」，也就是摹擬。揚雄在〈答桓譚〉中說：「能讀千賦，則能為之。諺云：『習伏眾神，巧者不過習者之門。』」〔註90〕讀千賦之所以能為，是在潛移默化中仿效，因此「巧者不過習者之門」，強調的是學習的重要。

〔註87〕 昭明太子撰《文選》（臺北縣板橋鎮：藝文印書館，民72）卷一，頁21～22。

〔註88〕 嚴可均校輯《全上古三代秦漢三國六朝文》（北京市：中華書局，1958）《全後漢文》卷十四，頁544。彌日瘳：休息整天才病癒。例證見第四章第一節〈創作心理〉中，〈虛靜〉一節。

〔註89〕 〈揚雄傳贊〉。班固撰《漢書》（臺北市：鼎文書局，民69）卷八十七下，頁3583。

〔註90〕 揚雄撰《揚子雲集》卷五。見《文淵閣四庫全書》1063冊（臺北市：臺灣商務印書館，民72～），頁108。

　　屈原奠定了「楚辭」這種體裁之後，摹擬日見其多。東漢王逸爲劉向所集《楚辭》一書作注，曰《楚辭章句》。七卷中，宋玉傳說是屈原弟子，其作品〈九辯〉，前人認爲題材和體裁都摹擬〈離騷〉和〈九章〉。景差，據說是〈大招〉作者；是摹擬〈招魂〉。到漢代，摹擬〈離騷〉的更多，東方朔、王褒、劉向、王逸都沿宋玉而行。〔註91〕

　　兩漢摹擬之風甚盛。枚乘的〈七發〉文成，後人就有不少模仿的作品，如〈七啓〉、〈七命〉等，被稱爲「七體」者。〔註92〕揚雄首創連珠後，擬者間出。如班固、杜篤、傅毅、賈逵、蔡邕、潘勗、王粲等，皆有〈連珠〉。後漢的辭賦作家，完全不脫前漢影響；前漢有什麼，後漢的作家一定有什麼。司馬相如有〈子虛〉、〈上林〉，班固便有〈兩都賦〉；東方朔有〈答客難〉，班固便有〈答賓戲〉，張衡便有〈應間〉；枚乘有〈七發〉，張衡便有〈七辯〉；王褒作〈洞簫賦〉，傅毅則作〈雅琴賦〉。

　　兩漢有名的詩人是寂寞的。他們偶爾作幾首詩，大都是摹擬《詩經》、《楚辭》。擬《楚辭》者略如上述，擬《詩經》者如唐山夫人的〈房中歌〉、韋孟的〈諷諫〉、司馬相如的〈封禪頌〉、東方朔的〈誡子〉、宋穆的〈絕交〉、仲長統的〈述志〉等皆是。

　　這種摹擬之風，終漢之世並未衰歇。一世奸雄曹操，詩多四言，如〈短歌行〉等；又多五言樂府辭，如〈蒿里行〉、〈苦寒行〉等。曹丕的〈雜詩〉二首，「漫漫秋夜長，烈烈北風涼。展轉不能寐，披衣起傍徨。傍徨忽已久，白露沾我裳。俯視清水波，仰看明月光。天漢迴西流，三五正從橫。草蟲鳴何悲，孤鴈獨南翔。」〔註93〕完全摹擬〈古詩十九首〉。才高八斗的曹植亦不

〔註91〕 朱熹〈楚辭辯證〉云：「〈七諫〉（舊題東方朔作）、〈九懷〉（王褒作）、〈九歎〉（劉向作）、〈九思〉（王逸作）雖爲騷體，然其詞氣平緩，意不深切，如無所疾痛而強爲呻吟者。……故雖幸附驥尾而人莫之讀。」（見《楚辭集注》（臺北市：華正書局，民63）頁319。）故熹所作《楚辭集注》將此四家三十四篇刪去，補以賈誼之〈弔屈原賦〉及〈鵩鳥賦〉。

〔註92〕 按：〈七啓〉，曹植作、〈七命〉，張協作。見《昭明文選》第三十四、三十五卷。傅玄〈七謨序〉說：「昔枚乘作〈七發〉，而屬文之士，若傅毅、劉廣世、崔駰、李尤、桓麟、崔琦、劉梁、桓彬之徒，承其流而作之者紛焉。〈七激〉、〈七興〉、〈七依〉、〈七款〉、〈七說〉、〈七蠲〉、〈七舉〉、〈七設〉之篇，于是通儒大才馬季長、張平子，亦引其源而廣之。」嚴可均校輯《全上古三代秦漢三國六朝文》（北京市：中華書局，1958）《全晉文》卷四十六，頁1723。

〔註93〕 昭明太子撰《文選》（臺北縣板橋鎮：藝文印書館，民72）卷二十九，頁423。

能免，其〈雜詩〉「去去莫復道，沈憂令人老」〔註94〕，當係脫胎於「棄捐勿復道」諸詩。寫樂府也有一部分是利用或襲用古代題材與作風，如〈美女篇〉顯然脫胎於〈羅敷行〉。

摯虞的《文章流別論》說：

> 詩、頌、箴、銘之篇，皆有往古成文，可依放而作。惟誄無定制，
> 故作者多異焉。〔註95〕

看來，除誄這一文類，其餘皆不離摹擬。

這類情況在文學大盛的南朝尤為普遍。鍾嶸〈詩品序〉描繪當時人們的熱衷現象：「今之世俗，斯風熾矣。纔能勝衣，甫就小學，必甘心而馳騖焉。於是庸音襍體，人各為容。至使膏腴子弟，恥文不逮，終朝點綴，分夜呻吟。」〔註96〕

不僅漢、魏、南朝，後世亦然。唐劉肅《大唐新語》記一事：

> 李義府嘗賦詩曰：「鏤月成歌扇，裁雲作舞衣。自憐迴雪影，好取洛川
> 歸。」有棗強尉張懷慶，好偷名士文章，乃為詩曰：「生情鏤月成歌扇，
> 出意裁雲作舞衣。照鏡自憐迴雪影，時來好取洛川歸。」〔註97〕

李義府，隋末唐初人。張懷慶所作之詩，與李詩之間差異顯然可知，張詩僅在李詩各句前加二字耳。其摹擬之痕者如此，因此下文云：「人謂之諺曰：『活剝王昌齡，生吞郭正一。』」〔註98〕「生吞活剝」成語由此而來，比喻生硬地抄襲或模仿。

同樣的現象，北宋初年亦然。劉攽《中山詩話》云：

> 祥符、天禧中，楊大年、錢文禧、晏元獻、劉子儀以文章立朝，為
> 詩皆宗尚李義山，號「西崑體」。後進多竊義山語句。賜宴，優人有
> 為義山者，衣服敗敝，告人曰：「我為諸館職撏撦至此。」聞者懽笑。
> 〔註99〕

優人穿破衣出場，何以如此？撏撦是多方摘取之意，意謂衣為諸館學習者扯

〔註94〕 同註93，頁424。
〔註95〕 摯虞《文章流別論》同註92，《全晉文》卷七十七，頁1906。
〔註96〕 鍾嶸〈詩品序〉。何文煥編訂《歷代詩話》臺北縣：藝文印書館，民60）頁8。
〔註97〕 〈諧謔〉。劉肅撰《大唐新語》（北京市：中華書局，1985）卷十三，頁135～136。
〔註98〕 按：王昌齡，盛唐著名詩人，與高適、王之渙齊名。郭正一，唐高宗年間及高宗妻武皇后（後稱武則天）為其子唐中宗攝政期間為宰相。
〔註99〕 劉攽《中山詩話》。同註96，頁171。

破。隱喻學李商隱詩者之眾。雖是優人戲謔，但可見李商隱詩的風行及學習者摹擬其詩的盛況。

　　此前，以摹擬爲創作；此後，摹擬明確成爲學習概念。黃庭堅說：

　　　　自作語最難，老杜作詩，退之作文，無一字無來處，蓋後人讀書少，
　　　　故謂韓、杜自作此語耳。古之能爲文章者，眞能陶冶萬物，雖取古
　　　　人之陳言入於翰墨，如靈丹一粒，點鐵成金也。〔註100〕

在他的看法，縱使是杜甫、韓愈，其詩前文也是摹擬前賢，只是後人讀書少，無法辨識罷了。南宋朱熹直接說明摹擬對學習的重要：

　　　　前輩作文者，古人有名文字，皆摹擬做一篇，故後有所作時，左右
　　　　逢源。〔註101〕

一代名儒、道學家，尚如此說，摹擬是學習的重要方法不言而喻。

　　前云「點鐵成金」重在語言方面，至於黃庭堅「奪胎換骨」則重在詩意方面，釋惠洪《冷齋夜話》道出其具體之法：「山谷云：『詩意無窮，而人才有限；以有限之才，追無窮之意，雖淵明、少陵不得工也。不易其意而造其語，謂之換骨法；窺入其意而形容之，謂之奪胎法。』」〔註102〕

　　「點鐵成金」、「奪胎換骨」是學習之法，黃庭堅也指示出學習的目標——古風：

　　　　山谷云：「凡作賦，要須以宋玉、賈誼、相如、子雲爲師，略依放其
　　　　步驟，乃有古風。老杜〈詠吳生畫〉云：『畫手看前輩，吳生遠擅場。』
　　　　蓋古人於能事，不獨求跨時輩，要須前輩中擅場耳。」〔註103〕

爲什麼古風是學習的目標？心態是不獨與今人爭勝，也與古人抗衡。嚴羽《滄浪詩話》說：「詩之是非不必爭，試以己詩置之古人詩中，與知者觀之而不能辨，其眞古人矣。」〔註104〕

〔註100〕〈荅洪駒父書〉。黃庭堅撰《豫章黃先生文集》（臺北市：臺灣商務印書館，民56）卷十九，頁204。見王雲五主編《四部叢刊·初編·集部》54冊。

〔註101〕〈論文〉上。黎靖德編《朱子語類》八（北京市：中華書局，1986）卷一三九，頁3321。

〔註102〕〈換骨奪胎法〉。釋惠洪撰《冷齋夜話》卷一。永瑢、紀昀等撰《欽定四庫全書》（上海市：上海古籍出版社，1987）863冊，頁243。

〔註103〕胡仔纂集《苕溪漁隱叢話》（臺北市：長安出版社，民67）前集，卷一，頁4。吳生即吳道子。

〔註104〕〈詩法〉。嚴羽著《滄浪詩話》。何文煥編訂《歷代詩話》臺北縣：藝文印書館，民60）頁450。

　　既然要取法古人又與古人爭衡，要學習哪類層次的古人，便成為探討的另一目標。這個概念到南宋更為清晰，南宋張戒、徐俯、嚴羽終結出「取法乎上」一語〔註105〕。曾季貍《艇齋詩話》云：

> 東湖嘗與予言：「近世人學詩，止於蘇、黃，又其上則有及老杜者，至六朝詩人皆無人窺見。若學詩而不知有選詩，是大車無輗，小車無軏。」〔註106〕

東湖，即東湖居士徐俯，是南北宋之際人物，江西派著名詩人之一。感嘆時人學詩只知蘇、黃，不知蘇、黃之前還有李、杜，李、杜之前還有六朝詩等等。若學詩只有蘇、黃，豈可以此滿足！同樣南、北宋之交，張戒在其著作《歲寒堂詩話》提出學習當學前人所師之前人為標的。

　　原先，張戒不滿於蘇、黃詩，認為：「自漢、魏以來，詩妙于子建，成于李、杜，而壞于蘇、黃。……子瞻以議論作詩，魯直又專以補綴奇字，學者未得其所長而先得其所短，詩人之意掃地矣。」〔註107〕為什麼「成於李、杜，而壞於蘇、黃」？張戒的說法是：

> 人才高下，固有分限，然亦在所習，不可不謹。其始也學之，其終也豈能過之？屋下架屋，愈見其小。後有作者出，必欲與李、杜爭衡，當復從漢、魏詩中出爾。〔註108〕

和徐俯同樣感嘆時人學詩目標的狹隘。其不同在張戒先提出詩之高下固然有聰明才智之異，也有所學之別。如果聰明才智不相上下，所學對象有別，結果亦異。詩至唐而體備，宋人學唐，盡變其法，必不如唐，「其始也學之，其終也豈能過之？」如何超越唐，只有學唐人之所自出，「必欲與李、杜爭衡，當復從漢、魏詩中出爾」。

　　到南宋後期嚴羽的《滄浪詩話》則云：「學者須從最上乘，具正法眼，悟第一義。」又歷述各代詩如下：「試取漢、魏之詩而熟參之，次取晉、宋之詩而熟參之，次取南北朝之詩而熟參之，次取沈、宋、王、楊、盧、駱、陳拾遺之詩而熟參之，次取開元、天寶諸家之詩而熟參之，次獨取李、杜二公之詩而熟參之，又盡取晚唐諸家之詩而熟參之，又取本朝蘇、黃以下諸家之詩

〔註105〕〈詩辯〉：「學其上，僅得其中；學其中，斯為下矣。」同註104，頁442。
〔註106〕曾季貍撰《艇齋詩話》（臺北市：廣文書局，民60）頁36。
〔註107〕張戒撰《歲寒堂詩話》（北京市：中華書局，1985）卷上，頁5～6。
〔註108〕同註107，頁2。屋下架屋，出自南朝宋劉義慶《世說新語‧文學》：「不得爾，此是屋下架屋耳。」比喻機構或文章結構重疊，後比喻重複模仿，無所創新。

而熟參之。」到此爲止，看到的是各時期的代表作家，並未定出高下。他需要的是學者從比較中自行領會：「其眞是非自有不能隱者。倘猶于此而無見焉，則是野狐外道，蒙蔽其眞識，不可救藥，終不悟也。」〔註109〕而後，嚴羽自行透露答案，云：

> 夫學詩者以識爲主：入門須正，立志須高；以漢、魏、晉、盛唐爲師，
> 不作開元、天寶以下人物。若自退屈，即有下劣詩魔入其肺腑之間；
> 由立志之不高也。行有未至，可加工力；路頭一差，愈鶩愈遠，由入
> 門之不正也。故曰：「學其上，僅得其中；學其中，斯爲下矣。」又
> 曰：「見過於師，僅堪傳授；見與師齊，減師半德也。」〔註110〕

他的理論後人師法前人理所當然；若欲超越前人，只有師前人之所師。「學其上，僅得其中；學其中，斯爲下矣。」這就是後人「取法乎上」的概念。所謂的上，是第一流作者同時時代在前。如此類推，江西詩人之師法蘇、黃，不如法唐人；法唐人不如法六朝，法六朝不如法漢、魏。所謂「學者須從最上乘，具正法眼，悟第一義。」指的是「學詩者以識爲主。」而所謂「識」是「入門須正，立志須高，以漢、魏、晉、盛唐爲師，不作開元、天寶以下人物。」「見過於師，僅堪傳授；見與師齊，減師半德也。」

　　後世，如明朝浦瑾爲邵寶《容春堂前集》作序時，敍述邵氏論詩文之語云：「嘗從容問公曰：『文將安師？』曰：『師今之名天下者；無以，則先進乎？無以，則古之人乎？』曰：『先進而上宋，古乎？』曰：『有唐，有東西漢者在。』『唐、兩漢古乎？』曰：『有先秦古文在。』『古至先秦至矣乎？』曰：『庶乎其亦古也已。』曰：『將不有六經在？』曰：『六經尙已，夫學文而曰必且爲六經，吾則不敢也。』」〔註111〕雖嚴羽曰詩，邵寶則曰文，其觀念豈不合轍？欲超越，必師其所師。

　　至於如何摹擬？前七子之一的王廷相，提出摹擬由學習到創作的整個過程：

> 工師之巧，不離規矩，畫手邁倫，必先擬摹。風、騷、樂府，各具
> 體裁，蘇、李、曹、劉，辭分界域，欲擅文圉之撰，須參極古之遺，

〔註109〕 以上並見〈詩辯〉。嚴羽著《滄浪詩話》。何文煥編訂《歷代詩話》臺北縣：藝文印書館，民60）頁442。參：參考、參照、領悟、琢磨。

〔註110〕 同註109。

〔註111〕 浦瑾〈容春堂前集序〉。見永瑢、紀昀等撰《欽定四庫全書》（上海市：上海古籍出版社，1987）1056冊，頁5。

調其步武，約其尺度，以爲我則所不能已也。久焉純熟，自爾悟入，神情昭於肺腑，靈境徹於視聽，開闔起伏，出入變化，古師妙擬，悉歸我闥。由是挪翰以抽思，則即遠即古，高天下地，凡具形象之屬，生動之際，靡不綜攝爲我材品：敷辭以命意，則凡九代之英，三百之章，及夫仙聖之靈，山川之精，靡不會協爲我神助。此非取自外者也，習而化於我者也。故能擺脫形模，凌虛構結，春育天成，不犯舊跡矣。〔註112〕

這或許是以摹擬爲主者共同的希望。很奇妙的是，如果這個觀念放在書論，書家可能更覺得戚戚。

我們脫開超越前人的角度，單以學習的角度看這個問題則摹擬未嘗不可。如金人趙秉文《滏水集》爲此云：「足下立意措言，不蹈襲前人一語，此最詩人妙處，然亦從古人中入。譬如彈琴不師譜，稱物不師衡，工匠不師繩墨，獨自師心，雖終身無成可也。」〔註113〕他的意思是可以不從古人出，但是不可避免的是應從古人入。

明朝摹擬之風甚盛，反摹擬者也多。李夢陽對此反問道：「夫文與字一也，今人模擬古帖，即太似不嫌，反曰能書。何獨至於文，而欲自立一門戶邪？」〔註114〕這完全以書法作比。清初寧都三魏之一的魏際瑞〈伯子論文〉認爲「不入于法，則散亂無紀；不出于法，則拘迂而無以盡文章之變。」〔註115〕摹擬不過是學習，不透過這段學習則「散亂無紀」；若只停留在這個階段，自然不可能產生變化。清朝桐城三祖的姚鼐，也不廢摹擬，云：「近世人習聞錢受之偏論，輕譏明人之摹仿。文不經摹仿，亦安能脫化？觀古人之學前古，摹仿

〔註112〕〈與郭价夫學士論詩書〉。王廷相撰《王氏家藏集》（臺北市：偉文圖書出版社，民65）卷二十八，頁1217～1218。邁倫：超越同儕。闥：門內。挪翰：提起毛筆。抽思：抒發情思。

〔註113〕趙秉文〈答李天英書〉。《滏水集》十九。見吳重熹輯《九金人集》（臺北市：成文出版社，民56）卷十九，頁271～272。衡：泛指稱重量的器物。繩墨：量平直的工具。

〔註114〕李夢陽撰《空同先生集》（臺北市：偉文圖書出版社，民65）卷六十二，頁1742。

〔註115〕魏際瑞《伯子論文》。見王水照編《歷代文話》（上海市，復旦大學出版社，2007）第四冊，頁3596。按：「法不法的問題，源起於摹古之合與離。一般古文家都是於古人之作選擇某一種體格而奉爲準的，竭一生之力以奔赴之，故其勢不得不出於摹擬，於是有所謂法。」見郭紹虞著《中國文學批評史》（臺北市：盤庚出版社，民67）下卷，頁449。因此，此處之法，即摹擬之意。

而渾妙者自可法，摹仿而頓滯者自可棄。雖楊子雲亦當以此義裁之，豈但明賢哉？」〔註116〕

（二）書論上的摹擬說

書論上，摹擬即是臨摹。書法學習的主要途徑是臨摹，這實際上是學習者對碑帖藝術資訊的提取，以改變學習者原有的藝術結構元素，改變個體認知圖式，透過同化與順應來達到新的平衡，以提高藝術水準。這一發展過程是學習者在原有基礎上對碑帖的理解、認同和對以前自我的揚棄。其最大意義是透過準確的重複古人的書寫而達到與其接近的心理和書寫狀態。「不臨摹，則與古人不親」〔註117〕；與古人不親，則無法達到與古人的精神和技法相通。因此，臨摹不僅是學習書法的必經之路，也是書法家不斷精進的手段。

郭沫若在其《殷契萃編・自序》中說：

> 試展閱第一百六八片焉。該片原物當爲牛胛骨，破碎僅存二段，而文字幸能銜接。所刻乃自甲子至癸酉十個干支。刻而又刻者數行，中僅一行精美整齊，餘則歪剌幾不能成字。然於此歪剌者中，邠（當作郤）間有二三字，與精美整齊者之一行相同。蓋精美整齊者乃善書善刻者之範本，而歪剌不能成字者，乃學書學刻者之摹仿也。刻鵠不成，爲之師範者從旁捉刀助之，故間有二三字合乎規矩。師弟二人藹然相對之態，恍如目前：此時實爲饒有趣之發現。〔註118〕

如果其言，這應該是我國現存，談論最古的，可以證明的傳授圖。前人先以己所書之字爲範，後人照範字臨刻；不足，又從旁握弟子之刀助之。可見以臨帖之法習字，早已如此。

〔註116〕《惜抱尺牘》卷四〈與管異之〉。賈文昭主編《中國古代文論類編》（福州：海峽文藝出版社，1988）下冊，頁233～234。錢謙益，字受之。

〔註117〕李流芳撰《檀園集》（臺北市：臺灣學生書局，民64）卷十二，頁516。

〔註118〕郭沫若著《殷契萃編・自序》（北京：科學出版社，1965）頁10～11。又頁734第一四六八片云：「此由二片复合，……。內容乃將甲子至癸酉之十日，刻而又刻者。中第四行，字細而精美者，蓋先生刻之以爲範本，其餘歪斜剌劣者，蓋學刻者所爲。此與今世兒童習字之法無殊，足徵三千年前之教育狀況，甚有意味。又學刻者諸行中，亦間有精美之字與範本無殊者，蓋亦先生從旁執刀爲之。如次行之辰、午、申，三行之卯、巳、辛諸字是也。

　　有關書寫一藝，先秦文獻記載，大概屬《周禮‧地官司徒‧保氏》：「保氏掌諫王惡，而養國子之道，乃教之六藝：一曰五禮，二曰六樂，三曰五射，四曰五馭，五曰六書，六曰九數。」〔註119〕這裏的禮、樂、射、馭、書、數等六藝，是當時貴族從事政治、軍事、外交活動所必備的素養。說到書，在書字之前，加一「六」字。對於「六書」的解釋，漢人如是說：「古者八歲入小學，故周官保氏掌管國子，教之六書，象形、象事、象意、象聲、轉注、假借，造字之本也。」〔註120〕我們相信，應該不只是造字原則的教學，也包括實地的書寫。據侯外廬《中國思想史》的說法：「從文字上研究，卜辭到周金，是有明顯的承繼歷程的。這種語言文字的傳授，必然不僅限於形式，而且要影響於思維活動的內容。周人模仿殷人的字，是一條捷徑。」〔註121〕既然如此，周世保氏教國子時，方式大概一如郭沫若形容殷人的傳授。老師寫一行，學生仿數行。

　　漢朝開始，記載書法的文章零星出現，我們結合可見的資料，會發現南朝之前，書法學習約有三種途徑：一、拜師學藝；二、取法書跡；三、代代相傳。拜師學藝最知名的例子，莫過東漢趙一在〈非草書〉中的描述：

　　　　夫杜、崔、張子，皆有超俗絕世之才，博學餘暇，遊手于斯，後世慕
　　　　焉，專用為務。鑽堅仰高，忘其罷勞，弘惕不息，反不暇食。十日一
　　　　筆，月數丸墨。領袖如皁，唇齒常黑。雖處眾坐，不遑談戲，展指畫
　　　　地，以草劇壁，臂穿皮刮，指爪摧折，見鰓出血，猶不休輟。〔註122〕

本段節錄之所以列為拜師學藝，就是因為文字之前，有作者認為書不可學的說法：「凡人各殊氣血，異筋骨。心有疏密，手有巧拙，書之好醜，在心與手，可強為哉？若人顏有美惡，豈可學以相若耶？」甚至舉東施效顰、邯鄲學步之例以譏之：「昔西施心疹，捧胸而顰，眾愚效之，祇增其醜；趙女善舞，行步媚蠱，學者弗獲，失節匍匐。」〔註123〕原文的譏諷，反而證

〔註119〕鄭玄注《周禮鄭氏注》（北京市：中華書局，1985）卷四，頁87～88。

〔註120〕班固撰《漢書‧藝文志》。楊家駱主編《新校本漢書》（台北：鼎文書局，民68）頁1720。

〔註121〕侯外廬、趙紀彬、杜國庠著《中國思想通史》（北京：人民出版社，1957）頁72。

〔註122〕〈趙一非草書〉。見張彥遠集《法書要錄》卷一，頁2。楊家駱主編《唐人書學論著》（臺北市：世界書局，民64）。

〔註123〕同註122。

明，所截取文字的重心——作者係形容書者之專注與執著，正是拜師學藝的實際情況。

第二類摹擬書跡，如西晉衛恆《四體書勢》云：「秦時李斯號為工篆，諸山及銅人銘皆斯書也。漢建初中，扶風曹喜善為篆，少異於斯，而亦稱善。……蔡邕為侍中、中郎將，採斯、喜之法，為古今雜形。」「章帝時，齊相杜度，號稱善作。後有崔瑗、崔寔，亦皆稱工。……弘農張伯英者，因而轉精其巧。」者是。最為後人津津樂道者，莫過梁鵠學書：

> 靈帝好書，時多能者，而師宜官為最，……或時不持錢詣酒家飲，
> 因書其壁，顧觀者以觀酒值，計錢足而滅之。每書輒削而焚其桁，
> 梁鵠乃益為桁，而飲之酒，候其醉而竊其桁。〔註124〕

簡牘是古代書寫有文字的竹片或木片。其中竹製的叫竹簡或簡稱簡，木製的叫木牘或簡稱牘，含稱簡牘。由於竹簡的數量較多，有時也通稱作「簡」，其實是包含了木牘在內的意義。這裡所說的桁當即木牘。木牘的製作係一塊木頭切片而成。因此師宜官得「每書輒削而焚其桁」。師宜官借桁以換取酒錢，梁鵠則偷天換日以「竊其桁」。為求得其跡以臨摹，不惜灌醉師宜官。

以上書家，若捨摹擬，何以為工？

第三類家族相傳，如南朝宋羊欣〈采古來能書人名〉所記錄的：「河東衛覬，字伯儒，魏尚書僕射，善草及古文，略盡其妙。……覬子瓘，字伯玉，為晉太保。採張芝法，以覬法糸之，更為草稾。……瓘子恆，亦善書，博識古文。」「京兆杜畿，魏尚書僕射；子恕，東郡太守；孫預，荊州刺史。三世善草稾。」〔註125〕以上是三代善書之例。「琅琊王廙，晉平南將軍、荊州刺史，能章楷，謹傳鍾法。晉丞相王導，善稾、行。廙，從兄也。王恬，晉中將軍、會稽內史，善隸書。導第二子也。王洽，晉中書令、領軍將軍，眾書通善，尤能隸、行。從兄羲之云：『弟書遂不減吾。』恬弟也。王珉，晉中書令，善隸、行。洽少子也。王羲之，晉右將軍、會稽內史，博精群法，特善草隸。羊欣云：『古今莫二。』廙兄子也。王獻之，晉中書令，善隸、稾，骨勢不及父，而媚趣過之。羲之第七子也。兄玄之、徽之，兄子淳之，並善草行。」〔註126〕本段是以

〔註124〕以上見房玄齡等撰《晉書》（臺北市：鼎文書局，民68）卷三十六，頁1064～1066。

〔註125〕張彥遠集《法書要錄》卷一，頁6、7。楊家駱主編《唐人書學論著》（臺北市：世界書局，民64）。

〔註126〕同註125。

王羲之爲中心的王氏家族，分爲三支。依爲文先後，第一支一人：王廙。書法尙無後繼者。雖是如此，王珉從孫王僧虔〈論書〉卻記：「王平南廙，是右軍叔。自過江東，右軍之前，惟廙爲最，畫爲晉明帝師，書爲右軍法。」說明的是，雖然王廙書法本無直系傳人，卻由其姪王羲之承之。第二支四人，王導爲主，同時又是王羲之的伯父。第二代王洽、王恬，第三代王珉。第三支五人，王羲之爲主，第二代玄之、徽之、獻之，第三代淳之。王羲之與王洽、王恬同輩，王導與王廙同輩，因此，前後計四代。值得注意的是，王羲之父王曠早卒，在書法上有日後的造詣，全因其叔；而王羲之書法得以精進，可能還受其堂弟王洽的刺激。這就是近親相習，這就是家族。

所謂摹擬，可能從一筆一畫開始，也可能是耳濡目染。因爲彼此臨摹，因爲同一家族，書跡必然相近。我們可從宋人王著編選的《淳化閣帖》得到印證。(圖2、3)

凝之《八月帖》　　　渙之《二嫂帖》　　　徽之《得信帖》　　　操之《婢書帖》

圖 2 　（取自懋勤殿本《淳化閣帖》）

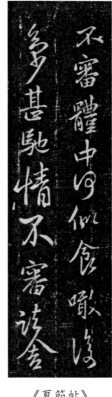

| 獻之《餘杭帖》 | 《節過帖》 | 《夏節帖》 | 《夏日帖》 |

圖3　（取自懋勤殿本《淳化閣帖》）

　　南朝宋虞龢〈論書表〉有一段記載：「羲之爲會稽，子敬七八歲學書，羲之從後掣其筆不脫，歎曰：『此兒書，後當有大名。』」〔註127〕後人常將焦點放在「掣其筆不脫」句，我們拋開這個焦點，整個的背景與畫面，不正是父傳子的寫照？傳世有一篇僞託王羲之的〈筆勢論〉，其序言云：

　　告汝子敬：吾察汝書性過人，仍宋閑規矩。父不親教，自古有之。
　　今述〈筆勢論〉一篇，開汝之悟。凡斯字勢，猶有十二章，章有指
　　歸，定其楷模，詳其舛謬，撮其要實，錄此便宜。或變體處多，罕
　　臻其本；轉筆處眾，莫識其源。懸針、垂露之蹤，難爲體制；揚波、
　　勝氣之勢，足可迷人。故辨其所由，堪愈膏肓之疾。今書《樂毅論》
　　一本及〈筆勢論〉一篇，貽爾藏之，勿播於外。緘之秘之，不可示

〔註127〕張彥遠集《法書要錄》卷二，頁18。楊家駱主編《唐人書學論著》（臺北市：
　　　　　世界書局，民64）。

－115－

知諸友。窮研篆籀，功省而易成，纂集精專，形彰而勢顯。存意學
者，兩月可見其功；天靈性者，百日亦知其本。此之筆論，可謂家
寶家珍，學而秘之，世有名譽。筆削久矣，罕有奇者，始克有成，
研精覃思，考諸規矩，存其要略，以爲斯論。〔註128〕

自來人們以眞僞談論此篇，如果我們撇開眞僞問題，縱使王羲之不曾有過此
篇，但仍然可以反應出人們認爲王家世代有其家傳之秘；而獻之的成就來自
傳承。

後來，梁武帝作出結論：「一聞能持，一見能記，且古且今，不無其人，
大抵爲論，終歸是習。程邈所以能變書體，爲之舊也；張芝所以能善書工，
學之積也。既舊既積，方可以肆其談。」〔註129〕要有成就，捨臨摹不爲工。

接下來，孫過庭自敘對張芝、鍾繇、羲獻父子書跡爲什麼能寫的這麼完
美的體會：

一畫之間，變起伏於峰杪；一點之內，殊衄挫於毫芒。況云積其點
畫，乃成其字。曾不傍窺尺牘，俯習寸陰；引班超以爲辭，援項籍
而自滿；任筆爲體，聚墨爲形；心昏擬效之方，手迷揮運之理，求
其妍妙，不亦謬哉！〔註130〕

「擬效」即是摹擬。在孫過庭的觀察，四賢的作品，小自一點一畫，大到
成字成篇，若不是廣泛地閱覽尺牘，若不是埋頭苦習，卻還引用投筆從戎、
書記姓名當作理由，完全不懂得摹擬運筆的方法，隨意書寫；要能把字寫
好，不是很荒謬的事嗎？文中還說明「擬效」的方法：「察之者尚精，擬之
者貴似。」反之，如果「擬不能似，察不能精，分布猶疏，形骸未檢，躍
泉之態，未覩其妍，窺井之談已聞其醜，縱欲搪突羲、獻，誣罔鍾、張，
安能掩當年之耳目，杜將來之口？」〔註131〕他衷心勸告：「慕習之輩，尤
宜慎諸！」

〔註128〕王羲之〈筆勢論十二章〉。王原祁纂輯《佩文齋書畫譜》（北京市：中國書店，
民58）卷五，頁128。

〔註129〕〈梁武帝又答書〉。見張彥遠集《法書要錄》卷二，頁21。楊家駱主編《唐
人書學論著》（臺北市：世界書局，民64）。

〔註130〕孫虔禮《書譜序》（臺北市：國立故宮博物院，民76）頁28。

〔註131〕同註130。譯文：如果摹擬不像，觀察不精，結體鬆散，形狀不合，人們看
不出龍躍於淵的美妙，只覺得書者自我坐井觀天觀念狹隘的醜態，縱然想打
著羲之、獻之、鍾繇、張芝的旗號以撐門面，又怎能瞞騙當代人的眼光，阻
絕將來人們的品評呢！按：下引同此。

摹擬書法有臨有摹。什麼叫臨？甚麼叫摹？宋人開始作出解釋。北宋黃
伯思《東觀餘論》云：

> 世人多不曉臨、摹之別。臨，謂以紙在古帖旁，觀其形勢而學之；
> 若臨淵之臨，故謂之臨。摹，謂以薄紙覆古帖上，隨其細大而搨之；
> 若摹畫之摹，故謂之摹。又有以厚紙覆帖上，就明牖景而摹之，又
> 謂之「響搨」焉。臨之與摹，二者迥殊，不可亂也。〔註132〕

姜夔的《續書譜》云：

> 摹書最易，唐太宗云：「臥王濛於紙中，坐徐偃於筆下」，可以嗤蕭
> 子雲。唯初學者不得不摹，亦以節度其手，易於成就。皆須是古人
> 名筆，置之几案，懸之坐右，朝夕締觀，思其用筆之理，然後可以
> 摹臨。……臨書易失古人位置，而多得古人筆意；摹書易得古人位
> 置，而多失古人筆意。〔註133〕

比起黃氏之別，將臨摹各自之效果明白道出。文中的摹書是將範本置於所習
紙張之下，自然「摹書多得古人位置」，即是學得結構之意。臨書則是與範本
相對而視，於是「多得古人筆意」，即是多得筆法。

臨摹自古以來就是書法學習重要的方式。至於範本，明人豐坊汲取嚴羽
《滄浪詩話》之語：「取法乎上，僅得乎中；取法乎中，斯爲下矣。」〔註134〕
趙宧光也同於嚴羽以古爲尊的說法：

> 學法書，必不可先學下品軌轍。古人云：「法上僅中。」淺言之也。
> 至其實際，要知中由上來，下由中來。不師其師而師其徒，謬審矣，
> 愚極矣。〔註135〕

到這裡爲止，其中「不師其師而師其徒」一語，告訴我們，一代不如一代。
所謂的上、中、下是師與徒之間的關係。即所謂的師若是中，則下是徒。如
此，則中之師又是上之師之徒。窮追不捨下，勢必究其原始。因此，下文云：
「故凡學大篆必籀鼓，小篆必斯碑，古隸必鍾大尉，行草必王右軍，徒隸必

〔註132〕黃伯思撰《宋本東觀餘論》（北京：新華書店北京發行所，1988）頁139。
〔註133〕姜夔撰《續書譜》頁5。楊家駱主編《宋元人書學論著》（臺北市：世界書局，
民61）。
〔註134〕豐坊撰《書訣》頁4。楊家駱主編《明人書學論著》（臺北市：世界書局，民
62）。
〔註135〕趙宧光撰《寒山帚談》頁11。見楊家駱主編《明人書學論著》（臺北市：世
界書局，民62）。

歐、虞諸公之書。」〔註136〕這樣的結論，等於告訴後人，只有源初才是最優
秀的，或許也可以解釋，前人爲什麼重視溯源，就是「不師其師而師其徒，
謬審矣，愚極矣。」

趙宧光之說，或許讓人有一種感覺，學習書法，務必從體最原始書跡著
筆，不免迂遠。但衡之於往昔書論，並非趙氏一家之說，其他亦作如此敘述。
如同處明代的項穆，《書法雅言》云：

> 米書之源，出自顏、褚。如要學米，先柳入歐，由歐趨虞，自虞入
> 褚，學至于是，自可窺大家之門，元章亦拜下風矣。如前賢真蹟未
> 易得見，擇其善帖，精專臨倣，十年之後，方以元章參看，庶知其
> 短而取其長矣。〔註137〕

米是米芾，北宋書畫家。初名黻，字元章。項穆的說法，要學米書，務必從
米芾所師之前人開始，「先柳入歐，由歐趨虞，自虞入褚」。縱使不得前賢書
跡，「擇其善帖，精專臨仿」，必可超越元章。總歸不可直接臨倣米書。又如
清陳奕禧〈題趙松雪書《閑邪公傳》〉云：

> 文敏此傳深得晉韻，小字具開展尋丈之勢，矯拔離奇，備集鍾、王
> 法則，兼收北朝碑體，種種包羅，他人無有。故深厚古穆，鋒棱神
> 采，奕奕動人。人知其妙，不能知其所以妙也！學之者甚眾，皆爲
> 未至，觀余言，可以省矣。〔註138〕

引文前半一方面讚美趙氏所書《閑邪公傳》，一方面說明該帖包含多少筆法。
言下之意，學習的人，如果不具備趙孟頫所具備的能力，也難臻此。要能達
到這個水準，只有師其所師，也當「備集鍾、王法則，兼收北朝碑體」。又如
評蘇軾書云：

> 東坡先生以平原《鹿脯》、《乞米》爲根本，又入獻之《新婦》、《服
> 地黃湯帖》，便已成家。欲學書者，從平原入，即可探其星宿，加之
> 以臥勢，當去蘇不遠。〔註139〕

〔註136〕同註135。
〔註137〕項穆撰《書法雅言》頁 50。見楊家駱主編《明人書學論著》（臺北市：世界
書局，民 62）。
〔註138〕《綠蔭亭集·題趙松雪《閑邪公傳》》。崔爾平選編《明清書法論文選》（上海：
上海書店，1994）頁 476。
〔註139〕〈自書與伊學庭孝廉雜題·又〉。同註138，頁 477～478。星宿：命根所在。
臥勢：蘇軾執筆是單鉤法，就像我們今天握硬筆的方式。他習慣臥毫揮寫，筆
下的點畫豐腴，體態橫斜，頗有體積感，黃庭堅戲稱這種形態爲「石壓蛤蟆」。

這一則提供學蘇書者，理當先學顏眞卿的《鹿脯》、《乞米》，王獻之的《新婦》、《服地黃湯帖》，加上蘇軾持筆採臥勢，自可類蘇；也是從蘇軾書法源頭學起。清人鄒方鍔在〈論書十則〉裡也提出自己的例證：

> 趙文敏書從北海門戶出，北海書又胚胎《聖教》，但稍移面貌耳。學書當防其流弊，尤在究其淵源，不知其淵源所自，即功力深到，要難與古人齊驅。今翰苑書競推文敏，然不從北海門戶出，學文敏即安得似也？余學書二十年於《聖教》一帖，臨摹不下千百過，乃稍稍有得力處。近復參以《岳麓》、《雲麾》，書法近似文敏。世無眞識，遂謂余於趙書有得也。〔註140〕

文中只是證明，只要找到書家書法之源，從書法源頭入手，自然獲得與書家同樣的效果。包世臣又以書家之源頭，判斷書跡之眞偽：「一望而知爲何家者，細求以本家所習前人法而不見者，仿書也。」〔註141〕這又是師其所師的另一視角。

　　同樣回到摹擬形似的必要，書論從唐朝起，不少的書家主張「從心爲上，從眼爲下」「不由靈臺，必乏神氣。」〔註142〕明何良俊《四友齋書論》提到一個例子：「王紹宗善書，與人書云：『鄙人書翰無工者，特由水墨積習，恒精心率意，虛神靜思以取之。』」何氏稱讚道：「此誠得書家三昧矣。」不過，接下去又說：「楊升菴云：『虞永興亦不臨寫，但心準目想而已。然此可與上智道，若下學，必須臨模。』唐太宗云：『臥王濛於紙中，坐徐偃於筆下，則可以嗤蕭子雲矣。』然後知臨摹之益矣。」〔註143〕王紹宗事見張懷瓘《書斷》下。「虛神靜思」、「心準目想」及「由靈臺」，意謂全發自心造，才有「神氣」。〔註144〕唐太宗語見前文姜夔《續書譜》，代表「摹書最易」。全文之意：王紹宗與虞世南在書法上，都是以己意爲之，本得「書家三昧」；但是，「此可與上智道，若

〔註140〕鄒方鍔撰〈論書十則〉。見崔爾平選編《明清書法論文選》（上海：上海書店，1994）頁 780～781。

〔註141〕包世臣撰《藝舟雙楫》頁 93。楊家駱主編《清人書學論著》（臺北市：世界書局，民 61）。

〔註142〕〈張懷瓘文字論〉。張彥遠集《法書要錄》卷四，頁 70。楊家駱主編《唐人書學論著》（臺北市：世界書局，民 64）。按：自從南朝人王僧虔提出「書之妙道，神彩爲上，形質次之」，到唐朝張懷瓘的「風神骨氣者居上，妍美功用者居下」，再到清代劉熙載的「煉神爲上，煉氣次之，煉形又次之」。歷代書論家都非常重視書法的神彩、韻味。

〔註143〕何良俊《四友齋書論》頁 8～9。見楊家駱主編《明人書學論著》（臺北市：世界書局，民 62）。

〔註144〕按：本句呼應上文「從心爲上，從眼爲下。」「不由靈臺，必乏神氣」。

下學，必須臨摹。」要書法進步，都不及臨摹來得快速。透過臨摹，即「知臨摹之益」。姜夔《續書譜》原文早如此說：「初學者不得不摹。」可見臨摹的重要。清人王宗炎《論書法》亦云：「香光論書，貴奇岩（當是「宕」字）瀟灑〔註145〕，此爲神明變化者言耳。學者當履規蹈矩，不得放縱。」〔註146〕梁章鉅亦云：「今人臨古，往往藉口神似，不必形似；其鑒別古蹟，亦往往以離形得意爲高。此等議論，最能疑誤後學。」〔註147〕對學習者而言，摹擬形似有其必要。

三、小結

文學和書法是兩種不同類型的藝術，既是如此，要找出其間會通性是件困難的事。所幸重心在觀念而非具體形式上的比對。

本單元分兩部分，體類部分，文體有其橫向類型，書體也有其橫向類型。文體有體裁性、風格性，書體同樣；而且各自都分出不少類型，量多也算雷同。文體有其縱向流變，書體亦有其縱向流變。文體在流變中有名實皆異、名同實異現象，書體也未曾欠缺。傳統文體文、筆難分，袁行霈也說：「中國古代並沒有嚴格劃出文學與非文學的界限，沒有確立純文學的觀念。」〔註148〕文學如此，書法更是如此。一般會將圖案性的書體列爲繪畫性，篆、隸、眞、行、草則視爲實用體。在篆、隸、眞、行、草這個範疇，米芾首先提出「大小不一倫」的概念，即大小一致者屬實用性，非書法。〔註149〕明人李日華亦云：「古人不貴小楷，謂之隸書，爲胥隸所書耳。梁武勅臣下書疏，皆用行狎書自書，唯署名稍謹耳。唐文皇令三館諸生寫道釋諸經，以其楷正，名經生書，士大夫不爲也。」〔註150〕中規中矩的書體屬實用性，揮灑自如的方稱書

〔註145〕按：董其昌云：「未有精神不在傳遠，而幸能不朽者也。」「欲造極處，使精神不可磨沒。所謂神品，以吾神所著故也。」「臨帖如驟遇異人，不必相其耳目、手足、頭面，而當觀其舉止、笑語、精神流露處。莊子所謂目擊而道存者也。」《畫禪室隨筆》（臺北市：廣文書局，民66）頁5、7、9。

〔註146〕王宗炎撰《論書法》頁4。見楊家駱主編《清人書學論著》（臺北市：世界書局，民61）。

〔註147〕梁章鉅《退庵隨筆》（臺北縣永和市：文海出版社，民58）卷二十二，頁1168。

〔註148〕袁行霈著《中國文學概論》（臺北市：五南圖書出版公司，民77）頁8。

〔註149〕按：參看第四章第二節（相反以相成）。

〔註150〕李日華撰《六研齋三筆》（臺北市：臺灣商務印書館，民66）卷四，頁22。寫經的要求是抄經者必須以嚴肅謹慎的心態，以工整的楷書一筆一劃地抄寫。因此無法表現王體書法那種「飄若驚龍，遊若浮雲」的瀟灑之美，相反的，卻是一種嚴勁刻厲的風格。

法。意即在這五體內，也有實用與藝術之別；但一般都未以此分類，實用性與藝術性總稱書法。這與文體之文、筆不分何異？

　　摹擬部分，文學上摹擬可屬創作，書法上同樣有以臨摹爲創作者。如果將摹擬視爲學習，書法本無可疑義，文學亦自宋黃庭堅後未嘗不可作如此看。文學有以古爲尊的法古觀念，書法亦然；有取法乎上的觀念，書法亦同。當我們以古爲學習對象，日後作品必然有前賢之跡，書法如此，文學又何能免？書法臨摹之終極，如果我們與「點鐵成金」、「奪胎換骨」比對，又何嘗有異？

　　這些，都是文學與書法會通之處。

第二節　深層素養

　　深層素養是基本功夫範圍內，進一步的要求。

　　源於自然與心性的文學與書法，當成爲一門藝術之後，都是作者有生命的機體。不僅僅是一堆文字的陳述，不僅僅只是書寫的美醜。劉勰的《文心雕龍》告訴我們：「立文之道，其理有三：一曰形文，五色是也；二曰聲文，五音是也；三曰情文，五性是也。」〔註151〕形文指的是詞藻修飾的問題，聲文指的是音律協調的問題，但這二者都只是視覺與聽覺外在的形式；情文則涉及文學的內質。不僅是文學如此，書法亦然。

　　情文的情，從文學的角度觀察，從《詩經》的時代到《楚辭》，再到《楚辭》到五言詩、七言詩，莫不以情感、情緒、心情，甚至性情、情性、性靈等混合著自然與人文作解。但在劉勰的《文心雕龍》發而爲文者，還有一條文學本質的要素——人的理性思維。〔註152〕《文心》一書，或名之曰「理」，或名之曰「事義」：「夫情動而言形，理發而文見。」〔註153〕「必以情志爲神明，事義爲骨髓。」〔註154〕指出一條理性思維的道路：「積學以儲寶，酌理以富才」是「馭文之首術，謀篇之大端」。〔註155〕

　　這條思維的路是立體型的，包括學識、修養等等，這是作者生命的長度、寬度、高度；甚至深度。黃庭堅說：「學字既成，且養於心中，無俗氣，然後

〔註151〕〈情采〉。劉勰、范文瀾注《文心雕龍注》（臺北市：開明書局，民57）卷七，頁1。
〔註152〕郭紹虞著《中國文學批評史》（臺北市：盤庚出版社，民67）上卷，頁120。
〔註153〕〈體性〉。同註151，卷六，頁8。
〔註154〕〈附會〉。同註151，卷九，頁9。
〔註155〕〈神思〉。同註151，卷六，頁1。

可以作，示人為楷式。」〔註156〕南宋四大家之一的陸游，其〈示子遹〉一詩中，勸其子云：「汝果欲學詩，功夫在詩外。」〔註157〕他所說的詩外，指的是詩的源頭：「文章最忌百家衣，火龍黼黻世不知，誰能養氣塞天地，吐出自足成虹蜺。」〔註158〕黃庭堅的「養於心中無俗氣」、陸游的「養氣」，這些內在的修養，姑名之曰「深層素養」。

對於寫作者修養的要求，不是起自文論、書論產生之後，而是早在先秦已經如此。如何增進作者的素養，範圍甚廣，此處僅舉兩種角度：涵泳古今典籍與陶冶自身品德；簡言之，即勵學與敦品。

一、涵泳典籍

大聖如孔子，曾說過：「吾嘗終日不食，終夜不寢，以思。無益，不如學也。」〔註159〕「好古敏以求之」〔註160〕透露出孔子博學的來源係取法古之聖賢。《中庸》云：「仲尼祖述堯舜，憲章文武。」〔註161〕做了稍微明白的陳述。孟子說：「規矩，方員之至也。聖人，人倫之至也。欲為君，盡君道。欲為臣，盡臣道。二者皆法堯舜而已矣。」〔註162〕又說：「堯舜之道，孝弟而已矣。子服堯之服，誦堯之言，行堯之行，是堯而已矣。」〔註163〕不論是孔子、孟子，我們可以從文獻記載中得知，都是取法前人的嘉言懿行。

問題在，前人往矣，堯？舜？文？武？對後人而言，都是那麼遙遠，而且古聖先賢早已化為枯骨，未免虛幻。於是荀子告訴後人比較實際的學習對象：

> 聖人也者，道之管也。天下之道管是矣，百王之道一是矣，故《詩》、《書》、《禮》、《樂》之（道）歸是矣。《詩》言是其志也，《書》言

〔註156〕〈跋與張載熙書卷尾〉。黃庭堅撰《山谷題跋》卷五。見楊家駱主編《宋人題跋》上（臺北市：世界書局，民81）頁233。

〔註157〕〈示子遹〉。陸游著、錢仲聯校注《劍南詩稿校注》冊八（上海市：上海古籍出版，1985）卷七十八，頁4263。

〔註158〕〈次韻和楊伯子主簿見贈〉。同註157，冊三，卷二十一，頁1592。火龍黼黻：原指火形和龍形的文彩，後用以比喻作文只知雕章琢句，猶如補綴百家之衣。虹蜺即霓虹。

〔註159〕《下論》卷八〈衛靈公〉，頁110。朱熹集註《四書集註》（臺北市：世界書局，民55）。

〔註160〕《上論》卷四〈述而〉，頁45。同註159。

〔註161〕《中庸》頁27。同註159。

〔註162〕《中孟》卷四〈離婁〉上，頁97。同註159。

〔註163〕《下孟》卷六〈告子〉下，頁175。同註159。

是其事也，《禮》言是其行也，《樂》言是其和也，《春秋》言是其微

也。〔註164〕

聖人是大道的樞紐。天下的大道以儒學爲樞紐，百王的大道都統一在儒學上。所以《詩》、《書》、《禮》、《樂》的道理也歸結在這裡。《詩》講的是儒者的心志，《書》講的是儒者的行事，《禮》講的是儒者的行爲，《樂》講的是儒者的和樂，《春秋》講的是儒者的隱微褒貶。《荀子·儒效》篇這段文字爲我們解說的答案是：儒家經典是在此之前的先人（百王），心血薈萃（道）之所。而先人心血之所以能薈萃，是由於聖人。聖人是凡人通向道的中介，天下之道憑藉聖人，往古聖王之道也依憑聖人；而《詩》、《書》、《禮》、《樂》這些經典就是聖人留下的遺跡。這段文字最後一節：「風之所以爲不逐者，取是以節之也；小雅之所以爲小雅者，取是而文之也；大雅之所以爲大雅者，取是而光之也；頌之所以爲至者，取是而通之也。」〔註165〕的四個「是」指「道」，道貫穿在詩中，因此才具有「節之」、「文之」、「光之」、「通之」的效果。道透過聖人，變成經典。我們取法前人，就是研讀聖人留下的經典，以此涵養自己。

　　繼其說者揚雄，「不合乎先王之法者，君子不法也」〔註166〕，猶如荀子「立隆正」的態度〔註167〕；「好書而不要諸仲尼，書肆也；好說而不要諸仲尼，說鈴也」〔註168〕，猶如荀子的「以聖王爲師」；「舍舟航而濟乎瀆者，末矣；舍五經而濟乎道者，末矣。弃常珍而嗜乎異饌者，惡覩其識味也？委大聖而好乎諸子者，惡覩其識道也？」〔註169〕說明五經是人世與道唯一的橋樑；除卻五經，不可能從其他學說認識道。文論與書論雷同於此。

〔註164〕　〈儒效篇〉。王先謙集解《荀子集解》（臺北市：世界書局，民54）卷84～85。
集解云：「劉台拱曰：『之』下當有『道』字，與上兩之『道』對文。」
〔註165〕　王先謙集解《荀子集解》（臺北市：世界書局，民54）卷四，頁85。
〔註166〕　〈吾子〉。揚雄撰、李軌注《法言》（臺北市：臺灣中華書局，民55）卷二，頁2。
〔註167〕　〈正論篇〉：「凡議必將立隆正然後可也。」王先謙集解《荀子集解》（臺北市：世界書局，民54）卷十二，頁228。譯文：凡是議論，必要先建立高尚公正的標準才行。
〔註168〕　同註166，卷二，頁3。李軌注：「賣書市肆，不能釋義。鈴，以喻小聲，猶小說，不合大雅。」
〔註169〕　同註167。按：瀆：原爲水溝，此指江河。

（一）文論上的涵泳

早在西漢末，桓譚《新論‧道賦》引揚雄語云：「能讀千賦，則善賦。」〔註170〕已經明示，要能把賦寫得好，先決條件：「能讀千賦。」

陸機認爲一位作者，務必先在心中先佇存不少古人篇籍：「佇中區以玄覽，頤情志於典、墳。」〔註171〕佇，久立。中區，適中的位置。玄，幽遠。覽，觀察。典是五典，墳是三墳。語出《左傳‧昭公十二年》，在此泛指古代典籍。意謂久佇於心中深察萬物。在古代著述中涵養自己的性情和志趣。「詠世德之駿烈，誦先人之清芬；遊文章之林府，嘉麗藻之彬彬」，吟詠歌頌世人世代德行的宏大、清美、芬芳。瀏覽過許多文章，喜愛那些既有美質又有文采的好作品。然後才能「慨投篇而援筆，聊宣之乎斯文。」有所感受就放下那些篇章而拿起筆來，將這些感受表達在文章中。

劉勰，思想上綜合儒、釋、道；文學上貫穿古與今。〈原道〉、〈徵聖〉、〈宗經〉是《文心雕龍》中前三篇的篇名，意在探討文章之源，探討爲何徵驗於聖人，探討爲何爲文以經爲宗。〈原道〉云：「《易》曰：『鼓天下之動者存乎辭。』辭之所以能鼓天下者，迺道之文也。」「道沿聖以垂文，文因聖而明道。旁通而無滯，日用而不匱。」〔註172〕因此，〈徵聖〉舉出實例：「子政論文，必徵於聖；稚圭勸學，必宗於經。」〔註173〕子政爲劉向字，《漢書‧楚元王傳》中記載劉向在《條災異封事》中指出東周春秋二百四十二年間災異事。〔註174〕這些資料的來源源自《春秋》一書，因此劉勰說：「子政論文，必徵於聖。」又《西京雜記》載：「匡衡字稚圭，勤學而無燭，隣舍有燭而不逮。衡乃穿壁

〔註170〕 桓譚撰、孫馮翼輯注《新論》（臺北市：臺灣中華書局，民55）頁8。
〔註171〕 陸機〈文賦〉。昭明太子撰《文選》（臺北縣板橋鎮：藝文印書館，民72）卷十七，頁245。下引同此。李善注：「《漢書音義》張晏曰：『佇：久俟待也。中區：區中也。』《字書》曰：『玄：幽遠也。』《老子》曰：『滌除玄覽。』河上公曰：『心居玄冥之處，覽知萬物，故謂之玄覽。』」
〔註172〕 劉勰撰、范文瀾注《文心雕龍注》（臺北市：開明書局，民57）卷一，頁2。鼓：鼓動。
〔註173〕 同註172，卷一，頁12。
〔註174〕 〈楚元王傳〉：「二百四十二年之間，日食三十六，地震五，山陵崩阤二，彗星三見，夜常星不見，夜中星隕如雨一，火災十四。長狄入三國，五石隕墜，六鶂退飛，多麋，有蜮、蜚，鸜鵒來巢者，皆一見。晝冥晦。雨木冰。李梅冬實。七月霜降，草木不死。八月殺菽。大雨雹。雨雪靁霆失序相乘。水、旱、飢、蝝、螽、螟蟲午並起。當是時，禍亂輒應，弒君三十六，亡國五十二，諸侯奔走，不得保其社稷者，不可勝數也。」班固撰《漢書》（臺北市：鼎文書局，民69）卷三十六，1936～1937。

引其光，以書映光而讀之。」〔註175〕這是「鑿壁偷光」成語典故的來源。匡
衡學習刻苦，對《詩經》有很高的成就。所以，劉勰認爲「稚圭勸學，必宗
於經」，才能如此。研讀經籍是這兩位人物知識的泉源。

　　讀經是古代文人必備的涵養，至於詞章，時代的風尙是由質而妍，「黃、
唐淳而質，虞、夏質而辨，商、周麗而雅，楚、漢侈而艷，魏、晉淺而綺，
宋初訛而新。」〔註176〕齊、梁時代，則是我國詩文駢化的巔峰時期。一代有
一代之殊勝，但是能殊勝務必有先人之基石：

> 今才穎之士，刻意學文，多略漢篇，師範宋集。雖古今備閱，然近
> 附而遠疏矣。夫青生於藍，絳生於蒨；雖踰本色，不能復化。桓君
> 山云：「予見新進麗文，美而無採，及見劉、揚言辭，常輒有得。」
> 此其驗也。故練青濯絳，必歸藍蒨；矯訛翻淺，還宗經誥。〔註177〕

劉是劉歆，揚是揚雄。劉勰觀察到，「新進麗文，美而無採，及見劉、揚言辭，
常輒有得」，其原在劉、揚之文以經誥爲宗。經是何物？在劉勰的筆下是：

> 恆久之至道，不刊之鴻教也。故象天地，效鬼神，參物序，制人紀，
> 洞性靈之奧區，極文章之骨髓者也。皇世三墳，帝代五典，重以八索，
> 申以九邱，歲歷緜曖，條流紛糅，自夫子刪述，而大寶咸耀。於是《易》
> 張十翼，《書》標七觀，《詩》列四始，《禮》正五經，《春秋》五例。
> 義既極乎性情，辭亦匠於文理，故能開學養正，昭明有融。〔註178〕

五經是天地之間的道理，透過前人爲媒介，又透過聖人而凝聚出的作品，那
是「極文章之骨髓者」。既是「恆久之至道，不刊之鴻教」，義、辭兼具，又
能「開學養正」，焉能不讀？經籍有如下的優點：

> 文能宗經，體有六義：一則情深而不詭，二則風清而不雜，三則事信
> 而不誕，四則義直而不回，五則體約而不蕪，六則文麗而不淫。〔註179〕

〔註175〕 劉歆撰《西京雜記》（臺北市：臺灣商務印書館，民68）頁8。
〔註176〕 〈通變〉。同註172，卷六，頁17。訛：訛謬。
〔註177〕 同註176。劉、揚：劉歆、揚雄。練青濯絳，必歸藍蒨；矯訛翻淺，還宗經
　　　　 誥：想要提煉靛青、絳紫的顏料，必須歸本於藍蒨二草，想要矯正時下文學
　　　　 訛謬淺薄的流弊，最好還是宗奉經典的訓誥。
〔註178〕 〈宗經〉。劉勰撰、范文瀾注《文心雕龍注》（臺北市：開明書局，民57）卷
　　　　 一，頁13。緜曖：悠久。七觀：觀義、觀仁、觀誠、觀度、觀事、觀治、觀
　　　　 美。四始：風、大雅、小雅、頌。五例：一曰微而顯，二曰志而晦，三曰婉
　　　　 而成章，四曰盡而不汙，五曰懲惡而勸善。
〔註179〕 同註178，頁14。

至於北方，顏之推談到文章起源時說：

> 夫文章者，原出五經。詔、命、策、檄，生於《書》者也；序述、議論，生於《易》者也；歌、詠、賦、頌，生於《詩》者也；祭祀、哀誄，生於《禮》者也；書、奏、箴、銘，生於《春秋》者也。〔註180〕

「原出五經」這句話，比起劉勰透過宗經、徵聖而後原道，更爲直接，說明各種文體原本出自五經。〔註181〕下文云：「陶冶性靈，從容諷諫，入其滋味，亦樂事也」〔註182〕，那麼凡爲文章者，豈能不研讀前人典籍？

唐朝魏顥說明一代詩仙李白之所以能出神入化，源自對傳統的吸收：

> 伏羲造書契後，文章濫觴者六經。六經糟粕〈離騷〉，〈離騷〉糠粃建安七子。七子至白，中有蘭芳，情理宛約，詞句妍麗。白與古人爭長，三字九言，鬼出神入，瞠若乎後耳。〔註183〕

糟粕，原本是酒渣。糠粃，穀物廢棄不可吃的部分：都可引申成廢棄物。作者認爲〈離騷〉不過是六經的廢棄物；建安七子之作又等而下之，是〈離騷〉的廢棄物。但是，李白不棄，依然閱讀吸收，因爲「中有蘭芳，情理宛約，詞句妍麗」。由於李白的海涵，所以他作品的出神入化，讓後人瞠目結舌。杜甫之成爲詩聖，他的觀念，不僅在於吸收前賢，也在於他對「當時體」的不加輕視。〈戲爲六絕句〉之六云：

> 未及前賢更勿疑，遞相祖述復先誰。別裁僞體親風雅，轉益多師是汝師。〔註184〕

全詩六首，這是最後的一首。杜甫認爲前賢雖然遞相祖述，因襲成風，但他們的成就後人無庸置疑，也很難跨越。對於前人，一方面有關模仿、沒有眞

〔註180〕〈文章〉。顏之推撰《顏氏家訓》（臺北市：臺灣中華書局，民57）卷四，頁1。

〔註181〕按：《文心》亦有類似之言。〈宗經〉云：「論說辭序，則《易》統其首；詔策章奏，則《書》發其源；賦頌歌讚，則《詩》其本；銘誄箴祝，則《禮》總其端；紀傳銘檄，則《春秋》爲根；並窮高以樹表，極遠以啓疆，所以百家騰躍，終入環內者也。」同註178，卷一，頁14。

〔註182〕同註180。

〔註183〕魏顥〈李翰林集序〉。李白撰《李太白全集》（臺北市：臺灣商務印書館，民54）卷三十一，〈附錄一〉頁54。

〔註184〕杜甫撰《杜工部集》（臺北市：臺灣學生書局，民60）卷十一，頁492。譯文：（當今詩人）比不上前輩詩人，不須疑惑。在「遞祖祖述」的詩歌創作的歷程中，無論誰先誰後，誰高誰低，都有它的歷史定義與成就。重要的是要能區別淘汰模仿、因襲，沒有眞實自我的詩作，最後歸依於風雅。向前人學習，不應局限於一家一派，務使眼界開闊，以期大成。

實內容、真實生命的作品，應加選擇剔除。一方面廣泛學習，不侷限於一家，眼界開闊，務成其大；最後歸依於風、雅。轉益多師，融今鑄古，把藝術修養建築在博大深厚的基礎上，才是作家應有的涵養。《東皋雜錄》記載一段王安石回答問者的話：「有問荊公：『老杜詩，何故妙絕古今？』公曰：『老杜固嘗言之：「讀書破萬卷，下筆有如神。」』〔註185〕

詩如此，文亦如此。韓愈〈進學解〉假借一位學生對老師的質問，傳達韓愈在古籍上的努力：

> 先生口不絕吟於六藝之文，手不停披於百家之編；記事者必提其要，纂言者必鉤其玄；貪多務得，細大不捐。焚膏油以繼晷，恆兀兀以窮年：先生之業，可謂勤矣。……沈浸醲郁，含英咀華，作為文章，其書滿家。上規姚姒，渾渾無涯。周〈誥〉殷〈盤〉，佶屈聱牙。《春秋》謹嚴，《左氏》浮誇。《易》奇而法，《詩》正而葩。下逮《莊》、《騷》，太史所錄。子雲、相如，同工異曲。先生之於文，可謂宏其中而肆其外矣。〔註186〕

一句「貪多務得，細大不捐」可以看出韓愈對六經、百家之文及古之「記事者」、「纂言者」的著作無不閱讀，無不吸納，窮凶「餓」極、狼吞虎嚥的神態。下文周〈誥〉、殷〈盤〉、《春秋》、《左氏》、《易》、《詩》、《莊》、《騷》，史遷、揚雄不過聊為舉例。韓愈能為唐宋八大家之首，絕非浪得。而柳宗元也有同樣的論述：

> 大都文以行為本，在先誠其中。其外者當先讀六經，次《論語》、孟軻書，皆經言：《左氏》、《國語》、莊周、屈原之辭，稍採取之；穀梁子、太史公，甚峻潔，可以出入，餘書俟文成，異日討（可）也。〔註187〕

同樣的觀念宋朝亦不能免。歐陽脩說：

> 學者當師經，師經必先求其意。意得則心定，心定則道純，道純則充於中者實，中充實則發為文者輝光。〔註188〕

〔註185〕胡仔纂集《苕溪漁隱叢話》（臺北市：長安出版社，民67）後集，卷五，頁29。

〔註186〕韓愈撰、馬其昶注《韓昌黎文集校注》（臺北市：世界書局，2002）頁 46～47。

〔註187〕〈報袁君陳秀才避師名書〉。柳宗元撰《柳宗元集》（臺北縣土城市：頂淵文化事業，2002）卷三十四，頁 880。末句：其他的書籍，待寫成文章後，將來討論就可以了。

〔註188〕〈答祖擇之書〉。歐陽脩撰《歐陽脩全集》（臺北市：河洛圖書出版社，民64）卷三，頁 96。

為什麼得以經為師？歐陽脩的說法是：「六經之道，簡嚴易直而天人備，故其愈久而愈明。」而其他作者，歐陽脩也沒有忽視，「其餘作者眾矣，質之聖人，或離或合，然其精深閎博，各盡其術，而怪奇偉麗，往往震發於其間。此所以使好奇博愛者不能忘也。」〔註189〕歐陽脩的「其餘作者」可能是六經以外，到在他之前的作者都包括在內。與他同世紀的後生晚輩，已經出現如他所說的現象：一類是談文氣：知名者如曾鞏、蘇轍。曾鞏說：

> 余讀三代、兩漢之書，至於奇辭奧旨，光輝淵澄，洞達心腑，如登
> 高山，以望長江之活流，而恍然駭其氣之壯也。故詭辭誘之而不能
> 動，淫辭迫之而不能顧，考是與非若別白黑而不能惑，浩浩洋洋，
> 波澈際涯，雖千萬世之遠，而若會於吾心。蓋自喜其資之者深，而
> 得之者多也。既而遇事輒發，足以自壯其氣，覺其辭鴻源來而不雜，
> 別吾粗以迎其真，植吾本以質其華。其高足以凌青雲，抗太虛而不
> 入詭誕，其下足以盡山川草木之理，形狀變化之情，而不入於卑汙。
> 及其事多，而憂深慮遠之激托有觸於吾心，而干於吾氣，故其言多
> 而出於無聊，讀之有憂愁不忍之態，然其氣要為無傷也。〔註190〕

這是曾鞏自道其文風之形成。看起來，文中以談論大氣為主，事實上前半在說明憑藉的是他能「資之者深而得之者多」：這是本文的核心。能如此，當其遇事，自能浩浩蕩蕩發而為文。與歐陽脩「中充實則發為文者輝光」同意。我們追究所資者，即是「三代、兩漢之書」。蘇轍亦言氣，認為「氣可養而致」。然而，他所憑藉的又有所不同：

> 孟子曰：「我善養吾浩然之氣。」今觀其文章寬厚弘博，充乎天地之
> 間，稱其氣之小大。太史公行天下，周覽四海名山大川，與燕、趙
> 間豪俊交游，故其文疏蕩，頗有奇氣。此二子者，豈嘗執筆學為如
> 此之文哉？其氣充乎其中，而溢乎其貌，動乎其言，而見乎其文而
> 不自知也。〔註191〕

〔註189〕 〈藝文志序〉。歐陽脩、宋祁同撰《新唐書》（臺北市：鼎文書局，民68）卷五十七，頁1422。

〔註190〕 〈讀賈誼傳〉。轉引自郭紹虞著《中國文學批評史》（臺北市：盤庚出版社，民67）上卷，頁334。

〔註191〕 〈上樞密韓太尉書〉。蘇轍撰《欒城集》卷二十二。永瑢、紀昀等撰《欽定四庫全書》（上海市：上海古籍出版社，1987）1112冊，頁236。

引文中孟子與太史公兩個例子：孟子之養氣，究其根源實指道德修養，但卻是爲文之本。〔註192〕太史公事則超乎三代、兩漢，離開典籍，實指閱歷。算是傳統以六經爲主觀念下最大的突破——不是有形的書籍，而是無形的天書。

　　另一類則是如何不能自已而爲文。所謂不能自已而爲文，是心中充滿某種意念，自然而然溢爲文章。但是如何才能達到如此地步？知名者如蘇洵父子。蘇洵自謂學習的來源與不得不書的歷程：

> 洵少年不學，生二十五歲，始知讀書，從士君子遊。年既已晚，而又不遂刻意屬行，以古人自期。而視與己同列者，皆不勝已，則遂爲可矣。其後益甚，然後取古人之文而讀之，始覺其出言用意，與己大異。時復內顧，自思其才，則又似夫不遂止於是而已者。由是盡燒其囊時所爲文數百篇，取《論語》、孟子、韓子及其他聖人賢人之文，而兀然端坐，終日以讀之者七八年矣。方其始，入其中而惝然。博觀於其外，而駭然以驚；及其久也，讀之益精，而胸中豁然以明，……時既久，胸中之言益多，不能自制，試出而書之；已而再三讀之，渾渾乎覺其來之易矣！〔註193〕

前半言其接觸聖賢之文以前的心態，可謂一事無成，但又於心不甘。後半重心固然在心有所得，不得不發而爲文；轉折則在「取《論語》、孟子、韓子及其他聖人賢人之文，而兀然端坐，終日以讀之者七八年矣」以後。而「《論語》、孟子、韓子及其他聖人賢人之文」顯然已經脫離了所謂「六經」的範圍。至於其子蘇軾，爲文繼承其父「胸中之言益多，不能自制，試出而書之；已而再三讀之，渾渾乎覺其來之易矣」的特色：「古之聖人有所不能自已而作者。」〔註194〕自敘云：「吾文如萬斛泉源，不擇地而出：在平地滔滔汩汩，雖一日千里無難；及其與山石曲折，隨物賦形，而不可知也。所可知者，常行於所當行，常止於不可不止，如是而已矣。」〔註195〕其何以能如此？雖然少不了傳統經籍的閱讀，但實得之於《莊子》與釋氏爲多，清初錢謙益〈讀蘇長公文〉云：

〔註192〕 參閱下文〈培養品德〉部分。
〔註193〕 〈上歐陽內翰第一書〉。蘇洵著《嘉祐集》（臺北市：臺灣商務印書館，民66）卷十一，頁108～109。
〔註194〕 〈江行唱和集敘〉。蘇軾撰《經進東坡文集事略》（臺北市：世界書局，民49）卷五十六，頁922。
〔註195〕 〈文說〉。同註194，卷五十七，頁947。

> 吾讀子瞻〈司馬溫公行狀〉、〈富鄭公神道碑〉之類，平鋪直序，
> 如萬斛水銀，隨地湧出，以爲古今未有此體，茫然莫得其涯涘也。
> 晚讀《華嚴經》，稱性而談，浩如煙海，無有不有，無所不盡。乃
> 喟然而嘆曰：「子瞻之文，其有得於此乎？」文而有得於《華嚴》，
> 則事理法界，開遮湧現，無門庭，無牆壁，無差擇，無擬議。世
> 諦文字，固已蕩無纖遺，又何自而窺其淺深，議其工拙乎？……
> 蘇黃門言：「少年習制舉，與先兄相後先。自黃州已後，乃步步赶
> 不上。」其爲〈子瞻行狀〉曰：「公讀《莊子》，喟然歎息曰：『吾
> 昔有見於中，口未能言；今見《莊子》，得吾心矣。』後讀釋氏書，
> 深悟實相；參之孔、老，博辯無礙。」然則子瞻之文，黃州已前，
> 得之於《莊》，黃州已後，得之於釋。吾所謂有得於《華嚴》者，
> 信也。〔註196〕

貶至黃州前的《莊子》、黃州後的《華嚴》，都非傳統經書。可知，不論培養文氣或爲作文而學文，非涵泳於典籍，無法達到文思泉湧，不得不溢而爲文的境地。

在詩的國度裡，開啓江西詩派的黃庭堅云：「詩詞高勝，要從學問中來。」〔註197〕又如蘇門系統的韓駒，其〈贈趙伯魚〉詩有云：「學詩當如初學禪，未悟且遍參諸方。」〔註198〕如果依照這樣的模式，人間可讀之書則無邊無際，徐俯提出《文選》必讀的概念：「東湖常與予言，近世人學詩，止於蘇、黃，又其上則有及老杜者，至六朝詩人皆吾人窺見。若學詩而不知有《選》詩，是大車無輗，小車無軏。」〔註199〕徐俯，即東湖居士。入江西詩社，與董穎、韓駒等有往來。呂本中《江西詩社宗派圖》列其名。對於讀書一事，呂本中〈與曾吉甫論詩第二帖〉述之較詳，云：

> 欲波瀾之闊去，須於規摹令大，涵養吾氣而後可。規摹既大，波瀾
> 自闊；少加治擇，功已倍於古矣。試取東坡黃州已後詩，如〈種松〉、

〔註196〕錢謙益著、錢曾箋注、錢仲聯標校《牧齋初學集下》（上海市：上海古籍出版社，1985）卷八十三，頁1756。

〔註197〕胡仔纂集《苕溪漁隱叢話》（臺北市：長安出版社，民67）前集，卷四十七，頁320。

〔註198〕韓駒撰《陵陽集》卷一。永瑢、紀昀等撰《欽定四庫全書》（上海市：上海古籍出版社，1987）1133冊，頁770。

〔註199〕曾季貍《艇齋詩話》（臺北市：廣文書局，民60）頁36。

〈醫眼〉之類，及杜子美歌行及長韻近體詩看，便可見；若未如此，
而事治擇，恐易就而難遠矣。退之云：「氣，水也；水，浮物也。水
大則物之浮者大小畢浮，氣之與言猶是也。氣盛則言之長短與聲之
高下皆宜。」如此，則知所以為文矣。曹子建〈七哀詩〉之類，宏
大深遠，非復作詩者所能及，此蓋未始有意於言語之間也。近世江
西之學者，雖左規右矩，不遺餘力，而往往不知出此，故百尺竿頭，
不能更進一步，亦失山谷之旨也。〔註200〕

引韓愈之言，意謂氣之大小，端看讀書之多少。雖各自所述範圍有異，而涵
泳古籍為必經之路。

南宋嚴羽以禪喻詩，其《滄浪詩話》將詩的別材、別趣形容得「透徹玲
瓏，不可湊泊」，如天之不可階而升也。若要到達，竟然離不開「非多讀書，
多窮理，則不能極其至。」〔註201〕而且說：

工夫須從上做下，不可從下做上。先須熟讀《楚辭》，朝夕諷詠，以
為之本；及讀《古詩十九首》、樂府四篇；李陵、蘇武、漢魏五言皆
須熟讀；即以李、杜二集枕藉觀之，如今人之治經。然後博取盛唐
名家醞釀胸中，久之自然悟入。雖學之不至，亦不失正路。此乃是
從頂顈上做來，謂之向上一路，謂之直截根源，謂之頓門，謂之單
刀直入也。〔註202〕

以禪喻詩，本該以悟；若須多讀書方得以悟，作詩又何能例外？

元代郝經，是理學名儒，氣象特為寬宏。其〈原古錄序〉云：

昊天有至文，聖人有大經，所以昭示道奧，發揮神蘊，經緯天地，
潤色皇度，立我人極者也。……道非文不著，文非道不生。自有天
地，即有斯文，所以為道之用而經因之以立也。…故斯文之大成，
大經之垂世，名教之立極，仲尼之力也；斯文之益大，名教之不亡，
異端之不害，眾賢之功也。自源徂流，以求斯文之本，必自大經始；
遡流求源，以徵斯文之迹，眾賢之書不可廢也。〔註203〕

〔註200〕同註197，卷四十九，頁333。
〔註201〕並見〈詩辯〉。嚴羽著《滄浪詩話》。何文煥編訂《歷代詩話》臺北縣：藝文
印書館，民60）頁443。
〔註202〕同註201，頁442～443。枕藉：枕頭與墊席。引申為沉溺、埋頭。
〔註203〕郝經《陵川集》（臺北市：臺灣商務印書館，民62）卷二十九，頁3、4、7。

引文中,可謂合劉勰明道、宗經、徵聖三者而一之。文與道合而爲一,如此,則前人經典焉能不研讀?

　　明人摹擬之風甚盛,或以秦漢爲宗,或以唐宋爲歸,茅坤主張宗經,曾選韓、柳、歐陽、三蘇及曾、王八家文爲《唐宋八大家文鈔》。也將中國古來文章,以龍爲喻,貫而穿之:

> 古來文章家氣軸所結,各自不同。譬如堪輿家所指龍法,均之榮折起伏,左迴右顧,前拱後繞,不致衝射尖斜,斯合龍法。然其來龍之祖,及其小大力量,當自有別。竊謂馬遷譬之秦中也,韓愈譬之劍閣也,而歐、曾譬之金陵、吳會也。中間神授,迥自不同,有如古人所稱百二十二之異;而至於六經,則崑崙也,所謂祖龍是已。故愚竊謂今之有志於爲文者,當本之六經以求其祖龍。
> 〔註204〕

引文出自《復唐荊州司諫書》。唐荊州即唐順之,有《荊川集》,故以爲稱。唐氏文主唐宋,茅氏以此書回復,認爲文不當以唐宋爲足,當本之六經,而後司馬遷,而後韓氏,而後歐、曾。以龍脈貫穿。雖然是一篇述說己意的文章,也可在前人龐大經籍後,作爲閱讀途徑先後的參考。明末清初,艾南英雖其注意力在八股文,仍勸人「爲禮部禮科者,與其言正文體,莫若勸天下士多讀書;與其勸天下士讀書,莫若勸進士多讀書。」〔註205〕「以通經學古爲高。」〔註206〕錢謙益有鑑於明代文人的空疏,則欲一般從事於古文者,「通經汲古之說,以排擊俗學。」〔註207〕勸人開拓心胸,開拓眼界,兼收並蓄,以多師爲師。

　　清朝劉大櫆則範圍更大:

> 專以理爲主,則未盡其妙。蓋人不窮理讀書,則出詞鄙倍空疏;人無經濟,則言雖累牘,不適於用。故義理、書卷、經濟者,行文之

〔註204〕茅坤撰《茅鹿門文集》卷一。續修四庫全書編纂委員會編《續修四庫全書》(上海市:上海古籍出版社,1995)1344 冊,頁 461。

〔註205〕〈甲戌房選序〉上。艾南英撰《天傭子集》(臺北市:藝文印書館,民 69)卷一,頁 126。

〔註206〕〈四家合作摘謬序〉、〈青來閣二集序〉。艾南英撰《天傭子集》(臺北市:藝文印書館,民 69)卷三,頁 348;卷二,頁 233。

〔註207〕〈答山陰徐伯調書〉。錢謙益著《牧齋有學集》卷三十九。續修四庫全書編纂委員會編《續修四庫全書》(上海市:上海古籍出版社,1995)1391 冊,頁 392。

實：若行文，自另是一事。……故文人者，大匠也。……義理、書
卷、經濟者，匠人之材料也。〔註208〕

所謂「文人者，大匠也。」「義理、書卷、經濟者，匠人之材料也。」簡言之，
義理、書卷、經濟，都不過是文人內在必備的條件。

劉大櫆之言，一般人認爲未免涵義面太廣，認爲宋、元以來日益風行的
戲曲是建立在觀眾上，觀眾以看聽爲能事，因此「詩文之詞采貴重典雅而賤
麤俗，宜蘊藉而戒分明；詞曲不然，話則本之街談巷議，事則取其直說明言。」
〔註209〕填詞作曲者，自不必多讀書，但明朝王驥德《曲律》就特別提出須讀
書：「詞曲雖小道哉，然非多讀書，以博其見聞，發其旨趣，終非大雅。」以
下列出的書籍、範圍未必狹小：

須自〈國風〉、〈離騷〉、古樂府及漢、魏、六朝三唐諸，下迄《花開》、
《草堂》諸詞，金、元雜劇諸曲，又至古今諸部類書，俱博蒐精採，
蓄之胸中，於抽毫時，撥取其神情標韻，寫之律呂，令聲樂自肥腸
滿腦中流出。自然縱橫該洽，與勦襲口耳者不同。勝國諸賢，及實
甫、則誠輩，皆讀書人，其下筆有許多典故，許多好語襯副，所以
其製作千古不磨。〔註210〕

文末引王實甫代表作《西廂記》、高則誠《琵琶記》爲證，說明其作品之所以千
古不磨，在於多讀書，絕非泛泛可爲。明末清初文學家、戲曲家李漁告訴我們：

若論填詞家宜用之書，則無論經、傳、子、史，以及詩、賦、古文，
無一不當熟讀，即道家、佛氏、九流、百工之書，下至孩童所習《千
字文》、《百家姓》，無一不在所用之中。〔註211〕

爲什麼？李漁下文云：「偶有用著成語之處，點出舊事之時，妙在信手拈來，
竟似古人尋我，並非我覓古人。此等造詣，非可言傳。」這種信手拈來，天
衣無縫之處，全在平日多讀書。戲曲填詞如此，能詩能文，又何獨不然！

（二）書論上的涵泳

書法與文學，在古人原本應是一件事，「書由文撰，大以義起，學者世習

〔註208〕劉大櫆撰《偶文偶記》。王水照編《歷代文話》（上海市：復旦大學出版社，
　　　　2007）第四冊，頁4107。
〔註209〕李漁著《閒情偶寄》。見楊家駱主編《歷代詩史長編二輯》（臺北市：中國學
　　　　典館復館籌備處出版：鼎文經銷，民63）七，頁22。
〔註210〕王驥德撰《曲律》。同註209，四，頁121。
〔註211〕同註209。

之，四海之內，罔不同也。」〔註212〕各自單獨發展成爲一門藝術後，在書論中刻意強調二者的結合，大抵是宋人的事。

張懷瓘在〈書議〉曾說：「論人才能，先文而後墨。羲、獻等十九人，皆兼文墨。」〔註213〕已經將文事和筆墨互相關聯，而且將文事安排在筆墨之前；然而，這句話用意不甚明白。到了宋朝，才有了眞正觀念上的轉變：除了技法的充實，讀書變得十分重要，甚至是書家必備的修養。

朱長文《續書斷》將這種風氣歸之於宋代帝王，云：

> 嘗觀自古居天下者，功成則志逸，治久則氣驕，至於恣畋游，邇聲
> 色，窮天下之欲，極天下之樂，以至太甚而階危亂者多矣；惟本朝
> 累聖，威瞻八荒，恩被萬物，而未嘗親逸欲之事。田無車馬之者，
> 下無姝麗之求，卑宮室，儉服用，垂拱豐裕，惟《六經》百氏篇章、
> 論諸家書法是務。〔註214〕

皇室輕田獵，遠女色，卑宮室，儉服用，「惟《六經》百氏篇章、論諸家書法是務」，研讀經典與討論書法並列。上有好者，下必有甚焉。重文輕武的宋朝，百官、士人，安得不受影響？因爲這樣的緣故，其《續書斷》對於書家讀書的造詣，也在敘述之列。可見於虞世南、歐陽詢、褚遂良、徐嶠之、柳公權等書家小傳。這是唐朝張懷瓘《書斷》所不曾特別關注的。

直接影響書法界的，當在文人。蘇軾論書對後世最重要的，莫過於「技道兩進」的觀念。這個觀念見於蘇軾〈跋秦少游書〉：

> 少游近日草書便有東晉風味，作詩增奇麗，乃知此人不可使閒，遂
> 兼百技矣。技進而道不進，則不可少；少游乃技道兩進也。〔註215〕

秦觀，「蘇門四學士」之一。〔註216〕本則題跋原本只是稱讚秦觀的多才多藝，

〔註212〕〈閣帖跋〉。趙孟頫《松雪齋文集》（臺北市：台灣學生書局，民74）卷十，頁424。

〔註213〕張彥遠《法書要錄》卷四，頁70。楊家駱主編《唐人書學論著》（臺北市：世界書局，民64）。

〔註214〕〈續書斷·宸翰述〉。朱長文撰《墨池篇》卷三。永瑢、紀昀等撰《欽定四庫全書》（上海市：上海古籍出版社，1987）812冊，頁733。

〔註215〕蘇軾撰《東坡題跋》卷四。見楊家駱主編《宋人題跋》上（臺北市：世界書局，民81）頁120。

〔註216〕按：清陳其元《庸閒齋筆記》卷九：「昔東坡初未識秦少游，少游知其將過維揚，作坡筆語題壁於一山寺中。坡果不能辨，大驚，及見孫莘老出少游詩詞數百篇，讀之乃歎曰：『向書壁者，豈此郎耶？』夫以東坡當時且不能辨少游之書爲己書，則千百年後乃能辨東坡之眞僞，以爲必無一誤，豈理也哉？」由此可見少游學東坡字之逼眞。

只要有時間，將無施不可。重點在「技進而道不進，則不可」，意謂假如秦觀一味在草書上下工夫，而不配合內涵的進步，是不可能出現「東晉風味」的；這個風味如何來的？蘇軾認爲來自詩，作詩增添了草書的韻味。

詩，只是「道」之其一。如何有「道」，更是一個根本的問題。爲此，蘇軾提出要多讀書：

> 退筆成山未足珍，讀書萬卷始通神。〔註217〕

這是蘇軾的名言，出自〈柳氏二甥求筆迹二首〉之一。到了蘇軾的學生黃庭堅，強調了這個觀念。黃庭堅論書，主張「書畫以韻爲主」〔註218〕對於兩晉、宋、齊，書法之所以特，他先界定在人物的本身，人不同，書亦不同：「論人物要是韻勝爲尤難得。蓄書者能以韻觀之，當得髣髴。…。要是其人物不凡，各有風味耳。」〔註219〕但他很明白，有些事是時代整體風氣所形成：「兩晉士大夫類能書，筆法皆成就，右軍父子拔其萃耳。…。宋、齊間士大夫翰墨頗工，合處便逼右軍父子。蓋其流風遺俗未遠，師友淵源，與今日俗學不同耳。……王、謝承家學，字畫皆佳。要是其人物不凡，各有風味耳。」〔註220〕後世，時空不再，那個可望而不可及、縹緲難尋的韻味，如何補足？蘇軾強調讀書，黃庭堅同樣歸結於讀書。黔地有位秦子明，見沙門學子不善書，深以爲憂，於是買石，在黔江紹聖院摹刻長沙僧寶月古法帖，期盼來日有以書名世者。黃庭堅對於這件事的看法是：

> 書字蓋其小小者耳。他日當買國子監書，使子弟之學務實求是；置大經綸，使桑門道人皆知經禪。則風俗以道術爲根源，其波瀾枝葉乃有所依而建立。古之能書者多矣，磨滅不可勝紀；其傳者，必有大過人者。〔註221〕

〔註217〕 蘇軾撰、王十朋註《東坡詩集註》卷二十七。永瑢、紀昀等撰《欽定四庫全書》（上海市：上海古籍出版社，1987）1109 冊，頁 507。

〔註218〕 〈北齊校書圖〉。蘇軾撰《東坡題跋》卷五。見楊家駱主編《宋人題跋》上（臺北市：世界書局，民 81）頁 136。

〔註219〕 〈題絳本法帖〉。黃庭堅撰《山谷題跋》卷四。見楊家駱主編《宋人題跋》上（臺北市：世界書局，民 81）頁 219。

〔註220〕 同註 219，頁 219～220。

〔註221〕 〈跋秦氏所置法帖〉。同註 219，頁 192。按：沙門（梵文：श्रमण śramaṇa；巴利語：शमण samaṇa），又譯爲桑門、喪門、婆門、沙門那、沙迦懣囊、室摩那弩、舍羅摩弩，意譯爲道士，道人，貧道等，意爲「勤息」、「止息」等意，原爲古印度宗教名詞，泛指所有出家，修行苦行、禁慾，以乞食爲生的

「書字蓋其小小者耳。他日當買國子監書，使子弟之學務實求是。」國子監
是隋代以後的中央官學，中國古代教育體系的最高學府；同時作爲當時國家
教育的主管機構，隸屬禮部。「當買國子監書」等同於購買相當於現在大學圖
書館的書籍。黃庭堅的觀念，讀書是比寫字更重要，更基礎的事。我們再看
他的書評：

> 宋儋筆墨精勁，但文辭蕪穢，不足發其字。子瞻嘗云：「其人不解此
> 狡獪，書便不足觀。」〔註222〕

> 東坡書隨大小眞行，皆有姽媚可喜處。今俗子喜譏評東坡，彼蓋用
> 翰林侍書之繩墨尺度，是豈知法之意？余謂東坡書學問文章鬱鬱芊
> 芊，發於筆墨之間。此所以他人終莫能及耳。〔註223〕

> 王著臨《蘭亭敘》、《樂毅論》，補《永禪師周散騎千字》，皆妙絕；
> 同時極善用筆。若使胸中有書數千卷，不隨世碌碌，則書不病韻，
> 自勝李西臺、林和靖矣。蓋美而病韻者王著，勁而病韻者周越，皆
> 渠儂胸次之罪，非學者不盡功也。〔註224〕

「韻」是何物？前一則評宋儋。宋儋，唐書家，善楷隸行草，筆墨精勁。《述
書賦·注》謂其「作鍾體而側戾放縱，跡不副名。開元中舉場中後輩多師之。」
〔註225〕蘇軾認知的宋儋有多少，文獻闕如，難以查證。如果宋儋如同黃庭間
所說的「翰林侍書」，不過一書吏而已；蘇軾之勝於人者，就在於「學問文章
鬱鬱芊芊」。從第三則更可以看出這個觀念，王著、周越，雖名盛一時，欠缺
的是「書數千卷」。「韻」的源頭就是書者必須先有數千卷書的涵養。〔註226〕

宗教人士，後爲佛教所吸收，成爲佛教男性出家眾（比丘）的代名詞，在漢
傳佛教中，意義略同於和尚。

〔註222〕〈跋法帖〉。黃庭堅撰《山谷題跋》卷四。見楊家駱主編《宋人題跋》上（臺
北市：世界書局，民81）頁217。按：狡獪：狡猾、奸詐。此處疑爲竅門之意。

〔註223〕〈跋東坡書遠景樓賦後〉。同註222，卷五，頁230。

〔註224〕〈跋周子發帖〉。同註222，卷五，頁236。王著，宋太祖、太宗朝文臣、著
名書法家，《淳化閣帖》選帖者。周越，朱長文《墨池編》評其「草書精熟，
博學有法度，而眞行不及，如俊士半醉，容儀縱肆，雖未可以語妙，於能則
優矣。」

〔註225〕《述書賦下》。見張彥遠集《法書要錄》卷六，頁96。楊家駱主編《唐人書
學論著》（臺北市：世界書局，民64）。

〔註226〕按：後人盛稱晉、南朝宋一代書法，其書法之所以異於後人，都歸結於人的
不同。楊慎撰《墨池璅錄》卷一：「書法惟風韻難及。唐書多粗糙，晉人書，
雖非名家亦自奕奕，有一種風流蘊藉之氣。緣當時人物，以清簡相尚，虛曠

我們再仔細觀察，《宣和書譜》的編輯者敘述書家時，特別將書者的文事背景加以聯繫，如：

> 徐鉉，……以文雅爲世推右。……後人跋其書者，以謂「筆實而字畫勁，亦似其文章。」〔註227〕

> 元稹，……少孤，授學於母。十五以眀經中第，相繼應制科，擢第一。及典詞誥，務在純厚，時流慕之，文體爲之一變。所長惟歌詩，歆豔一時，天下稱元和體。……其楷字蓋自有風流醞藉，俠才子之氣而動人眉睫也。要之，詩中有筆，筆中有詩，而心畫使之然耳。〔註228〕

> 李磎，……家世藏書，多至萬卷，時號李書樓。喜著述，善注解，學者宗之，以爲指南，眞儒相也。其書見於楷法處，是宜皆有韻勝。大抵飽學宗儒，下筆處無一點俗氣，而暗合書法：茲胸次使之然也。至如世之學者，其字非不盡工，而氣韻病俗，政坐胸次之罪，非乏規矩耳。如磎能破萬卷之書，則其字豈可以重規疊矩之末，當以氣韻得之也。〔註229〕

> 道士杜光庭，……初意喜讀經史，工詞章翰墨之學。懿宗設萬言科選士，光庭試其藝不中，乃弃儒衣冠入道，遊意澹漠，著道家書，頗研極至理，至條列科教。……喜自錄所爲詩文，……要是得煙霞氣味，雖不可以擬倫羲、獻，而邁往絕人，亦非世俗所能到也。〔註230〕

> 沈約，……少家貧，一意書史，燃膏繼晷，晝夜不倦，……遂博通群籍。在齊爲書記，方齊文惠太子在東宮，延納多士，乃被親遇。

爲懷。修容發語，以蘊相勝，落華散藻，自然可觀，可以精神解領，不可以言語求覓也。」見永瑢、紀昀等撰《欽定四庫全書》（上海市：上海古籍出版社，1987）816冊，頁3。又可參考楊家駱主編《宣和書譜》（臺北市：世界書局，民64）頁173謝奕傳、178謝萬傳、183王徽之傳、189孔琳之傳。趙宋諸書家所言之韻則來自讀書，與晉、南朝宋有別。

〔註227〕宣和間官修《宣和書譜》卷二，頁 66～67。見楊家駱主編《宣和書譜》（臺北市：世界書局，民64）。
〔註228〕同註227，卷三，頁97。
〔註229〕同註227，卷四，頁107～108。
〔註230〕同註227，卷五，頁130～131。

　　　　每入見，日昃方出。時與蕭琛、王融、范雲、任昉皆曳裾王門，世

　　　　稱其賢俊。……約著述頗多，撰《四聲韻譜》，……。作草字亦工。
　　　〔註231〕

《宣和書譜》對於書家的介紹，經常少不了「善詞章」、「博通經史」、「刻意學問」、「博學通識」、「擢明經」、「擢進士第」等類字眼，也可以為證。作者的觀念：「大抵胸中所養不凡，見之筆下者皆超絕。故善論書者，以謂胸中有萬卷書，下筆自無俗氣。」〔註232〕「昔人學書，未必不盡工，而罪在胸次，……。學者之書，蓋不必工書，而字自應佳耳。」〔註233〕「胸中淵著，流出筆下，便過人數等，觀之者亦想見其風槩。」〔註234〕作者所重在「胸中」、在「胸次」。

　　明初王紱《書畫傳習錄》云：「精求前聖製字之薪傳，博採古賢用筆之心印，毋見小而欲速，勿泥古而不通，傳之以《詩》、《書》，積之以歲月。若此者，縱未能乘槎而探河源，其與向絕潢斷港而覓泛海之徑者，不可同年而語矣。」〔註235〕明白告訴後人，書法與讀書平行並重，不分軒輊，累積以歲月，如果不能乘木筏探得河源，至少和在小池內卻想找尋大海中的途徑是不可同日而語。

　　除了書法的韻味必須從書者長期所蘊蓄的「胸次」中來，多讀書還有一個重要的意義，元朝虞集〈六書存古辨誤韻譜序〉認為明白文字的內涵，方能得文字內部之情：

　　　　魏、晉以來，尚隸書以書名世，未嘗不通六書之義；不通其義，則

　　　　不得文字之情、制作之故；安有不通其義、不得其情、不本其故，

　　　　猶得為善書者乎？〔註236〕

這是一個比「胸次」涵養更現實的問題，試問：一位書者如果不知道自己所寫之內的內容，如何能對所寫引發共鳴，投注自己的生命？了解這一層，我們就可以知道該文作者虞集下文云：「吳興趙公之書名天下，以其深究六書

〔註231〕同註227，卷十七，頁374～375。按：曳裾王門：比喻在王侯權貴門下當食客。

〔註232〕同註231。

〔註233〕宣和間官修《宣和書譜》卷十九，頁437。見楊家駱主編《宣和書譜》（臺北市：世界書局，民64）。

〔註234〕同註233，卷九，頁226。

〔註235〕王紱《書畫傳習錄·論書》。崔爾平選編《明清書法論文選》（上海：上海書店，1994）頁5。

〔註236〕虞集撰《道園學古錄》（臺北市：臺灣商務印書館，民57）卷三十一，頁528。下引文同此。

也。書之眞贋，吾常以此辨之。世之不知六書而效其波磔以爲媚，誠妄人矣。」
同樣字可以寫得很漂亮，書家與書手的不同，理當在此。

　　明朝書家吳寬判別書家與書手的差別，比起虞集更上一層，在於是否能
文辭、能做詩：

> 書家例能文辭，不能則望而知其筆畫之俗，特一書工而已。世之學
> 書者如未能詩，吾未見其能書也。〔註237〕

前言張懷瓘在〈書議〉曾說：「論人才能，先文而後墨。」虞集的明白書義，
想來是基本層次的要求。到吳寬，主張工文辭，能做詩，落實了張懷瓘的說
法。書法一向是讀書人必備的能事，在傳統那個時代對讀書人的要求言，想
來也應合理。

　　清末民初，陳之屛的《書法眞詮》對於書家素養的範圍，更爲擴大。在
〈養氣〉一節中云：

> 氣習之所趨，亦見聞有以啓之也。…。故作字者，或詩、書、禮、
> 樂，養其樸茂之美；或江山、風月，養其妙遠之懷；或金石、圖
> 籍，發思古之幽情；或花鳥、禽魚，養天機之清妙。果其胸有千
> 秋，自爾森羅萬象，凡精神之所蘊，皆毫翰之攸關者也，可不務
> 乎！〔註238〕

氣是氣息，是氣韻，是韻味。陳氏的看法，書之美惡不以人品，而以其所養。
涵養的範圍，除傳統的詩、書、禮、樂，還包括大自然的江山、風月、花鳥、
禽魚，古代流傳下來的金石、圖籍。因此，晉帖、魏碑、顏、柳、孟頫書法
之所以佳，固然在此；即便是「蔡京、嚴嵩、張瑞圖，雖人無足稱，要其富
貴炫赫，極於一時，故其字亦典重高華，不與塵俗類也。居養之所關，豈不
大哉！」〔註239〕這個範圍，顯然超出「讀書」，涵蓋整個生活圈。這和蘇轍敞
開生活圈，汲取江山、人物之氣，當有所合。

　　將讀書提到最高層次的，可能屬著名藝術家、藝術教育家、中興佛教南
山律宗的佛教僧侶——李叔同。李氏在南普陀寺養正院對僧眾〈談寫字的方
法〉一文中說：

〔註237〕吳寬〈論書〉。王原祁等纂輯《佩文齋書畫譜》（北京市：中國書店，1984）
　　　　卷七，頁188。
〔註238〕張之屛撰《書法眞詮》。見崔爾平選編《明清書法論文選》（上海：上海書店，
　　　　1994）頁1043、1044。
〔註239〕同註238，1043～1044。

我覺得最上乘的字或最上乘的藝術，在於從學佛法中得來。要從佛法中研究出來，才能達到最上層的地步。所以，諸位若學佛法有一分的深入，那麼字也會有一分的進步，能十分地去學佛法，寫字也可以十分的進步。〔註240〕

這不是一段空話。此前，李叔同云：「假如要達到最高的境界須如何呢？我沒有辦法再回答。曾記得《法華經》有云：『是法非思量分別之所能解。』我便借用這句子，只改了一個字，那就是『是字非思量分別之所能解』了。因為世間上無論哪一種藝術，都是非思量分別之所能解的。即以寫字來說，也是要非思量分別才可以寫得好的。同時要離開思量分別，才可以鑑賞藝術，才能達到藝術的最上層境界。」〔註241〕或許有人會認為，這是面對僧侶所言，僧侶的根本在研究佛法，書法乃其餘事。如果我們把這樣的說法與蘇軾黃州以後，有得於《華嚴》有何不同？黃庭堅對秦子明見沙門學子不善書，於是買石，劚長沙僧寶月古法帖一事，認為當買國子見書，從根開始，又有何不同？如此陳之屏與李叔同，猶如蘇家兄弟二人，一求其廣，一得其深。以轍之廣，如果真需要相當的生活水準才能配合，讀書，可能是臥遊書齋，比較廉價的方式；以軾之深，未必從事書法者皆須遁入空門，鑽研佛法。以平凡人言之，讀書還是書家修養的基點。

同樣是清末民初的李瑞清，還是回到傳統最原始的涵養方式：「學書尤貴多讀書。讀書多，則下筆自雅，故自古來學問家雖然不善書，而其書有書卷氣。故書以氣味為第一；不然，但成手技，不足貴矣。」〔註242〕于右老更簡潔明白不做空談：「寫字本來是讀書人的事，書讀得好而字寫不好的人有之，但絕沒有不讀書而能把字寫好的。」〔註243〕

二、培養品德

第二章有「本之心性」一節，其中「心」的部分又分之為二：一是道心，一是人品。既然人品是文學與書法的根源之一，又何須培養？

〔註240〕李叔同著、行痴編《李叔同談藝》（臺北縣新店市：八方出版社，2008）頁195。
〔註241〕李叔同著、行痴編《李叔同談藝》（臺北縣新店市：八方出版社，2008）頁194。
〔註242〕〈玉梅花盦書斷〉。《清道人遺集佚稿》頁305～306。見李瑞清著《清道人遺集》（臺北縣永和市：文海出版社，民58）。
〔註243〕〈右任論書七則〉。鄭一增編《民國書論精選》（杭州：西泠印社出版社，2011）頁142。

　　以儒家爲我國思想主流的社會，基本認定是人性本善，但是卻非永遠如此，常受外界引誘而迷失。因此，培養品德是儒家修身的重要功課。〔註244〕

　　與文藝相比較，更可以看出孰先孰後。《論語・學而》篇，孔子說：

> 弟子入則孝，出則弟，謹而信，汎愛眾，而親仁；行有餘力，則以學文。〔註245〕

這裡的「文」，朱註：「謂詩、書、禮、樂之文。」〔註246〕讓人覺得屬於「文明」的範疇，不像是後世所謂的文章詩詞。但是，已經告訴我們作爲一個人，品德爲先而詩、書、禮、樂之經典居後。〈述而篇〉孔子又說：

> 志於道，據於德，依於仁，游於藝。〔註247〕

這裡的「藝」，朱註：「禮、樂之文，射、御、書、數之法。」〔註248〕同樣不是後世所謂的文章詩詞；也同樣告訴我們，要游於藝，必先志道，據德，依仁。所以，朱子引尹氏曰：「德行本也，文藝末也。」〔註249〕

　　孟子提出養氣說，實際上就是增進德行，德行是辭氣大小的先決條件。他在解釋：「我善養吾浩然之氣」說：

> 其爲氣也，至大至剛，以直養而無害，則塞於天地之間。其爲氣也，配義與道；無是，餒也。是集義所生者，非義襲而取之也。行有不慊於心，則餒矣。〔註250〕

「辭」字在《說文》原指處理訴訟的說辭，後來字義擴大，包括一切言辭和文辭。第一句先說明「浩然之氣」有多浩大。第二句說明言辭或文辭之氣如

〔註244〕按：孔子對性之善惡未嘗探討。因此子貢曾說：「夫子之言性與天道，不可得而聞也。」（《論語・公冶長》）孟子始大言性，云：「仁義禮智，非由外鑠我也，我固有之也。」但是卻屢言「求則得之，舍則失之。」「苟得其養，無物不長；苟失其養，無物不消。」「學問之道無他，求其放心而已矣。」（《孟子・告子上》）性本善，但要不斷「養」，方得全善。又《荀子・性惡篇》云：「凡所貴堯、禹君子者，能化性，能起偽。偽起而生禮義，然則聖人之於禮義積偽，亦猶陶埏而生之也。」揚雄《法言・學行篇》云：「或曰：『人可鑄與？』曰：『孔子鑄顏淵矣。』」又「螟蛉之子殪而逢蜾蠃，祝之曰：『類我，類我！』久則肖之矣。速哉！七十子之肖仲尼也。」

〔註245〕《上論》卷一〈學而〉，頁2～3。朱熹撰《四書集註》（臺北市：世界書局，民55）。

〔註246〕《上論》卷一〈學而〉，頁3。同註245。

〔註247〕《上論》卷四〈述而〉，頁42。同註245。

〔註248〕同註247。

〔註249〕同註246。

〔註250〕《上孟》卷二〈公孫丑〉上，頁39。同註245。

何才能浩大──以直道培養。接下來說，直道何物？配義與道，這是浩氣的來源，是日積月累，陶養而成；稍有做出違背良心的事，就會內疚。這和一個人的言行有何關係？

在這段文字之前，說明孟子判斷一個人的心理，係由這個人說話的辭氣：「詖辭知其所蔽；淫辭知其所陷；邪辭知其所離；遁辭知其所窮。」〔註251〕與本段文字有其先後關係。「詖辭知其所蔽」等語，只是知道他人之言，「對於自己之言，其不欲有所蔽，有所陷，有所離，有所窮，蓋可知矣；其不欲為詖辭，為淫辭，為邪辭，為遁辭，又可知矣！然則將若何而後能不為詖辭、淫辭、邪辭、遁辭乎？將若何能使其言之無所蔽，無所陷，無所離，無所窮乎？於是進一步遂想到配義與道的養氣功夫。如能胸中養得一團浩然之氣，則自然至大至剛，自然不流為詖辭、淫辭、邪辭、遁辭矣。孔子所謂『有德者必有言』，也即此意。」〔註252〕如果這樣的推理無誤，孟子所謂養氣，直言之，即正身以修德。欲言辭之得其正，唯一方法：正身。最重要的，在辭彙的運用上，出現了「養」。要能理直氣壯，「雖千萬人，吾往矣」，唯一之法：先有所養。〔註253〕

（一）文論的重德

孟子的養氣，實質就是修德、正身，已經是培養，但是語意不是很明顯。接下來文論的發展，就越來越清晰。揚雄的心畫觀，直接認為書之本在心。言行與君子小人關聯得起來嗎？揚雄藉懷疑者的提問，作如下的回答：

> 或問：「君子言則成文，動則成德，何以也？」曰：「以其彌中而彪外也。」〔註254〕

彌是充滿，彪是煥發。在揚雄的看法君子之所以「言則成文，動則成德」，是因為他的「文」，他的「德」，充滿於胸中，自然煥發於外。當然成為君子的前提是「君子之言，幽必有驗乎明，遠必有驗乎近，大必有驗乎小，微必有驗乎著。無驗而言之謂妄，君子妄乎？不妄！」〔註255〕君子對於沒有徵驗的事是不會隨意發言的；只要發言，必然有所徵驗。既然徵驗是君子之所以為君子，則平日的「幽必有驗乎明，遠必有驗乎近，大必有驗乎小，微必有驗

〔註251〕同註250，頁40。
〔註252〕郭紹虞著《中國文學批評史》（臺北市：盤庚出版社，民67）上卷，頁25。
〔註253〕其餘參看頁136，註244。
〔註254〕〈君子〉。揚雄撰、李軌注《法言》（臺北市：臺灣中華書局，民55）頁1。
〔註255〕〈問神〉。同註244，頁3。

乎著」，就是培養，就是正身，就是修德。即使是「彌中而彪外」的「彌」，是動詞，而且是可意會的進行式。至曹魏時期，徐幹著《中論》，才肯定標示藝之根幹在人之德行。〔註256〕

其後，文學的手法透過魏晉，到齊梁，形式上日益走上輕巧，內容上漸趨男女情愛，最後進入宮體。先是，齊、梁時期裴子野〈雕蟲論〉對這樣的發展預下如此結論：「若季子聆音，則非興國；鯉也趨室，必有不敢。荀卿有言：『亂代之徵，文章匿而采。』斯豈近之乎？」〔註257〕而南朝也不幸如裴子野之言，結束了。《隋書·文學傳序》也發出歷史的回顧：「梁自大同之後，雅道淪缺，漸乖典則，爭馳新巧。簡文、湘東啓其淫放，徐陵、庾信分路揚鑣。其意淺而繁，其文匿而彩，詞尚輕險，情多哀思。格以延陵之聽，蓋亦亡國之音乎！」〔註258〕

因為這樣的緣故，南北朝固然是唯美文學的最高峰，物極必反下，也開啓了後世所謂的「復古」。

復古有形式與內質兩部分。形式上有的主張回覆至三代〔註259〕，內質上有的主張文當實用〔註260〕；當然也有主張強化品德。

> 君子藏器，待時而動，發揮事業；固宜蓄素以弼中，散采以彪外。
> 〔註261〕

引文出自《文心雕龍·程器》。劉勰用詞一如揚雄，認為一個理想的作家，應該具備良好的才德，等待適當的時機而行動，做出一番事業。因此，必須注意修養，以求充實其才德於內，散發其華采於外。

隋季李諤〈上書正文體〉起首即說：

> 臣聞古賢哲王之化人也，必變其視聽，防其嗜慾，塞其邪放之心，

<hr>

〔註256〕見第二章第二節〈文論言道德〉。

〔註257〕嚴可均校輯《全上古三代秦漢三國六朝文》（北京市：中華書局，1958）《全梁文》卷五十三，頁3262。

〔註258〕魏徵等撰《隋書》（臺北市：鼎文書局，民68）卷七十六，頁1730。

〔註259〕〈蘇綽傳〉：「自有晉之季，文章競為浮華，遂成風俗。太祖（北周帝宇文泰）欲革其弊，因魏帝祭廟，群主畢至，乃命綽為〈太誥〉，奏行之。」令狐德棻等撰《周書》（臺北市：鼎文書局，民67）卷二十三，頁391。

〔註260〕裴子野〈雕蟲論〉：「古者四始六藝，總而為詩，既形四方之氣，且彰君子之志。勸美懲惡，王化本焉。」同註257。

〔註261〕〈程器〉。劉勰撰、范文瀾注《文心雕龍注》（臺北市：開明書局，民57）卷十，頁17。藏器：懷藏高貴的器識。蓄素：蓄積素養。

示以淳和之路，五教六行為訓人之本，《詩》、《書》、《禮》、《易》
為道義之門，故能家復孝慈，人知禮讓。正俗調風，莫大於此。
〔註262〕

德行是王化的根本，文事是其一，豈能例外？隋末，王通《中說・事君篇》
云：

古君子志於道，據於德，依於仁，而後藝可游也。〔註263〕

看起來與《論語》原句無甚出入，但加入「而後」二字，藝術中人理當先道
德而後文藝則朗然可見。

盛唐中唐，主實用概念的一支，轉向強調文義的道德影響。如梁肅、尚
衡云：

夫大者天道，其次人文。在昔聖王以之經緯百度，臣下以之弼成五
教；德又下衰，則怨刺形於歌詠，諷議彰乎史冊。故道德仁義非文
不明，禮樂刑政非文不立。〔註264〕

夫卦始乎三畫，文章之間，大抵不出乎三等，……君子之文為上等，
其德全；志士之文為中等，其義全；詞士之文為下等，其思全。其
思也，可以綱物；義也，可以動眾；德也，可以輕化。化人之作，
其惟君子乎？〔註265〕

「道德仁義非文不明」，那麼「道德仁義」有待「文」以發揚；而「君子之文
為上等」，原因在「其德全」。如此，則不只是文義影響道德，道德仁義更成
為「文」、「君子之文」的根本。道德仁義如何成為文士的根本？柳冕提出了
教化：

故文章之道不根教化，別是一枝耳。……語曰：「德成而上，藝成而
下。」文章，技藝之流也，故夫子末之。〔註266〕

堯舜歿，雅頌作；雅頌寢，夫子作。未有不因於教化為文章以成國風。〔註267〕

〔註262〕同註258，卷六十六，頁1544。
〔註263〕王通撰、阮逸注《中說》（臺北市：廣文書局，民64）卷三，頁25。
〔註264〕梁肅〈常州刺史獨孤及集後序〉。董誥等編《全唐文》（上海市：上海古籍出
　　　　版社，1990）卷五百十八，頁2329。
〔註265〕尚衡〈文道元龜〉。同註264，卷三百九十四，頁1776。閫：居室的深邃處，
　　　　此處引申為奧秘。
〔註266〕〈謝杜相公論房杜二相書〉。同註264，卷五百二十七，頁2371。
〔註267〕〈答荊南裴尚書論文書〉。同註264，卷五百二十七，頁2372。

　　文章本於教化，形於治亂，繫於國風。故在君子之心爲志，形君子之言爲文，論君子之道爲教。〔註268〕

　　教化方能成爲君子，教化方能出現君子之文。「教化」一語係從教者角度立言；若從受教者角度爲言，豈不是說文士須有道德涵養？

　　接下來的韓愈，一方面以道教人〔註269〕，一方面教化自己。在教化自己這方面，由蘊涵古籍，轉而好古道、志古道：

　　　　愈之所志於古者，不惟其辭之好，好其道焉爾。〔註270〕

　　　　愈之爲古文，豈獨取其句讀不類於今者邪？思古人而不得見，學古人則欲兼通其辭。通其辭者，本志乎古道者也。〔註271〕

「古道」究竟何謂？韓愈弟子李翺有段類似的文字，但卻給了我們比較明顯的答案：

　　　　吾所以不協於時而學古文者，悅古人之行也。悅古人之行者愛古人之道也。故學其言不可以不行其行，行其行不可以不重其道，重其道不可以不循其禮。〔註272〕

由文（言）而，而道，而禮，李翺述說的是文（言）的背後是行，行的背後是道，道的背後是禮。禮、道、行成爲文（言）的根本，或許是韓愈所說的「古道」。〔註273〕要能文，必須從「古道」涵養起。李翺於是單從仁義與文章作結：「貴與富，在乎外者也，吾不能知其有無也；非吾求而能至者也。吾何愛而屑屑於其間哉！仁義與文章，生乎內者也，吾知其有也，吾能求而充之者也；吾何懼而不爲哉！」〔註274〕

〔註268〕 〈與徐給事論文書〉。同註267。

〔註269〕 〈師說〉「師者，所以傳道、授業、解惑也。」。韓愈撰、馬其昶校注《韓昌黎文集校注》（臺北市：世界書局，2002）頁42～45。

〔註270〕 〈答李秀才書〉。同註269，頁183。

〔註271〕 〈題歐陽生哀辭後〉。同註269，頁320～321。

〔註272〕 〈答朱載言書〉。董誥等編《全唐文》（上海市：上海古籍出版社，1990）卷六百三十五，頁2840。

〔註273〕 按：韓愈的復古運動包括思想和文學兩方面。思想上，提倡儒學，排斥佛老；文學上恢復古文，反對駢偶。以復古道爲目的，復古文爲手段。如此，則古道係指儒學。儒學的涵蓋面包括誠意、正心、修身、齊家、治國、平天下。道德上，仁義是各階層應守的良心秩序，不得逾越。歷來解韓愈「古道」者，或許以此爲立場，以賅全局。

〔註274〕 〈寄從弟正辭書〉。同註272，卷六百三十六，頁2845。屑屑：特別在意的樣子。

　　自柳冕、韓愈倡文道並重之說，後來的古文家往往論文主道，希望義理、詞章合而爲一。宋初，柳開、穆修等人的古文思潮，實際也是道學思潮。柳開〈應責〉一文說明其作古文的理由，完全因爲道的緣故：

> 古文者，非在辭澀言苦，使人難讀誦之，在于古其理，高其意，隨言短長，應變作制，同古人之行事：是謂古文也。〔註275〕

孫復也說：「文之作也，必得之於心，而成之於言。得之於心者，明諸內者也；成之於言者，見諸外者也。」〔註276〕既同古人之行事，既得之於心明之於內，一位作家不修身，不浸淫於內，如何可得？

　　北宋中葉，文壇盟主歐陽脩，一方面勸人以經爲師，一方面重德：

> 古人之於學也，講之身而信之篤。其充於中者足，而後發乎外者大以光。譬夫金玉之有英華，非由磨飾染濯之所爲，而由其質性堅實，而光輝之發自然也。《易》之〈大畜〉曰：「剛健篤實，輝光日新。」謂夫畜於其內者實，而後發爲光輝者，日益新而不竭也。故其文曰：「君子多識前言往行，以畜其德」，此之謂也。〔註277〕

這說明，縱使是古文家，德行依舊是必備的修養。與歐陽脩生死同年的一位方外人士契嵩，在其《鐔津文集》中紀載當年古文風行之盛況，並也協助發揮歐陽脩論文之宗旨，云：

> 吾聞君子之學，欲深探其道；深探欲其自得之也。於道苟自得之，則其所發，無不至也。所謂道者，仁義之謂也。仁義，出乎性者也。人生紛然，莫不有性；其所不至於仁義者，不學故也。學之而不自得者，其學淺而習不正故也。夫聖之與賢，其推稱雖殊，而其所以爲聖賢者，豈異乎哉！其聖者得之於誠明，而賢者得之於明誠。誠也者生而知之也，明也者學而知之也，及其至於仁義，一也。表民其學切深，於道有所自得，故其文詞之發也懋焉。韓子所謂「仁義之人，其言藹如也。」〔註278〕

〔註275〕曾棗莊、劉琳主編《全宋文》（四川省：巴蜀書社，1988）卷一二二，頁662～663。

〔註276〕〈答張洞書〉。孫復撰《孫明復小集》（臺北市：臺灣商務印書館，民67）卷二，頁31。

〔註277〕《居士外集二・與樂秀才第一書》。歐陽脩撰《歐陽脩全集》（臺北市：河洛圖書出版社，民64）卷三，頁104。

〔註278〕〈與章表民秘書書〉。釋契嵩撰《鐔津集》卷十一。見《文淵閣四庫全書》（臺北市：臺灣商務印書館，民72～）1091冊，頁515。懋通茂，盛大。

他憑藉著給章表民的一封書信，說明「文詞之發也戀」，務必從人內心深處的仁義之道發出。自然，一位作家首先要做的，從培養這顆心開始。

文章到道學家手中，更強調道德是文章的核心：「孔子曰：『有德者必有言』，何也？和順積於中，英華發於外也。故言則成文，動則成章。」〔註279〕程頤有〈答朱長文書〉云：

> 向之云無多爲文與詩者，非止爲傷心氣也，直以不當輕作爾。聖賢之言，不得已也。蓋有是言，則是理明；無是言，則天下之理有闕焉。……後之人始執卷，則以文章爲先，平生所爲，動多於聖人；然有之無所補，無之靡所闕，乃無用之贅言也。不止贅而已，既不得其要，則離眞失正，反害於道必矣。〔註280〕

這雖然是一篇原本討論文章當爲不當爲的書信，但透露出的是聖賢之作是從內心深處散發，自然成文；而有意爲文者，非出於本心，因此「有之無所補，無之靡所闕，乃無用之贅言也。不止贅而已，既不得其要，則離眞失正，反害於道必矣。」程氏理學中人，重人品可知。朱長文，比二程夫子小六歲，後撰寫《續書斷》，可能受程氏影響，論書法亦主心中德行散發而後爲書。〔註281〕

程門弟子楊時在《龜山集》舉過不少例子，其一云：

> 爲文要有溫柔敦厚之氣，對人主語言及章疏文字，溫柔敦厚尤不可無。如子瞻詩多譏玩，殊無惻怛愛君之意。荊公在朝論事，多不循理，惟是爭氣而已，何以事君？君子之所養，要令暴慢袤僻之氣，不設於身體。〔註282〕

「古文家重在氣勢之浩瀚，所以有待於激發；道學家重在氣息之深厚，所以需資於涵養。激發有待於外界，是由外以壯其內；涵養只體於身心，是充內以發乎外。所謂有德者必有言，如此而已！」〔註283〕充於內者，必發之於外。如何充於內？即有待平日之涵養。程門另一弟子尹焞，即言：

〔註279〕朱熹編《二程遺書》卷二十六。見永瑢、紀昀等撰《欽定四庫全書》（上海市：上海古籍出版社，1987）698冊，頁257。

〔註280〕程顥、程頤撰《二程文集》二（北京市：中華書局，1985）卷八，頁123。向：先前。

〔註281〕按：朱氏《續書斷》之觀念見下文〈書論上的重德〉。

〔註282〕〈語錄〉。楊時著《楊龜山先生全集》（臺北市：臺灣學生書局，民63）卷十，頁471。惻怛：同情。暴慢：凶暴傲慢。袤僻：乖戾不正。

〔註283〕郭紹虞著《中國文學批評史》（臺北市：盤庚出版社，民67）上卷，頁360。

> 詞章云乎哉！其要有三：一曰玩味：諷詠言辭，研索歸趣，以求聖
> 賢用心之精微；二曰涵養：涵泳自得，蘊蓄不撓，存養氣質，成就
> 充實，至於剛大，然後爲得；三曰踐履：不徒謂其空言，要須見之
> 行事、躬行之實，施於日用，形於動靜語默，開物成務之際，不離
> 此道。所謂脩學，如此而已！所謂讀書，如此而已！〔註284〕

這全然是一個內化與外放的過程。玩味即細細品味，深入作者用心；涵養是
內化成爲自己；踐履是表現於外，不論作詩與作文都是踐履的一部分。尹焞
要說的，就是如此：「所謂脩學，如此而已！所謂讀書，如此而已！」似乎也
爲作爲一位作者之所以要涵養德行畫上句點。

南宋初期道學家胡銓，因爲譚思順引用孟子「觀於海者難爲水，游於聖
人之門者難爲言」的理論，於是在〈答譚思順〉一文申述之所以如此的原因：

> 知海之難爲水，則知聖門之難爲言，亦猶是矣。今夫源深者流必洪，
> 必至之理也；有德者必有言，亦必至之理也。難爲水者非水之難也，
> 其淵源之大爲難；難爲言者，非言之難也，其德之盛爲難。德，水
> 也；言，浮物也。水大而物之浮者小大畢浮。德盛則其言也旨必遠，
> 理必達也。昔者孔子道大而德博，其垂世立教，非有心於言也，而
> 能言之類莫能加焉。〔註285〕

在胡銓認爲，爲什麼難爲水，固在於海之大，更在於源之深；爲什麼難爲言，
固在於聖門之深廣，更源於聖門德之盛。對於韓愈「氣盛言宜」的理論，同
樣以德爲根源作解：與孟子「道直氣壯」的說法相同。簡言之，道德是文章
之源。孔子因此立教，非有心爲之，乃生於不得不然，即自然如此。

朱熹在〈讀唐志〉一文中有一小節，說明人之行爲與道德之間：

> 聖賢之心既有是精明純粹之實，以旁薄充塞乎其內，則其著見於外
> 者，亦必自然條理分明，光輝發越而不可掩。蓋不必託於言語，著
> 於簡冊，而後謂之文；但自一身接於萬事，凡其語默動靜，人所可
> 得而見者，無所適而非文也。〔註286〕

如此，則道之散發無非皆爲文，文外無道。道德之心成爲一言一行之文，文
章不過是其一！

〔註284〕尹焞撰《尹和靖集》（北京市：中華書局，1985）頁16。
〔註285〕胡銓撰《胡澹庵先生文集》（臺北市：漢華文化事業，民59）卷九，頁430。
〔註286〕朱熹撰《朱子文集》七（北京市：中華書局，1985）卷十二，頁446。

　　與朱熹相比，陸九淵的心學是一種將思想推到極端但又普及化的學者。在他看來，人的「本心」即是「天理」，其中蘊含著一切道德法則。於是，人的主要修養功夫也應該是先立其大者，求其本心。和讀書相比，讀書又在其次。

　　　　學者須是打疊田地淨潔，然後令他奮發植立。若田地不淨潔，則奮
　　　　發植立不得。古人為學即讀書，然後為學可見。然田地不淨潔，亦
　　　　讀書不得。若讀書，則是假寇兵，資盜糧。〔註287〕

「田地不淨潔，亦讀書不得。若讀書，則是假寇兵，資盜糧」，這是形容無德之人若讀書，則助其為惡。陸氏採取的是比喻，明初宋濂的〈文說〉則表現得十分直接：「文者，果何繇而發乎？發乎心也。心烏在？主乎身也。身之不修而欲修其辭，心之不和而欲和其聲，是猶擊破缶而求合乎宮商，吹折葦而冀同乎有虞氏之簫韶也，決不可致矣。」〔註288〕

　　清朝方苞談到古文，更認為人的品德是文章的根本。〈答申謙居書〉云：
　　　　僕聞諸父兄，藝術莫難於古文。自周以來，各自名家者僅十數人，
　　　　則其艱可知矣。苟無其材，雖務學不可強而能也；苟無其學，雖有
　　　　材不能驟而達也。有其材，有其學，而非其人，猶不能以有立焉。……
　　　　古文則本經術而依於事物之理，非中有所得，不可以為偽。故自劉
　　　　歆承父之學，議禮稽經而外，未聞姦僉污邪之人而古文為世所傳述
　　　　者。〔註289〕

從事藝術，才不可少，學不可少，但是「有其材，有其學，而非其人，猶不能以有立焉。」所謂「其人」是何人？「古文則本經術而依於事物之理」，「議禮稽經」，雖未明言，與「姦僉污邪之人」比對，人品之重要可得而知。

　　清朝，有許多同為古文而不入桐城、陽湖等派別的作家，吳敏樹即其一。同樣以人品為重，常說：「古文云者，非其體之殊也。所以為之文者，古人為言之道耳。抑非獨言之似於古人而已，乃其見之行事宜無有不合者焉。」〔註290〕他在〈與朱伯韓書〉中也說：

〔註287〕〈語錄〉。陸九淵撰《象山先生全集》（臺北市：世界書局，民55）卷三十五，
　　　　頁302。打疊：收拾。假寇兵，盜資糧：借給寇匪兵器，資助強盜糧食。
〔註288〕宋濂撰《宋學士全集》一四（臺北市：臺灣商務印書館，民54）卷二十六，
　　　　頁938。
〔註289〕方苞撰《望溪文集》（臺北市：臺灣中華書局，民61）卷六，頁20。
〔註290〕〈與楊性農書〉。吳敏樹《柈湖集》卷六。見續修四庫全書編纂委員會編《續
　　　　修四庫全書》（上海市：上海古籍出版社，1995）1534冊，頁197。

夫閣下所欲以其道倡於一世者，古之文也。然古之文者，其為言語
殊異，特高於眾人之為者哉？自唐韓子文章復古，始號稱古文，至
宋歐陽氏復修其業。言古文者，必以韓、歐陽為歸，然二公者，其
持身立朝、行義風節何如哉？豈嘗有分毫畏避流俗，不以古人自處
者哉？故得罪貶斥而不悔，叢謗集讒而不懼，而文章之道，故有浩
然盛大者焉。……夫文章之道，主乎其氣。氣竭矣，雖欲強而張之，
不可得也。氣誠不餒而盛矣，雖欲強而抑之，亦不可得也。氣盛而
用之其學與其才，故其文莫尚焉。〔註291〕

吳氏立論認為古文不只是語言之異，更在於人品之高；人品高自然氣盛，氣盛
再加以作者之才與學，則文品自然高。其「氣盛」之說，又同於孟子、胡銓。

最為特別的是袁枚。袁枚雖以詩著，其終身所自負者卻在古文。對於詩、
文，寬於詩而嚴於文。論詩重合時，論文則重復古；論詩主性靈，論文則重
有所本。其〈答惠定宇書〉云：

夫德行本也，文章末也。六經者亦聖人之文章耳；其本不在是也。

古之聖人，德在心，功業在世，顧肯為文章以自表著耶？〔註292〕

惠棟，字定宇，清初經學家。「夫德行本也，文章末也。」既是如此，不必歷
數各代之重德行者，就袁枚之言，為文者豈能不重修身！

（二）書論的重德

書法和人品的聯繫，載籍最早見於西漢。

漢朝承秦火，蕭何在劉邦權勢穩定之後，蒐集秦朝法律，選擇適合於當
時社會者，制定了漢律九章。其中《尉律》規定：「學僮十七歲已上，始試。
諷籀書九千字，乃得為史。又以八體試之，郡移太史并課，最者以為尚書史。」
〔註293〕學童自小學習文字之學，接受識字和書寫教育，十七歲以上，可參加
考試。方式是能「背誦《尉律》之文」，並「能取《尉律》之義，發揮而繕寫
至九千字之多」者，可當郡縣起草和掌管文書的諸曹掾史。另外，又用秦代
的八種書體進行考試，優秀的，由縣推薦至郡，郡推薦至中央，中央由太史
測試，最優秀的可為尚書令史。〔註294〕

〔註291〕〈與朱伯韓〉。卷七。同註290，1534 冊，頁 205。

〔註292〕袁枚撰《小倉山房詩文集》（臺北市：臺灣中華書局，民55）卷十八，頁 6。

〔註293〕段玉裁注《說文解字注》（臺北市：藝文印書館，民55）頁 766。

〔註294〕同註293。

漢初以利祿獎掖的後果產生兩種現象：一個是正面的——對於書寫能力的推廣；另一個則是負面的——利祿超越了倫理價值。書寫的推廣姑且不論，倫理的部分，在民間產生了「何以禮義爲？史書而仕宦。」〔註295〕的諺語。賈誼的《賈子新書》也有「胡以孝弟循順爲？善書而爲吏耳。」〔註296〕的說法。意謂人只要寫一筆好字，即可搏得官位，至於做人的禮義、孝順，可棄置不顧。

或許因爲這樣的副作用，漢武帝親政後第二年，元光元年（前134），「初令郡國舉孝廉」，使察舉在兩漢成爲制度。隨之，詔令「賢良」對策。「孝廉」、「賢良」，就其名稱觀察，豈不是爲針對因書舉人所產生的弊病？武帝親政前的建元五年（前136），設置五經博士，傳講經學。十年後，元朔五年（前124），接受丞相公孫弘的建議，凡地方官員發現轄區內有好文學、敬長上、肅政教、順鄉里、出入無違失者，可向郡國守相推薦。經過考核，能通一藝（經藝）以上者，補文學掌故缺；優秀者可以爲郎中。於是儒學和仕途結合，而原先按《尉律》考試學童的制度取消了。小學隨之衰退，研習六書的人也少了。〔註297〕由此可見，善書而無德的後果。

東漢，書論雖然已經出現，到唐朝，隨著時代唯美觀念的發展，並沒有見到與品德之間的相關文字。趙一的〈非草書〉盛讚張芝「與朱使君書，稱正氣可以消邪，人無其衅，妖不自作，誠可謂信道抱眞，知命樂天者也。」但眞正的重心在下一句：「若夫褒杜（度）、崔（瑗），沮羅（暉）、趙（襲），欣欣有自臧之意者，無乃近於矜伎，賤彼貴我哉！」反而抵銷前意之「信道抱眞，知命樂天」。

唐代科舉考試由禮部主持，考試錄取及第後，進入仕途，還要經過一次銓敘。銓敘考試由吏部主持，以身、言、書、判四才爲標準；其中第三項爲書，取其「指法遒美」〔註298〕。而武夫參加銓選也不例外：「取書、判精工。」〔註299〕同樣，因爲與利祿結合，漢朝時代人品的問題，也同樣出現在唐朝。

〔註295〕〈貢禹傳〉。班固撰《漢書》（臺北市：鼎文書局，民69）卷七十二，頁3077。
〔註296〕賈誼撰《賈子新書》（上）（臺北市：臺灣商務，民57）頁22。
〔註297〕參考華人德著《中國書法史：兩漢卷》（南京：江蘇教育出版社，2002）頁5、21。
〔註298〕王若欽等編《冊府元龜》（臺北市：臺灣中華書局，民61）十三冊，卷六二九，銓選部・條制，頁7545。「三曰書」下小注。按：杜知《通典》作「楷法遒美」。見《通典》（臺北縣板橋鎮：藝文印書館，民？）第一函，冊六，卷十五選舉三，頁7。
〔註299〕同註298。

　　貞觀三年（629），唐太宗憂心忡忡地對吏部尚書杜如晦說：「比見吏部擇人，惟取其言詞刀筆，不悉其景行。數年之後，惡跡殆彰，雖加刑戮，而百姓已受其弊，如何可獲善人？」〔註300〕事實上，貞觀元年（627）允許「五品以上」可在弘文館學書的詔令剛剛下達，黃門侍郎王珪就向太宗上奏：「弘文館學生學書之暇，請置博士，兼肄業焉。」於是太宗便敕令太學助教侯孝遵授經典，著郎許敬宗授史。〔註301〕貞觀二年（628），太宗又下達用人「必須以德行、學識爲本」的方針。〔註302〕十年後，虞世南過世，太宗讚譽虞世南「有出世之才，遂兼五絕：一曰忠讜，二曰友悌，三曰博文，四曰詞藻，五曰書翰。有一於此，足爲名臣，而世南兼之。」〔註303〕置忠讜、孝悌於博文、詞藻、書翰之前以爲榜樣。如此學用雙管齊下，太宗依然憂心，又何可言？

　　不過，太宗的重視人品，書論中漸漸出現「德成而上，藝成而下」的語句。〔註304〕在這裡顯然與孔子所說：「志道，據德，依仁，游藝。」同意，也與「禮云，禮云，玉帛云乎哉！樂云，樂云，鐘鼓云乎哉！」〔註305〕同意。「人而不仁，如禮何？人而不仁，如樂何？」禮、樂的背後，務必以仁德爲基石；書法亦然。

　　盛唐張懷瓘的《書斷》出現如下的記載：

　　　　羊欣云：「張芝、皇象、鍾繇、索靖，時竝號書聖。」然張勁骨豐肌，
　　　　德冠諸賢之首，斯爲當矣。

〔註300〕吳競撰《貞觀政要》（臺北市：河洛圖書出版社，民64）卷三〈擇官〉，頁150。

〔註301〕張九齡等撰、李林甫等注《唐六典》卷八。見《文淵閣四庫全書》（臺北市：臺灣商務印書館，民72）冊595，頁92注。

〔註302〕〈崇儒學〉。吳競撰《貞觀政要》（臺北市：河洛圖書出版社，民64）卷七，頁340。

〔註303〕〈張懷瓘書斷中〉。張彥遠集《法書要錄》卷八，頁133。見楊家駱主編《唐人書學論著》（臺北市：世界書局，民64）。

〔註304〕〈李嗣真書品後〉、〈張懷瓘書斷下〉、〈徐浩論書〉。同註303，卷三，頁43；卷九，頁145；卷三，頁51。按：此語源自〈樂記〉：「樂者，非謂黃鐘、大呂、弦歌、干揚也，樂之末節也，故童者舞之。鋪筵席，陳尊俎，列籩豆，以升降爲禮者，禮之末節也，故有司掌之。樂師辨乎聲詩，故北面而弦；宗祝辨乎宗廟之禮，故後尸；商祝辨乎喪禮，故後主人。是故德成而上，藝成而下；行成而先，事成而後。是故先王有上有下，有先有後，然後可以有制於天下也。」〈樂記〉：鄭注：「方，猶文章也。」鄭玄注《禮記》（臺北市：新興書局，民60）卷十一，頁132。原本文意是成就德行是主要的，懂得技藝是次要的；成就德行的在上位，成就事功的在下位。

〔註305〕《上論》卷二〈八佾〉，頁13。朱熹集註《四書集註》（臺北市：世界書局，民55）。

雖古之善政遺愛，結于人心，未足多也，尙德哉若人！

> 歐若猛將深入，時或不利；虞若行人妙選，罕有失辭。虞則內含剛
> 柔，歐則外露筋骨。君子藏器，以虞爲優。〔註306〕

第一節引文並世四書聖，難定甲乙。獨張芝「勁骨豐肌」，因此「德冠諸賢之首」。這兩者之間如何聯繫，恐怕是「富潤屋，德潤身，心廣體胖」的概念使然。〔註307〕間接的意思是說，四書聖中張芝書應列第一。第二節引文在稱頌鍾繇的德行，後人難忘。第三節引文基本說明初唐兩位頂尖書家歐陽詢與虞世南，人們難分軒輊。張懷瓘此文之前，先敘述唐太宗對虞的稱讚，一則呼應太宗之說〔註308〕，一則埋下伏筆：「虞則內含剛柔，歐則外露筋骨。君子藏器，以虞爲優。」虞世南的「內含剛柔」，同樣是「富潤屋，德潤身，心廣體胖」的結果。

張氏還有一則個人喜好的紀錄，見於〈書議〉：

> 嵇叔夜身長七尺六寸，美音聲，偉容色，雖土木形體，而龍章鳳姿，
> 天質自然，加以孝友溫恭，吾慕其爲人；嘗有其草寫《絕交書》一
> 紙，非常寶惜。有人與吾兩紙王右軍書，不易。〔註309〕

嵇叔夜爲嵇康的字。王羲之書歷代寶愛，爲什麼兩紙王羲之書比不上一紙嵇康的《絕交書》？雖然嵇康有太多優勢：「身長七尺六寸，美音聲，偉容色，雖土木形體，而龍章鳳姿，天質自然」，然而，張氏「慕其爲人」——「孝友溫恭」。「爲人」成爲張氏寶惜其書跡的原因；可見書者「爲人」的重要。

晚唐柳公權對穆宗「心正則筆正」的筆諫〔註310〕，在後世幾乎成爲書法界的口頭禪。

宋朝，隨著儒家思想的高漲，人的因素成爲書法的中心，德行漸漸成爲書家必然的修養。歐陽脩云：

〔註306〕〈張懷瓘書斷中〉。張彥遠集《法書要錄》卷八，頁 122、123、133～134。楊家駱主編《唐人書學論著》（臺北市：世界書局，民64）。
〔註307〕《大學》頁6。同註305。
〔註308〕按：劉餗《隋唐嘉話》作：「太宗稱虞監：博聞、德行、書翰、詞藻、忠直，一人而已，兼是五善。」與張懷瓘所述內容同而詞異，本無可厚非。但張懷瓘將忠讜、孝悌列前，而將書翰居末，比較合乎「德成而上，藝成而下」的語。
〔註309〕同註306，卷四，頁69～70。雖土木形體，而龍章鳳姿：雖然樸素自然，沒有文飾，卻風采出眾。
〔註310〕劉昫等撰《新校本舊唐書》（臺北市：鼎文書局，民67）卷一百六十五，頁4312。

古之人皆能書，獨其人之賢者傳遂遠，然後世不推此，但務於書，不知前日工書，隨與紙墨泯棄者，不可勝數也。使顏公書不佳，後世見者必寶也。楊凝式以直言諫父，其節見於艱危；李建中清慎溫雅，愛其書，兼取其爲人也。…。惟賢者能存爾，其餘泯泯，不復見爾。〔註311〕

在歐陽脩眼中，書跡良窳是一回事，人們之所以欣賞，之所以收藏，還在於書者的品德：顏眞卿如此，楊凝式如此，李建中亦如此。蘇軾所聯繫的是，見其書即知其人；反之，見其人亦知其書：

子敬雖無過人事業，然謝安欲使書宮殿榜，竟不敢發口。其氣節高遠，有足嘉者。此書一卷，尤可愛。〔註312〕

吾觀顏公書，未嘗不想其風采，非徒得其爲人而已，凝乎若見其誚盧杞而叱希烈。〔註313〕

錢公雖不學書，然觀其書，知其爲挺然忠信禮義人也。〔註314〕

黃庭堅繼其說，論書常涉及爲人，譬如：

余觀顏尚書死李希烈時壁間所題字，泫然流涕。魯公文昭武烈，與日月爭光可也。正色奉身，出入四十年，蹈九死而不悔。祿山縱火，獵九州，文武成禽，魯公以平原當天下之半，朝廷劫重，賴以復立。書生眞能立事，忠孝滿四海，不輕用人，國史載之，行事如此，足

〔註311〕《筆說‧世人作肥字說》。歐陽脩撰《歐陽脩全集》（臺北市：河洛圖書出版社，民64）卷五，頁114。

〔註312〕〈題子敬書〉。蘇軾撰《東坡題跋》卷四。見楊家駱主編《宋人題跋》上（臺北市：世界書局，民81）頁110。「書宮殿榜」事，見張懷瓘《書斷》：「初，謝安請爲長史，太康中新起太極殿，安欲使子敬題榜，以爲萬世寶，而難言之，乃說韋仲將題凌雲臺事。子敬知其指，乃正色曰：『仲將，魏之大臣，寧有此事？使其若此，知魏德之不長。』安遂不之逼。」張彥遠集《法書要錄》卷八，頁125。楊家駱主編《唐人書學論著》（臺北市：世界書局，民64）。

〔註313〕〈題魯公帖〉。同註312，頁116。盧杞：有口才，「貌陋而色如藍，人皆鬼視之」，爲人狡詐，郭子儀見過盧杞後，說：「此人得志，吾子孫無遺類矣！」盧杞忌能妒賢，曾陷害張鎰、楊炎、顏眞卿、李懷光等。盧杞因嫉恨平原郡太守顏眞卿，向德宗建議派顏眞卿去安撫李希烈。顏眞卿至汝州，李希烈反逼顏眞卿投降，眞卿不肯，被拘押。戰火蔓延到河南，李希烈爲劉玄佐（即劉洽）所敗，逃歸蔡州。貞元元年（785年）正月五日，顏眞卿被李希烈縊殺於汝州。

〔註314〕〈跋錢君倚書遺教經〉。同註313。

以間執讒慝之口矣。汝蔡之間，所謂建諸天地而不悖，質諸鬼神而無疑，使萬世臣子有所勸勉。觀其言，豈全軀保妻子者哉？廉頗、藺相如死向千載，凜凜常有生氣。曹蜍、李志雖無恙，奄奄如九泉下人。我思魯公英氣，如對生面，豈直要與曹、李爭長邪！〔註315〕

范文正公在當時諸公，第一人品也，故余每於人家，見尺牘寸紙，未嘗不愛賞彌日，想見其人。所謂先天下之憂而憂，後天下之樂為樂，此文正公飲食起居先行之，而後載於言者也。〔註316〕

司馬溫公天下士也。所謂左準繩，右規矩，聲為律，身為度者也。觀此書，猶可想見其風采。余觀溫公《資治通鑑》草，雖數百卷，顛倒塗抹，訖無一字作草，其行己之度蓋如此。〔註317〕

第一則將顏真卿書法與曹蜍、李志相比。曹、李何人？《世說新語・品藻》庾道季云：「廉頗、藺相如雖千載上死人，懍懍恒如有生氣；曹蜍、李志雖見在，厭厭如九泉下人。人皆如此，便可結繩而治，但死狐狸狢猭噉盡。」〔註318〕黃庭堅在另一則跋文云：「曹蜍、李志輩書，字政與右軍父子爭衡，然不足傳也。所謂敗壁片紙，皆傳數百歲，特存乎其人耳。」〔註319〕從這段文字，我們可以發現，書跡是否傳世，「特存乎其人」，也就是「平生」、「為人」是否有後人值得稱道的事蹟；尤其氣節決定一個人書跡的高度。曹、李因無可述者，雖技法與王羲之等同，必然沒沒無聞。另兩則一為范仲淹，一為司馬光，公忠體國，行規矩步，書法自傳於後。〔註320〕

北宋四家的蔡襄，更為後世推崇。如清人蔣衡即云：

蔡端明為宋一代之冠，即論書法，入歐、顏之室，豈止與蘇、黃、米較優劣已耶！余觀其書，圓靜中正，無一點拂不合規矩，有道德

〔註315〕〈跋魯文壁間題〉。黃庭堅撰《山谷題跋》卷六。見見楊家駱主編《宋人題跋》（臺北市：世界書局，民81）頁239。
〔註316〕〈跋范文正公詩〉。同註315。
〔註317〕〈跋司馬溫公與潞公書〉。同註315，卷七，頁254。
〔註318〕劉義慶著、楊勇校箋《世說新語校箋》（臺北市：正文書局，民81）頁404。
〔註319〕〈劉右軍帖後〉。同註315，卷四，頁215。
〔註320〕按：蘇軾、黃庭堅以此評古人，後人也以此評蘇、黃。釋惠洪曰：「東坡、山谷之名非雷非霆，而天下震驚者，以忠義之劭與天地相始終耳，初不止翰墨。王羲之、顏平原皆直道立朝，剛而有禮，故筆蹟至今天下寶之者，此也。」〈跋東坡、山谷帖二首〉。釋惠洪《石門題跋》卷二。見楊家駱主編《宋人題跋》（臺北市：世界書局，民81）頁448。又可參考頁454～455〈跋東坡書簡〉。

氣象，望而知其爲端人正士也。《晝錦堂記》以歐陽永叔誦韓公德

業，蔡忠惠書之，當時重其人與書，至今稱雙絕。〔註321〕

蔡襄，卒時任端明殿學士，故人稱蔡端明，諡忠惠。至於朱長文的《續書斷》，神、妙兩品合計十九人，小傳中涉及爲人處世的就有顏眞卿、虞世南、歐陽通、褚遂良、徐嶠之、徐浩、柳公權、韓擇木、徐鉉、石延年、蘇舜欽、蔡襄等。特殊的是，攀不上爲人處世的書家，則列能品。

《宣和書譜》的作者，也與黃庭堅採同樣的看法：

前人墨帖類非以書得名，然世之寶藏者，特以其人耳。〔註322〕

但是該書，更進一步，指名道姓，列出兩位特殊人士，一是王敦。在敘述過覷覦東晉朝廷的一生，「卒至剖棺戮屍，觀者莫不稱慶」後，加上不得不敘述的原因：「其惡逆宜在所不錄，姑留此帖，非以爲玩也。蓋謂淳化中，太宗收入法帖，故不得而削去。然因其字而見其行，因其行而得其惡，亦足以爲黃世奸臣賊子之誡云。」〔註323〕一是張庭範，米芾直道其「唐賊也」。〔註324〕《宣和書譜》簡述其一生「貌類善人，而心術等不善，……終輒于市」後云：「以《春秋》褒貶之法斷之，則庭範之書，或在所不錄。」〔註325〕筆翰雖錄取，不離「特以其人」的宗旨，而其爲人卻難堪萬世。這個觀念，可以說是宋朝士人普遍的思想，如張安國〈論書〉亦云：「字學至唐最勝，雖經生亦可觀。其傳者以人不以書也。褚、薛、歐、虞皆太宗之名臣，魯公之忠義、公權之筆諫，雖不能書，若人如何哉！」〔註326〕

北宋書法確立人品的觀念後，道學中人更推波助瀾。元人鄭杓認爲「程子之持敬，可謂知其本矣。」因爲程顥曾經說過：「某書字時甚敬，非是要字好，只此是學。」〔註327〕程子的人生觀，係以一份誠敬之心面對，並不在乎

〔註321〕〈書法論〉。蔣和等撰《蔣氏遊藝秘錄九種》。見續修四庫全書編纂委員會編《續修四庫全書》（上海市：上海古籍出版社，1995）1068 冊，頁 445。

〔註322〕宣和間官修《宣和書譜》卷九，頁 222。見楊家駱主編《宣和書譜》（臺北市：世界書局，民 64）。

〔註323〕見註 322，卷十四，頁 320、321。

〔註324〕米芾撰《書史》頁 29。見楊家駱主編《宋元人書學論著》（臺北市：世界書局，民 61）。

〔註325〕同註 322，卷十八，頁 410。

〔註326〕張安國〈論書〉。王原祁等纂輯《佩文齋書畫譜》（北京市：中國書店，1984）卷六，頁 161。

〔註327〕鄭杓述、劉有定釋《衍極》頁 331。見楊家駱主編《宋元人書學論著》（臺北市：世界書局，民 61）。

字是否寫得好。有這種的觀念及態度，才算懂得書法的根本。

鄭杓對朱熹評語是：「道德之充于中，而溢乎外也。」〔註 328〕這是說他的書法全然是道德的散發。我們看朱熹如何在書法上獲得為人自省的功夫：

> 張敬夫嘗言，平生所見王荊公書，皆如大忙中寫，不如公安得有如許忙事。此雖戲言，然實切中其病。今觀此卷，因省平日得見韓公書蹟，雖與親戚卑幼，亦皆端嚴謹重，略與此同，未嘗一筆作行草勢，蓋其胸中安靜詳密，雍容和豫，故無頃刻忙時，亦無纖芥忙意，與荊公之燥擾急迫，正相反也。書札細事，而於人之德性，其相關有如此者。熹於是竊有警焉，因識其語於左。〔註 329〕

張敬夫即張栻，為「湖湘學派」代表人物，與朱熹的「閩學」、呂祖謙的「婺學」鼎足而三。文中借張栻之言書法，將王安石與韓琦書法反應於平日言行做一比對，進而律之於己。後人對朱熹的尊重無庸置疑，不論是因書而及人，或因人而及書；不過，朱熹自己的一段文字，卻是日後習書者更大的警惕：

> 余少時曾學此表，時劉共父方學顏書《鹿脯帖》。余以字畫古今誚之，共父謂我：「我所學者，唐之忠臣，公所學者，漢之篡賊耳。」時予默然亡以應。今觀此，謂天道禍淫，不終厥命者，益有感於共父之言云。〔註 330〕

此表指曹操帖。這比程子的「持敬」更為根本，除了以恭敬之心運筆，連所臨習的範本，也須慎加選擇。

南宋姜夔《續書譜》在〈風神〉一節中，敘述風神的由來有八，開頭即揭示「一須人品高。」〔註 331〕，同是南宋的費袞，《梁谿漫志》云：

> 書與畫，皆一技耳，前輩多能之，特遊戲其間。後之好事者爭譽其工，而未知所以取書畫之法也。夫論書，當論氣節；論畫，當論風味。凡其人持身之端方，立朝之剛正，下筆為書，得之者自應生敬，況其字、畫之工哉？至於學問文章之餘，寫出無聲之詩，玩其蕭然

〔註 328〕 同註 327。

〔註 329〕 〈跋韓魏公與歐陽文忠公帖〉。朱熹撰《晦菴題跋》卷三。見楊家駱主編《宋人題跋》下（臺北市：世界書局，民 81）頁 129。

〔註 330〕 〈題曹操帖〉。同註 329，卷一，頁 73～74。劉敞（1022～1088），字貢父，號公非。北宋史學家，著有《彭城集》。《資治通鑑》副主編之一。

〔註 331〕 姜夔撰《續書譜》頁 9。見楊家駱主編《宋元人書學論著》（臺北市：世界書局，民 61）。

筆墨間，足以想見其人，此乃可寶。而流俗不問何人，見用筆稍佳
者，則珍藏之；苟非其人，特一畫工所能，何足貴也？〔註332〕
費袞，紹熙間國子監免解進士。〔註333〕他告訴人們能書善畫在前輩來說，不過
「遊戲其間」而已。既然後世「好事者爭譽其工」，什麼人的字畫方可寶惜？引
文「字畫之工」僅為初階，而「持身之端方，立朝之剛正」的人品與「學問文
章之餘，寫出無聲之詩」的文章之間，人品又居首選。「玩其蕭然筆墨間，足以
想見其人，此乃可寶。」下文，作者續云：「如崇寧大臣以書名者，後人往往唾
去，而東坡所作枯木竹石，萬金爭售，顧非以其人而輕重哉？」所謂「崇寧大
臣」，指的當是蔡京、蔡卞，北宋書法家。蔡京先後四次任宰相，掌權共達十
七年之久，是中國歷史上最著名的貪官之一，是權力慾望極強的人物。窮奢
極度，間接導致了北宋王朝的衰亡。蔡卞、蔡京之弟，參與過迫害「元祐黨
人」。〔註334〕引文與蘇軾對比，即可見其人之奸邪。歷史的審判，是以人品的
大是大非為準。因此說：「論書，當論氣節。」「蓄書畫者，當以予言而求之。」
　　元朝鄭杓《衍極》在〈至樸篇〉從文字誕生到元朝，舉出一些代表性人
物：「皇頡以降，凡五變矣。其人亡，其書存，古今一致，作者十有三人焉。」
〔註335〕從鄭杓正文看，「十有三人」；然而當我們讀畢卷一全文，找到的卻是
十四人。為什麼？劉有定的解釋是：

> 謂倉頡、夏禹、史籀、孔子、程邈、蔡邕、張芝、鍾繇、王羲之、
> 李陽冰、張旭、顏真卿、蔡襄也。李斯以得辠名教，故黜之。烏呼！
> 自書契以來，傳記所載，能書者不少，而《衍極》之所取者止此。
> 不有卓識，其能然乎！〔註336〕

〔註332〕〈論書畫〉。費袞撰《梁谿漫志》（臺北市：廣文書局，民58）卷六，頁181
　　　　～182。
〔註333〕按：有關三舍法「上等命以官，中等免禮部試，下等免解。」是指在太學三
　　　　舍中的「上舍」學生中，分為上中下三等。上等的直接給予官職；中等的免
　　　　考禮部試（即省試），但是要考殿試；下等的免考解試，但是要考省試及殿試。
〔註334〕按：北宋元豐八年（1085）宋神宗去世，年僅九歲的哲宗繼位，由宣仁太后
　　　　同處分軍國事，同年司馬光任宰相，全面廢除王安石變法、恢復舊制。前後
　　　　歷時九年。至此，支持變法的政治派別，被時人稱之為「元豐黨人」，反對變
　　　　法一派，則被稱之為「元祐黨人」。
〔註335〕鄭杓述、劉有定釋《衍極》卷一，頁204～205。見楊家駱主編《宋元人書學
　　　　論著》（臺北市：世界書局，民61）。
〔註336〕鄭杓述、劉有定釋《衍極》卷一，頁205。見楊家駱主編《宋元人書學論著》
　　　　（臺北市：世界書局，民61）。

自有書論以來，只要涉及小篆的由來，不可能遺漏李斯；只要涉及能書人名，不可能遺忘李斯；在以九品論書的時代，李嗣眞的〈書後品〉在九品之上特列「逸品」，而李斯更在「逸品」之首。曾幾何時，「李斯以得皋名教，故黜之。」劉有定在介紹李斯時，除去正常的敘述李斯整理文字、著《倉頡篇》、刻石誦秦德，更多出下列文字：「秦始皇謂史官非秦記，非博士官所職，天下敢有藏《詩》、《書》百家語者，悉詣守、尉燒之。有敢偶語《詩》、《書》者，弃市。以古非今者族。今（疑「令」字之誤）下三十日不燒，黥爲城旦。不去者，醫藥、卜筮、種樹之書。尋誘使御史悉按問諸生，傳相告引，始皇之除所犯禁者四百六十餘人，皆坑之咸陽。」〔註337〕這些文句悉取自《史記》的〈始皇本紀〉或〈李斯列傳〉究其原因，係爲「李斯以得皋名教，故黜之。」作註腳。

　　書法與道德之間的關係，一般最多追述到有書論之初，再遠也不過到西漢初年。但是，《衍極》卻推到文字創始：

　　　　夫字有九德，九德則法。法始乎庖羲，成乎軒、頡，盛乎三代，革乎秦、漢，極乎晉、唐，萬世相因。體有損益，而九德莫之有損益也。〔註338〕

所謂「九德」，劉有定已經指出言自《虞書》，並列出皋陶所說的內容。這不是重點，眞正的重心在「法始乎庖羲」、「萬世相因」，縱使「體有損益」，「九德莫之有損益也。」鄭杓是相當堅持的，不獨李斯被稱之爲「憸人也。」〔註339〕導致北宋淪亡的蔡京與蔡卞兄弟，其書跡也直接作如下斷語：「其悍誕姦傀，見於顏眉。吾知千載之下，使人掩鼻過之也。」〔註340〕

　　明人費瀛在其《大書長語》，開宗明義即云：

　　　　揚子雲以「書爲心畫」，柳誠懸謂「心正則筆正」，皆書家名言也。大書筆筆從心畫出，必端人雅士，胸次光瑩，膽壯氣完，肆筆而書，自然莊重溫雅，爲世所珍。故學書自作人始，作人自正心始。未有

〔註337〕同註336，頁209～210。

〔註338〕同註336，頁263。

〔註339〕鄭杓述、劉有定釋《衍極》卷三，頁278。見楊家駱主編《宋元人書學論著》（臺北市：世界書局，民61）。按：檢：不正。

〔註340〕同註339，卷四，頁327。按：這或許是蔡襄取代蔡京，成爲北宋四大家的重要原因。王紱在《書畫傳習錄》卷三中說：「世稱宋人書，則舉蘇、黃、米、蔡，蔡者謂蔡京也，後世惡其爲人，乃斥去之，而進端明書焉。端明（蔡襄）在蘇、黃前，不應元章（米芾）之後，其爲京無疑矣。」清翁振翼《論書近言》云：「東坡推蔡君謨爲宋書第一。予見蔡京書更佳，苟非其人，雖工不貴耳。」

心不正而能工書者，即工，隨紙墨渝減耳。〔註341〕

下文並舉出正反兩方面的例子。「正德中，江右李士實以大書名，然用偏鋒法，於眼已知其脈理不正，後以寧庶人敗，所書區署刊落殆盡。顏魯公、朱文公遺筆，幾經翻刻，亦皆潢治寶藏，莫敢褻視，斷碑隻字，世以永存。蘇文忠公論字，必稽其人之生平，有以也。」〔註342〕項穆的《書法雅言》，在述說過「心」與「相」的關係後，舉例更多，云：

> 桓溫之豪悍，王敦之揚屬，安石之躁率，跋扈剛愎之情，自露于豪楮間也。他如李邕之挺竦，蘇軾之肥骯，米芾之努肆，亦非純粹貞良之士，不過嘯傲風騷之流爾。至於褚遂良之道勁，顏眞卿之端厚，柳公權之莊嚴，雖于書法少容夷俊逸之妙，要皆忠義直亮之人也。

> 若夫趙孟頫之書，溫潤閑雅，似接右軍正脈之傳，妍媚纖柔，殊乏大節不奪之氣。所以天水之裔，甘心仇敵之祿也。〔註343〕

有此書而後有此人，還是有此人而後有此書？作者的結論與費瀛相同：「故欲正其書，先正其筆，欲正其筆，先正其心。」人有此心而後有此書，而後他人以此書觀其人。

明末遺老傅山，由於改朝換代，對書法與人品之間，更強調做人。《霜紅龕集》中有〈作字示兒孫〉一詩云：

> 作字先作人，人奇字自古。綱常叛周孔，筆墨不可補。誠懸有至論，筆力不專主。一臂加五指，乾卦六爻睹。誰爲用九者，心與孥是取。

> 永興逆義文，不易柳公語。未習魯公書，先觀魯公詁。平原氣在中，毛穎足吞虜。〔註344〕

大概的意思是說，作字從作人始，人特殊自然書跡不凡。但是特殊也不是離經叛道，而是在周公、孔子相傳下來的綱常模式。一句話，書法不是光看筆力（〈筆陣圖〉：「多力豐筋者勝，無力無筋者病。」），柳公權早說過「心正則筆正」。

〔註341〕〈正心〉。費瀛撰《大書長語》。見續修四庫全書編纂委員會編《續修四庫全書》（上海市：上海古籍出版社，1995）1065冊，頁177。下引同此。

〔註342〕按：寧庶人，寧王宸濠。明武宗正德十四年（1519）由寧王朱濠在南昌發動叛亂，波及江西北部及南直隸西南一帶（今江西省北部及安徽省南部），最後由南贛巡撫王守仁（王陽明）、吉安太守伍文定平定。李士實，爲寧王軍師代表。

〔註343〕項穆撰《書法雅言》頁46～47。見楊家駱主編《明人書學論著》（臺北市：世界書局，民62）。

〔註344〕傅山撰《霜紅龕集》（臺北市：漢華文化事業，民60）卷四，頁106～107。

為什麼說心才是主宰？我們的手臂加五根手指，宛如《易》卦的六爻，誰主宰我們的命運？在書法上，不外乎心與手。就算是追索到書聖王羲之，也不會改變柳公權的話語。要怎麼培養自己？從顏真卿書入手。顏書的剛貞，自可讓人氣吞胡虜。

陳玠《書法偶集》轉記傅山之語，云：

> 嘗臨二王書，羲之、獻之名幾千過，不以為意。唯魯公姓名，寫時不覺肅然起敬，不知何故？亦猶讀《三國志》，於關、張事，便不知不覺偏向在者里（這裡）也。
>
> 才展魯公帖，即不敢傾側睥睨者，臣子之良佑也。即如《爭座位》草稿，非復垂紳正笏體矣，而骨梗棱嶒，略無惜惜，如趙宣子朝服假寐時耳。〔註345〕

陳玠書學得之於陳奕禧，陳奕禧與傅山書風相近，故《書法偶集》所記傅山、陳奕禧二家之說為多；而且特別推崇傅山。因此，轉記之語當有所據，而且正符合傅山本人所言：「平原氣在中，毛穎足吞虜。」

書法界固然注重人品，但也早有書人不相應的論調。〔註346〕對於這類言辭，清人王澍《《雅塔聖教序》》跋曰：

> 評者謂此書如「瑤臺青瑣，宜映春林，嬋娟美女，不勝羅綺。」此僅得褚書之貌耳。河南連諍立武昭儀，引義極諫，叩頭流血，置笏于地，曰「還陛下笏」，此其骨幹與鐵石何異？宜其筆法瘦勁，如鐵線縮成，所謂「惟其有之，是以似之。」評者但以輕弱相擬，非知諸公者也。〔註347〕

又在〈褚河南《倪寬贊》〉跋云：

> 昔人論作書：「一須人品高，二須師法古，三須用力勁。」貞觀中，遂良官諫議大夫兼起居注，文皇嘗問：「朕有不善，卿亦記否？」對曰：「守道不如守官，職在載筆，君舉必書。」持此直亮風節，故其

〔註345〕陳玠撰《書法偶集》。見崔爾平選編《明清書法論文選》（上海：上海書店，1994）頁588。

〔註346〕董其昌撰《容臺集》（四）（臺北市：國立中央圖書館，民57）頁1891：「褚河南書，如瑤臺嬋娟，不勝綺靡。乃其人以大節著，所謂宋廣平鐵石心腸，而賦情獨冶豔。」按：亦見於陳玠《書法偶集》。見崔爾平選編《明清書法論文選》（上海：上海書店，1994）頁582。

〔註347〕王澍撰《竹雲題跋》卷三。見永瑢、紀昀等撰《欽定四庫全書》（上海市：上海古籍出版社，1987）684冊，頁679。

> 爲書外露柔閑，中含壬勁。評者但目爲「瑤臺青瑣，春林羅綺」，皮
> 相之論也。書法以人爲本，無其本而但效其書，縱使無筆不似，亦
> 優孟衣冠耳。〔註348〕

事實上，褚書評語最早見於張懷瓘《書斷》。評語之後，還有「增華綽約，歐、
虞謝之」，說明的是褚書比歐陽詢、虞世南寫得更爲優美。〔註349〕戀粹就感官
談書法，尚未與人品結合。提出與人品關係的資料顯示是明人。王澍的解釋，
仍舊是書如其人，有是人，方有是書；何況褚書「筆法瘦勁，如鐵線縮成」。

劉熙載又回到揚雄「書爲心靈」的理論：

> 揚子以書爲心畫，故書也者，心學也。心不若人而欲書之過人，其
> 勤而無所也宜矣。〔註350〕

您同樣舉書法界兩位鉅子爲例：「羲之之器量，見於郁公求墻時，東牀坦腹，
獨若不聞，宜其書之靜而多妙也。經綸見於規謝公虛談廢務，浮文妨要，宜
其書之實而求是也。」「《坐位帖》，學者苟得其意，則自運而輒與之合，故評
家謂之方便法門。然必胸中具具旁礡之氣，腕閒贍眞實之力，乃可語庶乎之
詣。不然，雖字摹畫擬，終不免如莊生所謂似人者矣。」〔註351〕前則正面說，
後則從學習者說，正符合引文「心不若人而欲書之過人，金勤而無所也宜矣。」

從唐到清末民初，雖亦有不以爲然者，書家當重視人品，大抵已成定論。
李瑞清云：「書學先貴立品，右軍人品高，故書入神品。決非胸懷卑汙而書能
佳者：此可斷言者。」〔註352〕沙孟海《近三百年的書學》評王鐸云：「歷來論
藝事的，並注重到作者的品格。王鐸是明朝的閣臣，失身於清朝的，只這一
個原因，已足減低他的作品的價值好幾成。」〔註353〕在家人如此、出家人亦
不例外。李叔同云：「出家人字雖然寫得不好，若是很有道德，那麼他的字是
很珍貴的，結果都是能夠『字以人傳』；如果對於佛法沒有研究，而是沒有道
德，縱能寫得很好的字，這種人在佛教中是無足輕重的了，……即能『人以

〔註348〕同註347，頁681。
〔註349〕〈張懷瓘書斷中〉。見張彥遠集《法書要錄》卷八，頁134。楊家駱主編《唐
　　　　人書學論著》（臺北市：世界書局，民64）。
〔註350〕劉熙載撰《藝概》（臺北市：廣文書局，民58）卷五，頁21。
〔註351〕劉熙載撰《藝概》（臺北市：廣文書局，民58）卷五，頁8、15。按：庶乎：
　　　　將近。
〔註352〕〈玉梅花盦書斷〉。《清道人遺集佚稿》頁305。見李瑞清著《清道人遺集》（臺
　　　　北縣永和壯，文海出版社，民58）。
〔註353〕鄭一增編《民國書論精選》（杭州：西泠印社出版社，2011）頁53。

字傳』——這是一樁可恥的事，就是在家人也是很可恥的事。」〔註354〕以此類推，一位書家，豈能不重視自己品德的修養？

三、小結

　　自來文論與書論，各自強調讀書或人品者，呈現文論與書論彼此觀念會通者，固不少見，而讀書與人品兼具之文論或書論亦復不少。

　　文論方面，韓愈說；「行之乎仁義之途，游之乎詩書之源。無迷其徒，無絕其源，終吾身而已矣。」所謂「行之乎仁義之途，游之乎詩書之源」，正是指作者的人品與讀書。這是作者為文的根源。元朝方回的「人品高，胷次大，學問深，筆力健，咸於此乎見之。」〔註355〕則是已經從作品中顯現。清朝方苞提出「義法」之說，單就文之整體，包括內容與形式，即融合以前道學家與古文家之文論。主張：「義即《易》之所謂『言有物』（內容）也，法即《易》之所謂『言有序』（形式）也。義以為經而法緯之，然後為成體之文。」〔註356〕義是主而法是從。義是何物？或許陽湖派惲敬的說法可以做為回答：「作文之法，不過理實氣充，理實先須致知之功，氣充先須寡欲之功。」〔註357〕致知正是讀書，而寡欲豈非正心？

　　書論方面，蘇軾是文論與書論兩面兼具，從實質的角度，可以說是理論化的具體表現。黃庭堅說：「東坡道人少日學《蘭亭》，故其書姿媚似徐季海；至酒酣放浪，意忘工拙，字特瘦勁，迺似柳誠懸。中歲喜學顏魯公、楊瘋子書，其合處不減李北海。至於筆圓韻勝，挾以文章妙天下，忠義貫日月之氣，本朝善書當推為第一。」引文前大部分屬於技法，「筆圓韻勝」是整體的成果，根源則在於「文章妙天下，忠義貫日月」。前句屬於經典的涵泳，後句屬於人品的修養，三者兼具，足可作為後世文人、書家的榜樣。

　　下段引文則是黃庭堅一生經驗的總結：

〔註354〕〈談寫字的方法〉。李叔同著、行痴編《李叔同談藝》（臺北縣新店市：八方出版社，2008）頁389。

〔註355〕〈孫元京詩集序〉。方回撰《桐江續集》（臺北市：臺灣商務印書館，民59）卷三十二，頁16。

〔註356〕〈又書貨殖傳後〉。方苞撰《望溪文集》（臺北市：臺灣中華書局，民61）卷二，頁14。言有物出自方苞〈進《四書》《文選》表〉：「故凡所錄取，皆以發明義理，清真古雅，言必有物為宗。」作者誤置：言有序出自《易‧艮》：「言有序，悔亡。」

〔註357〕《大雲山房文稿二集》〈言事‧答來卿書〉。惲敬撰《大雲山房全集》（臺北市：臺灣中華書局，民61）卷二，頁8。

少年以此繒來乞書，渠但聞人言老夫解書，故來也爾；然未必能別
功楷也。學書要須胸中有道義，又廣之以聖哲之學，書乃可貴。若
其靈府無程，政使筆墨不減元常、逸少，只是俗人耳。余嘗爲少年
言：士大夫處世可以百爲，唯不可俗；俗便不可醫也。或問不俗之
狀，老夫難言也。視其平居，無以異於俗人，臨大節而不可奪，此
不俗人也。平居終日，如含瓦石，臨事一籌不畫，此俗人也。雖使
郭林宗、山巨源復生，不易吾言也。〔註358〕

郭林宗，即郭泰，東漢聞人。善於品題，一旦受到郭林宗批評，便會遭人冷
落；山巨源，即山濤。晉時爲吏部尙書，凡選用人才，親作評論，然後公奏，
時稱「山公啓事」，廣受好評。引文之意，若人品不佳，胸無點墨，郭泰、山
濤再生，書亦難列流品。

　　南宋姜夔《續書譜》在〈風神〉一節中，敘述風神的由來有八，前兩項
即標明「一須人品高，二須師法古。」〔註359〕這個人品，即是本節後半的德
行，而古即是第一節的摹擬與本節前半所言文事涵養。

　　此後，爲學與做人成爲書家基本的素養，時爲書論所述及。元人郝經
說：

讀書多，造道深，老練世故，遺落塵累，降去凡俗，翛然物外，下
筆自高人一等矣。此又以道進技，書法之原也。〔註360〕

並且認爲有了這個觀念，才是「書學」的開始：「道不足則技，始以書爲工，
始寓性情、襟度、風格其中，而見其爲人。專門名家，始有書學矣。」〔註361〕
明人王紱論書云：

通經學古，適性閑情，其本也。書之爲技，末之末也，胸無數百卷
書，不能作筆。心無敬畏意，無眞實體道意，雖筆畫精妙入神，其
品可以不傳。〔註362〕

〔註358〕〈書繒卷後〉。黃庭堅撰《山谷題跋》卷五。見楊家駱主編《宋人題跋》上（臺
　　　　北市：世界書局，民81）頁231。
〔註359〕姜夔撰《續書譜》頁9。見楊家駱主編《宋元人書學論著》（臺北市：世界書
　　　　局，民61）。
〔註360〕〈敘書〉。郝經撰《陵川集》（臺北市：臺灣商務印書館，民62）卷二十，頁
　　　　8～9。
〔註361〕〈移諸生論書法書〉。同註360，卷二十三，頁16。
〔註362〕王紱《書畫傳習錄・論書》。崔爾平選編《明清書法論文選》（上海：上海書
　　　　店，1994）頁41。

明人張懋修云：

> 字小藝也，……而胸中無千卷之資，日用乏忠恕之道以涵養之，則下筆自無千歲之韵。雖銀鈎蠆尾，八法具備，特墨客之一長，求其所謂落玉垂金、流奕清舉者，不可得。〔註363〕

李日華云：

> 余常泛論，學書必在能書，方知用筆。其學書又須胸中先有古今，欲博古今作淹通之儒，非忠信篤敬，直立根本，則枝葉不附。〔註364〕

清人蔣衡云：

> 夫言者心聲也，書亦然。……學者苟能立品以端其本，復濟以經史，則字裡行間，縱衡跌宕，盎然有書卷氣。苟無卷軸，即摹古絕肖，亦優孟衣冠；苟出心裁，非寒儉骨立，則怪異恣肆，非體之正也。
>
> 〔註365〕

沈道寬云：

> 多讀書，則落筆自然秀韻；多臨古佳翰，則體格神味自然古雅。而立品又居其要，伯英高逸，故瀟疏閒澹。右軍清通，故灑落風流。魯公忠孝大節，天人姿澤，此有不可假借者。世豈有下流人物，而翰墨居高等者耶？〔註366〕

蘇惇元的〈論書淺語〉，向屬罕見，鮮爲人知，也最爲平實，云：

> 書雖手中技藝，然爲心畫，觀其書而其人之學行畢見，不可掩飾，故雖紙堆筆冢，逼似古人，而不讀書則氣味不雅馴，不修行則其骨格不堅正，書雖工，亦不足貴也。學者臨摹古人帖，已得其形模筆勢，則可置之，惟肆力讀書、修行，雖不用功於書，而書自能進。不然，專功臨池，則書必難進，佳者不迥爲書工而已。東坡云：「退筆如山未足珍，讀書萬卷始通神。」此至論也。〔註367〕

〔註363〕《墨卿談乘》卷九。華人德主編《歷代筆記書論彙編》（南京市：江蘇教育出版社，1996）頁224。張懋修：張居正之子。

〔註364〕《紫桃軒雜綴》卷一。同註363，頁329～330。

〔註365〕蔣衡〈書法論〉。蔣和等撰《蔣氏遊藝秘錄九種》。見續修四庫全書編纂委員會編《續修四庫全書》（上海市：上海古籍出版社，1995）1068冊（上海市：上海古籍出版社，1995）頁443。

〔註366〕沈道寬撰《八法筌蹄》。見崔爾平選編《明清書法論文選》（上海：上海書店，1994）頁800。

〔註367〕蘇惇元撰〈論書淺語〉。同註366，頁867。

清末，楊守敬的《書學邇言》起首開宗明義即云：

> 梁山舟荅張芑堂書，謂學書有三要：天分第一，多見次之，多寫又
> 次之。……余又增以二要：一要品高，品高則下筆妍雅，不落塵俗。
> 一要學富，胸羅萬有，書卷之氣，自然溢於行間。古之大家，莫不
> 備此，斷未有胸無點墨，而能超軼等倫者也。〔註368〕

這些說法，都可以說綜合以上讀書、心性而言之，也可以說是上述諸多文字
的終點；更可以證明，宋朝之後到前清為止，是書界大多數人的共識，與文
論之共通幾出一轍。

額外的是書論與道德結合的過程中，鄭杓的《衍極》剔除李斯在書法的
地位，不得不令人聯想到真德秀的《文章正宗》。其序云：「正宗云者，以後
世文辭之多變，欲學者識其源流之正也。……夫士之於學，所以窮理而致用
也。文學雖學之一事，要亦不外乎此。故今所輯以明義理、切實用為主。其
體本乎古，其指近乎經者，然後取焉。否則，辭雖工，亦不錄。」〔註369〕為
天下學文者尋得目標，尋得門徑本是好事。目標是「窮理而致用」，沒有人反
對；方法是「其體本乎古，其指近乎經」，也不會有人反對。但是當選文時，
劉克莊〈題鄭寧文卷〉敘述真氏論文時有「書如〈逐客〉猶遭紲，辭取『橫
汾』亦恐非」之語，自注云：「西山先生編《文章正宗》，如〈逐客書〉之類，
止作小字附見；內詩歌一門，初委余裒輯，余取〈秋風辭〉，西山欲去之。蓋其
議論森嚴如此。」〔註370〕真德秀之學出於詹體仁，而詹氏為朱子門人，所以真
氏可謂尊朱子觀念形成此書；也可見鄭杓去除李斯，勢必受朱子後學之影響。

反之，文論有關人品之塑造，亦有取於書論。清末何紹基〈使黔草自敘〉
云：「所謂俗者，非必庸惡陋劣之甚也。同流合汙，胸無是非，或逐時好，或
傍古人，是之謂俗。直起直落，獨來獨往，有感則通，見義則赴，是謂不俗。
高松小艸，竝生一山，各與造物之氣通。松不顧草，草不附松，自為生氣，
不相假借。……前哲戒俗之言多矣，莫善於涪翁之言曰：『臨大節而不可奪，
謂之不俗。』欲學為人，學為詩文，舉不外斯恉。」〔註371〕按：「黔草」即指

〔註368〕 楊守敬著《書學邇言》（臺北市：藝文印書館，民63）頁1。
〔註369〕 〈序〉。真德秀編《文章正宗》。見永瑢、紀昀等撰《欽定四庫全書》（上海市：
　　　　 上海古籍出版社，1987）1355冊，頁5。
〔註370〕 〈題鄭寧文卷〉。劉克莊撰《後村集》卷十。同註368，1180冊，頁105。
〔註371〕 〈使黔草自敘〉。何紹基著《東洲草堂文集》（臺北縣永和市：文海出版社，
　　　　 民62）卷三，頁125。

黃庭堅之草書；文末「涪翁之言曰」語見《山谷題跋》之〈書繪卷後〉。足見文論、書論於人品，其共通者若是。

　　本小結本應歸結文論與書論在涵泳典籍及培養品德彼此間觀念之會通，卻重在勵學與敦品在文論與書論中並重的理論。特殊的是，論篇幅，書論勝過文論，究其原因，可能文學本文人分內事，讀書、立品理所當然；而書法爲餘事，在這兩方面容易被忽視，於是產生這種現象，以求平衡。明末趙宧光即曾引述一般人對文學與書法並非同等的看法：「字學二途：一途文章，一途翰墨；文章游內，翰墨游外，一皆六藝小學，而世以外屬小，內屬大。」〔註372〕論家或許因此，特別強調讀書與立品對書家的重要。

〔註372〕趙宧光撰《寒山帚談》頁 51。見楊家駱主編《明人書學論著》（臺北市：世界書局，民 62）。

第四章　創作論

　　功夫是創作的基本條件；若論創作，還有一項條件不可缺少——才性。文學上，劉勰《文心雕龍》云：「夫薑桂同地，辛在本性；文章由學，能在天資。才自內發，學以外成，有學飽而才餒，有才富而學貧。學貧者，迍邅於事義；才餒者，劬勞於辭情：此內外之殊分也。是以屬意立文，心與筆謀，才為盟主，學為輔佐，主佐合德，文采必霸，才學褊狹，雖美少功。」〔註1〕同樣，書法上，衛夫人的〈筆陣圖〉則直接說明：「自非通靈感悟，不可與談斯道矣。」〔註2〕李漁則兼綜所有藝術類型：「填詞種子，要在性中帶來。性中無此，做殺不佳。……性中帶來一語，事事皆然，不獨填詞一節，凡作詩、文、書、畫，飲酒，鬥棋，與百工技藝之事，無一不具夙根，無一不本天授。」〔註3〕可見才性在文學、書法創作上的必要。

　　功夫學養加上先天才氣，最後面對的就是創作。

〔註1〕〈事類〉。劉勰撰、范文瀾注《文心雕龍注》（臺北市：開明書局，民57）卷八，頁9。譯文：生薑肉桂都是依附土地而生，但是所以有辛辣的滋味，是因為本性如此。從事文學創作也是一樣，文章的寫作，可以由學得到進步，他的潛能，卻本於天賦。所以才能發自內在，學養成於外來。仔細觀察，有的人雖然學養豐富，但天才荏弱，有的人僅管天賦優異，而學養貧乏。學養貧乏的，常常在緝事比義時受到阻礙；天才荏弱的，也往往在修辭抒情時，不勝煩勞：這就是內發的天才和外成的學養，對寫作影響的最大不同啊！所以當一個作家有意寫文章的時候，要使內心的想像力，能和筆下的字句，謀求合作的話，天才就像會盟的盟主，學養如同輔佐的大臣，假如兩者合作無間，那麼作品必定能稱霸文壇。如果天賦偏枯，學養狹隘，作者雖有美好的構想，也難獲顯著的功效。

〔註2〕張彥遠集《法書要錄》卷一，頁3。楊家駱主編《唐人書學論著》（臺北市：世界書局，民64）。

〔註3〕李漁著《閒情偶寄》。見楊家駱主編《歷代詩史長編二輯》（臺北市：中國學典館復館籌備處出版：鼎文經銷，民63）七，頁25。

－169－

　　稱藝術作品的產生技巧，一般名之曰「創作」。站在每個人都是世上獨一無二的角度，製作的產品自然也是獨一無二的，稱作品的產生曰創作，似乎沒有什麼不可接受的。但是，「創作」一詞是開始創造的意思，而創造是開始發明造作的意思。造作有二意：一是作為、製作；二是人為的，不是自然的。綜合言之，創作是指此前沒有人作過，而今開始的人為的製作。至少是前無古人，首開先例之謂。陸機〈文賦〉即曾說：「課虛無以責有，叩寂寞而求音；函緜邈於尺素，吐滂沛乎寸心。」〔註4〕這是一個很微妙的技巧，從無到有，從方寸之間卻能吐露出龐大的內容，將所思維的面面，書寫在紙上。

　　但是，在先祖強調學習之，強調徵聖宗經之下，在師古法古成為入門的方式之下，在長遠歷史層層積累之下，一切作品，全然是前無古人的破天荒之作，幾乎成為不可能的事情。既然摹擬也是一種創作，創作的定義也就從寬使用。

　　本章探討兩個層面的問題：創作動機及其技巧。

第一節　創作動機

　　動機是引起個體活動、維持並促使活動朝向某一目標進行的內部動力。創作動機是指藝術家在動筆前的原因為何。為文動機大概有三：一為實用，一為抒情，三不為什麼；這三個動機書論也難自外。以下就這三方面，分別探討。

一、為實用

　　傳統的文學與書法在後世看來，是一個不必解釋，就能知曉其意的詞語。他們各是藝術的一類，各有各的形式，各有各的表現範疇，各自獨立，毫不相涉；事實則不然。他們共同的特色就是使用我國特有的文字，作為表達的媒介。

　　任何文字的發明，都是用來紀錄語言。語言是用人類所能發出的聲音，描述感官所接受到一切的主要手段；而文字則是語言的紀錄。劉勰說：「心生而言立，言立而文明。」〔註5〕就是這個意思。我國特有的書法也相同，鄭杓

〔註4〕昭明太子撰《文選》（臺北縣板橋鎮：藝文印書館，民72）卷十七，頁246。
　　　　譯文：作文是試探虛無而索取實有，扣擊無聲而求得有聲，將數不清的事寫在尺長的絹帛上，心雖方寸，卻吐露出龐大的內容。
〔註5〕劉勰撰、范文瀾注《文心雕龍注》（臺北市：開明書局，民57）卷一，頁1。

說：「言者心之宣也，書者聲之寄也。」〔註6〕

　　姑不論語言的功能是爲了傳情還是達意，此二者都屬於實用。因此，在紀錄言事的時代，紀錄完全接續語言的功能。尙不只此，文字有彌補語言不能傳達，不能傳世的缺憾。《淮南子・本經訓》裡還有一句如此說：

　　　昔者蒼頡作書，而天雨粟，夜鬼哭。〔註7〕

初看，這是一句荒誕不經的神話，可以略而不論。但這是一個譬喻，天何須落下如粟般大的雨滴？鬼何須夜裡嚎啕哭泣？因爲有了文字後，揭開了天地間的奧秘，記錄了人類成長的歷程，過往經驗的結晶，使往昔口頭相傳的、不可靠的方式，從此有了一個穩固的載體。天雨粟代表造化不能隱藏秘密，鬼夜哭代表靈怪不能逃遁形體。〔註8〕明朝何良俊的《四友齋書論》直接點出「以其泄天地之秘也！」〔註9〕

　　這種實用的功能是打從我國文字創生以來就註定的，也是文學與書法最初的，共同的價值。簡言之，文字的創生及其紀錄的運用，基點就是爲了實用。

　　目前可見最古，最不引起爭論的成句的甲骨貞卜、銅器銘文〔註10〕，沒有不是站在實用觀點的紀錄。書面文獻，也未嘗不是如此。《尙書》是中國最古的歷史，也是中國最古的散文。雖說一向被稱爲經，論其本質，正如《春秋》一樣，實實在在是一本古史。所謂「左史記言，右史記事，言爲《尙書》，事爲《春秋》」〔註11〕，正說明了這兩本書的性質；而從兩個「記」字，分明看出這是紀錄。

〔註6〕　鄭杓述、劉有定釋《衍極》卷二，頁221。見楊家駱主編《宋元人書學論著》（臺北市：世界書局，民61）。

〔註7〕　〈本經訓〉。劉安著《淮南鴻烈解》（北京市：中華書局，1985）卷八，頁249。

〔註8〕　張彥遠這樣解讀倉頡的神話：「造化不能藏其秘，故天雨粟；靈怪不能遁其形，故夜鬼哭。」《歷代名畫記》（臺北市：臺灣商務印書館，民64）卷一，頁8。

〔註9〕　何良俊《四友齋書論》頁3。見楊家駱主編《明人書學論著》（臺北市：世界書局，民62）。

〔註10〕　〈祭統〉云：「夫鼎有銘，銘者自名也，自名已稱揚先祖之美，而明著之後世也。……銘者，論譔其先祖之有德善、功烈、勳勞、慶賞、聲名，列於天下而酌之祭器，自成其名焉，以祀其先祖者也。」鄭玄注《禮記》（臺北市：新興書局，民60）卷十四，頁170。

〔註11〕　按：《禮記・玉藻》：「動則左史書之，言則右史書之。」《漢書・藝文志》：「古之王者世有史民，君舉必書，所以慎言行，昭法式也。左史記言，右史記動，事爲《春秋》，言爲《尙書》，帝王靡不同之。」《文心雕龍・史傳》：「古者，左史記事者，右史記言者。言經則《尙書》，事經則《春秋》。」劉勰撰、范文瀾注《文心雕龍注》（臺北市：開明書局，民57）卷四，頁1。

　　韓愈說：「周〈誥〉殷〈盤〉，佶屈聱牙。」〔註12〕之所以「佶屈聱牙」，並非此中有何奧妙之理，也並非作者的文章特別高深；原因是周〈誥〉殷〈盤〉中的文辭，全都是當時口語的紀錄。紀錄以後，沒有變動；而語言卻隨著時代的變異而改變。原本被紀錄的語言與新生語言之間相去日遠，後世人讀之，莫名所以，自覺「佶屈聱牙」：這又證明文字的目的是一種紀錄。

　　若從文體觀察，早初不外典、謨、訓、誥、誓、命六體。典是典冊高拱，謂堯、舜德教可爲後世常法；謨是嘉謨嘉猷，謂禹與皋陶、益、稷等贊襄獻替，君明臣良，可爲後世懿範；訓是誨導啓迪之義；誥爲曉諭臣民之辭；誓爲約束臣民之言；命爲戒飭臣工之詔：依其性質可知，這六體能說當年左右史官不是爲實用而紀錄？

　　專門文論興起後，文體的分類同樣見端倪，曹丕《典論・論文》分奏議、書論、銘誄、詩賦四體。陸機〈文賦〉分詩、賦、碑、誄、銘、箴、頌、論、奏、說十體。六朝時代的代表：《文章緣起》分八十四題，性質相同者甚多；不計。《文心雕龍》五十篇，除末篇〈序志〉爲序，餘四十九篇，中間純粹論列文體者二十篇。計〈明詩〉、〈樂府〉、〈詮賦〉、〈頌讚〉、〈祝盟〉、〈銘箴〉、〈誄碑〉、〈哀弔〉、〈雜文〉、〈諧隱〉、〈史傳〉、〈諸子〉、〈論說〉、〈詔策〉、〈檄移〉、〈封禪〉、〈章表〉、〈奏啓〉、〈議對〉、〈書記〉。前數篇或許偏純文學，從〈頌讚〉、〈祝盟〉到〈議對〉、〈書記〉很難說不是爲實用而文學。《文選》羅列文體如下：賦、詩、騷、七、詔、冊、令、教、文、表、上書、啓、彈事、牋、奏記、書、移、檄、難、對問、設論、辭、序、頌、贊、符命、史論、史述贊、論、連珠、箴、銘、誄、哀文、哀策、碑文、墓誌、行狀、弔文、祭文共四十類。賦、詩、騷、七或許算是純文學，其餘難逃爲實用而爲；而且純文學與實用之間難成比例。南朝先賢試圖切割「文」與「筆」，但從內容觀察，終難劃清。〔註13〕

　　就算是一般認知純文學的《詩經》，雖然不少的篇章是抒情之作，其中部分詩篇作者，明白寫出作詩的目的和意圖，例如《大雅・崧高》云：「吉甫作誦，其詩孔碩，其風肆好，以贈申伯。」〔註14〕這是周宣王之舅申伯被封於謝，大臣尹吉甫特地作詩贈送。全詩是爲了頌揚申伯的德行。《小雅・節南山》

〔註12〕　〈進學解〉。韓愈撰、馬其昶校注《韓昌黎文集校注》（臺北市：世界書局，2002）頁46。
〔註13〕　參見第三章第一節〈文論中的文體〉。
〔註14〕　〈大雅・崧高〉。朱熹集註《詩集傳》（臺北市：臺灣中華書局，民59）卷十八，頁213。

云：「家父作誦，以究王訩，式訛爾心，以畜萬邦。」〔註15〕這是周幽王時，大夫家父諷刺太師尹氏弊政而作。尹氏執政不公，任用小人，天怒人怨。家父自言，整首詩是爲了追究幽王身邊的「凶人」，以改變其心，達到撫養「萬邦」的目的。其餘如「維是褊心，是以爲刺。」〔註16〕「王欲玉女，是用大諫。」〔註17〕等，都不離爲實用。

如此看來，實用性的比例遠大過非實用性，誰說文學不是爲實用而爲文？

（一）文論中的實用觀

實用的觀念代代相傳，西漢末的揚雄，早年風靡司馬相如所作的賦，推崇道：「長卿賦不似從人間來，其神化所至邪？」〔註18〕意謂非人間所有，乃來自仙界。揚雄「以爲賦者，將以風之」，後來發覺「武帝好神仙，相如上〈大人賦〉欲以風，帝反縹縹有陵雲之志。繇是言之，賦勸而不止，……於是輟不復爲。」〔註19〕揚雄的觀念，一位賦家，要下筆，必然有諷諭的實用性；若不能達到這個目的，下筆何爲？《法言·吾子》紀載了相同的觀念：「問：『景差、唐勒、宋玉、枚乘之賦也，益乎？』曰：『必也淫。』『淫則奈何？』『……如孔氏之門用賦也，則賈誼升堂矣，相如入室矣。——如其不用何！』」〔註20〕有人問揚雄：「景差、唐勒、宋玉、枚乘等人的賦，對世間有益嗎？」揚雄回答：「作賦一定要用誇張的言辭。」「誇張了又怎麼樣？」「……他們幾位如果孔子門下作賦的話，賈誼已經升上堂階，司馬相如進入內室。——可惜不被採用又能奈何！」像相如這般頂尖高手，有神化般的詞藻，結果無益於世，爲賦何用？同樣，賈誼雖不如相如，不爲所用則同；如此，爲賦何益？

漢室，以儒家爲主流。漢季傳出的〈毛詩序〉，認爲《詩三百》之所以作，是因爲：

> 正得失，動天，感鬼神，莫近於詩。先王以是經夫婦，成孝敬，厚人倫，美教化，移風俗。

〔註15〕 〈小雅·節南山〉。同註14，卷十一，頁 129。
〔註16〕 〈魏風·葛屨〉。同註14，卷五，頁 63。譯文：正因爲這個「好人」心地褊狹，所以作一首詩來諷刺諷刺她。
〔註17〕 〈大雅·民勞〉。同註14，卷十七，頁 200。
〔註18〕 劉歆撰《西京雜記》（臺北市：臺灣商務印書館，民68）頁 13。
〔註19〕 〈揚雄傳〉。班固撰《漢書》（臺北市：鼎文書局，民69）卷八十七下，頁 3575。
〔註20〕 揚雄撰、李軌注《法言》（臺北市：臺灣中華書局，民55）卷一，頁 1。

上以風化下，下以風刺上：主文而譎諫。言之者無罪，聞之者足以
戒，故曰風。

國史明乎得失之迹，傷人倫之廢，哀刑政之苛，吟詠情性以風其上：
達於事變而懷其舊俗者也。故變風發乎情，止乎禮義。發乎情，民
之性也；止乎禮義，先王之澤也。〔註21〕

對於儒家而言，文學豈止是單純的紀錄而已？它被賦予了經天緯地的崇高任
務。到東漢班固作《漢書・藝文志・諸子略序》，對儒家更作如下結論：「儒
家者流：蓋出於司徒之官。助人君，順陰陽，明教化者也。」〔註22〕後人或
明引，或暗用，內容似乎都不離以上範圍。

王充是位非常具有獨立精神的思想家，其〈對作〉篇說明著作《論衡》
一書的原因是：「所以銓輕重之言，立眞僞之平，……冀悟迷惑之心，使知虛
實之分。」〔註23〕；其〈佚文〉篇說明對著作的看法，云：「文豈徒調墨弄筆
爲美麗之觀哉？載人之行，傳人之名也。善人願載，思勉爲善；邪人惡載，
力自禁裁。然則文人之筆，勸善懲惡也。」〔註24〕

鄭玄是一位集古今文經大成的經學家，《毛詩注疏》對《三百篇》的著作
之由，認爲：「詩者絃歌諷喻之聲也。自書契之興，朴略尚質。面稱不爲諂，
目諫不爲謗。君臣之接如朋友，然在於誠懇而已。斯道稍衰，姦僞以生，上
下相犯。及其制禮，尊君卑臣；君道剛嚴，臣道柔順。於是箴諫者希，情志
不通，故作詩者，以誦其美而譏其過。」〔註25〕《三百篇》之作，是「箴諫
者希，情志不通」的情況下，作者藉以「誦其美而譏其過」。可見文學的實用
觀，不待專門性文論產生，早已深植人心。

魏文帝曹丕《典論・論文》的出現，將文學變成個人留名世間最佳的工
具，云：

蓋文章者，經國之大業，不朽之盛事。年壽有時而盡，榮樂止乎其
身。二者必至之常期，未若文章之無窮。是以古之作者，寄身於翰

〔註21〕 昭明太子撰《文選》（臺北縣板橋鎮：藝文印書館，民72）卷四十五，頁649。
譎諫：委婉諷刺。國史：歷經前因後果的耆舊。止乎禮義：國史懷舊的終站，
是往昔守規中矩的美好歲月。

〔註22〕 同註19，卷三十，頁1728。

〔註23〕 王充著《論衡》五（北京市：中華書局，1985）卷二十九，頁305～306。

〔註24〕 同註23，四，卷二十，頁220。

〔註25〕 〈詩譜序〉頁2：「大庭軒轅，逮於高辛。其實有亡，載籍亦蔑云焉。」疏文。
毛亨傳、鄭玄箋、孔穎達疏《毛詩注疏》（臺北市：臺灣商務印書館，民57）。

墨，見意於篇籍；不假良史之辭，不託飛馳之勢，而聲名自傳於後。

故西伯幽而演《易》，周旦顯而制禮，不以隱約而弗務，不以康樂而

加思。〔註26〕

我們分析他說話的背景。文中以周文王和周公旦爲例，一個是一方之霸，一個是人臣之極，不論該篇作於曹丕爲王儲時，還是已經登基爲天子，所隱喻的，顯然是說我已位極至尊，榮華無虞，剩下的只有在歷史上留下美名；方法：憑藉文章。他的弟弟曹植，也有類似的話語：

辭賦小道，固未足以揄揚大義，彰示來世也。昔揚子雲，先朝執戟

之臣耳，猶稱壯夫不爲也。吾雖德薄，位爲蕃侯，猶庶幾戮力上國，

流惠下民，建永世之業，留金石之功；豈徒以翰墨爲勳績，辭賦爲

君子哉！若吾志未果，吾道不行，則將采庶官之實錄，辯時俗之得

失，定仁義之衷，成一家之言；雖未能藏之於名山，將以傳之於同

好。〔註27〕

曹植述說的是人生兩條路：一是立功。身爲王弟，曹植的第一志願仍在「戮力上國，流惠下民，建永世之業，流金石之功」；退求其次，才是立言。「定仁義之衷，成一家之言」，「藏之於名山」，「傳之於同好」。

但是他們兄弟共同的特色，爲文的動機都重在自我生命的歷史定位。文章成爲留名千古的工具。

承繼前人餘緒，不論爲天下，不論爲個人，以上觀念代代相傳：

伊茲文之爲用，固眾理之所因；恢萬里而無閡，通億載而爲津。俯

貽於來葉，仰觀象乎古人。濟文、武於將墜，宣風聲於不泯。塗無

遠而不彌，理無微而弗綸。配霑潤於雲雨，象變化乎鬼神，被金石

而德廣，流管絃而日新。〔註28〕

〔註26〕昭明太子撰《文選》（臺北縣板橋鎮：藝文印書館，民72）卷五十二，頁734。

〔註27〕〈與楊德祖書〉。昭明太子撰《文選》（臺北縣板橋鎮：藝文印書館，民72）
卷四十二，頁605～606。執戟：漢職官名，掌管宿衛殿門。庶官：百官。多
指一般官員。

〔註28〕〈文賦〉。同註27，卷十七，頁249。譯文：文章的功用，在於各種道理因爲
它而得以表達。可以廣傳萬里而無隔閡，可以貫穿億年而爲橋梁。可以垂範
未來，可以取法古人。可以挽救文、武之道免墜餘地，可以宣揚風教使不致
泯滅。沒有任何遙遠、細微的道理不藉此彌縫、牽引。它可與霑漑萬物的雲
雨相匹配，如同變化多端的鬼神；它可以刻之金石，播於管絃，使聖德普遍
流傳而日新又新。

文章者，所以宣上下之象，明人倫之敘，窮理盡性，以究萬物之宜者也。〔註29〕

唯文章之用，實經典枝條。五禮資之以成，六典因之致用。君臣所以炳煥，軍國所以昭明。〔註30〕

文籍生，書契作，詠歌起，賦頌具，成孝敬於人倫，移風俗於王政，道綿乎八極，理決乎夷垓，贊動神明，雍熙鍾后，此之謂人文！〔註31〕

朝廷憲章，軍旅誓誥，敷顯仁義，發明功德，牧民建國，施用多途。〔註32〕

以上引文，分別出自陸機〈文賦〉、摯虞《文章流別論》、劉勰《文心·序志》、蕭綱《昭明太子集·序》、顏之推《顏氏家訓》。時間跨越西晉至梁、（北）齊，三百年不可謂不長，為實用而為文，卻十分一致。

隋末大儒王通，同樣堅持文學為高遠的目標而下筆：

李伯藥見子而論詩，子不答。伯藥退謂薛收曰：「吾上陳應、劉，下述沈、謝，分四聲八病，剛柔輕濁，各有端序，音若塤篪，而夫子不應。我其未達歟？」薛收曰：「吾嘗聞夫子之論詩矣！上明三綱，下達五常，於是微存亡，辯得失，故小人歌之，以貢其俗，君子賦之以見其志，聖人采之以觀其變。今子營營馳騁乎末流，是夫子之所痛也；不答，則有由矣。」〔註33〕

〔註29〕 嚴可均校輯《全上古三代秦漢三國六朝文》（北京市：中華書局，1958）《全晉文》卷七十七，頁1905。窮理盡性：原指徹底推究事物的道理，透徹瞭解人類的天性。後泛指窮究事理。

〔註30〕 劉勰撰、范文瀾注《文心雕龍注》（臺北市：開明書局，民57）卷十，頁2。枝條：樹木旁生的細小枝幹。五禮：吉（祭祀）、凶（喪禮）、賓（賓客）、軍（軍旅）、嘉（冠婚）。六典：治典、教典、教點、政典、刑典、事典。鄭玄注《周禮鄭氏注》（北京市：中華書局，1985）卷四〈地官司徒·保氏〉，頁88；卷一〈天官冢宰·大宰之職〉，頁9。資：憑藉。炳煥：顯著。

〔註31〕 同註29，《全梁文》卷十二，頁3016。道綿乎八極，理決乎九垓，贊動神明，雍熙鍾石：使道理由中央綿延通達到各地，協助撼動神明，使千石大鐘的音響和諧。

〔註32〕 〈文章〉。顏之推撰《顏氏家訓》（臺北市：臺灣中華書局，民57）卷四，頁1。

〔註33〕 〈天地篇〉。王通撰、阮逸注《中說》（臺北市：廣文書局，民64）卷二，頁14。塤：古時用土製成的樂器；篪：古時用竹管製成的樂器。象塤、篪的樂音一般和諧。

引文中的「子」、「夫子」，指的是王通。王通，隋人。當時政治上雖楊堅統一南北，但文壇風行的卻是自曹魏以來漸趨駢麗的時尚，又加上沈約、謝朓等人創導的聲律之學。文中藉著李伯藥與薛收間的對話，傳達王通的文學觀。在王通心中與往常的文論家所述相同，詩為「上明三綱，下達五常，於是徵存亡，辯得失，故小人歌之，以貢其俗，君子賦之以見其志，聖人采之以觀其變」，是有所為而為，是倫理綱常的維護者，豈可汲汲營營於齊、梁以來「四聲八病，剛柔輕濁」細屑之末流？

　　唐代，先是史學家已經定下文學的實用價值觀：

> 自楚漢以降，辭人世出，洛汭、江左，其流彌暢，莫不思侔造化，明竝日月。大則憲章典謨，禪贊王道；小則文理清正，申紓性靈。至於經禮樂，通古今，述美惡，莫尚乎此。〔註34〕

> 上所以敷德教於下，下所以達情志於上。大則經緯天地，作訓垂範；次則風謠歌頌，匡主和民。或離讒放逐之臣，塗窮後門之士，道軮軻而未遇，志鬱抑而不伸，憤激委約之中，飛文魏闕之下，奮迅泥滓，自致青雲，振沈溺於一朝，流風聲於千載，往往而有。是以凡百君子，莫不用心焉。〔註35〕

與六朝時不同，在擴大範圍。由經天緯地，經國安邦，到個人情志的表達，都在其內。唐朝的古文家，無不以實用為主。如李華、獨孤及、梁肅、崔元翰、權德輿等皆是；柳冕論文尤重於教化，而教化同樣是一種實用。〔註36〕

　　前引〈毛詩序〉：「上以風化下，下以風刺上；主文而譎諫。言之者無罪，聞之者足以戒，故曰風。」又經過鄭玄《毛詩注疏》對《三百篇》著作之由的解釋，發展而成為古代文論中，最流行的一個理論：「美刺說」。美就是歌頌；刺就是暴露。文論家們普遍認為文藝必須透過對生活的歌頌或揭露，才能達到勸善懲惡的目的。白居易對於詩的看法，頗為極端。其〈與元九書〉細數《詩三百》的時代與其後各時代的不同，在於《詩三百》「言者無罪，聞者足誡。」詩的作用「言者、聞者，莫不兩盡其心焉。」因此，悟出一個道理：

〔註34〕　〈文學傳序〉。魏徵、姚思廉等撰《陳書》（臺北市：鼎文書局，民67）卷三十四，頁453。

〔註35〕　〈文學傳序〉。魏徵等撰《隋書》（臺北市：鼎文書局，民68）卷七十六，頁1729。軮軻：坎坷。奮迅泥滓：從艱難困苦的環境中奮發振作。

〔註36〕　見第三章第二節〈文論的重德〉。

文章合爲時而著，歌詩合爲事而作。〔註37〕

又其〈新樂府并序〉給予同樣的答案：

爲君，爲臣，爲民，爲物，爲事而作，不爲文而作也。〔註38〕

這個觀念到宋依舊。宋初尊韓，孫復之言可爲代表：

《詩》、《書》、《禮》、《樂》、《大易》、《春秋》之文也，總而謂之經者。以其終於孔子之手，尊而異之爾。斯聖人之文也，後人力薄，不克以嗣，但當左右名教，夾輔聖人而已。或則發列聖之微旨，或則摘諸子之異端，或則發千古之未寤，或則正一時之所失，或則陳仁政之大經，或則斥功利之末術，或則揚賢人之聲烈，或則寫下民之憤歎，或則陳天人之去就，或則述國家之安危，必皆臨事摭實，有感而作。爲論爲議，爲書疏、歌詩、贊頌、箴辭、銘說之類。雖其目甚多，同歸於道，皆謂之文也。〔註39〕

我們看所列項目，無一不是有所爲而爲；而這個有所爲，必有關人事，「左右名教，夾輔聖人」，而不爲作者自己。

宋朝文人界分成三派：政治家、古文家及道學家。政治家以王安石、司馬光爲代表，政治人物對文學，本以實用爲重。〔註40〕如同儒家自〈毛詩序〉時，對文學一向的實用態度。古文家以歐陽脩爲代表。他繼承韓愈精神，於是以帶有高度道德語氣及古雅平實的散文風格，寫嚴肅的論文、正史和詩。當討論到「文」，不論是廣義的「文學」或狹義的「散文」，尤其是「古文」時，他堅持實用態度，且遵循文學應該宣揚「道」的教旨。〔註41〕道學家成員像周敦頤、程氏兄弟和朱熹，將道字理解爲道德原理而非天地自然原理。三派間意見不盡相同，但皆不離於實用。最有名的是被稱爲理學家之首的周敦頤言：

〔註37〕 白居易著、朱金城箋校《白居易集箋校》（上海市：上海古籍出版社，1988）卷四十五，頁2792。合：該。

〔註38〕 同註37，卷三，頁136。

〔註39〕 〈答張洞書〉。孫復撰《孫明復小集》（臺北市：臺灣商務印書館，民67）卷二，頁31～32。左右：護衛。名教：禮教即禮儀教化，禮教是指中國傳統文化中的禮樂文化，因其重視名份，又稱名教，即以名爲教。摘：挑別、指摘。摭實：摘取事實。

〔註40〕 按：王安石之說可見〈上人書〉、〈與祖擇之書〉，《臨川先生文集》卷七十七。司馬光之說可見〈答孔文仲司戶書〉，《溫國文正司馬公文集》卷六十。

〔註41〕 參看第二章第二節〈本之心性〉的〈道德之心〉。

> 文所以載道也。輪轅飾而人弗庸，徒飾也。況虛車乎？文辭，藝也；
> 道德，實也。篤其實，而藝者書之；美則愛，愛則傳焉。〔註42〕

文章不過用來記載道理而已。車輛經過裝飾人卻不捨得使用，只是白白裝飾，何況是輛不用的車？文章重詞彙，是一種藝術；道德才是它的實質。能確實使用，加上美好的技巧書寫出來；寫得美，人們喜歡，喜歡就能傳布。「文以載道」之說由此而來。道需文以傳，文需道以實。周氏這種道學的文學概念，成為中國文學批評史最常被引用的詞語之一。

後世儒家實用理論家，如方孝儒〈讀朱子感興詩〉、陳獻章〈弘惕齋詩集後序〉，大體而言，並沒有發展出不同的理論，直至清季民初都是如此。顧炎武，鑒於明季覆亡，更倡言「文須有益於天下」之論。〔註43〕

桐城派基本上欲合考據於義理，再合義理於詞章，已非純粹之文。〔註44〕至於詩，沈德潛，乾隆皇帝所鍾愛的詩人和文人，同樣堅持實用概念。《說詩晬語》中，一開始就說：

> 詩之為道，可以理性情，善倫物，感鬼神，設教邦國，應對諸侯，
> 用如此其重也。〔註45〕

《重訂唐詩別裁》序文中，說出類似的話語：「詩教之尊，可以和性情，厚人倫，匡政治，感神明。」〔註46〕《清詩別裁》序文中重新申述道：「詩必原本性情，關乎人倫日用，及古今成敗興壞之故者，方為可存。」〔註47〕這些話與兩千年前〈毛詩序〉內容完全相同，可見傳統接受儒家思想的文人，對文學實用的觀念的堅持。

〔註42〕〈通書・文辭第二十八〉。周敦頤撰《周濂溪集》（北京市：中華書局，1985）卷六，頁117。第二章第二節〈文論言道德〉頁55有「貫道」一詞。貫道與載道之別：貫道是道必藉文而始顯；載道是文須因道而成。見郭紹虞著《中國文學批評史》（臺北市：盤庚出版社，民67）上卷，頁4、5。
〔註43〕「文須有益於天下」條云：「文之不可絕於天下者，曰明道也，紀政事也，察民隱也，樂道人之善也。若此者有益於天下，有益於將來，多一篇多一篇之益矣。若夫怪、力、亂、神之事，無稽之言，勦襲之說，諛佞之文，若此者有損於己，無益於人，多一篇多一篇之損矣。」顧炎武撰《日知錄》（臺北市：臺灣商務印書館，民54）（七）卷十九，頁1。
〔註44〕參見第三章第二節〈文論上的涵泳〉劉大魁語。
〔註45〕沈德潛著《說詩晬語》卷上，頁1。丁福保編訂《清詩話》（臺北市：藝文印書館，民54）。
〔註46〕〈重訂序〉頁1。沈德潛選注《唐詩別裁》（臺北市：臺灣商務印書館，民54）。
〔註47〕〈凡例〉頁2。沈德潛選《清詩別裁》（臺北市：臺灣商務印書館，民54）。

民初，承前清續餘，文學的實用觀依舊。黃節，曾任國立北京大學詩學教授多年。在《詩學》序言的開頭，如此宣稱他對詩的看法：

> 夫詩教之大，關於國之興微，而今之論詩者，以爲不急。或則沈吟乎斯矣，而又放敖於江湖裙屐間；借以爲揄揚贈答者有之。詩之衰也，詩義之不明也。〔註48〕

在《阮步兵詠懷詩注》自敘中，重申他對詩的實用觀：「世變既亟，人心益壞。道德禮法，盡爲奸人所假竊，黠者乃藉辭圖煽滅之；惟詩之爲教，最入人深。獨於此時，學者求詩則若饑渴。余職在說詩，欲使學者緣詩以明志而理其性情，於人之爲人，庶有裨也。」〔註49〕

必須一提的是，小說、戲曲由宋、元至明、清蔚爲大國，休閒娛樂爲其宗旨，但也有其實用目的。袁無涯的〈忠義水滸傳全書發凡〉云：

> 「傳」始於《左氏》，論者猶謂其失之誣，況稗說乎！顧意主勸懲，雖誣而不爲罪。今世小說家雜出，多離經叛道，不可爲訓。間有借題說法，以殺盜淫妄行警戒之意者，而釘拾而非全書，或捏飾而非習見，雖動嘉新之目，實傷雅道之亡，何若此書之爲正耶？昔賢比於班、馬，余謂進於丘明，殆有《春秋》之遺意焉，故允宜稱「傳」。
> 〔註50〕

文中主旨在將《水滸》比之《左氏》，《左氏》稱「傳」，《水滸》又何可不稱「傳」？稱「傳」的理由——意主勸懲。這個理由與孔子作《春秋》又何異？一方面將《水滸》等同《左氏》、《春秋》，提升到「經」的等級；一方面說明《水滸》的社會功能。這番話，也可看作對小說史鑒功能與勸戒功能的雙重認定。

明末，可一居士爲馮夢龍《醒世恆言》所作的序，云：

> 六經國史而外，凡著述皆小說也。而炳理或病於艱深，修詞或傷於藻繪，則不足以觸里耳而振恆心也。此《醒世恆言》四十種所以繼《明

〔註48〕 黃節編著《詩學》（臺北縣深坑鄉：學海出版社，民88）頁1。裙屐：原指六朝貴遊子弟的衣著，後泛指富家子弟的時髦裝束。形容只知道講究穿戴的年輕人。

〔註49〕 阮籍撰、黃節注《阮步兵詠懷詩注》（台北縣，藝文印書館，民60）頁3～4。

〔註50〕 袁無涯〈忠義水滸傳全書發凡〉。施耐庵、羅貫中著；李泉、張永鑫校注《水滸全傳》（四川省成都市：四川文藝出版社，1990）下冊，頁1720。釘拾：零星拾取。

言》、《通言》而劇也。明者，取其可以導愚也。通者，取其可以適俗
也。恆則習之而不厭，傳之而可久。三刻殊名，其義一耳。……崇儒
之代，不廢二教，亦謂導愚適俗，或有藉焉。以二教爲儒之輔可也。
以《明言》、《通言》、《恆言》爲六經國史之輔，不亦可乎！〔註51〕

可一居士作序的原意，說明《恆言》、《明言》、《通言》之所以刻版行世，在
三書能脫離一般書籍的艱深、藻繪，能「觸里耳而振恆心」，有「導愚適俗」
的功能。佛、道二教有此功能，此三書難道沒有？佛、道可以輔翼儒學，此
三書難道沒有？固然介紹了三書，證明作者的用心，也證明了袁無涯對小說
的看法——意主勸懲。

至於戲曲，明末清初李漁云：

傳奇一書，昔人以代木鐸。因愚夫愚婦識字知書者少，勸使爲善，
誠使勿惡，其道無由，故設此種文詞，借優人說法，與大眾齊聽，
謂善者如此收場，不善者如此結果，使人知所趨避，是藥人壽世之
方，救苦弭災之具也。〔註52〕

「木鐸」，詞出《論語・八佾》，比喻教導民眾的人。「傳奇」一詞最早是指唐
代文言小說，宋、元時期，被指稱諸宮調等說唱藝術以及南戲、雜劇。明代
或以後，才專稱以演唱南曲爲主的長篇戲曲。前人以「傳奇」教民，明代承
繼「傳奇」一詞的南曲，也當有此重責大任。縱使沒那麼嚴肅，至少勝過飽
食終日，無所用心。李漁說：「填詞一道，文人之末技也，然能抑而爲此，猶
覺愈于馳馬、試劍、縱酒、呼盧。孔子有言：『不有博弈乎？爲之猶賢乎已。』
博弈雖戲具，猶賢于飽食終日，無所用心；填詞雖小道，又不賢于博弈乎？」
〔註53〕

後來，他在〈香草亭傳奇序〉中寫道：「從來遊戲神通，盡出文人之手。……
然卜其可傳于（疑當作與）否，則在三事：曰情，曰文，曰有裨風教。情事不奇

〔註51〕　〈原序〉。馮夢龍撰《醒世恆言》（臺北市：河洛圖書出版社，民69）頁857。
〔註52〕　李漁著《閒情偶寄》。見楊家駱主編《歷代詩史長編二輯》（臺北市：中國學
　　　　　典館復館籌備處出版：鼎文經銷，民63）七，頁11。
〔註53〕　同註52，頁7。按：填詞是指人們依照音樂或格律，填寫能依聲誦唱的詞。
　　　　　由於「詞」在古今有所不同，因此「填詞」亦可以按所填的「詞」是古或今
　　　　　而分類。但不論是哪種詞，填詞都是依聲填寫字句的文學創作。此處之詞，
　　　　　自指曲譜。呼盧，原爲呼盧唱雉，呼、喝：喊叫；盧、雉：古時賭具上的兩
　　　　　種顏色。泛指賭博。

不傳，文詞不警拔不傳，情文俱備而不軌乎正道，無益於勸懲，使觀者聽者啞然一笑而遂已者，亦終不傳。」〔註54〕文之傳否三事，終以是否有裨風教爲要。觀念中娛人的小說、戲曲尚且如此，其餘以經國大業爲目的的文章，則又何說？

這種緣於實用的爲文目的，不因爲紀錄成爲藝術性的文學而棄置不顧；而且責任日益增多，幾乎成爲爲文目的的主流。

（二）書論中的實用觀

書法本奠定在文字的基礎上，從許慎《說文解字》起，就說明文字的實用功能。〈敘〉云：

> 黃帝之史倉頡，見鳥獸蹏远之迹，知分理之可相別異也，初造書契。
> 百工以乂，萬品以察，蓋取諸夬。夬，揚于王庭，言文者宣教明化
> 於王者朝廷。〔註55〕

在許慎的觀念，文字的發明是官家的事，因此，創制的時代是中華民族共同祖先黃帝的時候，倉頡是其史官。既然是爲官家統治的需要，因此當文字創制之後，「百工以乂，萬品以察」，並舉《易經》夬卦卦辭爲證：「夬，揚于王庭。」〔註56〕意思是說：「夬卦象徵決斷：可以在君王法庭上公布小人的罪狀，予以制裁。」〔註57〕說明文字是「宣教明化於王者朝廷。」

另外一部有關文字的著作，北魏江式編輯的《古今文字》，也站在實用的功能，卻是純以寫正確的形體爲視角：

> 夫文字者，六藝之宗，王教之始，前人所以垂後，今人所以識古。故
> 曰：「本立而道生。」孔子曰：「必也正名。」又曰：「述而不作。」《書》
> 曰：「予欲觀古人之象。」皆言遵循舊文，而不敢穿鑿也。〔註58〕

其所以言「遵循舊文，而不敢穿鑿」，是因爲北魏時期，「文字改變，篆形謬錯，隸體真。俗學鄙習，復加虛造，巧談辨士，以意爲疑，炫惑於時，難以

〔註54〕 李漁著《李漁全集》（臺北市：成文出版社，民59）卷一，頁43～44。
〔註55〕 許慎撰、段玉裁注《說文解字注》（臺北縣板橋鎮：藝文印書館，民55）頁761。乂：割草。刈的本字。《說文解字》：「乂，芟艸也。」引申爲治理。
〔註56〕 王弼、韓康伯注、孔穎達疏《周易注疏》（臺北市：臺灣學生書局，民56）卷五，頁421。
〔註57〕 黃壽祺、張善文撰《周易譯註》（北縣土城市：頂淵文化事業，民89）頁353。
〔註58〕 〈論書表〉。張彥遠集《法書要錄》卷二，頁35～36。見楊家駱主編《唐人書學論著》（臺北市：世界書局，民64）。

釐改。」〔註59〕於是撰集字書，以許氏爲本，上篆下隸，編輯成書。讓後人「所以識古」。

　　王者宣教，純粹記述兩種的概念，當文字書寫意識性的演化成爲藝術之後，以上兩種文字實用的功能不曾被棄置。如談古文，衛恆〈字勢〉說：

> 紀綱萬事，垂法立制，帝典用宣，質文著世。〔註60〕

談隸書，成公綏的〈隸書體〉云：

> 闓之後嗣，存載道德，□□□□，紀綱萬事。俗所傳述，實由書紀。
> 〔註61〕

就算是演變成更符號化的草書，實用的功能不變。索靖〈草書勢〉云：

> 科斗鳥篆，類物象形。叡哲變通，意巧滋生。損之隸草，以崇簡易，百官畢修，事業並麗。〔註62〕

南朝，書法已然成爲一門藝術，原始功能依舊。庾肩吾〈書品〉云：

> 開篇翫古，則千載共朝；削簡傳今，則萬里對面。記善則惡自削，書賢則過必改。玉曆頌正而化俗，帝載陳言而設教。變通不極，日用無窮，與聖同功，參神竝運。〔註63〕

唐朝孫過庭《書譜》，是一篇極富文采的書法理論性文章，千百年來被歷代書家傳頌和褒揚。對於書法有極正面的評價，在反駁人們認爲書法不過是壯夫不爲的小道時，作如下的回應：

> 夫潛神對弈，猶標坐隱之名；樂志垂綸，尚體行藏之趣。詎若功定禮樂，妙擬神仙，猶埏埴之罔窮，與工爐而並運。好異尚奇之士，翫體勢之多方；窮微測妙之夫，得推移之奧賾。著述者假其糟粕，藻鑒者挹其菁華，固義理之會歸，信賢達之兼善者矣。存精寓賞，豈徒然與！〔註64〕

集中精神下棋，還有「坐隱」的美名；寄情於垂釣，還能體會隱居的樂趣。哪裡比得上（文字的功能）可以宣揚禮樂，（書寫的藝術）奇妙如同神仙，和陶工

〔註59〕同註58，頁35。
〔註60〕房玄齡等撰《晉書》（臺北市：鼎文書局，民68）卷三十六，頁1062。
〔註61〕嚴可均校輯《全上古三代秦漢三國六朝文》（北京市：中華書局，1958）《全晉文》卷五十九，頁1789。
〔註62〕房玄齡等撰《晉書》（臺北市：鼎文書局，民68）卷六十，頁1649。
〔註63〕張彥遠集《法書要錄》卷二，頁27。見楊家駱主編《唐人書學論著》（臺北市：世界書局，民64）。
〔註64〕孫虔禮《書譜序》（臺北市：國立故宮博物院，民76）頁28。

運用大鈞，製作出無窮的器皿，冶匠運用煉爐，鑄出無限的用品是一樣的。（在書法的園地裡，）好異尙奇之士，玩味著各種不同的書體、氣韻；（在文字的園地裡，）探究精微的人，獲得推陳出新的理論。從事著述的人要借用文字，品評鑒賞的人擷取書藝。本來書寫就是兼有文字及書藝的功能，誠然是賢達人士可以兼善的一種修養。（文字）保存人們的智慧，（書法）寄託人們的心情，難道沒有一點好處嗎？作者不獨試圖將書法從像是下棋、垂釣的休閒娛樂中提升而出，而且談到書法的價值時，仍不免用禮樂與文章的功能性看待書法。

　　盛唐，蔡希綜的〈法書論〉對於書法的實用性，弔崔長史之語，頗見鏗鏘：

　　　　其爲書也，推意結字，以斷天下之疑；垂萌示象，以紀天下之德。
　　　　山川草木，反覆于寸紙之間；日月星辰，迴環于尺牘之上。〔註65〕

崔長史認爲書法除了顯示在「寸紙之間」、「尺牘之上」，卻能「斷天下之疑」、「紀天下之德」。下文又引述兩段書法的爲實用而書寫：

　　　　漢光武以中興之主，急在安人，乃至去上林池籞之官，廢騁望弋
　　　　獵之事，其以手賜萬國者，皆一札十行，細書成文也。靈帝時，
　　　　中郎伯喈碩學多聞，經籍去聖既久，欲求正定《六經》。靈帝許之，
　　　　遂令伯喈丹書于碑，使工鐫刻立于太學門外。于時，晚儒後學咸
　　　　取正焉，觀視摹寫，車乘填溢。豈惟一臺推妙、十部稱賢而已哉！
　　　　　　　　　〔註66〕

光武帝在中興漢室之際，去除娛樂享受，賜書各地；書，可以興邦。蔡邕石經，晚儒後學，「觀視摹寫，車乘填溢」；書，可以正經。因此，蔡氏對書法一藝的結論是：「古來君子夙夜強學，不寶尺璧，而重寸陰。或緝柳編蒲，或聚螢映雪，寢食靡暇，冀其業廣，匪直祿取一朝，故亦譽流十祀。」〔註67〕

　　離開前人論著，我們從前人流傳的書跡觀察。姑不論甲骨、鐘鼎、碑版、刻石、宮觀題署、寶器銘題，自有收藏開始，書法即附屬在實用的物件上。「（遵）

〔註65〕陳思《書苑菁華》卷十二。永瑢、紀昀等撰《欽定四庫全書》（上海市：上海古籍出版社，1987）814冊，頁120。

〔註66〕同註65。池籞：指帝王的園林。

〔註67〕同註65。緝柳編蒲，聚螢映雪，語出任彥昇〈爲蕭揚州薦士表〉：「至乃集螢映雪，編蒲緝柳。」李善注：「孫氏《世錄》曰：『孫康家貧，常映雪讀書，清介，交遊不雜。』《漢書》曰：『路溫舒取澤中蒲，截爲牒編，用寫書。』」昭明太子撰《文選》（臺北縣板橋鎮：藝文印書館，民72）卷三十八，頁550。

性善書，與人尺牘，主皆藏去以爲榮。」〔註68〕遵即陳遵。生年不詳，約卒於東漢光武帝建武元年。《漢書》卷九十二有傳。收信者之所以收藏其尺牘，不是只在於尺牘的內容，更在於其「善書」。北魏王愔《古今文字志目》中卷列秦、漢、吳五十九人，中有陳遵。劉宋羊欣〈采古來能書人名〉謂陳遵「善篆、隸，每書，一座皆驚，時人謂爲『陳驚座』。」〔註69〕難以否認的是，尺牘本身就是實用。

其後，二王書風興起，收藏有記載的是從東晉後期桓玄開始。我們無法得知當年宋明帝、梁武帝、唐太宗等帝王收藏的全部內容，若從唐朝張彥遠《法書要錄》所收〈右軍書目〉、〈右軍書記〉觀察，除〈右軍書目〉所列《樂毅論》、《黃庭經》、《東方朔贊》、《蘭亭序》等少數屬於文章，其餘可說清一色爲尺牘。顏之推論書引江南諺云：「尺牘書疏，千里面目也。」〔註70〕張懷瓘云：「覽陳迹于縑簡，謀猷在覿」，「披封睹迹，欣如會面」。〔註71〕指的當爲同一事。

歐陽脩對於書法，本來當休閒看待。他曾說：

> 予嘗謂法帖者，乃魏晉時人施於家人朋友，其逸筆餘興，初非用意，
> 而自然可喜。後人乃棄百事而以學書爲事業，至終年而窮老，疲弊
> 精神而不以爲苦者，是眞可笑也。〔註72〕

歐說可做兩層看待，第一層「法帖者，乃魏晉時人施於家人朋友」，翻閱宋太宗命王著所編《淳化秘閣法帖》，誠是如此。這已經代表自古以來，書法即建立在實用層次上；第二層，他說，雖是「逸筆餘興，初非用意」，也不能太隨便：「學書勿浪書，事有可記者，它時便爲故事。」〔註73〕所謂浪書是輕易著筆，「勿浪書」是書寫時的態度。爲什麼不宜浪書？「事有可記者，

〔註68〕　〈陳遵傳〉。班固撰、顏師古注《漢書》（臺北市：鼎文書局，民69）卷九十二，頁3711。

〔註69〕　張彥遠集《法書要錄》卷一，頁5。見楊家駱主編《唐人書學論著》（臺北市：世界書局，民64）。

〔註70〕　〈雜藝〉。顏之推撰《顏氏家訓》（臺北市：臺灣中華書局，民57）卷七，頁7。

〔註71〕　〈張懷瓘書斷上〉。張彥遠集《法書要錄》卷七，頁103。見楊家駱主編《唐人書學論著》（臺北市：世界書局，民64）。謀猷：計謀、謀略。覿：見面或當面。

〔註72〕　《集古錄跋尾二·唐僧懷素法帖》。歐陽脩撰《歐陽脩全集》（臺北市：河洛圖書出版社，民64）卷六，頁38～39。

〔註73〕　《試筆·學書作故事》。同註72，卷五，頁117。

他時便爲故事」。因爲會成爲日後追溯往事的記錄，這便屬於爲實用而認眞書寫。

　　北宋晚期官修《宣和書譜》，我們從其御府所藏目錄，最可看出書法與實用間的實質關係。從帝王角度觀察，卷一歷代諸帝有「詔」、「賜詔」、「詔勅」、「勅」、「批荅」、「賜書」，都是公文。卷二十有〈制誥告命〉一節，〈敍論〉爲我們找到理論依據，云：

> 昔者帝王坐法宮，垂衣裳，不出九重深密之地，使四方萬里朝令夕行，豈室至戶曉也哉？以吾有慶賞刑威以柄以馭之而已。故其目則有曰制、曰誥、曰勅牒者，是其所操之柄耳。蓋上之所以命下者或不一，於是制以揚之，誥以告之，詔命勅牒以行之。……此歷代書史所不廢。〔註74〕

意謂帝王不出宮闈而能令行四方，憑藉的就是「制詔告命」，此說與《說文・敍》談文字創始相同。卷二到卷二十全是臣民書，除去「詩」、「賦」、「歌」不一定爲某個目的，其他如「帖」、「序」、「訓」、「論」、「經」、「記」、「銘」、「傳」、「表」、「墓誌」、「祭文」、「奏事」、「奏狀」、「陳情」、「草制」、「草劄」、「唐韻」、「千文」、「故事」、「茶錄」，無一不是生活所需，也可見書法與實用間關係的密切。卷二十提出一種「告命」，相當於後世的委任狀。〈敍論〉續云：「一時聞人巨卿以書名世者，往往喜書王命，爲不朽之傳。若顏眞卿書《顏惟正》、《商氏》等告，徐浩書《朱巨川告》者是也。」顏眞卿、徐浩皆唐代書法名家，尚「喜書王命」，其餘夫復何言？

　　南宋高宗《翰墨志》云：

> 字之爲用大矣哉！於精筆佳紙，遣數十言，致意千里，孰不改觀，存歎賞之心？以至竹帛金石，傳於後世，豈止不泯，又爲一代文物，亦猶今之視昔，可不務乎？〔註75〕

能傳達心到千里之外，能流傳作品到千秋萬代，「又爲一代文物」，豈不與曹丕《典論・論文》末段所述同一觀念？這全然從書法一藝的實用價值著筆。

〔註74〕宣和間官修《宣和書譜》卷二十，頁461。見楊家駱主編《宣和書譜》（臺北市：世界書局，民64）。

〔註75〕高宗撰《翰墨志》頁5。見楊家駱主編《宋元人書學論著》（臺北市：世界書局，民61）。

　　至於道學家如何看待書法？似可不必懷疑，必定站在實用立場。程子的「非是要字好，只此是學」，已經把書法當作「持敬」的一部分。〔註76〕朱熹的看法一如程子：「凡寫字，未問寫得如何工拙，且要一筆一畫，嚴正分明，不可潦草。凡寫文字，須要仔細看本，不可差訛。」〔註77〕可謂兼實用與修身。程、朱之說似可以學字而非學書法角度，陳獻章〈書說〉則云：

> 予書每於動上求靜，放而不放，流而不留，此吾所以妙乎動也。得志弗驚，厄而不憂，此吾所以保乎靜也。法而不圍，肆而不流，拙而愈巧，剛而能柔，形立而勢奔焉，意足而奇溢焉。以正吾心，以陶吾情，以調吾性，此吾所以游於藝也。〔註78〕

陳獻章，世人稱爲「白沙先生」。年輕時信奉程朱學派，後超脫程、朱矩矱，創立嶺南學派。雖是如此，仍不離道學範圍。從以上引文，很明白可以看出書法是他達到「以靜爲主」，「端坐澄心，於靜中養出端倪」的媒介。〔註79〕

　　「沉著痛快」本是書家風格的一種形容：「吳人皇象能草，世稱『沉著痛快』。」〔註80〕明人豐坊或許受道學家影響，看待書法同樣成爲對人品修煉的一種方式：

> 沉著而不痛快，則肥濁而風韻不足；痛快而不沉著，則潦草而法度蕩然。曾子曰：「士不可以不弘毅。」弘則曠達，毅則嚴重。嚴重則處事沉著，可以託六尺之孤；曠達則風度閒雅，可以寄百里之命；兼之而後爲全德，臨大節而不可奪也。姜白石云：「一須人品迴。」此其本歟？〔註81〕

書法必須有人格修養是一回事，書法可以培養人格修養又是一回事。爲修養身心而動筆者，前人不乏此說，未嘗不是實用觀念之一。

　　項穆的《書法雅言》，又回到原初的主軸：

〔註76〕鄭杓述、劉有定釋《衍極》卷四，頁331。見楊家駱主編《宋元人書學論著》（臺北市：世界書局，民61）。

〔註77〕〈童蒙須知〉。朱熹撰：朱傑人、嚴佐之、劉永翔主編《朱子全書》（上海：上海古籍出版社，2002）第十三冊，頁374。

〔註78〕屈大均撰、潘耒敘《廣東新語》（臺北市：廣文書局，民67）卷十三，頁751。

〔註79〕張廷玉等奉敕《明史》（臺北市：鼎文書局，民67）卷二八三，頁7262。

〔註80〕〈宋羊欣采古來能書人名〉。見張彥遠集《法書要錄》卷一，頁6。楊家駱主編《唐人書學論著》（臺北市：世界書局，民64）。

〔註81〕豐坊撰《書訣》頁6。楊家駱主編《明人書學論著》（臺北市：世界書局，民62）。

> 書之作也，帝王之經綸，聖賢之學術，至於玄文內典，百氏夷流，
> 詩歌之勸懲，碑銘之訓戒，不由斯字，何以紀辭？故書之為功，同
> 流天地，翼衛教經者也。〔註82〕

和以往同類型的文字相比較，內容不殊，字面則鄭重典麗，書法的功用，「翼
衛教經」，與天地等。

至清，觀念依舊。清人張廷相為《玉燕樓書法》作序云：

> 兩大泄藏，六書啟秘。上自朝廷，下窮郊藪，宏綱纖目，往續今獻，
> 咸藉乎書。書也，而可苟乎哉！〔註83〕

「兩大」指天地。他認為，書法之不可忽視，原因在天地的秘密，藉六書開
啟。在人間，上自朝廷綱常，下至民間百姓的雞毛蒜皮；從過往到現今，莫
不依靠書法以傳。這樣的敘述，從文字創始到橫跨時間與空間，如此的重要，
誰能輕忽！

蘇惇元的〈論書淺語〉，是一篇極其初階，不做高蹈的言論。起首即云：

> 書者，小技也，然為六藝之一。古之小學教焉，乃有用之技，人生
> 不可缺者也。上而制、誥、諭、敕，中而表、奏、箋、啟、試卷、
> 碑版，下而牒移、文案、契券、帳籍，皆所必須。精於八法者固佳，
> 否則亦宜走筆順利、清晰整齊。〔註84〕

這是一段最屬實用的文字，文中所舉，契券、帳籍，都已經是極其生活化之
所需，也就是說，凡所見文字，莫非書法，莫不在實用範疇內。

二、為抒情

從寬言之，為抒情也是實用之一，但是因為關乎情性的悸動，特立一單
元。

作品是心性的呈現。心性包括本體的天地之心、聖賢之心；性則是性情、
情性、情感、個性等：已述之於第二章。當心緒有所波動，自然會以各種方
式表現於外。

〔註82〕項穆撰《書法雅言》頁17。同註82。
〔註83〕張廷相、魯一貞撰《玉燕樓書法》頁3。見楊家駱主編《清人書學論著》（臺
北市：世界書局，民61）。按：兩大即天地。參見本章頁167何良俊《四友齋
書論》言「以其泄天地之秘也！」
〔註84〕蘇惇元撰〈論書淺語〉。見崔爾平選編《明清書法論文選》（上海：上海書店，
1994）頁859～860。

（一）文論中的抒情觀

〈毛詩序〉的「詩者，志之所之也。在心爲志，發言爲詩。情動於中而形於言，言之不足故嗟歎之，嗟歎之不足，故永歌之。永歌之不足，不知手之、舞之、足之、蹈之也。」〔註85〕對於心緒的描寫，幾乎成爲我國文論的經典；而文學也好，書法也好，不過都是「手之、舞之、足之、蹈之」表現的方式之一。《三百篇》中的「作此好歌，以極反側。」〔註86〕「君子作歌，維以告哀。」〔註87〕已可證明詩之爲抒情而作。

魏晉文論興起後，對於文學在抒情之所以成文，發揮者漸多。如陸機〈文賦〉述說寫作之由，云：

> 遵四時以歎逝，瞻萬物而思紛。悲落葉於勁秋，喜柔條於芳春。心懍
> 懍以懷霜，志眇眇而臨雲。……慨投篇而援筆，聊宣之乎斯文。〔註88〕

必定要對外界的事物有所感嘆，如循四時而感嘆過往之事，看到萬物盛衰而思慮紛紜，秋天見落葉而悲，春天見枝條柔嫩而喜，想到寒霜就心意肅然，對著就志趣高遠，成於中，才能筆之於外。

劉勰《文心》則屢言人因情而爲文：

> 夫情致異區，文變殊術，莫不因情立體，即體成勢也。
> 夫設情有宅，置言有位；宅情曰章，位言曰句。故章者，明也；句
> 者：局也。局言者，聯字以分疆，明情者，總義以包體，區畛相異，
> 而衢路交通矣。〔註89〕

前一則云：作者情感思致的表現，各有不同的類型，文辭變化的式樣，也有多種的技巧，但沒有不是循著作者的情致，而建立的體式，並就體式以構成行文的姿態的。後一則云：一個作家想要鋪陳自己的感情，必須給他一個固

〔註85〕昭明太子撰《文選》（臺北縣板橋鎮：藝文印書館，民 72）卷四十五，頁
　　　 649。
〔註86〕〈小雅・何人斯〉。朱熹集註《詩集傳》（臺北市：臺灣中華書局，民 59）卷
　　　 十二，頁 144。
〔註87〕〈小雅・四月〉。同註86，頁 149。
〔註88〕昭明太子撰《文選》（臺北縣板橋鎮：藝文印書館，民 72）卷十七，頁 245。
　　　 譯文：隨四季變化感嘆光陰易逝，目睹萬物盛衰引起思緒紛紛。臨肅秋因草
　　　 木凋零而傷悲，處芳春由楊柳依依而歡欣。心意肅然如胸懷霜雪，情志高遠
　　　 似上青雲。……慨然有感於是投書提筆寫成詩文。
〔註89〕〈定勢〉、〈章句〉。劉勰撰、范文瀾注《文心雕龍注》（臺北市：開明書局，
　　　 民 57）卷六，頁 24；卷七，頁 21。

定的處所；想要安排自己的言辭，必須給他一個適當的位置。使那感情有固定處所的叫章，使那言辭有適當位置的叫句。章就是顯明情理的意思，句就是侷限言辭的意思。所謂侷限言辭，就是聯結幾個字構成一個思想，而前後字句的此疆彼界，分得非常清楚；所謂顯明情理，就是總括各個不同的意思，而造成整體的段落。章、句這兩個詞，在形式上雖然區域界限，各不相同，但從內容結構看，卻是綜橫交錯，脈絡貫通了。

又言，心情因物而感發：

> 人稟七情，應物斯感。感物吟志，莫非自然。
>
> 原夫登高之旨，蓋睹物興情。〔註90〕

到〈物色〉篇，幾乎全力形容感物之心態：

> 春秋代序，陰陽慘舒，物色之動，心亦搖焉。蓋陽氣萌而玄駒步，陰律凝而丹鳥羞，微蟲猶或入感，四時之動物深矣。若夫珪璋挺其惠心，英華秀其清氣，物色相召，人誰獲安？是以獻歲發春，悅豫之情暢；滔滔孟夏，鬱陶之心凝；天高氣清，陰沈之志遠；霰雪無垠，矜肅之慮深。歲有其物，物有其容；情以物遷，辭以情發。一葉且或迎意，蟲聲有足引心。況清風與明月同夜，白日與春林共朝哉！〔註91〕

春秋四季不斷更代，寒冷的天氣使人覺得沉悶，溫暖的日子使人感到舒暢；四時景物的不斷變化，人的心情也受到感染。春天來到，螞蟻就開始活動；到秋天降臨，螢火蟲便要吃東西。這些微小的蟲蟻尚且受到外物的感召，可見四季變化對萬物影響的深刻。至於人類，靈慧的心思宛如美玉，清秀的氣質有似奇花；在種種景色的感召之下，誰又能安然不動呢？所以，春日景物明媚，人便感到愉悅舒暢；夏天炎熱沉悶，人就常常煩悶不安；秋日天高氣清，引起人們陰沉的遙遠之思；冬天霰雪無邊，往往使人的思慮嚴肅而深沉。因此，一年四季有不同的景物，這些不同的景物表現出不同的形貌；人的感情跟隨景物而變化，文章便是這些感情的抒發。一葉落下尚能觸動情懷，幾聲蟲鳴便可勾引心思，何況是清風明月的秋夜，麗日芳樹的春晨呢？他的結論是：「詩人感物，聯類不窮。流連萬象之際，沈吟視聽之區；寫氣圖貌，既隨物以宛轉；屬采附聲，亦與心而徘徊。」〔註92〕詩人受風物的感動，就產

〔註90〕 〈明詩〉、〈詮賦〉。劉勰撰、范文瀾注《文心雕龍注》（臺北市：開明書局，民57）卷二，頁1；卷二，頁47。

〔註91〕 同註90，卷十，頁1。

〔註92〕 同註90，卷十，頁1。

生許多聯想與類比。他們欣賞千變萬化的景象，吟詠耳聞目見的聲色，神態的描寫，狀貌的圖摹，他們是既隨著風物的變化，而委屈盡致；至於色彩聯屬、聲音比附，也和內心的感應相互徘徊。人沒有不活在視聽的感官裡，視覺隨物象而轉，聽覺亦隨聲音而有所變異。心有所轉，情有所變，自然發而為文。這就是抒情。鍾嶸的《詩品》有類似的內容：「氣之動物，物之感人，故搖蕩性情，形諸舞詠。……若乃春風春鳥，秋月秋蟬，夏雲暑雨，冬月祁寒，斯四候之感諸詩也。嘉會寄詩以親，離群託詩以怨。至於楚臣去境，漢妾辭宮；或骨橫朔野，或魂逐飛蓬；或負戈外戍，殺氣雄邊；塞客衣單，孀閨淚盡；或士有解佩出朝，一去忘反；女有揚娥入寵，再盼傾國。凡斯種種，感蕩心靈，非陳詩何以展其義？非長歌何以騁其情？」〔註93〕

以上所列係魏晉到南朝代表文論陸機〈文賦〉、劉勰《文心雕龍》以及鍾嶸《詩品》，我們會發現心與物、情與景之關係密切，而且物、景的範圍，由單純的四時，無限拓展，到鍾嶸《詩品》幾乎無所不包的地步。〔註94〕事實上，《詩三百》的內容，已然如此，只是文論的腳步，遠不如創作者而已。

南朝文風日趨華靡雕鏤，「齊、梁間詩，采麗競繁。」初唐，陳子昂為去除此弊，一方面作詩採平淡清雅之音，一方面提出「興寄」二字，當作詩的真實生命。〈修竹篇序〉云：

> 文章道弊五百年矣！漢、魏風骨，晉、宋莫傳；然而文獻有可徵者。
>
> 僕嘗暇時觀齊、梁間詩。采麗競繁，而興寄都絕，每以永歎。思古
>
> 人常恐逶迤頹靡，風雅不作，以耿耿也。〔註95〕

「興寄」也稱「寄興」。所謂「寄」，就是寄託。所謂「興」，原是賦比興的「興」。賦、比、興是漢人從《詩經》中總結出來的三種寫詩方法。「興」的寫法就是「託事於物」〔註96〕或「託物興詞」〔註97〕。寄託於某種事物以表達感情的「興」，也就是「興寄」。「興」原是方法，在陳子昂筆下則帶有作者的感情。

〔註93〕 何文煥編訂《歷代詩話》（臺北縣：藝文印書館，民60）頁 7～8。祁寒：冬大寒。解佩：解下佩帶的飾物。揚娥：揚眉。

〔註94〕 其他與抒情相關之文論可見第二章第二節〈文論中言性〉。

〔註95〕 陳子昂撰《新校陳子昂集》（臺北市：世界書局，民53）卷一，頁15。逶迤：衰敗貌。耿耿：心中掛懷。

〔註96〕 鄭玄注《周禮鄭氏注》（北京市：中華書局，1985）卷六〈春官宗伯・大師〉，頁152。鄭玄注引鄭司農云。

〔註97〕 朱熹撰《楚辭集注》（臺北市：華正書局，民63）頁10：「賦則直陳其事，比則取物為比，興則託物興詞。」

他的意思：詩歌必然是爲了表達詩人的某種思想感情而寫，沒有任何思想感情的詩是不存在的；但不惜助於一定事物、不透過具體的形象而直陳其情，也不成其爲詩，至少不是好詩。不論是否講究方法，仍不離情感。因此，興寄以抒發情感是詩歌的內在本質。

韓愈的「不平則鳴」，廣義言之，即是抒情。在〈送孟東野序〉裡，他把從古到今的許多思想家、文學家都當作善鳴者，而其所以善鳴，乃是由於「不得其平」：

> 大凡物，不得其平則鳴。草木之無聲，風撓之鳴；水之無聲，風蕩其鳴。其躍也，或激之；其趨也，或梗之；其沸也，或炙之。金石之無聲，或擊之鳴，人之於言也亦然。有不得已者而后言：其謌也有思，其哭也有懷。凡出乎口而爲聲者，其皆有弗平者乎！〔註98〕

雖然韓愈只是爲自己發牢騷或爲知識份子鳴其不平，但終其極，仍舊屬於抒發一己之情懷。

白居易的詩分諷諭與閑適二類。諷諭類雖說補察時政，洩導人情，爲時而作，爲事而作，未嘗不是「根情」下的產品。閑適一類則明顯爲抒發心緒，〈序洛詩序〉中可見：

> 在洛凡五周歲，作詩四百三十二首。除喪明歊子十數篇外，其他皆寄懷於酒，或取意於琴，閑適有餘，酣樂不暇；苦詞無一字，憂歎無一聲；豈牽強所能致耶？蓋亦發中而形外耳。〔註99〕

元稹則是「物不得其平則鳴」。在〈敘詩寄樂天書〉中記述時代政治社會動亂承個人遭遇，促使他發而爲詩：

> 僕時孩騃，不慣聞見，獨於書傳中初習理目萌漸，心體悸震，若不可活，思欲發之久矣。適有人以陳子昂〈感遇詩〉相示，吟翫激烈，即日爲〈寄思玄子詩〉二十首。……又久之，得杜甫詩數百首，愛其浩蕩津涯，處處臻到，始病沈、宋之不存寄興，而訝子昂之未暇旁備矣。……又不幸年三十二時，有罪譴弃，今三十七年矣。五、六年之間，是丈夫心力壯時，常在閑處，無所役用；性不近道，未

〔註98〕 韓愈撰、馬其昶校注《韓昌黎文集校注》（臺北市：世界書局，2002）頁244
～245。撓：攪亂。謌：古同「歌」。

〔註99〕 董誥等編《全唐文》（上海市：上海古籍出版社，1990）卷六百七十五，頁
3056。

能淡然忘懷；又復嬾於他欲，全盛之氣注射語言，雜糅精粗，遂成
多大。〔註100〕

心緒與筆端之間，明白可見。

宋人歐陽脩在〈梅聖俞詩集序〉中闡發詩窮而後工之說，最爲後人所稱
引：

予聞世謂詩人少達而多窮，夫豈然哉！蓋世所傳詩者，多出於古窮
人之辭也。凡士之蘊其所有，而不得施於世者，多嘉自放於山巔水
涯之外。見蟲魚草木，風雲鳥獸之狀類，往往探其奇怪，內有憂思
感憤之鬱積，其興於怨刺，以道羈臣寡婦之所歎，而寫人情之難言，
蓋愈窮則愈工。〔註101〕

細觀歐陽脩分析詩人之所以多窮，其原因在窮困的環境使詩人感受深刻，由
於深刻，於是發之爲詩。因此，歐陽脩說：「非詩之能窮人，殆窮者而後工也。」
〔註102〕感受深刻而發之爲詩，即是宣洩情懷。

南宋初年胡銓在〈灞陵文集序〉說明「凡文皆生於不得已」的現象：

凡文皆生於不得已，……其歌也或鬱之，其詩也或感之，其諷議、
箴諫、譏刺、規戒也或迫之。凡鬱於中而泄於外者，皆有不得已焉
者也。〔註103〕

並且舉出自唐虞三代，至孔、孟、屈、荀、韓、柳、李、杜等人，證明所作
都出於「放逐厄塞羈愁之思」，而不能自己。包恢的解釋，或許能補胡銓之意：

所謂未嘗爲詩，而不能不爲詩，亦顧其所遇如何耳。或遇感觸，或
遇扣擊，而後詩出焉。如詩之變風變雅，與後世詩之高者是矣。此
蓋如草木本無聲，因有所觸而後鳴；金石本無聲，因有所擊而後鳴；
無非自鳴也。如草木無所觸，而自發聲，則爲草木之妖矣；金石無
所擊，而自發聲，則爲金石之妖矣！〔註104〕

〔註100〕元稹著《元氏長慶集》（京都市：株氏會社中文出版社，1972）卷三十，頁
378～379。駿：愚昧、無知。理亂：治理國家動亂之心。

〔註101〕《居士集二・梅聖俞詩集序》。歐陽脩撰《歐陽脩全集》（臺北市：河洛圖書
出版社，民64）卷二，頁130。

〔註102〕同註101。

〔註103〕胡銓撰《胡澹庵先生文集》（臺北市：漢華文化事業，民59）卷十五，頁748
～749。

〔註104〕〈答曾子華論詩〉。包恢撰《敝帚藁略》（臺北市：臺灣商務印書館，民61）
卷二，頁3。

胡銓但言「或遇之」，「或感之」，包恢則明喻如草木有所遇，金石有所擊，喻之於人即心有所感，有所感自會鳴。一方面重申韓愈「不平則鳴」之旨，一方面在同詞上，後人當較能理解所言。

明朝薛瑄有集行世，其《讀書錄》卷十，有〈詩評〉數則，其一云：

> 凡詩文出于真情則工，昔人所謂出于肺腑者是也。如《三百篇》、《楚詞》、武侯〈出師表〉、李令伯〈陳情表〉、陶靖節詩、韓文公〈祭兄子老成文〉、歐陽公〈瀧岡阡表〉，皆所謂出於肺腑者也。故皆不求工而自工，故凡作詩文，皆以真情為主。〔註105〕

重心在真情為詩文之命脈，而文中所舉數例，尤為現代人所熟知。

明代著名思想家，嶺南學派創始人陳獻章於〈弘惕齋詩集後序〉云：

> 受樸於天，弗鑿以人，稟和於生，弗淫以習。故七情之發，發而為詩，雖匹夫匹婦，胸中自有全經。此風雅之淵源也。〔註106〕

主張人全然歸之於原始，不受後天任何影響，純任情性發露，這就是《三百篇》的根源，也就是詩之所以產生的真義。在〈認真子詩集序〉又以聲音為喻，云：「形交乎物，動乎中，喜怒生焉，於是乎形之聲，或疾，或徐，或洪，或微，或為雲飛，或為川馳。聲之不一，情之變也。率吾情，盎然出之，無適不可。」〔註107〕當我們自然而然發聲時，詩之所作，不正相同？

唐順之〈與洪方洲書〉云：

> 近來覺得詩文一事，只是直寫胸臆，如諺語所謂開口見喉嚨者，使後人讀之如見其真面目，瑜瑕俱不容掩，所謂本色，此為上乘文字。
>
> 〔註108〕

在唐氏眼中，不論詩與文，直寫胸臆，不在乎是否有瑕疵，優劣互見，才是第一等文字。所謂「直寫胸臆」，不正是因為胸中有感，不得不然？提出「童心說」的李贄在一篇題為〈雜說〉的文章裡，表現出這份原始之心的概念：

〔註105〕 薛瑄撰、佐藤仁解題《讀書錄》（臺北市：廣文書局發行；日本京都市：中文出版社，民64）卷十，頁360～361。

〔註106〕 陳獻章著《白沙子全集》（臺北市：河洛圖書出版社，民63）卷一，頁226。受樸於天，弗鑿以人，稟和於生，弗淫以習：全然來自上天的純樸，而不是受教於人；全然秉持天生和氣，而不是鳩受後人習染。

〔註107〕 同註106，頁239。

〔註108〕 唐順之撰《荊川先生文集》（臺北市：臺灣商務印書館，民56）卷七，頁128。見王雲五主編《四部叢刊・初編・集部》85冊。

世之真能文者，比其初，皆非有意於為文也。其胸中有如許無狀可怪之事，其喉間有如許欲吐而不敢吐之物，其口頭又時時有許多欲語而莫可所以告語之處，蓄極積久，勢不能遏。一旦見景生情，觸目興嘆，奪他人之酒杯，澆自己之壘塊，訴心中之不平，感數奇於千載。〔註109〕

古人認為偶數吉利，單數屬凶，故將命運不佳，凡事無法偶合者稱為「數奇」。自來言「數奇」，沒有不聯想到李廣。王維〈老將行〉即云：「衛青不敗由天幸，李廣無功緣數奇。」〔註110〕作者以此描寫文學是抑鬱幽怨的不自覺的傾洩。這種觀念可以回溯至「詩言志」的時代；而且也讓人比較明白所謂「童心」究竟何指。

受李贄影響的公安派，袁宏道主性靈，認為唯一可能流傳的當代作品，是街頭婦孺所唱的民歌。文學就要充分表現人的「喜怒哀樂，嗜好情感」：

猶是無聞無識，真人所作，故多真聲。不效顰於漢魏，不學步於盛唐，任性而發，尚能宣于人之喜怒哀樂、嗜好情慾。〔註111〕

竟陵派的譚元春也認為詩就是情感的自然流露：

夫作詩者一情獨往，萬象俱開，口忽然吟，手忽然書。即手口原聽我胸中之所流，手口不能測；即胸中原聽我手口之所止，胸中不可強。〔註112〕

心胸如此，誰能勉強？

明末清初，顧炎武、黃宗羲處於易姓之際，對文之抒情，感慨尤深。黃氏在〈朱人遠墓誌銘〉說：

昔宋文憲以五美論詩，詩之道盡矣。余以為此學詩之法，而詩之原本反不及焉，蓋欲使人之自悟也。夫人生天地之間，天道之顯晦，人事之治否，世變之污隆，物理之盛衰，吾與之推蕩磨勵於其中，必有不得其平者。故昌黎言物不得其平則鳴。此詩之原本也。幽人離婦，羈臣孤客，私為一人之怨憤，深一情以拒眾情，其詞亦能造

〔註109〕李贄撰《焚書》（臺北縣樹林鎮：漢京文化事業，民73）卷三，頁97。

〔註110〕王維撰、趙殿成箋注《王右丞集注》（臺北市：臺灣中華書局，民59）卷六，頁3。

〔註111〕《袁中郎文鈔・敘小修詩》。袁宏道撰《袁中郎文集》（臺北市：世界書局，民53）頁6。

〔註112〕〈汪子戊己詩序〉。譚元春《譚友夏合集》（臺北市：偉文圖書出版社，民65）卷九，頁13。

於微。至於學道之君子，其淒楚蘊結，往往出於窮餓愁思一身之外，則其不平愈甚，詩直寄焉而已。吾於吾友人遠見之。……文憲之所謂五美，人遠咸備。然而人遠之所以爲詩者，似別有難寫之情，不欲以快心出之。其所歷之江山，必低徊於折戟沉沙之處；其所尋之故老，必比昵於吞聲失職之人。詩中憂愁抑鬱之氣，如聽連昌宮側老人、津陽門俚叟語，不自覺其隕涕也。嗟乎！人遠悲天憫人之懷，豈爲一己之不遇乎？〔註113〕

朱人遠，我們不必知道何許人，既稱「友」，爲作者友人可知。宋文憲即宋濂，明朝開國文臣之首。對於詩的看法有「五美」理論，所謂「五美」，依其原文，分別爲「天賦超逸之才」、「稽古之功」、「良師友」、「雕肝琢普，宵詠朝吟」與「江山之助」。〔註114〕在黃氏的看法，這些不過是基本必備，眞正詩的根源是「人生天地之間，天道之顯晦，人事之治否，世變之污隆，物理之盛衰，吾與之推盪磨勵於其中，必有不得其平者。故昌黎言物不得其平則鳴。」不平者又分兩類：一爲一己之私；一爲「學道之君子，其淒楚蘊結，往往出於窮餓愁思一身之外，則其不平愈甚，詩直寄焉而已。」黃氏自是借該銘以隱藏第二類之身分。下文所舉之例，都是隱含江山易主之後，孤臣遺民之心聲。黃氏得到的結論是：「自有宇宙以來，凡事無不可假，唯文爲學力才稟所成，筆纔點牘，則底裏上露。」「凡情之至者，其文未有不至者也。」〔註115〕

直到清朝，袁枚論詩標舉性靈，不廢艷體，似與所謂傳統文學觀有別，但其《隨園詩話》中卻屢次稱引孔子的「情欲信」〔註116〕，作爲其性靈說的護符。可見，爲抒情而作，係由於人心性之自然。

明、清盛行的小說、戲曲，是否僅爲供人娛樂，以觀賞者的角度爲主，但前人論述未必如此。明末清初著名詩人、戲曲家尤侗〈葉九來樂府序〉云：

古之人，不得志于時，往往發爲詩歌，以鳴其不平。故詩人之旨，怨而不怒，哀而不傷。抑揚含吐，言不盡意，則憂愁抑鬱之思，終

〔註113〕黃宗義撰《南雷文定》四集，卷三。見續修四庫全書編纂委員會編《續修四庫全書》（上海市：上海古籍出版社，1995）1435冊，頁559、560。

〔註114〕〈劉兵部詩集序〉。宋濂撰《宋學士全集》（北京市：中華書局，1985）卷六，頁184。

〔註115〕〈鄭禹梅刻稿序〉、〈明文案序〉上。同註113，三集，卷一，頁468；前集，卷一，257。

〔註116〕〈表記第三十二〉。鄭玄注《禮記》（臺北市：新興書局，民60）卷十七，頁195。

無自而申焉。既又變為詞曲，假託故事，翻弄新聲，奪人酒杯，澆
己塊壘，于是嘻笑怒罵，縱橫肆出，淋漓極致而後已。〔註117〕

他所說的「變為詞曲，假託故事，翻弄新聲」，指的便是戲曲。在他的看法，
戲曲正是「古之人，不得志于時，往往發為詩歌，以鳴其不平」，「奪人酒杯，
澆己塊壘，于是嘻笑怒罵，縱橫肆出，淋漓極致而後已。」小說是否也如此？
蒲松齡《聊齋誌異》自序云：

被羅帶荔，三閭氏感而為《騷》；牛鬼蛇神，長爪郎吟而成癖。自鳴
天籟，不擇好音，有由然矣。松落落秋螢之火，魑魅爭光；逐逐野
馬之塵，罔兩見笑。才非干寶，雅愛《搜神》；情同黃州，喜人談鬼。
聞則命筆，遂以成篇。…集腋為裘，妄續《幽冥》之錄；浮白載筆，
僅成孤憤之書；寄託如此，亦足悲矣！嗟乎！經霜寒雀，抱樹無溫；
弔月秋蟲，偎闌自熱。知我者，其在青林黑塞乎！〔註118〕

雖然歷舉屈原、李賀、干寶、蘇軾、劉義慶等人著作之所由，真正命意則在
末句：「嗟乎！經霜寒雀，抱樹無溫；弔月秋蟲，偎闌自熱。知我者，其在青
林黑塞呼！」這等於回應尤侗「古之人，不得志于時，往往發為詩歌，以鳴
其不平」。後人知金聖歎批《西廂》，批《水滸》；張竹坡批《金瓶梅》；哈斯
寶批《紅樓夢》，認為都屬不平則鳴，發憤而作；但不如蒲松齡之自為序，自
道所以。

（二）書論中的抒情觀

書法與實用之間，盡人皆知；與抒情之間，則難言。因此，書論不多見。

書論中有以技法為主的，常特別提示「心」、「意」的重要。不過，有些
指的是落筆之前，對字形，對整體佈局的思考。如常見的「意在筆前」即是

〔註117〕 尤侗撰《西堂雜俎》（臺北市：廣文書局，民59）卷上，頁55。
〔註118〕 蒲松齡著、王貽上評、呂叔清註《聊齋誌異評註》（臺北市：新文豐，民68）
頁4～5。按：被羅帶荔：《九歌》之一〈山鬼〉中句，此處喻山鬼。長爪郎：
唐李賀的別稱。語本李商隱《李長吉小傳》：「長吉細瘦，通眉，長指爪。」
《晉書·干寶傳》說他有感於生死之事，「遂撰集古今神祇靈異人物變化，名
為《搜神記》。」黃州：此處指北宋時謫居黃州的蘇軾。宋葉夢得《避暑錄話》
卷上：「子瞻在黃州及嶺表，每日起，不招客相與語，則必出而訪客。……談
諧放蕩，不復為畛畦。有不能談者，則強之說鬼；或辭無有，則曰姑妄言之。
於是聞者無不絕倒，皆盡歡而去。」《幽冥錄》：南朝宋宗室劉義慶集門客所
撰志怪小說集。蘇軾〈江城子〉中詞，筆者按：此處與「幽冥」相應，喻鬼
魅。

〔註 119〕，但是，當「心忘於筆，手忘於書」〔註 120〕，當「心手合一」時〔註 121〕，應該不只是單純技法的層面，而是已經超越技法，心手達情，表達心境。張懷瓘說：「及乎意與靈通，筆與冥運，神將化合，變出無方。」〔註 122〕姜夔說：「藝之至，未始不與精神通。」〔註 123〕盛熙明云：「翰墨之妙，通於神明，故必積學累功，心手相忘。當其揮運之際，自有成書於胸中，乃能精神融會，悉寓於書。」〔註 124〕馮班亦云：「本領者將軍也，心意者副將也。本領極要緊，心意附本領而生。」「本領精熟，則心意自能變化。」〔註 125〕

　　書法是否能抒情，孫過庭曾說：鍾、張、羲、獻「翰不虛動，下必有由。」〔註 126〕所謂「由」，是書家想表達些什麼，為什麼要寫下這段文字；並舉《樂毅論》、《東方朔畫像贊》、《黃庭經》、《太師箴》、《蘭亭集序》、《告誓帖》為例。〔註 127〕明人項穆《書法雅言》就曾這樣說：「約本其由，深探其旨，不過曰相時而動，從心所欲云爾。……相時而動，根乎陰陽舒慘之機；從心所欲，溢然〈關雎〉哀樂之意。非夫心手交暢，焉能美善兼通若是哉？」〔註 128〕代表書者下筆是有其情緒的。

〔註 119〕　見下節〈書論中的虛靜〉。

〔註 120〕　〈筆意第十五〉。韋續編纂《墨藪》頁 40。見楊家駱主編《唐人書學論著》（臺北市：世界書局，民 64）。

〔註 121〕　〈跋李康年篆〉：「得於手而應於心，乃輪扁不傳之妙。」黃庭堅撰《山谷題跋》卷五。見楊家駱主編《宋人題跋》（臺北市：世界書局，民 81）頁237。

〔註 122〕　〈張懷瓘書斷上〉。張彥遠集《法書要錄》卷七，頁 104。見楊家駱主編《唐人書學論著》（臺北市：世界書局，民 64）。

〔註 123〕　姜夔撰《續書譜》頁 6。見楊家駱主編《宋元人書學論著》（臺北市：世界書局，民 61）。

〔註 124〕　盛熙明撰《法書考》（臺北市：臺灣商務印書館，民 62）卷六，頁 1。

〔註 125〕　馮班撰《鈍吟書要》頁 9、12。見楊家駱主編《清人書學論著》（臺北市：世界書局，民 61）。

〔註 126〕　孫虔禮《書譜序》（臺北市：國立故宮博物院，民 76）頁 28。

〔註 127〕　按：同樣的思維，又見於朱長文對顏真卿書跡的形容：「觀《中興頌》，則閎偉發揚，狀其功德之盛；觀《家廟碑》，則莊重篤實，見其承家之謹；觀《仙壇記》，則秀穎超舉，象其志氣之妙；觀《元次山銘》，則淳涵深厚，見其業履之純；餘皆可以類考。」朱長文的看法是「碑刻雖多，而體製未嘗一也。蓋隨其所感之事，所會之興，善於書者，可以觀而知之。」朱長文撰《墨池篇》卷三。永瑢、紀昀等撰《欽定四庫全書》（上海市：上海古籍出版社，1987）812 冊，頁 733。

〔註 128〕　項穆撰《書法雅言》頁 43。見楊家駱主編《明人書學論著》（臺北市：世界書局，民 62）。

虞世南、張懷瓘留下了以心爲本體的名言：「心爲君，妙用無窮，故爲君也。」〔註 129〕「文則數言乃成其意，書則一字已見其心。」〔註 130〕

張懷瓘對於「心」的同義詞「意」多著筆墨，也藉人們對文學的理解以說明書法：「假如欲學文章，必先覽經籍子史。其上才者，深酌古人之意，不錄其言。」所謂「意」，不論文章還是書法，即是先去了解創作者之所以寫此文、作此書背後的心態。又說：

> 須考其法意所由，從心者爲上，從眼者爲下。先其草創立體，後其因循著名。雖功用多而有聲，終天性少而無象。同乎糟粕，其味可知。不由靈臺，必乏神氣。〔註 131〕

> 夫翰墨及文章之至妙者，皆有深意以見其志，覽之即令了然。若與面會，則有智昏菽麥，混白黑與皂襟；若心悟精微，圖古今於掌握。玄妙之意，出於物類之表；幽深之理，伏於杳冥之間，豈常情之所能言，世智之所能測？非有獨聞之聽，獨見之明，不可議無聲之音，無形之相。夫誦聖人之語，不如親聞其言；評先賢之書，必不能盡其深意。千年明鏡，可以照之不陂；琉璃屏風，可以洞澈無礙。〔註 132〕

第一段文字，「須考其發意所由」，意謂觀賞書法者，應該考察書者所以寫這幅作品的原因，是爲表達自己的心意，還是只求視覺效果。如果是表達自我，該優先考慮；如果只是步趨前人，應置於後。步趨前人的雖然有多方的用途，而且頗有名聲，畢竟欠缺自我的性情而無法取象，同於垃圾，風味可以想見。作者的看法，若不是發自心底，必然缺乏神采。這又回到本段之初：「須考其發意所由」。就是說明書法應該是表達意念的作品，是書者心象的表現。

第二段文字，他認爲一個人的情緒、意念，除了表露在文章的內容，也表露在筆跡上，一經觸目即刻了然。這是很奇怪的事，如果和當面人直接面對，很可能連自己的情緒一齊混進去，反而不明事理，猶如「智昏菽

〔註 129〕〈虞世南筆隨論第十三〉。韋續編纂《墨藪》頁 36。楊家駱主編《唐人書學論著》（臺北市：世界書局，民 64）。

〔註 130〕〈張懷瓘文字論〉。同註 132，卷四，頁 70。

〔註 131〕同註 130。

〔註 132〕〈張懷瓘書議〉。張彥遠集《法書要錄》卷四，頁 67。楊家駱主編《唐人書學論著》（臺北市：世界書局，民 64）。

麥」；若退居一旁，心智澄澈，就能看清事理。引文末兩行，他又說，我們誦讀古人的書籍，比不上親自聽聞古人所說的話語。書已成文字，我們知曉內容，卻看不到說話時的聲音、容貌、姿態、手勢等。作者的意思，書法就是聲容手勢。作者的看法，聲容手勢有如明鏡，有如玻璃屏風，可以讓人把對方看得一清二楚。這段文字看來是我們如何理解書者，反過來，也是說明書者如何假借書法發抒自己的心緒。同一篇，在敘述草書特色時，即明言：「或寄以騁縱橫之志，或托以散鬱結之懷，雖至貴不能抑其高，雖妙算不能量其力。」〔註133〕

在唐朝，將書法與抒情間表達得最為明白的，當屬文學家，韓愈。他在〈送高閑上人序〉云：

> 往時張旭善草書，不治他伎。喜怒、窘窮、憂悲、愉佚、怨恨、思
> 慕、酣醉、無聊、不平，有動於心，必於草書焉發之。〔註134〕

這一篇文章是送給高閑上人的，文章後半，他說：「今閑之於草書，有旭之心哉？不得其心而逐其迹，未見其能旭也。」凡人凡眼，但見張旭顛狂，但見張旭不守羲之舊規，甚至一片凌亂，可是在韓愈眼中，張旭的狂草，是他全部情緒的反應。否則他沒有辦法寫出如此變化多端，鬼斧神工的書跡。韓愈懷疑的是高閑乃方外人士，可學得草書狂怪之形，但能否有起伏波動之心？朱長文對於張旭書跡作如下的解讀：「主荒政龐，不見抽擢，棲遲卑冗，壯猷偉氣，一寓於毫牘間，蓋如神叫騰霄漢，夏雲出嵩華，逸勢奇狀，莫可窮測也。雖庖丁之刲牛，師曠之為樂，扁鵲之治病，輪扁之斲輪，手與神運，藝從心得，無以加於此矣。」〔註135〕認為張旭書跡之所以如此，源於「主荒政龐，不見抽擢，棲遲卑冗，壯猷偉氣，一寓於毫牘間」，也就是長期鬱悶之氣的抒發。

〔註133〕〈唐張懷瓘書議〉。張彥遠集《法書要錄》卷四，頁 68。楊家駱主編《唐人書學論著》（臺北市：世界書局，民64）。

〔註134〕韓愈撰、馬其昶校注《韓昌黎文集校注》（臺北市：世界書局，2002）頁285。下引同此。

〔註135〕朱長文撰《墨池篇》卷三。永瑢、紀昀等撰《欽定四庫全書》（上海市：上海古籍出版社，1987）812 冊，頁734。

圖4：張旭《千文斷碑》（局部）

釋文：功茂實。勒碑刻銘。磻溪伊尹。佐時阿衡。奄宅曲阜。
微旦孰營。桓公匡合。濟弱扶傾。綺廻漢惠。說感武丁。俊……

圖5：蘇軾《寒食詩帖》

蘇軾《寒食詩帖》（圖5）之所以令黃庭堅折服，就在於蘇軾當時係爲抒發心緒而作。到什麼程度？黃庭堅說：

東坡此詩似李太白，猶恐太白有未到處。〔註136〕

李白詩一般人看到的是天馬行空，浪漫奔放，意境奇異，才華橫溢，而黃庭堅看到的，首首都是心情的流露。之所以認爲此帖「李白有未到處」，當是李白不曾遭逢像蘇軾般的際遇。〔註137〕既然如此，痛苦的程度不同，詩的深度自有不同。黃庭堅與蘇軾同一時代，又是師生。蘇軾因「烏臺詩案」下獄，

〔註136〕見圖6。
〔註137〕按：李白也曾被流放。安史之亂爆發時，李白遊華山，南下回宣城，後上廬山。天寶十五年十二月，李白被三次邀請，下山赴尋得入永王李璘幕僚。永王觸怒唐肅宗被殺後，李白也獲罪入獄。幸得郭子儀力保，方得免死，改爲流徙夜郎（今貴州關嶺縣一帶），在途經巫山時遇救。與蘇軾相較，原因不同，流放結局亦別。

後被貶黃州，這段歷程看在黃庭堅眼中，必然感同身受。當看過〈寒食詩〉，也必然與其他人所感有別，因此跋文寫下「太白有未到處」之句。從書法上，也可看出兩首詩係出自兩個不同時段；而兩個時段所顯示的心情各自不同。前詩字跡普遍略小，後詩筆觸加重，大小參差，頗為明顯。對照之下，前後詩情緒不同，這是單純以鉛字排版無法看出的；而前後大小、輕重、長短、疏密各自不同，心緒起伏可見：這是蘇軾其他書跡所少見者。

顏眞卿書跡，因其人品，早為歐陽脩、蘇軾、黃庭堅等人所寶愛，但直道其書寫動機者，米芾評〈爭座位帖〉云：

此帖在顏最爲傑思，想其忠義憤發，頓挫鬱屈，意不在字，天眞罄露，在於此書。〔註138〕

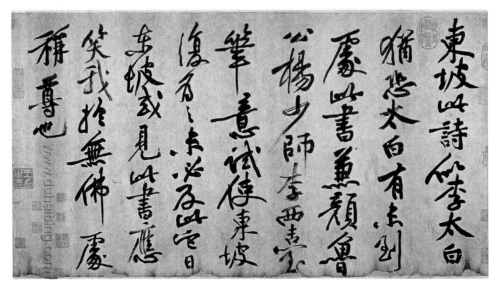

圖 6：黃庭堅《寒食詩帖跋》

此帖係顏眞卿因不滿權奸的驕橫跋扈而寫給郭英乂的直諍書稿。忠義之氣充之於心、賦之於文、形之於書，全篇理正、詞嚴、文厲、書憤，洋洋千文，如長水蹈海，無可抵擋。此帖信筆而書，點畫所至，眞趣爛漫，勁挺豁達，字裡行間散發其剛強耿直之心。

難得見到的是坊間出版的《岳飛書前後出師表》，後有跋文，云：

紹興戊午秋八月望前，過南陽，謁武侯祠，遇雨，遂宿於祠内。更

〔註138〕米芾撰《書史》頁 19～20。見楊家駱主編《宋元人書學論著》（臺北市：世界書局，民61）。

深秉燭，細觀壁間昔賢所贊先生文祠、詩賦及祠前石刻二表，不覺
淚下如雨。是夜，竟不成眠，坐以待旦。道士獻茶畢，出紙索字，
揮涕走筆，不計工拙，稍舒胸中抑鬱耳。岳飛並識。〔註139〕

〈出師表〉是三國時蜀國相國諸葛亮出師伐魏時的表章。其慷慨涕零的筆墨
千年間依然激蕩著世代的忠臣義士。岳飛資兼文武，能詩善書。《前後出師表》
字體行草，一氣呵成，寫得酣暢淋漓，綜觀如電掣雷奔，龍飛鳳舞，細視則
鐵畫銀鉤，頓挫抑揚。字體筆畫，或大或小，或重或輕，或粗或細，或疾或
遲，或駐或引，隨態運奇，無不適意，其揮灑縱橫，如快馬入陣，令人想見
岳飛馳騁疆場之英氣雄姿。眾所周知，岳飛，南宋時抗金的名臣，用生命詮
釋了「忠誠」的意義。從跋文中，我們也可想見岳飛「竟不成眠，坐以待旦」
的心緒，在筆墨間流盪。

　　岳飛之作或有疑為偽跡，毫無疑問，發抒心情的自述者，可能自明末清
初始。倪後瞻的《倪氏雜著筆法》敘述自己四十一歲至六十一歲，二十一年
間書法幫助他度過的歲月：

余學書之功，自戊子至戊申二十一年之中，每歲有八九月或四五月
肆志臨摹。或忘寢食，兼廢家業。每當憤鬱失意之際，見筆硯紙帖，
則欣然相就。竟日不輟，忘其所謂怒者。飯至，或呼之不應；家人
每竊笑焉。當辛丑、壬寅之間，困阨已極，幾不欲生，憂愁所至，
直當殞命。幸有此癖，逃於其中，得以不死。因知書畫為養生家之
一助。老杜〈贈曹霸歌〉：「丹青不知老將至，富貴於我如浮雲。」
其余之謂也。〔註140〕

我們不知道作者心中的世界，從「戊子」、「戊申」查閱，時間是明亡之後，
愛新覺羅氏已入主中原。「辛丑」、「壬寅」是南明全然覆滅的時間。改朝換
代之際，對於前朝遺民心境最難適應。果如此，作者心情的不佳，可以想像。
依引文，書法對作者，顯然是抒發情緒之用，幫助他度過那段難熬的歲月。
　　陳奕禧《綠蔭亭集》有幾則屬於抒情的記載：

〔註139〕《岳飛書前後出師表》（西安：五丈原諸葛廟，1985）碑文頁 55〜57，附釋
　　　　文頁 9。按：原書僅有帖名，無出版第、出版社，頁數。筆者依所附卡片、
　　　　篆章、釋文末頁「乙丑年仲春」推算，碑文釋文並加頁碼而得。
〔註140〕《倪氏雜著筆法》。崔爾平選編《明清書法論文選》（上海：上海書店，1994）
　　　　頁 418。

六月廿四日書完此卷，因稍空數寸，學庭宋許。次晨，向曼陀羅花前，聽深柳遠蟬，啖新荔枝。涼風透絺，幽齋靜雅，几研精良，補書數語，以紀一時之樂。且遇文學知己，斯爲難遘，不然雖有佳境，終傷寂寞也。〔註141〕

這是〈自書與伊學庭孝廉雜題〉中的一則。因前卷後有餘白，伊學庭希望補全而有這段文字。作者記述的是次日早晨，對優雅環境的喜悅：何況是爲知己者書！

六月廿八日，聚於怡齋，暑殘秋近，天氣稍解，且良朋娛心，清歌悅耳，侑我筆研，興頗不乏，遂檢《閣帖》作此。方其對原跡，而彷彿似爲所拘；及眞本既離，獨觀成翰，則箋素中疑有妙音發乎頓放之際。此一時之雅韻，書於冊後，或亦有欣羨之思云。〔註142〕

這是作者〈臨《閣帖》自題〉的後半。與前則時空雖不同，良辰美景，賞心樂事則一。作者記述的是面對原跡與脫離原跡之間的差別，面對原跡，有所拘束；脫離原跡，自由自在的感覺：「疑有妙音發乎頓放之際」。這可能是不少學書者共同的心聲。於是爲記。

此本乃西溟姜編修家藏石，……往從沈芷岸讀學處見之，今學庭孝廉有一本。學庭爲西溟所得士，西溟臨歿，以贈學庭。余向學庭索得，乃爲之臨摹，以存記其本末。芷岸、西溟皆作古人，余重來京師，拈弄筆墨，交友風流，雖不減昔，而由今追想，不覺情深故舊，惘然莫解也。〔註143〕

這是〈題姜氏《蘭亭》〉的後半。題文的姜氏與文中的「西溟姜編修」即姜宸英，清書法家。引文前半記《蘭亭》來自姜氏，後半臨摹時，深感人事已非，周邊雖交友之習依舊，悵惘則不能免。

　　早在南北朝末期，顏之推不認爲書法必須專攻，因爲往昔精於此者，莫不以此爲勞；且舉韋誕、王褒爲例。〔註144〕固然強調的是「巧者勞而智者憂」，

〔註141〕《綠陰亭集・自書與伊學庭孝廉雜題・又》。同註140，頁477。
〔註142〕《綠陰亭集・臨《閣帖》自題》。崔爾平選編《明清書法論文選》（上海：上海書店，1994）頁478～479。
〔註143〕《綠陰亭集・題姜氏《蘭亭》》。同註142，頁479。
〔註144〕〈雜藝〉：「夫巧者勞而智者憂，常爲人所役使，更覺爲累。韋仲將遺戒（按：衛恆《四體書勢》云：「誕善楷書，魏宮觀多誕所題。明帝立陵霄觀，誤先釘榜，乃籠盛誕。轆轤長絙引上，使就題之。去地二十五丈，誕甚危懼。乃戒子孫，絕此凱法，箸之家令。」），深有以也。……王褒地胄清華，才學優敏。

從另一面，我們看到的是書家之所以不樂，在於非出於自己的心願。與此相應的，有所謂「應酬」書。此詞出現在明、清書論，如董其昌《畫禪室隨筆》：「吾鄉陸宮詹以書名家，雖率爾作應酬字，俱不苟且。」〔註145〕陳奕禧《綠蔭亭集》云：「日事作應酬書，令人筆墨多俗氣。」〔註146〕傅山對此頗以為苦，《霜紅龕集・雜記五》云：

> 文章小技，於道為尊；況茲書寫，於道何有？吾家為此者，一連六
> 七代矣，然皆不為人役，至我始苦應接俗務。每逼面書，以為得真。
> 其實對人作書，無一可觀。且先有忿懑于中，大違心手造適之妙，
> 真正外人那得知也！〔註147〕

或許因為「文章小技，於道為尊；況茲書寫，於道何有？」最後逼得傅山只有請代筆的份。下云：「三二年來，代吾筆者實多出侄仁，人輒云真我書。人但知子，不知侄往往為吾省勞。」回到原點，傅山之所以「忿懑」，只在不是抒己之情，而是為人作嫁。

劉熙載談到抒情，又回到書法兩個耳熟能詳，卻又不為人用心理解的故事：

> 鍾繇〈筆法〉曰：「筆迹者，界也。流美者，人也。」右軍《蘭亭序》
> 言「因寄所託」、「取諸懷抱」，似亦隱寓書旨。〔註148〕

依文意，鍾繇大概是說：「筆跡是呈現在外的，風流美韻是書家本身是否具備的。」言下之意，有其內，才有其外。《蘭亭序》首先寫聚會盛況，描述環境——「茂林修竹、清流急湍」，「天朗氣清，惠風和暢」。之後筆鋒突變，格調轉為悲傷，寫人生短暫，然而他並不宣揚「人生無常」、「及時行樂」，而是斥責莊子「一死生、齊彭殤」的論調。劉氏認為王羲之說「因寄所託」、「取諸懷抱」，當是心有所感，才有這一篇。那麼這篇曠古之書，當是羲之抒懷之作。〔註149〕

　　　後雖入關，亦被禮遇。猶以書工崎嶇碑碣之間，辛苦筆硯之役。嘗悔恨曰：『假
　　　使吾不知書，可不至今日邪！』」顏之推撰《顏氏家訓》（臺北市：臺灣中華
　　　書局，民57）卷七，頁7。下引文同此。
〔註145〕董其昌著《畫禪室隨筆》（臺北市：廣文書局，民66）卷一，頁6。
〔註146〕《綠蔭亭集・偶論》。崔爾平選編《明清書法論文選》（上海：上海書店，1994）
　　　頁489。
〔註147〕傅山撰《霜紅龕集》（臺北市：漢華文化事業，民60）卷四十，頁1149。下
　　　引同此。
〔註148〕劉熙載撰《藝概》（臺北市：廣文書局，民58）卷五，頁21。
〔註149〕董其昌撰《容臺集》（四）（臺北市：國立中央圖書館，民57）頁1993云：「古
　　　來文與書稱者，僅此《賦》與《敘》耳。」按：《賦》指《赤壁賦》，《敘》指
　　　《蘭亭敘》。

圖7：王羲之《蘭亭序》（神龍本）

　　或許有人會問：「書法只不過是線條及其組合之間的藝術，何來所謂抒情？」明人王世貞對孫過庭云：「《樂毅論》則情多怫鬱，《東方贊》則意絕環奇，《黃庭經》則怡懌虛無，《太師箴》又縱橫爭折。《蘭亭》之興集，思逸神超；私門戒誓，情拘志慘。」的看法，就曾批評「此在覽者以意逆之耳，未必右軍作書時，預有此狡獪也。」〔註150〕「以意逆之」語意原出《孟子》〔註151〕，意謂用自己的想法去揣度別人的心思；別人未必有此心機。

　　書論中，大概是西晉成公綏的〈隸書體〉，已經提出「工巧難傳，善之者少，應心隱手，必由意曉。」〔註152〕書法要寫得「工巧」已經不是一件容易的事，何況隱藏在手跡背後的「心」？要懂得，只有憑藉文「意」。

　　唐市張懷瓘〈六體書論〉中也說：「觀彼遺蹤，悉其微旨，雖寂寥千載，若面奉徽音。其趣之幽深，情之比興，可以默識，不可以言宣。」〔註153〕所謂「悉其微旨」同樣是先清楚其文意，而後才能「若面奉徽意」。雖然還是「可以默識，不可以言宣」，已經多少感應「其趣之幽深，情之比興」。

　　因此，除非書者明示，借助寫內容，已成唯一途徑。

〔註150〕　並見《說部・藝苑巵言附錄二》頁7006。王世貞撰《弇州四部稿》（臺北市：偉文圖書出版社，民65）卷一百五十三。按：所引孫過庭語，與《書譜》原文略有出入。狡獪：心機。
〔註151〕　《中孟》卷五〈萬章上〉，頁131～132。朱熹集註《四書集註》（臺北市：世界書局，民55）。
〔註152〕　嚴可均校輯《全上古三代秦漢三國六朝文》（北京市：中華書局，1958）《全晉文》卷五十九，頁1789。
〔註153〕　董誥等編《全唐文》（上海市：上海古籍出版社，1990）卷四百三十二，頁1951。

三、爲休閒

所謂休閒，包括娛樂，指的是人類在基的生存之外，獲取快樂的非功利性活動。它包括生理上獲得快感，更主要是指心理上得到愉悅；這一種無所爲而爲的心理狀態。

休閒娛樂意味著生活頗有餘裕，不爲生活奔忙，或奔忙之後，暫時歇腳。早在孔子的教學中，即有先後層次之分；畢竟孔門重在修身治國。《論語‧述而》謂：「志於道，據於德，依於仁，游於藝。」何晏《集解》就其用字之差異，於是解爲「不足據依，故曰游也。」〔註154〕王通《中說‧事君篇》就其排列之先後，解爲「古君子志於道，據於德，依於仁，後藝可游也。」〔註155〕

休閒娛樂，對孔子而言，不是一種罪過，而且還是一種嚮往。《論語》中的代表作，莫過〈先進〉篇末章。當孔子聽聞子路、冉有、公西華各抒抱負理想之後，孔子對他們，都沒說什麼，獨獨在曾晳之後，「喟然歎曰：『吾與點也！』」曾晳說了什麼？「莫春者，春服既成。冠者五六人，童子六七人，浴乎沂，風乎舞雩，詠而歸。」〔註156〕這不是休閒娛樂，又是什麼？只不過，那是在沒有戰爭，沒有飢餓，家給人足，國泰民安，只有禮儀，人際和諧之後。

（一）文論中的休閒

宗周時期，《三百篇》中的小雅，爲朝廷的宴歌樂章。風是指各國的民歌，是當時十五個地區的風土歌謠。在詩、舞、樂不分的時代，已可看出文學與休閒娛樂之間的關係。

隨著漢帝國的統一，文、景二帝的休養生息，百姓得以安樂，國庫得以充實。在社會經濟和工商業繁榮的基礎上，帝王貴族們的享樂奢侈的生活，也就高度發展起來。於是，建宮殿，騁田獵，求神仙，溺酒色，是君臣上下生活的主體。當時的賦家，大多是這些權貴的依附者，加上君主貴族飽食之餘，還要附庸風雅，提倡藝術。君上以此取樂，作者以此得寵。《漢書‧東方朔傳》說：

> 朔嘗至太中大夫，後常（嘗）爲郎，與枚乘、郭舍人俱在左右，詼啁而已。〔註157〕

〔註154〕何晏撰《論語集解》（臺北市：藝文印書館，民55）〈述而〉頁2。
〔註155〕王通撰、阮逸注《中說》（臺北市：廣文書局，民64）卷三，頁25。
〔註156〕《下論》卷六，頁76。朱熹集註《四書集註》（臺北市：世界書局，民55）。
〔註157〕班固撰、顏師古注《漢書》（臺北市：鼎文書局，民69）卷六十五，頁2963。

〈枚皋傳〉云：

> 皋不通經術，諛笑類俳倡，爲賦頌，好嫚戲，以故得媟黷貴幸。〔註158〕

《漢書・王褒傳》謂：

> 上令褒與張子僑等並待詔，數從褒等放獵，所幸宮館，輒爲歌頌。
> 第其高下，以差賜帛。議者多以爲淫靡不急，上曰：「不有博弈者乎？
> 爲之猶賢乎巳。」辭賦大者與古詩同義，小者辯麗可喜。辟如女工
> 有綺縠，音樂有鄭、衛，今世俗猶皆以此虞說耳目。〔註159〕

曰「諛諧」，曰「嫚戲」，曰「虞說（愉悅）」，都讓人感覺所謂「文學」，不過是
休閒娛樂之具。

後漢此風尤甚，張衡〈論貢舉疏〉說：

> 夫書、畫、辭、賦，才之小者，匡國理政，未有能焉。陛下即位之
> 初，先訪經術，聽政餘日，觀省篇章，聊以游藝。當代博弈，非以
> 教化取士之本，而諸生競利，作者鼎沸。其高者頗引古訓風諭之言，
> 下者則連偶俗語，有類俳優；或竊以成文，虛冒名氏。〔註160〕

「先訪經術，聽政餘日，觀省篇章，聊以游藝」，有先後層次，猶如孔子的「志
道，據德，依仁」，而後「游藝」。雖起首冠以四目「書、畫、辭、賦」，從「其
高頗引經訓風諭之言，下者則連偶俗語，有類俳優」可看出，指的是「辭、
賦」；又從其中「諸生競利，作者鼎沸」一語，可見當年辭、賦與「博弈」同
等看待，士人爲貴族的娛樂休閒，競相投入的熱鬧場面。這些，或許就是後
世所稱以文爲戲的先聲。

東漢後，一群文人圍繞在曹氏父子兄弟身邊，更擴大了以文爲戲。南朝
君臣亦復如是。聚會常以吟詩作賦助興，由此形成了眾多形式的詩歌類型，
有以詩歌相互酬唱、贈答的唱和詩，有情趣盎然的宴飲詩，有君臣相和的應
制詩。這類性質的詩，大多有粉飾太平、打發時光、消遣娛樂的功能，是君
臣之間的遊戲詩。產生於漢代的柏梁聯句詩，就是一例。劉勰《文心雕龍・
明詩》篇云：「孝武愛文，柏梁列韻。」〔註161〕這裡提到的「柏梁」，就是聯

〔註158〕同註157，卷五十一，頁2366。嫚戲：褻狎戲謔。

〔註159〕班固撰、顏師古注《漢書》（臺北市：鼎文書局，民69）卷六十四，頁2829。

〔註160〕張衡著、張震澤校注《張衡詩文集校注》（上海市：上海古籍出版社，1986）
頁358。

〔註161〕劉勰撰、范文瀾注《文心雕龍注》（臺北市：開明書局，民57）卷二，頁1。
譯文：漢孝武帝愛好文辭，於是有「柏梁臺」的聯句共識。

句的首創，是漢武帝在柏梁臺上，邀眾臣作七言聯句詩。〔註162〕到魏、晉、南朝，柏梁臺聯句進一步發展，唐朝歐陽詢《藝文類聚》紀載了宋孝武帝、梁武帝、梁元帝與臣子之間的聯句。一般文人也相與聯句，如魏末晉初，歷官尚書令、司空、太尉的賈充，有〈與妻李夫人聯句〉，大詩人陶淵明有與愔之、循之聯句，宋人鮑照有〈月下登樓聯句〉等三首，梁人何遜有〈臨別聯句〉、〈賦詠聯句〉等十二首。〔註163〕句詩開創了文人遊戲詩的一種嶄新類型，也把遊戲娛樂性質的詩歌在藝術性方面推向一個新的高度。

　　至於南朝陳後主的宮體詩，主要是寫婦女、男女之情、詠物、遊宴、登臨或遊戲。宮體詩人在寫這些內容時帶有明顯的娛樂目的和消遣性質。《南史》本紀云：「常使張貴妃、孔貴人等八人夾坐，江總、孔範等十人預宴，號曰『狎客』。先令八婦人襞采箋，製五言詩，十客一時繼和，遲則罰酒。君臣酣飲，從弘達旦，以此為常。」〔註164〕這樣的休閒娛樂未免玩物喪志。「荒于酒色，不恤政事」的結果，終至亡國。

　　唐朝文人為文的範圍遠比往昔擴大，舉凡朋友筵席、送往迎來、婚喪喜慶，都在其內，可以說是貴遊文學的擴大。韓愈文集許多篇章都十分嚴肅，但卻大張以文為戲旗幟。日本學者市川勘如此說：「韓文中大至經天緯地的政治生活，細至世俗人生中的瑣屑末節，誌怪之筆，觸目可見。而且各個時期、各種體裁的都兼而有之，其中不少是千古名篇。怪異之事，怪異之人，對於韓愈來說是輕車熟路，特別能翻出噱頭，而且花樣翻新。」〔註165〕由於這個緣故，當年，其大弟子張籍奉勸韓愈「執事論文章，不謬於古人，今或有出於世之守常者，竊宋為得也。願執事絕博塞之好，棄無實之談，宏廣以接天下士，嗣孟子、揭雄之作，辨楊墨老釋之說，使聖人之道復見於唐，豈不尚哉？」〔註166〕張籍之說，正大光明，義正嚴詞，旨在希望韓愈能繼

〔註162〕〈雜文部二〉。歐陽詢等撰《藝文類聚》（臺北市：木鐸出版社，民77）卷五十六，頁1003。

〔註163〕逯欽立輯校《先秦漢魏晉南北朝詩》（臺北市：文光出版社，民63）晉詩卷二，頁587、卷十七，頁1013～1014、宋詩卷九，頁1312、梁詩卷九，頁1710～1714。

〔註164〕李延壽撰《南史》（臺北市：鼎文書局，民68）卷十，頁316。

〔註165〕市川勘〈以文為戲論〉，見《中國網——網上中國》。市川勘（ICHIKAWA KAN），1993年畢業于日本慶應義塾大學文學研究科博士課程，獲該校文學博士學位，曾任日本慶應義塾大學文學部。

〔註166〕〈上韓昌黎書〉。董誥等編《全唐文》（上海市：上海古籍出版社，1990）卷六百八十四，頁3105。執事：對辦事人員的尊稱。

孟子、揚雄之後，承擔聖道，專心寫一本傳世之作。其用心立意可謂良善。
韓愈則回復張籍：

　　　　吾子又譏吾與人人為無實駁雜之說，此吾所以為戲耳。〔註167〕

對於張籍所謂的「駁雜無實」，他只是輕描淡寫地回應：這類文章我不過用來
遊戲罷了！

　　眾多這類文章中，〈毛穎傳〉曾引起軒然大波，柳宗元被貶數年後始見。
當柳宗元看過之後，讚賞不已，曰：「若捕龍蛇，搏虎豹，急與之角而力不敢
暇，信韓子之怪於文也！」〔註168〕柳宗元的看法，認為人活著不獨有嚴肅的
一面，也有輕鬆的一面。他舉出以下的例子：

　　　　學者終日討說答問，呻吟習復，應對進退，掬溜播瀾，則罷憊而廢
　　　　亂，故有「息焉游焉」之說。不學操縵，不能安絃。有所拘者，有
　　　　所縱也。大羹玄酒，體節之薦，味之至者。而又設以奇異小蟲、水
　　　　草、楂梨、橘柚，苦鹹酸辛，雖蜇吻裂鼻，縮舌澀齒，而咸有篤好
　　　　之者。文王之昌蒲菹、屈到之芰、曾皙之羊棗，然後盡天下之奇味
　　　　以足於口。獨文異乎？〔註169〕

學習的人整天討論演說相互答問〔註170〕，反覆溫習曼聲而吟，酬答賓客前進後
退，邊汲取知識邊傳布宣揚：一切都夠他們疲憊不堪了，所以有休閒遊戲的說
法。不學習調弦聽，就不懂得調整琴弦。有拘束就必然有相應的放鬆。肉汁濃
湯、清水薄酒，骨頭湯汁，是滋味中最美好的。既然如此，人們還覺不足，又
擺上一些奇異小蟲、水草、楂梨、橘油，苦的、鹹的、酸的、辣的都有。雖然
會刺痛你的嘴皺起你的鼻，讓你的舌頭縮回，讓你的牙齒酸澀，卻都有嗜好的
人，就像文王喜歡昌蒲菹、屈到喜歡菱角、曾皙喜歡羊棗。加上這些特殊的滋
味，然後才算滿足天下的奇珍異味。飲食如此，只有文章不同嗎？

　　他的譬喻是讀書人有嚴肅的時候也有休閒的時候，琴絃有緊縮的時候也
有放鬆的時候，餐飲有常態的滋味也有奇特的滋味，「一張一弛，文武之道」

〔註167〕〈答張籍書〉。韓愈撰、馬其昶校注《韓昌黎文集校注》（臺北市：世界書局，
　　　　2002）頁137。

〔註168〕〈讀韓愈所著毛穎傳後題〉。柳宗元撰《柳宗元集》（臺北縣土城市：頂淵文
　　　　化事業，2002）卷二十一，頁569。

〔註169〕同註168，頁570。

〔註170〕可參考韓愈〈進士策問十三首〉。韓愈撰、馬其昶校注《韓昌黎文集校注》（臺
　　　　北市：世界書局，2002）頁104～111。

〔註171〕，一正一負，一陰一陽才是人生之全。最後歸結，爲文亦然，有明道者，也應有遊戲者。只要不背離聖道本質，可以爲道，可以非道；但非道非離道。如此而言，適當紓解方才符合聖道；以文爲戲有何不可？宋人歐陽脩有〈醉翁亭記〉一文，與韓愈作〈毛穎傳〉相同，同樣受到不明白上述道理的人、不少衛道人士的批評，金朝王若虛〈文辨〉云：「宋人多譏病〈醉翁亭記〉，此蓋以文滑稽。曰：『何害爲佳，但不可爲法耳。』」〔註172〕

宋朝的道學家，大抵不甚爲詩〔註173〕，邵雍則不然。《伊川擊壤集‧自序》云：「《擊壤集》，伊川翁自樂之詩也。非唯自樂，又能樂時與萬物之自得也。」〔註174〕因此，對詩抱持快樂，甚至遊戲的態度，其〈安樂窩中詩一編〉云：

> 安樂窩中詩一編，自歌自詠自怡然。陶鎔水石閑勳業，銓擇風花靜事權。意去乍乘千里馬，興來初上九重天。歡時更改三兩字，醉後吟哦五七篇。直恐心通雲外月，又疑身是洞中仙。銀河洶湧飜晴浪，玉樹查牙生紫煙。萬物有情皆可狀，百骸無病不能蠲。命題濫被神相助，得句謬爲人所傳。肯讓貴家常奏樂，寧慳富室賸收錢。若條此過知何限，因甚臺官獨未言。〔註175〕

一切無所爲而爲，「意去乍乘千里馬，興來初上九重天。歡時更改三兩字，醉後吟哦五七篇。」一切隨興，豈不快哉！

風行元、明、清說與戲曲更是自娛娛人之作。金聖嘆評《水滸傳》如是說：

〔註171〕〈觀鄉射第二十八〉：「子貢觀於蜡，孔子曰：『賜也，樂乎？』對曰：『一國之人皆若狂，賜未知其爲樂也。』子曰：『百日之勞，一日之樂，一日之澤，非爾所知也。張而不弛，文正弗能；弛而不張，文武弗爲。一張一弛，文武之道也。』」《孔子家語疏證》（臺北市：臺灣商務印書館，民60）卷七，頁183。按：韓愈引此〈重答張籍書〉：「昔者夫子由有所戲。《詩》不云乎？『善戲謔兮，不爲虐兮！』《記》曰：『張而不弛，文武不能也。』惡害於道哉？吾子未思之乎？」同註170，頁141。

〔註172〕王若虛著《滹南遺老集》（臺北市：新文豐出版公司，民73）卷三十六，頁227。

〔註173〕參看第三章第二節〈文論的重德〉中，程頤〈答朱長文書〉。

〔註174〕邵雍著《伊川擊壤集》（臺北市：臺灣商務印書館，民56）頁2。見王雲五主編《四部叢刊‧初編‧集部》48冊。

〔註175〕同註174，頁65。銓擇：評量選擇。靜事權：放下職權。查牙：參差不齊狀。蠲：除去。臺官：唐宋時專司糾彈的御史。賸：剩。賸收錢：錢財是身外之物。

《水滸傳》卻不然，施耐庵本無一肚皮宿怨要發揮出來，只是飽煖
無事，又值心閒，不免伸紙弄筆，尋箇題目，寫出自家許多錦心繡
口，故其是非皆不謬於聖人。後來人不知，卻於《水滸》上加「忠
義」字，遂並比於史公發憤著書一例，正是使不得。〔註176〕

金氏原意在為《水滸》正名，書名之前加「忠義」二字，豈不讓人正襟危坐？
《水滸傳》三字，不添加任何形容詞，才是本尊。金氏之意，原作者著書之
心態，不過「只是飽煖無事，又值心閒，不免伸紙弄筆」。

插科打諢指古典戲曲中的表情和動作；諢是詼諧逗趣之語。戲曲、曲藝
演員在表演中穿插進去的引人發笑的動作或語言。衛道人士或不以為然，李
漁為此特為申述：

插科打諢，填詞之末技也。然欲雅、俗同歡，智、愚共賞，則當全
在此處留神。文字佳、情節佳，而科諢不佳，非特俗人怕看，即雅
人韻士，亦有瞌睡之時。作傳奇者，全要善驅睡魔。睡魔一至，則
後乎此者，雖有《鈞天》之樂，《霓裳羽衣》之舞，皆付之不見、不
聞，如對泥人作揖、土佛談經矣。予嘗以此告優人，謂：戲文好處，
全在下半本。只消兩三個瞌睡，便隔斷一部神情。瞌睡醒時，上文
下文已不接續，即使抖起精神再看，只好斷章取義作零齣觀。若是，
則科諢非科諢，乃看戲人之參湯也。養精益神，使人不倦，全在於
此。可作小道觀乎？〔註177〕

清乾隆後期，劇壇出現以崑曲「雅部」與其他諸聲腔「花部」爭勝的局面，
即「花部」與「雅部」之爭。雅部意指高雅、正統的戲劇，花部如秦腔、梆
子腔、二黃等則帶有低俗及雜亂的貶意，故此有「亂彈」之稱。因為「花部」
通俗易懂、潑辣生動故而得到迅速發展。焦循，清哲學家、數學家、戲曲理
論家，對通俗易懂、潑辣生動的花部敘述如下：

花部原本於元劇。……其詞直質，雖婦孺亦能解；其音慷慨，血氣
為之動盪。郭外各村，於二、八月間，遞相演唱。農叟、漁父，聚
以為歡，由來久矣。…。余特喜之，每攜老婦、幼孫，乘駕小舟，
沿湖觀閱。天既炎暑，田事餘閒，群坐柳蔭豆棚下，侈譚故事，多

〔註176〕〈讀法〉。施耐庵著、金聖嘆批《水滸傳》（臺北市：三民書局，民59）頁33。
〔註177〕李漁著《閒情偶寄》。見楊家駱主編《歷代詩史長編二輯》（臺北市：中國學
典館復館籌備處出版：鼎文經銷，民63）七，頁61。

不出花部所演，余因略爲解說，莫不鼓掌解頤。〔註178〕

從小說與戲曲，最可看到其自娛，尤其是娛人的目的。

在文學史上不斷有被稱之爲「文字遊戲」的作品出現，例如數字詩、同音文、嵌名詩、藏頭詩、回文詩、寶塔詩等等，這些作品自然也表達某種的生活、思想和情感內容，但多數還是以形式的技巧取勝逗，是將文學或者說語言文字的休閒娛樂功能發揮到極致的特例。

（二）書論中的休閒

書法是文人雅事，在人人擅長的時代，爲休閒之具，理當可知；但是見於紀載的卻不多，或許與下文「興致」一節相混。

把書法當休閒的記載，後漢張衡〈論貢舉疏〉略有涉及〔註179〕，比較明確的，見〈唐朝敘書錄〉：

> （貞觀）十八年二月十七日，召三品已上，賜宴於玄武門。太宗操筆作飛白書，眾臣乘酒，就太宗手中競取。散騎常侍劉洎登御牀，引手，然後得之；其不得者，咸稱劉洎登牀，罪當死，請以付法。太宗笑曰：「昔聞婕妤辭輦，今見常侍登牀。」〔註180〕

到今天，我們仍然可從文字間領會到當年太宗賜宴，操筆作書，群臣競取，場面熱絡，休閒娛樂的情景。再來，就是何延之追述的〈蘭亭記〉（見圖7）：

> 蘭亭者，晉右將軍會稽內史瑯琊王羲之字逸少所書之序也。右軍蟬聯美冑，蕭散名賢，雅好山水，尤善草隸。以晉穆帝永和九年，暮春三月三日宦遊山陰，與太原孫統承公、孫綽興公、廣漢王彬之道生、陳郡謝安安石、高平郗曇重熙、太原王蘊叔仁、釋支遁道林，并逸少子凝、徽、操之等，四十有一人，修祓禊之禮，揮毫製序，興樂而書。〔註181〕

〔註178〕焦循撰《花部農》。同註177，八，頁225。末句：「余因略爲解說」，原文起首云：「梨園共尚吳音。『花部』者，其曲文俚質，共稱爲『亂彈』者也，乃余獨好之。蓋吳音繁縟，其曲雖極諧於律，而聽者使未觀本文，無不茫然，不知所謂。」

〔註179〕參見本單元〈文論中的休閒〉頁204。

〔註180〕張彥遠集《法書要錄》卷四，頁73。楊家駱主編《唐人書學論著》（臺北市：世界書局，民64）。班妃：班婕妤，樓煩（今屬山西）人。西漢女辭賦家，越騎校尉班況之女，漢成帝妃子，入宮后被冊封爲「婕妤」（女官名，妃嬪稱號，當時宮中嬪妃爲十四等：昭儀、婕妤、娥、容華、美人、八子、充依、七子、良人、長史、少使、五官、順常、無涓等），故稱班婕妤。有美德，善詩賦，現存作品有〈自悼賦〉、〈搗素賦〉、〈怨歌行〉（也稱〈團扇歌〉）。

〔註181〕同註180，卷三，頁54～55。

古代漢族民間在春秋兩季，有到水濱舉行洗濯去垢，消除不祥的祭禮習俗。春季常在三月上旬的巳日，並有沐浴、采蘭、嬉遊、飲酒等活動。三國魏以後定爲三月初三日，稱爲祓禊。〔註182〕雖然是一種祭祀禮俗，但從內容觀察，卻也是一種休閒娛樂。

宋朝因爲太祖擔心武人專政，優禮文人；文人也深自期許。太祖本人有書跡傳世，蔡京之子蔡絛，所作《鐵圍叢記》記一則云：

> 太祖書札有類顏字，多帶晚唐氣味，時時作數行經子語。又間有小詩三四章，皆雄偉豪傑，動人耳目，宛見萬乘氣度。往往跋云「鐵衣士書」，似仄微時遊戲翰墨也。〔註183〕

前大半，敘述的是蔡絛所見太祖書，由「時時」二字可見不只一張，形式不拘，內容不拘，風格極具帝王氣象。末一句「遊戲翰墨」，可見在蔡絛心中，那些作品是宋登基前，休閒中無意之筆。

書法在宋朝也成爲文人重要的休閒。不過，歐陽脩的〈與石推官第二書〉一半承襲唐人之說，云：

> 夫所謂鍾、王、虞、柳之書者，非獨足下薄之，僕固亦薄之矣。世之有好學其書而悅之者，與嗜飲銘、閱畫圖無異，但其性之一僻爾，豈君子之所務乎？〔註184〕

石推官即石介，與歐陽脩、蔡襄等同年登科。引文前句「薄之」之語，係承石介觀念而來。石介認爲「世之善書者，能鍾、王、虞、柳，不過一藝；己之所學，乃堯、舜、周、孔之道，不必善書。」意謂士人當以經國大業爲職守，「不必善書」。歐陽脩則認爲，人可以「不必善書」，但若生活寬裕，能書也沒有不好。所以他的生活情趣，想來比起石介應該豐富許多。歐陽脩的〈一筆〉一文，屬於休閒生活的範圍，即紀錄書法在他及朋輩生活中的地位：

> 蘇子美嘗言：明窗淨几，筆硯紙墨，皆極精良，亦自是人生一樂。然能得此樂者甚稀，其不爲外物移其好者，又特稀也。余晚知此趣，

〔註182〕見《百度百科》。

〔註183〕蘇絛撰《鐵圍山叢談》卷一。見永瑢、紀昀等撰《欽定四庫全書》（上海市：上海古籍出版社，1987）1037冊，頁563。仄微：卑賤，社會地位低下，即未登基爲皇帝之前。

〔註184〕《居士外集二·與石推官第二書》。歐陽脩撰《歐陽脩全集》（臺北市：河洛圖書出版社，民64）卷三，頁80～81。下引同此。

恨字體不工，不能到古人佳處；若以爲樂，則自是有餘。〔註185〕

自少所喜事多矣。中年已來，漸已廢去，或厭而不爲，或好之未厭，
力有不能而止者。其愈久益深而尤百厭者，書也。至於學字，爲於
不倦時，往往可以消日。乃知昔賢留意於此，爲不爲無意也。〔註186〕

以書法爲休閒的記載，葉夢得《避暑錄話》有段蘇軾與米芾精彩的對書：

元元祐末（米元章）知雍邱縣，蘇子瞻自揚州召還，乃具飯邀之。既
至，則對設長案，各以精筆、佳墨、紙三百列其上，而署饌其旁。
子瞻見之，大笑就坐。每酒一行，即申紙共作字，二小史磨墨，幾
不能供。薄暮，酒行既終，紙亦盡，乃更相易携去，俱自以爲平日
書莫及也。〔註187〕

引文原本敘述米芾除天資外，又復嗜書；有紙，必書盡方止。「米元章書自得
於天資，然自少至老，筆未嘗停。有以紙餉之者，不問多寡，入手即書，至
盡乃已。」引文未免競賽之意，但未嘗不可當作米芾接待蘇軾，酒席間的一
種娛樂方式。蘇軾〈題筆陣圖〉則給予書法休閒最高的評價，云：

筆墨之迹託於有形，有形則有弊。苟不至於無，而自樂於一時，聊
寓其心，忘憂晚歲，則猶賢於博弈也。雖然，不假外物而有守於內
者，聖賢之高致也。〔註188〕

在蘇軾的看法，書法是不僅能寄託心情，晚年忘憂，勝過博弈；不假於外，
又能有守於內，非聖賢而何？

不過這種事，還是因人而異。晚明黃道周，對於書法，全然以閒暇視之：

作書是學問中第七、八乘事，切勿以此關心。一逸少品格在茂宏、
安石之間，爲雅好臨池，聲實俱掩。余素不嘉此業，只謂釣弋餘能，
少賤所該，投壺騎射，反非所宜；若使心手餘閒，不妨旁及。〔註189〕

〔註185〕《試筆・學書爲樂》。歐陽脩撰《歐陽脩全集》（臺北市：河洛圖書出版社，
　　　　民64）卷五，頁117。

〔註186〕同註185，〈學書消日〉。

〔註187〕葉夢得撰《避暑錄話》（北京市：中華書局，1985）卷，頁 52。下引同此。
　　　　行酒：依次斟酒。

〔註188〕〈題筆陣圖〉。蘇軾撰《東坡題跋》卷四。見楊家駱主編《宋人題跋》上（臺
　　　　北市：世界書局，民81）頁108。雖然：雖是這麼說。高致：最高程度或高
　　　　尚、高雅的情致、格調。

〔註189〕《石齋書論・書品論》。崔爾平選編《明清書法論文選》（上海：上海書店，
　　　　1994）頁 402。投壺：眾人輪流將箭桿投拋至酒壺內的遊戲。按：下文舉趙

乘是古時計算車輛的數量名。第七、八乘事，如以十乘爲一單元，自然不是
首選，而且排列後半。黃道周何以如此看待書法？他所舉之例，王導爲東渡
時棟樑、謝安肥水之戰安南方，都是安邦定國之才，王羲之與之不相上下，
只因書法，埋沒才華。人若有才，豈能視書法爲第一等事？爲什麼不排在第
十乘？總比釣弋、投壺、騎射稍佳，所以列七八等。但是，也說：「心手餘閒，
不妨及之。」

　　清陳奕禧，書法對他，除了抒情，也少不了休閒：

　　　　驅馳萬里，學古人之功，久已荒廢。偶然發興，攜此素冊，在吳山
　　　　寓樓臨之，應接間斷逾一月。北行赴補，研寒風緊，長河凍合，烘
　　　　研畢其事，亦舟中消遣計也。〔註190〕

出自〈題自臨米書《方圓庵記》〉中句。作者時由黔北歸，途中見冰河封天，
又復嚴寒風緊，烘筆硯臨書以消遣。屋外冷世界，屋內暖心情。

　　民初，梁啓超認爲「書法是最優美最便利的娛樂工具」。他說：

　　　　凡人必定要有娛樂，……娛樂的工具很多，譬如喝酒、打牌、下棋、
　　　　唱歌、聽戲、彈琴、繪畫、吟詩，都是娛樂，各有各的好處。但是
　　　　要在各種娛樂之中，選擇一種最優美最便利的娛樂工具，我的意見
　　　　——亦許是偏見，以爲要算寫字。〔註191〕

並列出七點理由〔註192〕，最後的結論：「寫字雖不是第一項的娛樂，然不失爲
第一等的娛樂。」曾文正公（曾國藩）如此，李文忠公（李鴻章）如此，梁氏更
現身說法：「我自己寫的不好，但是對於書法，很有趣味。多年以來，每天不
斷的，多少總要寫一點，尤其是病後，醫生教我不要用心，所以寫字的時候，
比以前格外多。」〔註193〕

　　　　孟頫爲例：「趙松雪身爲宗藩，希祿元廷，特以書畫邀價藝林，後生少年，進
　　　　取不高，往往以是膾炙前哲，猶五鼎以啜殘羹，入閎門而懸苴屨。」閎門：
　　　　高大的門庭。苴屨，指粗惡的草鞋。
〔註190〕《綠陰亭集》。同註189，頁484。研：硯。
〔註191〕《書法之欣賞》。鄭一增編《民國書論精選》（杭州：西泠印社出版社，2011）
　　　　頁15。
〔註192〕七點理由：可以獨樂、不擇時不擇地、費錢不多、費時間不多、費精神不多、
　　　　成功容易而有比較、收攝身心等。同註191，頁16。
〔註193〕《書法指導》。鄭一增編《民國書論精選》（杭州：西泠印社出版社，2011）
　　　　頁15、17。

四、小結

文學與書法都建立在文字上，文字創造之初是為實用，文學與書法的價通自不待言。

當後來發展成為抒情時，因為使用的是同一工具，如果一位文學作家同時又是一位書家，當下筆底紀錄心靈、情緒的悸動，應該是相同的。這就傳世王羲之《蘭亭詩序》、顏真卿《爭座位帖》、《祭伯父稿》、《祭姪文稿》(圖8)及蘇軾《寒食詩帖》為什麼都是底稿的原因。因此，二者的會通又是其一。王德威的〈國家不幸書家幸──臺靜農的書法與文學〉〔註194〕，雖然在分別敘述臺教授抒情的兩種方式，並不重在探討其文學與書法間的關聯性，但同屬抒情則一：這又是一證。如果書法家不兼文學家，書家以文學家抒情作品為題材，不是「為情造文」，不是以技法炫耀於人，而是借他人酒杯澆自己塊壘，如岳飛之於《前後出師表》，就抒情言，其理應共通。惟書法以文字線條為主，從其中很難分辨出喜怒哀樂；若不是後人就前人書寫內容，或是書者自行記載，否則很難知其為抒情。

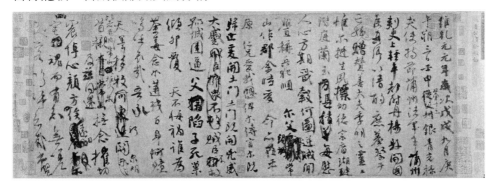

圖8：顏真卿《祭姪文稿》

至於休閒、文學與書法，都發展到這個階段，二者會通，無庸贅述。

第二節　創作技巧

許印芳《詩法萃編》言：「詩文所以足貴者，貴其善寫情狀。天地人物各有情狀：以天時言，一時有一時之情狀；以地方言，一方有一方之情狀；以人事言，一事有一事之情狀；以物類言，一類有一類之情狀。詩文題目所在，

〔註194〕見《臺大中文學報》第 31 期，2009 年 12 月。

四者湊合，情狀不同，移步換形，中有真意。文人筆端有口，能就現前真景，書寫成編，即是絕妙好詞，所患不達意耳。」〔註195〕詩文的創作如此，書法又何嘗不是如此？近代美學家宗白華言：「書者，如也。書的任務是『如』，寫出來的字要如我們心中對物象的把握和理解。用抽象的點畫表現出『物象之本』，這也就是說物象的『文』，就是交織在一個物象裡或物象和物象的相互關係裡的條理：長短、大小、疏密、朝揖、應接、穿插等的規律和結構。」〔註196〕這些都顯然是作者對於自己作品祈求達到心目中的想像所做的努力。

　　至於如何創作，這是一個很抽象又複雜的問題，前人亦僅能朦朧述之，未能條分縷析。本論文非專門論述，僅取兩項：創作心理及過程簡述，點到為止的試為探究。

一、創作心理

　　本部分列兩個項目：一是虛靜，二是即興。虛靜進入沉思，即興憑藉靈感，各具特色。

（一）虛靜

　　何謂虛靜？《莊子·人間世》云：「氣也者，虛而待物者也。唯道集虛。虛者，心齋也。」〔註197〕氣，可感而不可見，卻能承受任何物體。「虛」與氣同，同樣是可感而不可見，只有在空虛狀態下，道才能展現出來。讓心靈保持在空虛狀態，這就是心的齋戒。因此，收心除欲，使精神保持虛靜空明的狀態，就叫虛靜。

　　在此之前，《老子》書中對於如何到達不可名、不可狀的「道」，留下「致虛靜，守靜篤；萬物並作，吾以觀復。」〔註198〕一語。意謂致虛和守靜的功夫，做到極篤的境地，就可以看到萬物蓬勃生長，往復循環的道理。〔註199〕簡言之，人只有在虛靜到極點，才能看見宇宙的本體。

〔註195〕 轉引自郭紹虞著《中國文學批評史》（臺北市：盤庚出版社，民67）上卷，頁296～297。

〔註196〕 〈中國書法裏的美學思想〉。宗白華著《美從何處尋》（臺北縣板橋市：駱駝出版社，民76）頁140。

〔註197〕 郭慶藩輯《莊子集釋》（臺北市：河洛圖書出版社，民63）卷二中，頁147。

〔註198〕 〈十六章〉。《老子王弼注》。王弼等著《老子四種》（臺北市：大安出版社，1999）頁13。

〔註199〕 陳鼓應註釋《老子今註今譯及評介》（臺北市：臺灣商務印書館，2007）頁114。

　　這種虛心靜氣的觀念，在《莊子》中有更完整的描述。書中有好幾處勸人忘我：「墮爾形體，吐爾聰明，倫與物忘；大同乎涬溟。」〔註200〕意思是忘掉我們的形體，拋開我們的聰明，和外物泯合，和元氣混同。〔註201〕「忘乎物，忘乎天，其名爲忘己。忘己之人，是謂入於天。」〔註202〕不拘泥於外物，不拘泥於天道，這就叫不拘泥於自己。不拘泥於自己的人，則和天合而爲一。《莊子》所謂的「墮爾形體，吐爾聰明」，「忘乎物，忘乎天」，就是《老子》「致虛靜，守靜篤」的最終境界。這種忘我與天地冥合的現象，最容易讓人聯想的，就是莊周夢爲蝴蝶的一段：「昔者莊周夢爲胡蝶，栩栩然胡蝶也，自喻適志興！不知周也。俄然覺，則蘧蘧然周也。不知周之夢爲胡蝶與，胡蝶之夢爲周與？周與胡蝶，則必有分矣。此之謂物化。」〔註203〕我們把莊周與蝴蝶合一的部分，擴大爲與萬化冥合，這就叫「物化」。當與萬化冥合時，應該即是第二章「本之心性」所說的與宇宙的「道體之心」合而爲一。

　　「入神」，當同於《莊子》的「入於天」、「大同乎涬溟」，是虛靜、冥合的同義詞。「入神」一詞，見於《易·繫辭下》：「精義入神，以致用也。」〔註204〕韓康伯註曰：「精義，物理之微者也。神寂然不動，感而遂通，故能乘天下之微，會而通其用也。」《正義》又說：「精義入神以致用者，亦言先靜而後動，……聖人用精粹微妙之義，入於神化，寂然不動，乃能致其所用。精義入神，是先靜也；以致用，是後動也，是動因靜而來也。」我們從前人的注釋，「神寂然不動」、「入於神化，寂然不動」，可以很清楚地看出，「虛靜」和「入神」可能是一義二名的辭彙，只是一源自道家，一源自儒家。而「入神」又與「神思」、「精思」、「苦思」、「冥搜」難分，都是精神高度集中的狀態。

1. 文論中的虛靜

　　文論中，述及虛靜，大概自陸機〈文賦〉始。該文敘述爲文初始時說：

　　其始也，皆收視反聽，耽思傍訓，精騖八極，心遊萬仞。〔註205〕

〔註200〕〈在宥〉。郭慶藩輯《莊子集釋》（臺北市：河洛圖書出版社，民63）卷四下，頁390。涬溟指混沌的元氣。
〔註201〕同註200，頁303。
〔註202〕〈天地〉。同註200，卷五上，頁428。
〔註203〕〈齊物〉。同註200，卷一下，頁112。
〔註204〕王弼、韓康伯注、孔穎達疏《周易注疏》（臺北市：臺灣學生書局，民56）卷八，頁685。下二引同此。
〔註205〕昭明太子撰《文選》（臺北縣板橋鎮：藝文印書館，民72）卷十七，頁245。傍訓：旁搜博尋。

開始創作，精心構思。潛心思索，旁搜博尋。神飛八極之外，心游萬刃高空。創作之初，讓思路無邊無際地馳騁，但前提是「收視反聽」，讓心神不受外物干擾。劉勰的《文心雕龍》直接點出虛靜二字：

> 陶鈞文思，貴在虛靜；疏瀹五藏，澡雪精神。〔註206〕

「陶鈞」本是陶工的模型，可以任意大小。這裡用如動詞，引申爲掌控之意；「疏瀹」本疏通水道；「五藏」即五臟：肝、心、肺、腎、脾。「疏瀹五藏，澡雪精神」，清理五腑，洗淨心神。意謂在臨文之頃，需做到心境虛靜，排除內在的積鬱，盪滌精神的困擾。要我們的身心清除雜念，在極度虛靜之中。

虛靜的用意，陸機的〈文賦〉告訴我們：在專注中，捕捉永恆和無限：

> 觀古今於須臾，撫四海於一瞬。……籠天地於形內，挫萬物於筆端。
> 〔註207〕

片刻之間通觀古今，眨眼之時天下巡行。將天下概括爲形象，把萬物融會於筆端。這種觀念在《文心・神思》中引起共鳴。該篇起始，引用《莊子》解釋使用「神思」的意思：「古人云：『形在江海之上，心存魏闕之下。』神思之謂也。」〔註208〕在《莊子》中，這句話是一位不能忘懷世俗繁華的公子所說〔註209〕，可是劉勰借以說明精神雖在塵寰之中，心思卻高度集中。接著，他說明，高度集中則能「思接千載」、「視通萬里」：

> 文之思也，其神遠矣。故寂然凝慮，思接千載；悄然動容，視通萬
> 里。吟詠之間，吐納金玉之聲；眉睫之前，卷舒風雲之色。其思之
> 致乎！故思理爲妙，神與物遊。〔註210〕

寫作的構思，它的想像往往飛向遙遠的地方。所以作家默默地凝神思考時，他就會想像到千年之前的生活；悄悄地改變面部表情時，他的眼睛似乎看見了萬里之外的情景；他吟詠文章時，好像聽到了珠圓玉潤的悅耳聲音；眼睛

〔註206〕〈神思〉。劉勰撰、范文瀾注《文心雕龍注》（臺北市：開明書局，民57）卷六，頁1。

〔註207〕昭明太子撰《文選》（臺北縣板橋鎮：藝文印書館，民72）卷十七，頁246。

〔註208〕同註206。

〔註209〕〈讓王〉：「中山公子牟謂瞻子曰：『身在江海之上，心居乎魏闕之下，奈何！』」范文瀾案：「公子牟此語，謂身在草莽，而心懷好爵，故瞻子對以重生輕利。彥和引之，以示人心之無遠不屆，與原本文義無關。」同註206，卷六〈神思〉，頁2注。

〔註210〕劉勰撰、范文瀾注《文心雕龍注》（臺北市：開明書局，民57）卷六，頁1。

閃動時，就出現了風雲變幻的景色。這不正是構思所造成的麼！必先有了心神的高度集中，才能運用聲律、色澤，一切感官內事。蕭子顯就說：「屬文之道，事出神思，感召無象，變化不窮。俱五聲之音響，而出言異句；等萬物之情狀，而下筆殊形。」〔註211〕昭明太子蕭統，編纂《文選》的標準之一，即是「事出於沉思。」〔註212〕

　　以上屬於作文，唐朝王昌齡長於詩，爲詩之道亦云：

　　　凡屬文之人，常須作意。凝心天海之外，用思元氣之前。巧運言詞，精練意魄。〔註213〕

　　　爲詩在神之於心。處心於境，視境於心，瑩然掌上，然後用思，了然境象，故得形似。〔註214〕

　　　詩有三格。一曰生思：久用精思，未契意象，力疲智竭；放安神思，心偶照鏡，率然而生。二曰感思：尋味前言，吟諷古制，感而生思。三曰取思：搜求於象，心入於境，神會於物，因心而得。〔註215〕

以上分別引自《文鏡秘府論》、《唐音癸籤》及《詩學指南》。第一則旨在說明作詩之前，首在虛靜，「凝心天外，用思元氣之前」；第二則在虛靜的心靈下，如何將外在的境化爲意象；第三則，首先在「放安神思」，其次在「尋味前言」，最後使「心入於境，神會於物」。從「放安神思」到「心入於境，神會於物」，不正是在虛靜中方能如此？

　　蘇軾在〈送僧參寥〉的詩中，這樣寫道：

　　　欲令詩語妙，無厭空且靜：靜故了群動，空故納萬境。〔註216〕

蘇軾深通佛典，與詩僧也多有交往。如蜀僧幾演，詩僧道通、參寥等等。其中與他交往最爲密切，可以說是參寥大師。參寥本姓何，今淛江臨安縣浮溪村人，善寫文章，尤喜作詩。韓愈與蘇軾同樣都有不少方外朋友，但是面對

〔註211〕〈文學傳論〉。蕭子顯《南齊書》（臺北市：鼎文書局，民67）卷五十二，頁907。

〔註212〕〈文選序〉。昭明太子撰《文選》（臺北縣板橋鎮：藝文印書館，民72）頁2。

〔註213〕〈論文意〉。弘法大師撰《文鏡秘府論》（臺北市：河洛圖書出版社，民65）南，頁131。

〔註214〕胡震亨著《唐音癸籤》（臺北市：世界書局，民59）卷二，頁6。

〔註215〕顧龍振編輯《詩學指南》（臺北市：廣文書局，民62）卷三，頁86。

〔註216〕蘇軾著《蘇東坡集》（臺北市：臺灣商務印書館，民54）第三冊，頁87。

僧人，二人卻有截然不同的看法。韓愈主張心情澎湃而後有作，如〈送高閑上人序〉所言〔註217〕；蘇軾則主張心思的寧靜。韓愈直同令人還俗，蘇軾則保留僧人六根必須清靜的原則。「欲令詩語妙，無厭空且靜；靜故了群動，空故納萬境。」僧人的基本修養「空且靜」，在蘇軾心中，「空且靜」同樣是作詩的基本條件，可見虛靜對作詩的重要。

南宋嚴羽則直接提出「入神」一詞：

　　詩之極至有一，曰入神。詩而入神，至矣盡矣，蔑以加矣。〔註218〕

這裡的「入神」，依文義可理解為進入神化，冥冥不可知的境界，這是難以用形容詞描繪的心理，與蘇軾送參寥大師「空且靜」，意境正是相同。

虛靜之下的凝神、入神，進入精思、沉思，紀載中最後是苦思，實際的例證史不乏人。如隋代薛道衡，「為文必杜門高臥，冥搜精思」。〔註219〕唐杜甫云：「更覺良工心獨苦。」〔註220〕白居易云：「思苦減天年。」〔註221〕顧延讓的〈苦吟〉詩云：「莫話詩中事，詩中難更無。吟安一箇字，撚斷數莖鬚。險覓天應悶，狂搜海亦枯。不同文賦易，為著者之乎。」〔註222〕最為人所熟知的是賈島，元朝辛文房《唐才子傳》記賈島「因唐突大京兆劉栖楚，被繫一夕，且釋之。」〔註223〕張泰來《江西詩社宗派圖錄》記宋朝陳師道云：「家極貧，苦吟，每偕及門登臨得句，即急歸，臥一查，以被蒙首，惡聞人聲，謂之『吟榻』。家人知之，即嬰兒稚子，亦抱寄隣家。」〔註224〕黃庭堅有「閉

〔註217〕見本章第一節〈書論中的抒情觀〉。
〔註218〕〈詩辯〉。嚴羽著《滄浪詩話》。何文煥編訂《歷代詩話》臺北縣：藝文印書館，民60）頁443。蔑：沒有。蔑以加矣：沒有比這個更好的了。
〔註219〕宣和間官修《宣和書譜》卷三，頁85。見楊家駱主編《宣和書譜》（臺北市：世界書局，民64）。
〔註220〕〈題李尊師松樹障子歌〉。杜甫撰《杜工部集》（臺北市：臺灣學生書局，民60）卷四，頁143。
〔註221〕〈江樓夜吟元九律詩成三十韻〉。〈與元九書〉。白居易著、朱金城箋校《白居易集箋校》（上海市：上海古籍出版社，1988）卷十七，頁1059。
〔註222〕康熙四十五年敕編《全唐詩》（臺北市：復興書局，民50）十四，頁4273。
〔註223〕辛文房《唐才子傳》（臺北市：世界書局，民59）卷五，頁78～79。「當冥搜之際，前有王公貴人，皆不覺。游心萬仞，慮入無窮。……逗留長安，雖行坐寢食，苦吟不輟。嘗跨寒驢，張蓋橫截天衢。時秋風正厲，黃葉可掃，遂吟曰：『落葉滿長安』，方思屬聯，杳不可得，忽以『秋風吹渭水』為對，喜不自勝，因唐突大京兆劉栖楚，被繫一夕，旦釋之。」
〔註224〕張泰來《江西詩社宗派圖錄》。見續修四庫全書編纂委員會編《續修四庫全書》（上海市：上海古籍出版社，1995）1098冊，頁59。

門覓句陳無己」句。〔註225〕當我們看到他「閉門覓句」時，未嘗不是只希望
獲得虛靜、入神之境。或許有人認為做詩何須苦吟？明朝朱承爵《存餘堂詩
話》云：「詩非苦吟不工，信乎？古人如孟浩然眉毛盡落，裴祜袖手衣袖至穿，
王維走入醋甕，皆苦吟之驗也。」〔註226〕不獨認為應該苦吟，又引來三個例
證。

2. 書論中的虛靜

書論涉及虛靜，最早的記載是託名東漢蔡邕的〈筆論〉。該文云：

> 須默坐靜思，隨意擬議，言不出口，氣不再息，沈密若對人君，則
> 無不善矣。〔註227〕

這段文字收錄的時間已是宋朝朱長文的《墨池篇》及陳思的《書苑菁華》，我
們不論是否為作者所作；凸顯的是「默坐靜思，隨意所適」對書者的重要。

再看到有關記載已經是唐朝的事了。傳為歐陽詢作的〈八訣〉，在介紹過
「八訣」後，對實際書寫云：

> 澄神靜慮，端己正容，秉筆思生，臨池志逸。〔註228〕

和歐陽詢年紀相仿的虞世南，在〈筆髓論〉「契妙」一節中說：

> 欲書之時，當收視反聽，絕慮凝神，心正氣和，則契於妙。〔註229〕

下文更進一步以魯廟欹器為喻：「心神不正，書則欹斜；志氣不和，字則顛仆。
同魯廟之器，虛則欹，滿則覆，中則正。正者，沖和之謂也。」〔註230〕意謂
一位書者，須保持心態的中正平和。

發揮〈八訣〉、〈筆髓論〉文意的，可以說是託名唐太宗的〈指意〉，云：

> 夫字以神情為精魄，神若不和，則無態度也；以心為筋骨，心若不

〔註225〕〈病起荊江亭即事〉。黃庭堅著、任淵注《山谷詩內外集注》（臺北市：學海
　　　　出版社，民68）卷十四，頁812。

〔註226〕朱承爵著《存餘堂詩話》。同註224，頁505。

〔註227〕〈用筆法并口訣第八〉。韋續纂《墨藪》頁27。楊家駱主編《唐人書學論著》
　　　　（臺北市：世界書局，民64）。

〔註228〕王原祁纂輯《佩文齋書畫譜》（北京市：中國書店，民58）卷三，頁60。

〔註229〕〈筆髓論〉。同註227，頁38。

〔註230〕按：託名唐太宗的《筆法訣》，與本段文字完全相同。見朱長文撰《墨池篇》
　　　　卷一。永瑢、紀昀等撰《欽定四庫全書》（上海市：上海古籍出版社，1987）
　　　　812冊，頁628。《荀子・宥坐》篇：「孔子觀於魯桓工之廟，有欹器焉。孔子
　　　　問於守廟者曰：『此為何器？』首廟者曰：『此蓋為宥坐之器。』孔子曰：『吾
　　　　聞宥坐之器者，虛則欹，中則正，滿則覆。』」王先謙集解《荀子集解》（臺
　　　　北市：世界書局，民54）卷二十，頁341。

堅，則字無勁健也；以副毛爲皮膚，副若不圓，則字無溫潤也。所
資心副相參用，神氣冲和爲妙。今比重明輕，用指腕不如鋒芒，用
鋒芒不如冲和之氣。（心氣冲和，）自然手腕虛，則鋒含沈靜。夫心合
於氣，氣合於心；神，心之用也，心必靜而已矣。〔註231〕

創作之際，是氣的運用。氣達乎「副毛」、「指腕」，但副毛能圓，指腕能輕，
關鍵全在乎心的作用，心境必須「神氣冲和」。「冲和」的先決條件——「必
靜而已矣」，間接證明虞世南魯廟欹器要能「冲和」的根本在乎「靜」。可見
心神虛靜對書者的重要。

　　元人郝經爲虛靜在創作技巧的必要，從如何虛靜到虛靜的結果，做了整
體的描述：「心正則氣定，氣定則腕活；腕活則筆端，筆端則墨注；墨柱則神
凝，神凝則象滋。無意而皆意，不法而皆法。」〔註232〕由心正到神凝是一路，
由神凝到意法又是一路。

　　總之，虛靜並不是空，不是休息，而是將心靈澄澈寧靜。它是進入書寫
的第一關。

　　相傳張芝「下筆必爲楷則，號匆匆不暇草。」〔註233〕我們一般人不明所
以。盛唐蔡希綜〈法書論〉說明其原因：

張伯英偏工于章草，代莫過之。每與人書，下筆必爲楷，則云「匆匆
不假草」，何者？草不以靜思閒雅，發于中慮，則失其妙用矣。〔註234〕

原來張芝「匆匆不暇草」，有個原因：「若非靜思閑雅，發於中慮，則失其妙用
矣。」可見張芝的草書，不是一般人認爲的隨意揮灑，而是虛靜沉思後的產品。

　　王紹宗有一段自我經驗的記載，見於張懷瓘《書斷》：

鄙夫書翰無功者，特由微水墨之積習。常清心率意，虛神靜思以取
之。……（陸大夫）將余比虞君，以虞亦不臨寫故也，但心準目想而
已。聞虞眠布被中，恒手畫肚，與余正同也。〔註235〕

〔註231〕朱長文撰《墨池篇》卷一。永瑢、紀昀等撰《欽定四庫全書》（上海市：上海
　　　　古籍出版社，1987）812 冊，頁 628。
〔註232〕〈敘書〉。郝經撰《陵川集》（臺北市：臺灣商務印書館，民 62）卷二十，頁 7。
〔註233〕衛恒《四體書勢》。房玄齡等撰《晉書》（臺北市：鼎文書局，民 68）卷三十
　　　　六，頁 1065。
〔註234〕陳思《書苑菁華》卷十二。永瑢、紀昀等撰《欽定四庫全書》（上海市：上海
　　　　古籍出版社，1987）814 冊，頁 119。代：世。
〔註235〕〈張懷瓘書斷下〉。張彥遠集《法書要錄》卷九，頁 142。楊家駱主編《唐人
　　　　書學論著》（臺北市：世界書局，民 64）。

本段文字又見於朱長文《續書斷》。虞即虞世南，陸大夫即陸柬之，爲虞世南外甥。王紹宗說自己在書法上並沒下多少功夫，只是平日把玩水墨累積的一點習性。常有的現象是「清心率意，虛神靜思」。陸柬之把他和虞世南相提並論，因爲虞也不是死下工夫臨寫。虞最常作的是以心爲準，以眼思考，睡覺的時候，用手畫肚。明人李日華也認爲王紹宗的「虛靜以取之」，並不是全然空靈，一無所思，而是：「沉精之極，力索於平時，而神於筆下耳。」〔註236〕

清季，楊賓《大瓢偶筆》云：

學書必先清心。將欲臨池，先掃心地，使之一念不雜，靜如止水。

用意之訣：必先凝神定慮，萬念俱空，然後下筆。〔註237〕

他甚至將柳公權的「心正則筆正」的「心正」解爲「一念不雜」。「柳誠懸『心正筆正』一語，余雖於三、四年前指爲千秋筆訣，掃卻筆諫之說；究未實在體驗，大段以『一念不雜』爲正。」並以下列現身說法做證：「戊子四月望後一日，在黔使院見山書屋作小楷，覺弩、策、波、磔至後半心輒動，動即偏，偏即壞矣。乃沉其心而正之，往往十得七八。」〔註238〕所謂「沉其心」，即「一念不雜，靜如止水」、「凝神定慮，萬念俱空」。並引而「與大道通焉」。〔註239〕

可見，從有書法藝術的漢朝到清末民初，虛靜對書者之必須。

（二）興致

興致，興是欣喜。《禮記・學記》：「不興其藝，不能樂學。」注：「興之言喜也，歆也。」〔註240〕歆是欣羨之義。興致是興趣意致的意思；與興趣、興會略同。與虛靜而後動，是兩種截然不同的現象。

《莊子・齊物論》有三籟之說。所謂天籟者，文中借南郭子綦之口的解釋是「吹萬不同，而使其自己也，咸其自取。」〔註241〕郭象解釋道：「夫天籟者，豈復別有一物哉？即眾竅比竹之屬，接乎有生之類，會而共成一天耳。」

〔註236〕李日華撰《六研齋筆記》（臺北市：臺灣商務印書館，民66）卷二，頁40。

〔註237〕楊賓撰、楊霈編次《大瓢偶筆》卷七。崔爾平選編《歷代書法論文選續編》（上海：上海書店，1999）頁561、562。

〔註238〕楊賓撰、楊霈編次《大瓢偶筆》卷七。崔爾平選編《歷代書法論文選續編》（上海：上海書店，1999）頁562～563。

〔註239〕同註238，頁563。

〔註240〕鄭玄注《禮記》（臺北市：新興書局，民60）卷十一，頁125。

〔註241〕譯文：風吹萬種竅孔發出了各種不同的聲音，使這些聲音之所以千差萬別，乃是由於各種孔竅的自然狀態所致。陳鼓應註釋《老子今註今譯》（臺北市：臺灣商務印書館，2007），頁46。

〔註242〕簡單地說，各種因素湊巧相遇，不知其所以然者。又〈達生論〉梓慶為鐻的故事，梓慶雖然一再齋戒以靜心，終至無我，進入山林。之所以完成鬼斧神工的鐻，那是「以天合天」的結果。〔註243〕所謂「以天合天」，即是湊巧如此。或許可以解釋所謂一時興致。

　　前面兩則故事的本身，可能已成老生常談；但是，其中隱含的，卻是感情突然湧現，一拍即合，超乎自然作用的一種精神感應。一般所說「一時興致」即此之謂。興趣是意之所趨而有愉快之感，興會即事情興逢所會。靈感是現代詞彙，譯自英文的 Inspiration，意指前不著村，後不搭地，莫名其妙，突如其來的意思。這種一瞬間的出現，通常在從事藝術方面特別需要。

1. 文論中的興致

陸機的〈文賦〉有對於興致的形容：

> 若夫感應之會，通塞之紀——來不可遏，去不可止。藏若景滅，行猶響起。方天機之駿利，夫何紛而不理？思風發於胸臆，言泉流於唇齒；紛威蕤以馺遝，唯毫素之所擬；文徽徽以溢目，音泠泠而盈耳。

> 及其六情底滯，志往神留，兀若枯木，豁若涸流。攬營魄以探賾，頓精爽於自求。理翳翳而愈伏；思乙乙其若抽。

> 是以或竭情而多悔；或率意寡尤。雖茲物之在我，非余力之所戮。

> 故時撫空懷而自惋，吾未識夫開塞之所由。〔註244〕

文思靈感到來的時機，順通和阻塞的機遇，則是來時不可遏，去時不可抑；隱藏時像是影隨光滅，出現時像響隨聲起。當靈感的時機到來的時候，什麼樣的紛絲亂絮理不出頭緒？當文思像疾風在胸中湧起的時候，文辭就像清泉流淌似的從口中湧出。豐盛的文思紛紛湧現，絡繹不絕，只須盡情落筆成文，但見滿目是富麗的辭藻，充耳是清越的音韻。及至感情凝滯，神志停塞，像乾枯的樹木兀立不動，像乾涸的河床流水斷絕；只能聚攏精神，凝聚思緒，再去探求。那靈感隱隱綽綽，愈加掩蔽，那文思澀若抽絲，難以抽理。所以有時候竭心盡力構思成文反而多有懊悔，有時候隨意揮灑反倒少有錯誤。雖

〔註242〕郭慶藩輯《莊子集釋》（臺北市：河洛圖書出版社，民63）卷一下，頁50。

〔註243〕同註242，卷七上，頁659。

〔註244〕昭明太子撰《文選》（臺北縣板橋鎮：藝文印書館，民72）卷十七，頁248～249。

然文章出自我手，但文思靈感卻絕非我所能把握，所以常獨自慨嘆，我哪能知道文思開闔通塞的緣由？

　　文分四小節：首小節六句，總括靈感來與不來；次小節八句，說明當文思湧現時，如風之發於胸臆，泉之流於脣齒，只要動筆，就能文采煥發，音韻盈耳；第三小節，反之情思滯塞時，心志雖想往前，精神卻停留不動，像枯木，像涸流，越探索，越潛伏；末節感嘆有時耗盡心血，反而有許多不如意處，有時隨意為之，也沒有什麼缺失。看來，文章雖是我在執筆，想好也不是我能為力。陸機最後說，靈感通塞原因為何，自己也不明所以。

　　劉勰《文心·神思》有類似的話語：

　　　神居胸臆，而志氣統其關鍵；物沿耳目，而辭令管其樞機。樞機方

　　　通，則物無隱貌；關鍵將塞，則神有遯心。〔註245〕

精神本來蘊藏於胸臆之中，而意志精氣是統帥它的關鍵；外物順沿著耳目傳達到作家的內心，而言語辭令是表達感受的工具。當言辭暢通無阻時，一切的物象，便毫不隱藏的呈現在他的字裏行間；若意志精氣阻塞不通時，就證明他心神不定，精神不能集中。是否能如實貼切呈現在筆端，關鍵在「神居何所」？所「神」，就是陸機的「感應」，可見是否有靈感，古人所同。〔註246〕

　　一時興致或靈感，古人或稱「神助」。鍾嶸《詩品》卷中記載一則謝靈運創作的事：

　　　竟日不就，寤寐間忽見惠連，即成「池塘生春草」。故嘗云：「此語

　　　有神助，非我語也。」〔註247〕

「池塘生春草」句，屢屢為人所言及，可見後人嚮往之深。之所以得句，謝靈運歸之於「神助」。所謂神助，自是非人力所能力，而是倚仗上天之助。唐人李德裕〈文箴〉云：

　　　文之為物，自然靈氣。恍恍而來，不思而至。抒軸得之，淡而無味。

　　　琢刻藻繪，珍不足貴。〔註248〕

〔註245〕劉勰撰、范文瀾注《文心雕龍注》（臺北市：開明書局，民57）卷六，頁1。
　　　　樞機：指事物運動的關鍵。神有遯心，精神渙散。
〔註246〕按：劉勰另有〈養氣〉一篇，專言如何「養神」，也就是培養靈感。劉勰撰、
　　　　范文瀾注《文心雕龍注》（臺北市：開明書局，民57）卷九，頁7。
〔註247〕鍾嶸《詩品》卷中。何文煥編訂《歷代詩話》臺北縣：藝文印書館，民60）
　　　　頁13～14。
〔註248〕李德裕〈文章論〉。董誥等編《全唐文》（上海市：上海古籍出版社，1990）
　　　　卷七百九，頁3226。杼軸：透過組織、構思。

在他的看法，精心布局雕琢，不如「惚恍而來，不思而至」；當靈感湧現時，回頭看先前雕琢的作品，「淡而無味」、「珍不足貴」。五代時，徐鉉也認為，當初詩之為作，用以「通政教，察風俗」，因此有采詩之官，民情可以上達，王澤所以下流。但後世並沒有這種制度，詩仍然存在，因為詩「足以吟咏性情，……；若夫嘉言麗句，音韻天成」，在徐鉉的看法，「非徒積學所能，蓋有神助者也。」〔註249〕

宋朝蘇洵將作者原本的能力比之為水，興致則比之為風，〈仲兄字文甫說〉一文云：

> 兄嘗見夫水之與風采？油然而行，淵然而留，停洄汪洋，滿而上浮者，是水也，而風實起之。蓬蓬然而發乎大空，不終日而行乎四方，蕩乎其無形，飄忽其遠來，既往而不知其迹之所存者，是風也，而水實形之。……

> 然而此二物者，豈有求乎文哉？無意乎相求，不期而相遭，而文生焉。是其為文也，非水之文也，非風之文也。二物者非能為文，而不能不為文也。物之相使，而文出於其間也。故此天下之至文也。
> 〔註250〕

這段說理十分冗長，卻十分精采。此處錄其中兩小節：第一小節分述水與風。水喻作者本有的內質、能力等；風則喻興致。第二小節，當內質、能力與興致相遇時，「不期而相遭，而文生焉」，「其為文也，非水之文，非風之文也。二物者非能為文，而不能不為文也。」天下之至文往往因此而產生。

蘇軾在藝事上的敘述，比起其父要明白而易於理解。他形容過一位孫知微畫波濤的過程，記道：

> 知微欲於大慈寺壽寧院壁，作湖灘水石四堵，營度終歲，終不肯下筆。一日，蒼黃入寺，索筆墨甚急，奮袂如風，須臾而成。作輸瀉跳蹙之勢，洶洶欲崩屋也。〔註251〕

〔註249〕徐鉉〈成氏詩集序〉。同註248，卷八百八十二，頁4085。

〔註250〕蘇洵著《嘉祐集》（臺北市：臺灣商務印書館，民66）卷十四，頁108～109。

〔註251〕〈書蒲永昇畫後〉。蒼黃即倉皇。按：這段故事清人于令淓《方石書話》亦見引用：「孫知微入大慈寺，倉皇奮袂，作湖攤水勢，輸瀉跳蹙，洶洶欲崩，屋人皆害其神速，不知其不肯下筆時，已營度經歲。」《方石書話》見崔爾平選編《明清書法論文選》（上海：上海書店，1994）頁750。其間不同在于氏重心在下筆前之經營，而非一時興致。

先前營度終年，不肯下筆，不是能力不足，客觀條件不足，而是沒有興致；一旦興致高昂，須臾即成。又記文與可畫竹：

> 畫竹必先得成竹於胸中，執筆熟視，乃見其欲畫者，急起從之，振筆直逐，以追其所見；如兔起鶻落，稍縱則逝矣。〔註252〕

「成竹於胸」是本，當興致「欲畫」時，急起畫之；否則稍縱即逝。看起來，兩則都是論畫，試問又何嘗不是譬喻為文？

宋代道學中人不甚為詩已見前述，他們不希望生命花費在吟詠詞藻；但邵雍、朱熹皆有詩作傳後，究其原因，同樣在其觀念。邵雍以「樂」為出發點：自樂、樂時勢及樂萬物。當其樂時，「行筆因調性，成詩為寫心。詩揚心造化，筆發性園林。」〔註253〕這全然是心靈自得時的抒發，也是一時興致。既是如此，何必苦苦吟詠？一切從心發，又一切不著相。因此，〈閑吟〉一詩云：

> 句會飄然得，詩因偶爾成。天機坐狀處，一點自分明。〔註254〕

他作詩的態度是：「所作不限聲律，不沿愛惡，不立固必，不希名譽，如鑑之應形，如鐘之應聲。其或經道之餘，因閑觀時，因靜照物，因時起志，因物寓言，因志發詠，因言成詩，因詠成聲，因詩成音。」〔註255〕「亦不多吟，亦不少吟，亦不不吟，亦不必吟。」〔註256〕一切隨緣，永不違意。所以他自白云：「堯夫非是愛吟詩，詩是堯夫自得時。風露清時收翠潤，山川秀處摘新奇。揄揚物性多存體，拂掠人情薄用辭。遺味正宜涵泳處，堯夫非是愛吟詩。」〔註257〕

後來文論中的興致或靈感，卻類比於禪宗。嚴羽《滄浪詩話》說：

> 大抵禪道，惟在妙悟，詩道亦在妙悟。〔註258〕

「妙悟」大抵等於興致或靈感。接下來嚴羽舉的例子是，「孟襄陽學力下韓退

〔註252〕　〈文與可畫篔簹谷偃竹記〉。蘇軾著《蘇東坡集》（臺北市：臺灣商務印書館，民54）第六冊，頁35。兔起鶻落：兔子剛跳起來，鶻就飛撲下去。比喻動作敏捷。也比喻繪畫或寫文章迅速流暢。

〔註253〕　〈無苦吟〉。邵雍著《伊川擊壤集》（臺北市：臺灣商務印書館，民56）卷十七，頁125。見王雲五主編《四部叢刊・初編・集部》48冊。

〔註254〕　同註253，卷四，頁26。

〔註255〕　〈序〉。同註253，卷一，頁3。

〔註256〕　〈答傅欽之〉。同註253，卷十二，頁92。

〔註257〕　〈首尾吟〉。同註253，卷二十，頁150。揄揚：宣揚。拂掠：違背，不順。

〔註258〕　〈詩辯〉。嚴羽著《滄浪詩話》。何文煥編訂《歷代詩話》臺北縣：藝文印書館，民60）頁442。下引同此。

之遠甚，而其詩獨出退之之上者，一味妙悟而已。惟悟乃爲當行，乃爲本色。」孟襄陽是孟浩然，唐代襄州襄陽人，又稱「孟襄陽」，盛唐著名詩人。孟浩然的詩與王維齊名，並稱「王孟」。退之即韓愈之字。有〈進學解〉一文，訴說自己所讀之書。〔註259〕在這裡，作者將孟浩然與韓愈相比較。孟讀書不如韓多；但是作者認爲，孟詩遠過韓詩。爲什麼？二人差別只在「妙悟」，或即「興致」而已。下文更進一步描寫何謂「妙悟」，或可稱「興致」：

> 夫詩有別材，非關書也；詩有別趣，非關理也。然非多讀書，多窮理，則不能極其至。所謂不涉理路，不落言筌者，上也。

> 詩者，吟詠情性也。盛唐諸人惟在興趣，羚羊挂角，無迹可求。故其妙處，透徹玲瓏，不可湊泊，如空中之音，相中之色，水中之月，鏡中之象；言有盡而意無窮。

> 近代諸公乃作奇特解會，遂以文字爲詩，以才學爲詩，以議論爲詩。夫豈不工，終非古人之詩也。蓋於一唱三歎之音，有所歉焉。且其作多務使事，不問興致；用字必有來歷，押韻必有出處。讀之反覆終篇，不知著到何處。其末流甚者，叫噪怒張，殊乖忠厚之風。殆以罵詈爲詩。詩而至此，可謂一厄也。〔註260〕

嚴羽，南宋末元初人，受到司空圖的影響，而有「妙悟說」。作者在這一段文字中，用盡心力解釋什麼叫「別材」、「別趣」、「興趣」、「興致」，如果我們以作詩方法看待，可能就是起首的「妙悟」；也可能是現代的「靈感」。

文分三節：首節即標出「別材」、「別趣」。爲了解釋、這個「材」、這個「趣」，他用當時宋代詩人所強調的「多讀書、多窮理」兩相對照。他說，寫成詩，有一般人所使用的方法，也有方法外的其他的方式，但是和書本無關；有其他的情趣，但是和抽象的思路無關。這種方法外的方式，「不涉理路，不落言筌」。所謂「不涉理路」不是憑藉思考而得；「不落言筌」〔註261〕是不局限於言辭的表面意思，而有言外之意，也未嘗不可解作無法以文字去理解。

〔註259〕見第三章第二節〈文論上的涵泳〉。

〔註260〕嚴羽著《滄浪詩話》。何文煥編訂《歷代詩話》臺北縣：藝文印書館，民60）頁443。

〔註261〕「言筌」出自《莊子》。〈外物〉云：「筌者所以在魚，得魚而忘筌……言者所以在意，得意而忘言。」成玄英疏：「筌，魚筍也。」郭慶藩輯《莊子集釋》（臺北市：河洛圖書出版社，民63）卷九上，頁944。筌通筌，即捕魚的竹器。後因稱在言詞上留下的跡象爲「言筌」。

合「不涉理路」與「不落言筌」二語，憑空而來，興盡而去，不正是「興致」之意？第二節言詩之本在「吟詠情性」，這個宗旨唐人未見偏廢；盛唐詩人更重視的是「興趣」。何謂「興趣」，以下又做解釋：「羚羊挂角，無迹可求。」這個典故語出陸佃的《埤雅・釋獸》〔註 262〕，比喻詩的意境超脫玄妙。如果我們銜接第一節，以作詩方法論述，未嘗不是指稱來無影、去無蹤的一時興致。以下是《滄浪詩話》的名句：「其妙處，透徹玲瓏，不可湊泊，如空中之音，相中之色，水中之月，鏡中之象；言有盡而意無窮。」這是形容一時興致達到的妙境，不是「多讀書」、「多窮理」可以獲致。第三節是拿宋詩和唐詩作一對照。宋人不解此獪，誤當「奇特」來理解，認爲「以文字爲詩，以才學爲詩，以議論爲詩。」才有此效果。何謂「以文字爲詩」？強調用典（多務使事），強調「用字必有來歷，押韻必有出處。」等而下之者，「叫噪怒張，殊乖忠厚之風。殆以罵詈爲詩。」從不問「興致」爲何物。透過上述理解，作者一路寫來使用的「別材」、「別趣」、「興趣」、「興致」數詞，不正是「妙悟」之意；反之，「妙悟」即是一時興致。

明季後七子之一的謝榛，論詩主興。他認爲「詩有天機，待時而發，觸物而成，雖幽尋苦索，不易得也。」〔註 263〕認爲：

> 詩有不立意造句，以興爲主，漫然成篇，此詩之入化也。〔註 264〕

漫然是隨便的樣子，解釋一時興致，不經意而得。詩之入化，不正是嚴羽所形容的「其妙處，透徹玲瓏，不可湊泊，如空中之音，相中之色，水中之月，鏡中之象；言有盡而意無窮」？

明末清初，錢謙益先認定古人有所學者，之所以發之於外，就在於一時興致：

> 古之人，其胸中無所不有，天地之高下，古今之往來，政治之污隆，道術之醇駁，苞羅旁魄，如數一二。及其境會相感，情僞相逼，鬱陶駘蕩，無意於文，而文生焉，此所謂不能不爲者也。〔註 265〕

〔註 262〕〈釋獸〉：「羚羊……夜則懸腳木上以防患，語曰：『麤羊掛角。』此之謂也。」《埤雅》（北京市：中華書局，1985）卷五，頁 112。

〔註 263〕謝榛撰《四溟詩話》（北京市：中華書局，1985）卷二，頁 23。

〔註 264〕同註 263，卷一，頁 15。

〔註 265〕〈瑞芝山房初集序〉。錢謙益著、錢曾箋注、錢仲聯標校《牧齋初學集中》（上海市：上海古籍出版社，1985）卷三十三，頁 959。情僞：眞假、虛實。鬱陶：憂思積聚狀。駘蕩：放蕩、縱放。

前半宛如嚴羽所說的「多讀書」、「多窮理」；後半「無意於文而文生焉，此所謂不能不爲者也」，本是蘇軾之語。〔註266〕平日貯之於胸中者多，遇外間不平事，「境會相感，情僞相逼，鬱陶駘蕩」，要不發之於文也不容易。可謂結合嚴羽所說的「多讀書」、「多窮理」與「興致」、「妙悟」二者。

後，主神韻的王士禎，也不廢興致，認爲詩有神韻，除了性分，興致亦不可少。興來便作，意盡便止，所謂「古人詩祇取興會超妙。」〔註267〕與嚴羽「詩有別趣，非關理也；詩有別趣，非關理也」，都是無可致力的。所以，葉燮說：「原夫作詩者之肇端而有事乎此也，必先有所觸以興其意，而後措諸辭，屬爲句，敷之成章。」〔註268〕

歷代以來，有關興致爲人所熟知的例證，前有謝靈運的「池塘生春草」，宋朝就屬釋惠洪《冷齋夜話》的一段紀載：

> 黃州潘大臨工詩，多佳句，然甚貧。……臨川謝無逸以書問：「有新作否？」潘答曰：「秋來景物，件件是佳句，恨爲俗氣所蔽翳。昨日閒臥，聞攬林風聲，欣然起，題其壁曰：『滿城風雨近重陽。』忽催租人至，遂敗意。止此一句奉寄。」〔註269〕

這就是著名的「一句詩」。雖有多人續足，但爲人記憶的，卻僅此一句：「滿城風雨近重陽。」

這麼多的文論敘述，和「虛靜」相比，對於一個嫻熟文學技法的人，虛靜固然重要；「興致」可能更在其上。

2. 書論中的興致

孫過庭的《書譜》，中有「五合五乖」之說：「一時而書有乖有合。合則流媚，乖則彫疏。略言其由。各有其五。神怡務閑，一合也；感惠徇知，二合也；時和氣潤，三合也；紙墨相發，四合也；偶然欲書，五合也。心遽體留，一乖也；意違勢屈，二乖也；風燥日炎，三乖也；紙墨不稱，四乖也；情怠手闌，五乖也。乖合之際，優劣互差。得時不如得器，得器不如得志。若

〔註266〕〈江行唱和集敘〉：「古之聖人，有所不能自已而作者。故軾與弟轍爲文至多，而未嘗感有作文之意。」蘇軾撰《經進東坡文集事略》（臺北市：世界書局，民49）卷五十六，頁922。

〔註267〕王貽上撰《漁洋詩話》卷上，頁14。丁福保編訂《清詩話》（臺北市：藝文印書館，民54）。

〔註268〕葉燮著《原詩》頁5。丁福保編訂《清詩話》（臺北市：藝文印書館，民54）。

〔註269〕釋惠洪撰《冷齋夜話》卷四。永瑢、紀昀等撰《欽定四庫全書》（上海市：上海古籍出版社，1987）863冊，頁254。

五乖同萃，思遏手蒙。五合交臻，神融筆暢。暢無不適，蒙無所從。」〔註270〕
當各種主客觀因素交集，才是「神融筆暢，暢無不適」；「偶然欲書」不過是
其中之一。

　　明人費瀛在《大書長語》有一段專立〈乘興〉一節。首述「抒懷」與「興
趣」的重要；其後敘述書寫所需要的因素固然多，但「非興到」，則「不書」：

　　解衣盤礴，宋元君知爲眞畫師；傳神點睛，顧愷之經月不下筆。天
　　下清事，須乘興趣，乃克臻妙耳。書者，舒也。襟懷舒散時，於清
　　幽明爽之處，紙墨精佳，役者便慧，乘興一揮，自有瀟灑出塵之趣。
　　儻牽俗累，情景不佳，即有仲將之手，難逞徑丈之埶。是故善書者，
　　風雨晦暝不書，精神恍惚不書，服役不給不書，几案不整不書，紙
　　墨不妍妙不書，扁名不雅不書，意違埶紲不書，對俗客不書，非興
　　到不書。〔註271〕

「解衣盤礴」的故事出自《莊子·田子方》〔註272〕，是藝術家精神上不受任
何約束的展現。藝術家只有在精神不受現實束縛的狀態下，才能充份掌握創
作的自由！「傳神點睛」語出《世說新語》。〔註273〕作者引用這兩則故事，都
在於說明爲什麼繪畫要解衣？爲什麼數年不點睛？只在於等待有興致的時
候。在費氏的看法，「乘興」還有前奏：抒懷，「襟懷舒散，時於清幽明爽之
處，紙墨精佳，役者便慧，乘興一揮，自有瀟灑出塵之趣。倘牽俗累，情景
不佳，即有仲將之手，難逞徑丈之勢。」「風雨晦暝不書，精神恍惚不書，服
役不給不書，几案不整不書，紙墨不妍妙不書，扁名不雅不書，意違埶紲不
書，對俗客不書，非興到不書」與「五合五乖」兩相對照，可說是「五合五
乖」的更進一步的組合，而以「乘興」爲終點。

〔註270〕　孫虔禮《書譜序》（臺北市：國立故宮博物院，民76）頁28。
〔註271〕　〈乘興〉。費瀛撰《大書長語》。見續修四庫全書編纂委員會編《續修四庫全
　　　　　書》1065冊（上海市：上海古籍出版社，1995），頁181～182。埶紲即勢紲，
　　　　　形勢不足，情勢不合。
〔註272〕　「宋元君將畫圖，眾史皆至，受揖而立；舐筆和墨，在外者半。有一史後至
　　　　　者，儃儃然不趨，受揖不立，因之舍。公使人視之，解衣般礴臝。君曰：『可
　　　　　矣，是眞畫者也。』」郭慶藩輯《莊子集釋》（臺北市：河洛圖書出版社，民
　　　　　63）卷七下，頁719。
〔註273〕　〈巧藝〉：「顧長康畫人，或數年不點目精。人問其故？顧曰：『四體妍蚩，本
　　　　　無關於妙處；傳神寫照，正在阿堵中。』」劉義慶著、楊勇校箋《世說新語
　　　　　校箋》（臺北市：正文書局，民81）頁543。

　　書法中的興致或靈感，是一種普遍現象。但是，被記載的卻十分稀少。最知名的，當屬王羲之寫《蘭亭序》。何延之〈蘭亭記〉在起首敘述該序緣由時，即云：「揮毫製序，興樂而書。」〔註274〕並詳述如下：

> 其時，迺有神助。及醒後，他日更書數十百本，無如被禊所書之者。
> 〔註275〕

書論中，神助之說此為首。蔡希綜〈法書論〉更擴而大之，云：「右軍之蹟流行二代眾矣，就中《蘭亭序》、《黃庭經》、《太師箴》、《樂毅論》、《大雅吟》、《東方先生畫贊》文，咸遇得其精妙。故陶隱居云：『右軍此數帖，皆筆力鮮媚，紙墨精新，不可復得。』右軍亦自詫焉，或他日更書，無復似者。乃歎而言曰：『此神助耳，何我力能致！』」〔註276〕其實同樣不離一時感興。〔註277〕

　　令黃庭堅一生甘拜下風的作品是其師蘇軾的《寒食詩帖》。除了內容的深刻性超過李白〔註278〕，更在於傳遞了當下的情感。其跋文云：「試使東坡復為之，未必及此。」（見圖6）這個概念顯然來自前文何延之記〈蘭亭記〉：「他日更書數十百本，無如被禊所書之者」。我們如何判斷二者之間的關係？人的言行，顯現的就是自我的心理狀態。從整體上看，二者都經修改，只是《蘭亭》直接塗抹，而《寒食》則是以點為之。〔註279〕就這一項，我們可斷言二者都是當下手稿。手稿的特色，就在全然紀錄了書寫者當下的心緒。《蘭亭》是百感交集下的神助之作，《寒食》又何嘗不是？若事過境遷，心情平復，手底再也無法顯示當時的悸動。這就是「他日更書數十百本，無如被禊所書之者」，「復為之，未必及此」的原因。神助也者，就是一時興致之所及。

〔註274〕見本章第一節〈書論中的休閒〉。

〔註275〕以上見張彥遠集《法書要錄》卷三，頁55。見楊家駱主編《唐人書學論著》（臺北市：世界書局，民64）。

〔註276〕陳思《書苑菁華》卷十二。永瑢、紀昀等撰《欽定四庫全書》（上海市：上海古籍出版社，1987）814冊，頁119。

〔註277〕〈跋東坡蘭皋園記〉云：「世傳《蘭亭》，縱橫運用，皆非人意所到，故於右軍書中為第一。然而能至此者，特心手兩忘，初未嘗經意。是以僚之於丸，秋之於奕，輪扁斲輪，庖丁解牛，直以神遇，而不以力致也。自非出於一時乘興，淋漓醉笑間，亦不復能爾。」李之儀撰《姑溪居士文集》（北京市：中華書局，1985）卷三十八，頁298。

〔註278〕見本章第一節〈書論中的抒情觀〉。

〔註279〕按：古人書寫時，如遇錯字，就在寫錯的地方塗一點墨，表示刪去。所以「文不加點」就表示文章一揮而就，不加以塗改，用來形容文人的才思敏捷，下筆成章。《寒食詩帖》「子」、「雨」加點。另「病」字外加。

　　張懷瓘《書斷》記述神品不過數人，這幾位之所以列入，其書跡常與「神明」、「神妙」、「神功」有關，但是對於王獻之，有特別的描繪：

　　　人有求書，罕能得者，雖權貴所逼，了不介懷。偶其興會，則觸遇造筆，皆發於衷，不從于外。〔註280〕

他的落筆，必須借重一時的「興會」；下文引銅鞮伯華爲例，云：「亦由或默或語，即銅鞮伯華之行也。」春秋時晉國大夫羊舌赤，銅鞮是他的封地，伯華是他的字。銅鞮伯華事見《大戴禮》。〔註281〕意在強調銅鞮伯華「或默或語」，一切操之在己。同樣的例子，見於朱長文以王獻之對比蔡襄：「御製《元舅隴西王碑》文，君謨書之。及學士撰《溫成皇后碑》文，又敕書之，君謨辭不肯書，曰：此待詔職也。」下文朱長文說：「儒者之工書，所以自遊憩焉而已，豈若一技夫役役哉？」我想寫就寫，不想寫就不寫，哪是受制於人的書手？朱長文並下斷語：「古今能自重其書者，惟王獻之與君謨耳！」〔註282〕

　　盛唐張旭出，蔡希綜〈法書論〉云：「議者以爲張公亦小王之再出也。」〔註283〕人們對於他書寫狂草，都與酒產生聯繫。〔註284〕蔡氏同樣認爲是追求一時「興會」：

　　　乘興之後，方津筆，或施于壁，或札于屏，則群象自形，有若飛動。

　　〔註285〕

〔註280〕〈張懷瓘書斷中〉。張彥遠集《法書要錄》卷八，頁125 王獻之傳下；134 陸柬之傳下。見楊家駱主編《唐人書學論著》（臺北市：世界書局，民64）。

〔註281〕裴駰《集解‧大戴禮》：孔子云：「國家有道，其言足以興，國家無道，其默足以容，蓋銅鞮伯華之所行。」見《史記》（臺北市：建宏出版社，民67）卷六十七，頁2186〈仲尼弟子列傳七，孔子之所嚴事〉註6。按：未見於現行《大戴禮》。

〔註282〕朱長文《續書斷》。永瑢、紀昀等撰《欽定四庫全書》（上海市：上海古籍出版社，1987）812 冊，頁742。譯文：讀書人擅長書法，不過用來消遣而已，哪像一位工匠爲勞役而勞役呢？

〔註283〕陳思《書苑菁華》卷十二。同註282，814 冊，頁120。

〔註284〕按：張旭書法與酒，參看李頎〈贈張旭〉、高適〈醉後贈張九旭〉、杜甫〈飲中八仙歌〉、竇臮〈述書賦〉等。分見康熙四十五年敕編《全唐詩》（臺北市：復興書局，民50）三，頁745；四，頁1205、頁1223 及〈述書賦下〉。張彥遠集《法書要錄》卷六，頁94。見楊家駱主編《唐人書學論著》（臺北市：世界書局，民64）。

〔註285〕蔡希綜〈法書論〉。陳思《書苑菁華》卷十二。同註282，814 冊，頁120。按：邵雍著《伊川擊壤集》（臺北市：臺灣商務印書館，民56）卷十七，頁122。見王雲五主編《四部叢刊‧初編‧集部》48 冊。

朱長文筆下的賀知章，也有類似的情形：「每醉輒屬文，筆不停綴。善草、隸，好事者具筆硯從之，意有所愜，不復拒，一紙纔數十字，世甚珍之。」〔註286〕《宣和書譜》述之更詳：

> 善草隸，當世稱重；恐不能遽取。每於燕閒游息之所，具筆研佳紙候之，偶意有愜適，不復較其高下，揮毫落紙，纔數十字，已爲人藏去，傳以爲寶。……每醉，必作爲文詞。初不經意，卒然便就，行草相間，時及於怪逸，尤見率眞。往往自以爲奇，使醒而復書，未必爾也。〔註287〕

黃庭堅眼中，蘇軾亦屬同類中人：

> 東坡居士極不惜書，然不可乞。有乞書者，正色詰責之，或終不書一字。元祐中，鎖試禮部。每來，見過案上紙，不擇精愚，書遍乃已。性喜酒，然不能四五會，已爛醉。不辭謝而就臥，鼻鼾如雷。
>
> 少焉蘇醒，落筆如風雨，雖謔弄，皆有義味；眞神仙中人。〔註288〕

這則跋文，前半猶如獻之、蔡襄；後半宛如張旭、賀監：可以說兩種類型合體。不論前半、後半，重心只在隨一時興致。而黃庭堅本人也有飲酒乘興而書的記載：

> 一日飲屠蘇，頗有書興，案上有墨瀋，而佳筆莫在，因以三錢雞毛筆書此卷。由佑者觀之，在手不在筆哉！〔註289〕

屠蘇：藥酒名，此地借用指酒。除了酒，不只「在手不在筆」，更在於「頗有書興」。清人楊賓《大瓢偶筆》也記載了一則：

> 魯直書〈文賦〉，及半，興盡而止，以遺晁仲詢，至今以爲美談。〔註290〕

人們之所以傳爲美談，除半部作品的奇特性，還在於傳說中，作品完成時「興盡而止」，毫不造作，毫不勉強。

〔註286〕 朱長文撰《墨池篇》卷三。同註282，812冊，頁746。

〔註287〕 宣和間官修《宣和書譜》卷十八，頁396～397。見楊家駱主編《宣和書譜》（臺北市：世界書局，民64）。

〔註288〕 〈題東坡字後〉。黃庭堅撰《山谷題跋》卷五。見楊家駱主編《宋人題跋》（臺北市：世界書局，民81）頁227。鎖：入圍。龠：量器名。

〔註289〕 〈跋與張載熙書卷尾〉。同註288，頁234。

〔註290〕 楊賓撰、楊霈編次《大瓢偶筆·論黃庭堅書》。崔爾平選編《歷代書法論文選續編》（上海：上海書店，1999）頁521。按：晁仲詢，蘇門四學士之一晁補之之祖輩。

《宣和書譜》記載陳叔懷〈梅發帖〉，作者判斷係來自一時感興：

　　陳叔懷，……作行書筆畫圓整。其《論梅發》一帖，字雖嫵媚，而
　　中藏勁氣，如幽香孤豔，凌轢冰霜者，其清致自應如此。大抵昔人
　　爲文肆筆，莫不因其感發，既得於心，遂應於手，亦自不知其所以
　　然也。〔註291〕

凌轢：超越。編者認爲《論梅發》帖之所以「字雖嫵媚，而中藏勁氣，如幽
香孤豔，凌轢冰霜者」，在於「因其感發，既得於心，遂應於手，亦自不知其
所以然也。」這就是一時興會。

　　後人願意分享書寫心情而非他人轉述的書論，以明末董其昌最爲明顯。
《畫禪室隨筆》記錄一段文字：

　　余性好書，而嬾矜莊，鮮寫至成篇者。雖無日不執筆，皆縱橫斷續，
　　無倫次語耳。偶以冊置案頭，遂時爲作各體，且多錄古人雅致語。
　　覺向來肆意，殊非用敬之道。〔註292〕

這是一段與「矜莊」（用敬）對照的文字。自從程顥說過：「某書字時甚敬，非
是要字好，只此是學。」〔註293〕其同鄉前輩陸深承襲這個觀念，「雖率爾應酬，
皆不苟且，常曰：『即此便是寫字時須用敬也。』」〔註294〕董氏以此與自己比
對，說自己辦不到，認爲自己作書，來自「肆意」。而「肆意」正是隨興。「鮮
寫至成篇者」，豈非與黃庭堅之書寫〈文賦〉如出一轍？他將自己與蘇軾比較，
與蘇軾相同：「蘇公好爲人作書，但紕几筆精，張牋素以俟，便得乘興。若求
其書，必不可得。余亦不嘉人求對面作書，即勉應之，亦不能工。」〔註295〕
他也將自己和趙孟頫比較，固然有許多不同，其中之一即「作意」與「率意」
之別：「趙書無弗作意，吾書往往率意。」〔註296〕他對於蘇軾的心悅誠服，
就在於『『詩不求工字不奇，天眞爛漫是吾師。』東海（坡誤作海）先生語也，
宜其名高一世。」〔註297〕「天眞爛漫」就是率意不作意。在他的看法，「身爲

〔註291〕宣和間官修《宣和書譜》卷八，頁194。見楊家駱主編《宣和書譜》（臺北市：
　　　　世界書局，民64）。
〔註292〕〈評法書〉。董其昌著《畫禪室隨筆》（臺北市：廣文書局，民66）頁10。
〔註293〕鄭杓述、劉有定釋《衍極》頁331。見楊家駱主編《宋元人書學論著》（臺北
　　　　市：世界書局，民61）。
〔註294〕同註292。
〔註295〕董其昌撰《容臺集》（四）（臺北市：國立中央圖書館，民57）頁1899。
〔註296〕同註295，頁1895。無弗：沒有不。
〔註297〕同註295，頁2075。按：「東海」當是「東坡」之誤。董其昌云：「作書最要

士夫，但以此爲悅生之事，雖讚毀，非所問也。」〔註298〕

比董其昌年齡略後的趙宧光，認爲書法要「興到」，只有「一時興到」，才得佳作。引言中云：

> 古有以白堊帚作字，一時興到，遂得佳書。及以善豪楮墨更作，翻去之遠矣。故興到作書，乃迷書第一義。能事不迫，與知者道。〔註299〕

相傳「漢靈帝熹平年，詔蔡邕作〈聖皇篇〉，篇成，詣鴻都門上。時方修飾鴻都門，伯喈待詔門下，見役人以堊帚成字，心有悅焉，歸而爲飛白之書。」〔註300〕引文中「白堊作字」當是指此。趙宧光的焦點在「一時興到，遂得佳書。及以善豪楮墨更作，翻去之遠」，與相傳王羲之寫下《蘭亭序》是同樣的現象；不同的是，只要興到，無施不可，何必鼠鬚、蠶繭？也爲「神助」下定義，即是「興到」。所以他認爲「興到作書，乃迷書第一義」，也可以說興致對書者絕對的重要性。

前引楊賓記黃庭堅書〈文賦〉「及半，興盡而止」，同樣也主張作書須隨興：

> 作書須隨意興，若勉強應酬，不惟勞苦，亦必日退。然世人往往不諒，應酬稍遲，猶多不悅。藝至於工，反爲人役，此王褒、蕭子雲之所以嘆恨也。〔註301〕

引文說出書者心態：「作書須隨意興，若勉強應酬，不惟勞苦，亦必日退。」王褒、蕭子雲事，見顏之推《顏氏家訓・雜藝篇》。作者藉王褒「後雖入關，亦被禮遇。猶以書工，崎嶇碑碣之閒，辛苦筆硯之役。嘗悔恨曰：『假使吾

泯沒稜痕，不使筆筆在紙素成板刻樣。東坡詩論書法云：『天眞爛熳是吾師。』此一句丹髓也。」見《畫禪室隨筆》（臺北市：廣文書局，民66）頁又清人周星蓮云：「坡翁學書……嘗有句云：『詩不求工字不奇，天眞爛漫是吾師。』」〈臨池管見〉頁13。見楊家駱主編《清人書學論著》（臺北市：世界書局，民61）。皆云是東坡。

〔註298〕同註295，頁1902。

〔註299〕〈帚談小引〉。趙宧光撰《寒光帚談》頁5。見楊家駱主編《明人書學論著》（臺北市：世界書局，民62）。堊帚：刷石灰水的稻草刷子。「能事不迫」出自杜甫〈戲題畫山水圖歌：王宰畫宰，丹青絕倫〉：「能事不受相促迫，王宰始肯留眞跡。」

〔註300〕〈張懷瓘書斷上〉。張彥遠集《法書要錄》卷七，頁111。楊家駱主編《唐人書學論著》（臺北市：世界書局，民64）。

〔註301〕楊賓撰、楊霈編次《大瓢偶筆・論學書》。崔爾平選編《歷代書法論文選續編》（上海：上海書店，1999）頁549。

不知書，可不至今日邪？』」〔註302〕說明作書者不得以己之興致為主的無奈。
〔註303〕

二、過程簡述

正式進入主題前，二者的共通點都是先要有「意」，沒這份「意」自然沒下文。

文論中，作詩作文首先得確立意旨。古人固然有如謝榛「詩有不立意造句，以興為主，漫然成篇。此詩之入化也。」〔註304〕以興致為主的說法，但是主張先立意者為多，如「凡始學詩須要每作一篇，先立大意。」〔註305〕「凡作詩須命終篇之意，切勿以先得一句一聯，因而成章。」〔註306〕「古人意在筆先，故得舉止閒暇；後人意在筆後，故至手腳忙亂。」〔註307〕

古人將立意與其後表達的文字譬之如將帥與士兵：

> 無論詩歌與長行文字，俱以意為主。意猶帥也。無帥之兵，謂之烏合。〔註308〕

> 意為主將，法為號令，字句為部曲兵卒。猶有主將，故號令得行，而部曲兵卒莫不如臂指之用。旌旗金鼓，秩序井然。〔註309〕

引文第一則見於明末清初王夫之《薑齋詩話》，第二則見於清吳喬《圍爐詩話》。立意與文字之間的關係，李漁《閒情偶寄·立主腦》說明得最為明白，並以「傳奇」為喻：「古人作文一篇，並有一篇之主腦。主腦非他，即作者立言之本意也。傳奇亦然。一本戲中，有無數人名，究竟俱屬陪賓；原其初心，

〔註302〕〈雜藝〉。顏之推撰《顏氏家訓》（臺北市：臺灣中華書局，民57）卷七，頁7。按：蕭子雲事屬書名蓋過其他能力：「蕭子雲每歎曰：『吾著《齊書》，勒成一典。文章宏義，自謂可觀；唯以筆迹得名，亦異事也。』」與此處「作書須隨意興」之意旨無關。

〔註303〕按：此部分資料與抒情後半及休閒有重疊現象，凡原文有與「興致」相關之詞者歸此。

〔註304〕見前〈興致〉頁228。

〔註305〕張鎡《仕學規範》卷三十九。見永瑢、紀昀等撰《欽定四庫全書》（上海市：上海古籍出版社，1987）875冊，頁195。

〔註306〕〈陵陽謂須先命意〉。魏慶之編《詩人玉屑》（臺北市：佩文書社，民49）卷六，頁127。

〔註307〕〈文概〉。劉熙載撰《藝概》（臺北市：廣文書局，民58）卷一，頁4。

〔註308〕《薑齋詩話》卷下，頁1。丁福保編訂《清詩話》冊一（臺北市：藝文印書館，民54）。

〔註309〕吳喬撰《圍爐詩話》（臺北市：廣文書局，民58）卷二，頁191。

止為一人而設，即此一人之身，自始至終，離合悲歡，中具無限情由，無窮
關目，究竟俱屬衍文；原其初心，又止為一事而設。此一人一事，即作傳奇
之主腦也。」〔註310〕可見立意，是作詩作文作曲的先決條件；書法之創作，
同樣立意為先：「意在筆前」。

託名王羲之〈題衛夫人筆陣圖後〉是一篇膾炙人口的書論，首先說道：

意在筆前，然後作字。〔註311〕

託名王羲之的〈書論〉，一樣看到類似的說法：「必須作書靜思，令意在筆前，
筆居心後。」〔註312〕「意在筆前」出現在許多書論，如歐陽詢〈八訣〉蔡希
綜〈法書論〉、李華〈二字訣〉、韓方明〈授筆要說〉、林蘊〈撥鐙序〉等，幾
乎成為書論的口頭禪。至於「意在筆前」，究竟何意？〈題衛夫人筆陣圖後〉
說明進入虛靜、進入沉思之後的思考方向，云：

夫欲書者，先乾研墨，凝神靜思，預想字形大小、偃仰、平直、振

動，令筋脈相連。〔註313〕

元朝豐坊的《書訣》云：「意前筆後者，熟完古帖，於字形大小，偃仰平直，
疏密纖穠，蘊藉於心，臨紙冥默，預思其法，隨物賦形，各得其理。」〔註314〕
依照作者所述，意前筆後是書者「臨紙冥默」平時「熟完古帖」的「字形大
小，偃仰平直，疏密纖穠」，「預思其法」，而後「隨物賦形」。與〈題衛夫人
筆陣圖後〉的思路一致。那麼，「意前筆後」自然屬於「虛靜」的範圍：虛靜
之內在功能亦大抵若是。

以上雖已涉及創作，仍屬前奏。文學與書法，藝術類型不同，要尋求二
者在實地進行中的會通不是一件容易的事；而且文論涉及角度多而書論相對
少。為了考慮彼此可比對的共有性，以下僅舉二項：一是形式與內容；二是
相反以相成。

〔註310〕 李漁著《閒情偶寄》。楊家駱主編《歷代詩史長編二輯》（臺北市：中國學典
館復館籌備處出版：鼎文經銷，民63）七，頁14。

〔註311〕 張彥遠集《法書要錄》卷一，頁4。見楊家駱主編《唐人書學論著》（臺北市：
世界書局，民64）。

〔註312〕 朱長文撰《墨池篇》卷一。永瑢、紀昀等撰《欽定四庫全書》（上海市：上海
古籍出版社，1987）812冊，頁624。

〔註313〕 〈題衛夫人筆陣圖後〉。張彥遠集《法書要錄》卷一，頁4。見楊家駱主編《唐
人書學論著》（臺北市：世界書局，民64）。

〔註314〕 豐坊撰《書訣》頁5。楊家駱主編《明人書學論著》（臺北市：世界書局，民
62）。

（一）形式與內容

1. 文論所述

　　形式與內容的搭配，在專門文論產生之初就受到特別的重視。我們重新翻看曹丕的《典論・論文》，它的起始點固然在談論前人批評之誤失，「各以所長，相輕所短」，更告訴人們，人天生氣稟有異，不可能專精所有。評論者當依作者天分及其所書之間個別處理。我們單看「夫文本同而末異：蓋奏議宜雅，書論宜理，銘誄尚實，詩賦欲麗。」〔註315〕一節，除了告訴世人，文體有分，並有各自的特殊性質，等於告訴世人，為文之初首當注意類型不同，適合的內容性質也必然不同。

　　同是魏世的桓範，《世要論》也說明各體之旨。如：

> 夫著作書論者，乃欲闡弘大道，述明聖教，推演事理，盡極情類，記是貶非，以為法式，當時可行，後世可修。……而世俗之人不解作體，而務汎溢之言，不存有益之義，非也。故作者不尚其辭麗，而貴其存道也，不好其巧慧，而惡其傷義也。故夫小辯破道，狂簡之徒，斐然成章，皆聖人之所疾矣。

> 夫讚象之作，所以昭述勳德，思詠政惠，此蓋詩頌之末流矣。……若言不足紀，事不足述，虛而為盈，亡而為有，此聖人之所疾，庶幾之所恥也。夫渝世富貴，乘時要世，爵以賂至，官以賄成，……此乃繩墨之所加，流放之所棄；而門生故吏，合集財貨，刊石紀功，稱述勳德，高邈伊、周，下陵管、宴，遠追豹、產，近踰黃、邵，勢重者稱美，財富者文麗。後人相踵，稱以為義。外若讚善，內為己發。上下相效，競以為榮。其流之弊，乃至於此。欺曜當時，疑誤後世，罪莫大焉。〔註316〕

引文分別出自〈序作〉、〈讚象〉及〈銘誄〉各篇。意謂不同文體，其意義如何，當如何書寫，如果違反常理，當為人所棄。

　　其後，有關文體之所以作，如陸機〈文賦〉的「詩緣情而綺靡，賦體物而瀏亮，碑披文以相質，誄纏綿而悽愴，銘博約而溫潤，箴頓挫而清壯，頌

〔註315〕昭明太子撰《文選》（臺北縣板橋鎮：藝文印書館，民72）卷五十二，頁734。

〔註316〕〈政要論〉。魏徵等撰《群書治要》（北京市：中華書局，1985）卷四十七，頁833～834。

優遊以彬蔚，論精微而朗暢，奏平徹以閑雅，說煒曄而譎誑。」〔註317〕、劉
勰《文心雕龍》自〈明詩〉以下二十篇論文體的篇章，都會介紹各體的特色，
估舉數例：

> 頌者，容也。所以美聖德而述形容也。……原夫頌爲典雅，辭必清鑠，
> 敷寫似賦，而不入華侈之區；敬慎如銘，而異乎規戒之域；揄揚以發
> 藻，汪洋以樹義，唯纖曲巧致，與情而變，其大體所底，如斯而已。
>
> 盟者，明也。……夫盟之大體，必序危機，獎忠孝，共存亡，戮心
> 力，祈幽靈以取鑒，指九天以爲正，感激以立誠，切至以敷辭，此
> 其所同也。然非辭之難，處辭爲難。後之君子，宜在殷鑑，忠信可
> 矣，無恃神焉。
>
> 銘者，名也。觀器必也正名，審用貴乎盛德。……箴者，所以攻疾
> 防患，喻箴石也。……夫箴誦於官，銘題於器，名目雖異，而警戒
> 實同。箴全禦過，故文資确切；銘兼褒讚，故體貴弘潤；其取事也，
> 必覈以辨；其摛文也，必簡而深，此其大要也。然矢言之道蓋闕，
> 庸器之制久淪，所以箴銘異用，罕施於代。惟秉文君子，宜酌其遠
> 大焉。〔註318〕

分別取自〈頌讚〉、〈祝盟〉、〈銘箴〉三篇。就其內容，一如桓範《世要論》，
其用意都在告訴創作者，首當認清文體類型與內容之間的關係。

這並非駢文的專利，古文亦然。韓愈同樣主張「因事以陳辭」，「辭事相
稱」。〔註319〕這種傾向在宋代便更爲明顯，且持續到後來。

明代高啓論詩云：

> 詩之要三：曰格，曰意，曰趣而已。〔註320〕

〔註317〕昭明太子撰《文選》（臺北縣板橋鎮：藝文印書館，民72）卷十七，頁246。
譯文見第三章第一節〈文論中的文體〉。

〔註318〕劉勰撰、范文瀾注《文心雕龍注》（臺北市：開明書局，民57）卷二，頁61、
51、75；卷三，頁1、頁2。清鑠：純粹而有光采。戮心力：戮力一心，群策
群力，萬眾一心。箴通針：箴石：刺病用的石針。資之涵義與下句「貴」同。
确切即確切。必覈以辨：必須經過覈實及分辨。摛文：鋪陳文字。矢言：誓
詞。庸通用：用器此處指這類文章。

〔註319〕〈答胡生書〉、〈進撰評淮西碑文表〉。韓愈撰、馬其昶注《韓昌黎文集校注》
（臺北市：世界書局，2002）頁192、629。

〔註320〕〈獨庵集序〉。高啓撰《鳧藻集》卷二。見永瑢、紀昀等撰《欽定四庫全書》
（上海市：上海古籍出版社，1987）1230冊，頁279。

其下文又分別對此三要說明。列爲第一的「格」云：「格以辨其體。」所謂「辨其體」，就是必須分辨所寫內容適應何種體裁。正是上文先考慮何種文體之謂。《四庫總目》論高氏之詩，稱其「天才高逸，……擬漢、魏，擬六朝似六朝，擬唐似唐，擬宋似宋。凡古人之所長，無不兼之。」〔註321〕擬古未必是好詞彙，但他懂得詩歌性質不同用詞用語不同，能擬什麼像什麼，也屬不易；而且提供後人學習的門徑。他的三要，至少告訴後人，首先要求的是形式與內容的配合。與第三章倪思、陳洪謨所言相同。

嚴羽《滄浪詩話》有「羚羊挂角，無迹可尋」之語〔註322〕，有神韻可味，無跡象可尋。創神韻說的王士禎以爲至論，馮班笑爲謬談，袁枚則認爲需看何種體裁而定：

> 詩不必首首如是，亦不可不知此種境界。如作近體短章，不是半吞半吐，超超元箸，斷不能得絃外之音，甘餘之味。滄浪之言如何可抵？若作七古長篇，五言百韻，即以禪喻，自當天魔獻舞，花雨彌空，雖造八萬四千寶塔，不爲多也。又何能一羊一象，顯渡河挂角之小神通哉！總在相題行事，能放能收，方稱作手。〔註323〕

何必一定要以雄偉透徹的文字，來顯現「無跡可尋」的空靈神韻？短篇需餘韻無窮，長篇則盡情揮灑。「總在相題行事，能放能收，方稱作手。」

文章頭緒最繁雜者，莫過戲曲塡詞。但各角色自有各腳色相襯的內容與語氣，李漁說：

> 極粗極俗之語，未嘗不入塡詞，但宜從腳色起見。如在花面口中，則惟恐不粗不俗；一涉生、旦之曲，便宜斟酌其詞。無論生爲衣冠、仕宦，旦爲小姐、夫人，出言吐詞，當有雋雅春容之度；即使生爲僕從，旦作梅香，亦須擇言而發，不與淨、丑同聲；以生、旦有生、旦之體，淨、丑有淨、丑之腔故也。〔註324〕

〔註321〕永瑢等著《四庫全書總目提要》（臺北市：臺灣商務印書館，民54）卷一百六十九，頁3587～3588《大全集十八卷》下。

〔註322〕〈詩辯〉。嚴羽著《滄浪詩話》。何文煥編訂《歷代詩話》臺北縣：藝文印書館，民60）頁443。

〔註323〕袁枚撰《隨園詩話》（臺北市：廣文書局，民60）卷八，頁7。「一羊一象」疑當作一鳥一象。《滄浪詩話·詩評》云：「李杜數公，如金翅擘海，香象渡河。」語。「渡河挂角」爲香象渡河與羚羊挂角合而成詞，此處僅取羚羊挂角之意。

〔註324〕李漁著《閒情偶寄》。見楊家駱主編《歷代詩史長編二輯》（臺北市：中國學典館復館籌備處出版：鼎文經銷，民63）七冊，頁26。

古代婦女以花紋飾面，稱「花面」。古代不少詩詞都提到這種化妝，後來演變為戲劇的臉譜，「花面」隨之成為臉譜中的一種，例如古老粵劇說大花面，就是全臉塗成白色。演大花面的往往是老奸巨猾的角色，比如三國時的董卓。生、旦、淨、末是中國戲曲中人物角色的行當分類，通常把「生、旦、淨、丑」作為行當的四種基本類型。每個行當又有若干分支，各有其基本固定的扮演人物和表演特色。其中，「旦」是女角色的統稱；「生」、「淨」、兩行是男角色；「丑」行中除有時兼扮丑旦和老旦外，大都是男角色。各角色的身分扮演、用語語氣一如作者所言。作者將「花面」獨立唯一，其餘四角色單獨處理；可見「花面」的本不入流，後四角色則為本行。雖然說的是角色相應的語，豈非如同形容文章形式與內容之間的聯繫？

2. 書論所述

書論最早提出形式與內容互相搭配的，是孫過庭《書譜》所說的：「趨變適時，行書為要；題勒方畐，真乃居先。」〔註325〕認為趨應現實的改變，行書最為重要；題榜、刻石之類方形篇幅，真書為先。項穆《書法雅言・常變》發揮其內容：「宮殿廟堂，典章紀載，真為首尚；表牘亭館，移文題勒，行乃居先。借使奏狀碑署，潦草顛狂，褻悖何甚哉！」〔註326〕不過說明，不同場合，使用的書體有別。

中唐韓方明《授筆要說》開始就書寫前所應思考的問題，作如下的敘述：「夫欲書，先當想，看所書一紙之中是何等詞句，言語多少，及紙色目，相稱以何等書，令與書體相合，或真或行或草，與紙相當。」〔註327〕除詞句內容，還涉及字數多少、紙的色澤，希望與書體相稱，與紙色相當。

元朝吾丘衍《學古篇・三十五舉》說明使用篆書的場合：「寫成篇章文字，只用小篆，二徐、二李，隨人所便。切不可寫詞曲。」〔註328〕

明朝張紳《法書通釋》：「凡寫字，先看文字宜用何法。如經學文字，必當真書；詩賦之類，行草不妨。又看紙筆卷冊合用字體，大小務使相稱，然

〔註325〕孫虔禮《書譜序》（臺北市：國立故宮博物院，民76）頁28。

〔註326〕項穆撰《書法雅言》頁35。見楊家駱主編《明人書學論著》（臺北市：世界書局，民62）。

〔註327〕陳思《書苑菁華》卷二十。永瑢、紀昀等撰《欽定四庫全書》（上海市：上海古籍出版社，1987）814冊，頁201。

〔註328〕吾丘衍撰《學古篇》頁61。楊家駱主編《篆刻學》（臺北市：世界書局，民62）。南唐徐鉉、徐鍇兄弟，人稱「二徐」。二李：李斯、李陽冰。

後尋古人寫過樣子，如小楷有《黃庭》、《樂毅》、《畫贊》、《曹娥》，各自法度不同。」〔註329〕明末董其昌亦云：「捉筆時須定宗旨，若泛泛塗抹，書道不成形像。」〔註330〕

　　清人錢泳《書學》有段文字：「凡應制詩文、牋奏、章疏等書，祇求文詞之妙，不求書法之精，只要勻稱端正而已，與書家絕然相反。」書家是怎麼樣的書寫法？「元章自敘云：『古人書筆筆不同，各立面目；若一一相似，排如算子，則奴書也。』」又云：「碑榜之書，與翰牘之書，是兩條路，本不相紊也。…古來書碑者，在漢、魏必以隸書，在晉、宋、六朝必以眞書。…。長箋短幅，揮灑自如，非行書、草書不足以盡其妙；大書深刻，端莊得體，非隸書、眞書不足以擅其長也。」〔註331〕

　　綜合以上諸家書論，可以作如下的結論：大概嚴肅的內容，宮殿廟堂，典章紀載，題名勒石，經書文字，「只求文詞之妙，不求書法之精，只要勻稱端正而已」，使用靜態性書體，即篆、隸、眞書。此外，如書牘、亭臺樓館、詩詞歌賦之類平日使用，輕鬆愉悅的場合，「非行書、草書不足以盡其妙」。

　　雖然錢泳也說：「以行書而書碑者，始於唐太宗《晉祠銘》，李北海繼之。北宋之碑，炯眞、行參半，迨米南宮父子一開風氣，至南朝告敕、碑碣則全用行書矣。」〔註332〕這畢竟非正格，只能以特例看待。阮元就曾說過：「行書書碑，終非古法。」〔註333〕

（二）相反以相成

　　相反相成指兩個對立的事物既互相排斥又互相促成。即相反的東西也相互依賴，具有同一性。這也是文學與書法這兩種不同藝術類型，可以比對的一項。

　　相反相成即是陰陽之用，是我國古老的思想，是中國古代哲學思想的基石之一。陰陽原本是指地勢與太陽的位置關係，像《詩·大雅·公劉》說：「既

〔註329〕〈立式篇第六〉。張紳撰《法書通釋》頁68。見楊家駱主編《明人書學論著》（臺北市：世界書局，民62）。

〔註330〕〈論用筆〉。董其昌著《畫禪室隨筆》（臺北市：廣文書局，民66）頁2。

〔註331〕〈書學·總論〉。錢泳撰《履園叢話》（臺北市：大立出版社，民71）十一上，頁294、293。

〔註332〕〈書學·總論〉。錢泳撰《履園叢話》（臺北市：大立出版社，民71）十一上，頁293。

〔註333〕《揅經室三集》卷一〈北碑南帖論〉，頁559。阮元撰《揅經室集》（臺北市：臺灣商務印書館，民56）。

景迺網，相其陰陽」，不過是說觀察地勢的向陽、背陰，以便營建房屋定居。但是，漸漸引申到自然、社會與人的領域，《易》半陽爻和陰爻代表剛柔、吉凶、強弱、動靜、貴賤、男女、寒暑等相反之詞彙，以觀察事物的變化。《易傳》相傳爲孔子及其後學所作，對陰陽也做了哲學詮釋，並將陰陽抽象爲宇宙盈虛、社會消長的「道」。當它爲「道」時，是本體；當它代表剛柔、吉凶、強弱、動靜、貴賤、男女、寒暑等，則成道之用。〔註 334〕這種概念，可以說是本鴻論中本之自然及本之心與氣的運用。

　　《國語‧周語上》：「幽王二年，西周三川皆震。伯陽父曰：『周將亡矣！夫天地之氣，不失其序；若過其序，民亂之也。陽伏而不能出，陰迫而不能烝，於是有地震。今三川實震，是陽失其所而鎮（於）陰也。陽失而在陰（之下），川源必塞；源塞，國必亡。』」〔註 335〕《易‧繫辭上》：「一陰一陽之謂道，繼之者善也，成之者性也。仁者見之謂之仁，知者見之謂之知，百姓日用而不知，故君子之道鮮矣。」「顯諸仁，藏諸用，鼓萬物而不與聖人同憂，盛德大業至矣哉！富有之謂大業，日新之謂盛德，生生之謂易，成象之謂乾，效法之謂坤，極數知來之謂占，通變之謂事，陰陽不測之謂神。」〔註 336〕《老子‧四十二章》：「萬物負陰而抱陽，沖氣以爲和。」〔註 337〕又《禮記‧鄭注》云：「地氣上齊，天氣下降。陰陽相摩，天地相蕩。鼓之以雷霆，奮之以風雨，動之以四時，煖之以日月，而百化興焉。如此，則樂者天地之和也。」〔註 338〕以上所引，在在說明，陰陽之用在古人生活中使用的廣度。它的特性有二：一、兩者互相對立；二、兩者相互依靠、轉化、消長。這個概念，同樣發生在文論與書論之中。劉熙載說：「文章、書法，皆有乾坤之別：乾，變化；坤，安貞也。」〔註 339〕變化與安貞，正是兩者對立又相互依靠、轉化、消長。

〔註 334〕彭林〈周人的宇宙、社會與道德觀念〉。見彭林、黃樸民主編《中國思想史參考資料表——先秦至魏晉南北朝卷》（北京：清華大學出版社，2005）頁 29。

〔註 335〕韋昭注《國語》。永瑢、紀昀等撰《欽定四庫全書》（上海市：上海古籍出版社，1987）406 冊，頁 11。

〔註 336〕王弼、韓康伯注、孔穎達疏《周易注疏》（臺北市：臺灣學生書局，民 56）卷七，頁 601～603、604～606。按：〈繫辭〉上下、〈說卦〉，尚有「陰陽」。

〔註 337〕〈四十二章〉。王弼等著《老子四種》（臺北市：大安出版社，1999）頁 37。

〔註 338〕鄭玄注《禮記》（臺北市：新興書局，民 60）卷十一，頁 129。

〔註 339〕劉熙載著《遊藝約言》。王水照編《歷代文話》第六冊（上海市：復旦大學出版社，2007）頁 5585。

1. 文論陳述

清人吳喬說：「唐人七律，賓主、起結、虛實、轉折、濃淡、避就、照應皆有定則。」〔註340〕短短一句話「賓主、起結、虛實、轉折、濃淡、避就」，全都是相反而又相互成就。這不當是七律的表現方式而已，而是文學所有體裁都是如此。

詩，文注意形式與內容的搭配是第一關，材料取捨則是進一步要處理的問題。我們看方苞所舉的例子。〈答喬介夫書〉云：

> 《國語》載齊姜語晉公子重耳凡數百言，而《春秋傳》以兩言代之。蓋一國之語可詳也，傳《春秋》總重耳出亡之迹，而獨詳於此，則義無所取。今試以姜語備入《傳》中，其前後尚能自運掉乎？世傳《國語》亦丘明所述，觀此可得其營度爲文之意也。〔註341〕

相傳《國語》、《左》皆丘明之作，但在齊姜與重耳言一節，一則耗費數百言，一則僅兩三句，殊不相符，因爲二書重心不同，取捨自有不同。又〈書五代史安重誨傳後〉云：

> 記事之文，惟《左傳》、《史記》各有義法。一篇之中，脈相灌輸而不可增損，然其前後相應，或隱或顯，或偏或全，變化隨宜，不主一道。……《史記》〈伯夷〉、〈孟荀〉、〈屈原傳〉議論與敘事相間，蓋四君子之傳，以道德節義，而事迹則無可列者。若據事直書，則不能排纂成篇。其精神心術所運，足以興起乎百世者，轉隱而不著。故於〈伯夷傳〉歎天道之難知，於〈孟荀傳〉見仁義之充塞，於〈屈原傳〉感忠賢之蔽壅，而陰以寓己之悲憤，其他本紀、世家、列傳有事迹可編者，未嘗有是也。〔註342〕

記事與所述對象的特徵相符合，這是本質的要求；至於虛中有實，還是實中有虛；詳中有略，還是略中有詳，如何取捨則屬陰陽之用。以下以「以小喻大」爲例。這個概念來自《周易・繫辭下》：「夫《易》，彰往而察來，而微顯闡幽。開而當名辨物，正言斷辭則備矣。其稱名也小，其取類也大；其旨遠，其辭文；其言曲而中，其事肆而隱；因貳以濟民行，以明失得之

〔註340〕吳喬撰《圍爐詩話》（臺北市：廣文書局，民58）卷二，頁191。

〔註341〕方苞撰《望溪文集》（臺北市：臺灣中華書局，民61）卷六，頁2。

〔註342〕〈書五代史安重誨傳後〉。方苞撰《望溪文集》（臺北市：臺灣中華書局，民61）卷二，頁17。

報。」〔註343〕《周易》這本書之所以能統攝萬事萬物萬象，憑藉的就是「其稱名也小，其取類也大」，也就是相反相成的運用。《史記‧屈原賈生列傳》就是以這樣的方式稱讚《離騷》:「其文，其辭微，其志絜，其行廉，其稱小而其旨極大，舉類邇而見義遠。」〔註344〕又其後，成為文學時見的理論，如:

> 六曰讚譽，謂小中出大，短內生長。如古詩「糚罷花更醜，眉成月對懟。」〔註345〕

> 觀夫興之託諭，婉而成章，稱名也小，取類也大。〔註346〕

> 詩之用，片言可以明百義;詩之體，坐馳可以役萬象。所以杜浣花集古今大成於開、寶間，上薄《風》、《騷》，下陵屈、宋，無有議者。〔註347〕

以上分別引自魏世曹丕的《詩格》、齊梁劉勰的《文心雕龍》及清季薛雪的《一瓢詩話》。前後綿亙近兩千年，可見其恆久性。

取捨已定後，再稍具體地的說法，如明朝李夢陽〈再與何氏書〉提出的:

> 古人之作，其法雖多端，大抵前踈者後必密，半闊者半必細，一實者必一虛，疊景者意必二。此予之所謂法，圓規而方矩者也。〔註348〕

「前」、「後」、「疏」、「密」、「闊」、「細」、「實」、「虛」、「方」、「圓」、「規」、「矩」，不正是從《周易‧繫辭》以來的概念?

王世貞談詩云:

> 首尾開闔，繁簡奇正，各極其度，篇法也。抑揚頓挫，長短節奏，各極其致，句法也。點掇關鍵，金石綺綵，各極其造，字法也。〔註349〕

〔註343〕 王弼、韓康伯注、孔穎達疏《周易注疏》（臺北市:臺灣學生書局，民56）卷八，頁697～698。

〔註344〕 司馬遷著《史記》（臺北市:建宏出版社，民67）卷八十四，頁2482。

〔註345〕 顧龍振編輯《詩學指南》（臺北市:廣文書局，民62）卷三，頁73。

〔註346〕 〈比興〉。劉勰撰、范文瀾注《文心雕龍注》（臺北市:開明書局，民57）卷八，頁1。

〔註347〕 薛雪《一瓢詩話》。見續修四庫全書編纂委員會編《續修四庫全書》（上海市:上海古籍出版社，1995）1701冊，頁98。

〔註348〕 李夢陽撰《空同先生集》（臺北市:偉文圖書出版社，民65）卷六十一，頁1742。

〔註349〕 王世貞撰《藝苑卮言》卷一。丁福保編訂《歷代詩話續編》（臺北市:木鐸出版社，民72）頁963。

王氏將詩分篇法、句法、字法，但各法都在相反的概念中，「首尾開闔，繁簡奇正」是，「抑揚頓挫，長短節奏」也是。同卷又云：

> 篇法有起有束，有放有斂，有喚有應。大抵一開則一闔，一揚則一抑，一象則一意，無偏用者。句法有直下者，有倒插者。倒插最難，非老杜不能也。字法有虛有實，有沉有響，虛響易工，沉實難至。五十六字，如魏明帝凌雲臺材木，銖兩悉配乃可耳。篇法之妙，有不見句法者；句法之妙，有不見字法者；此是法極無跡，人能之至，境與天會，未易求也。〔註350〕

五十六字指的是七言律詩。本段文字同樣以篇法、句法、字法分析詩法，但所用的字：「起」、「束」、「放」、「斂」、「喚」、「應」、「開」、「闔」、「揚」、「抑」、「象」、「意」、「直下」、「倒插」、「虛」、「實」、「沉」、「響」莫不兩兩相反相對。

同是明人的李騰芳，其〈文字法三十五則〉云：

> 字法甚多，有虛實、深淺、顯晦、清濁、輕重、偏滿、新舊、高下、曲直、平戾、生熟、死活各樣。第一要活，不要恐。活則虛能為實，淺能為深，晦能為顯，濁能為清，輕能為重，以致其餘，莫不皆然。
> 若死則實字反虛，深字反淺，清字反濁，以致其餘，莫不皆然。

李騰芳為文的首要原則是「要活，不要恐」，在「活」的總原則下，用字必須靈活。如果懂得活用，表面上看來是甲，另一面實則是乙；如表面看來是陽性，卻是潛在隱性活用。內與外互為表裡，成了相反相成另類特殊的運用。王世貞與李騰芳，對於字法或各有會心，但在相反辭彙觀念的形容上都相同。這些都是陰陽之用。

如果是駢文：對偶、華藻、用典、音律是四項要素；我們看其中的對偶則涉及字法、句法。《文心·麗辭》在敘述四種對句之後，云：「凡偶辭胸臆，言對所以為易也；徵人之學，事對所以為難也；幽顯同志，反對所以為優也；並貴共心，正對所以為劣也。又以事對，各有正反，指類而求，萬條自昭然矣！」〔註351〕為什麼「事對」比「言對」為難，「反對」比「正對」為優？劉

〔註350〕 同註350，頁961。
〔註351〕 劉勰撰、范文瀾注《文心雕龍注》（臺北市：開明書局，民57）卷七，頁33。
　　　　 譯文：這幾種對偶中，對句只由內心組辭而成，所以言對比較易作；徵引前人故實成對，所以事對比較難作；用被囚和官顯兩種相反的人來說明「人情同於懷土」，所以反對是較好的；出句和對句都是說帝王懷鄉，所以正對是較差的。

齜的說法，因為「反對」、「事對」都使用相反以相成的方式；而「言對」與「正對」則欠缺對比的輝映。再看《文鏡秘府論》所列「初學作文章，須作此對，然後學餘對」的「的名對」，不論釋文的「上句安天，下句安地；上句安山，下句安谷；上句安東，下句安西；上句安南，下句安北；上句安正，下句安斜；上句安遠，下句安近；上句安傾，下句安正；如此之類，名為的名對。」還是：「或曰：天、地，日、月，好、惡，凶、佇，俯、仰，壯、弱，往、還，清、濁，南、北，東、西。如此之類，名正對。」〔註352〕全是相反的詞彙。如果作者在一篇文字中，用此對為多，或許可以說，一篇駢文是在許多不同的相反的詞彙中進行，猶如黑白兩面球體的運轉。

　　至於音律平仄的運用，理論最早闡發者之一，是沈約的四聲。根據語言的不同聲調，建立詩律，也同時構成各種韻文形式的基礎。《宋書‧謝靈運傳》：

> 夫五色相宣，八音協暢，由乎玄黃律呂，各適物宜。欲使宮羽相變，
> 低昂互節，若前有浮聲，則後須切響。一簡之內，音韻盡殊；兩句
> 之中，輕重悉異。妙達此旨，始可言文。〔註353〕

「五色相宣，八音協暢」，係藉色澤、音響互相映襯。如何映襯？下以玄黃律呂為喻，玄黃是天地的代稱，毋庸質疑是兩個相反意義的詞彙；律呂，相傳黃帝時，伶倫截竹為筒，以筒的長短，分別聲音的高低清濁。樂器的音以此為標準，分陰陽各六，陽為律，陰為呂。〔註354〕「宮羽相變，低昂舛節，若前有浮聲，則後須切響」，宮羽是兩種高低不同的聲調，浮聲是平聲，切響是仄聲。集合「玄黃」、「律呂」、「宮羽」、「低昂」、「浮聲」、「切響」等詞，分明都是相反而相成的音階，因此才會出現兩句之內，在平仄、清濁悉異，彼此互為映襯的結論。

　　姜夔的《白石道人詩說》：「不知詩病，何由能詩？不觀詩法，何由知病？」〔註355〕詩法是論詩的標準，當是四聲八病之用。又云：

> 波瀾開闔，如在江湖中，一波未平，一波已作；如兵家之陣，方以
> 為正，又復為奇；方以為奇，忽復是正。出入變化不可紀極，而法
> 度不可亂。〔註356〕

〔註352〕〈論對〉。弘法大師撰《文鏡秘府論》(臺北市：河洛圖書出版社，民65) 東，
　　　　頁98～99。
〔註353〕沈約撰《宋書》(臺北市：鼎文書局，民68) 卷六十七，頁1779。
〔註354〕熊鈍生主編《辭海》(臺北市：台灣中華書局，民69) 頁1717。
〔註355〕何文煥編訂《歷代詩話》臺北縣：藝文印書館，民60) 頁439。
〔註356〕同註356，頁440。

語中「開闔」、「正奇」，何嘗不是形容詩歌平仄、清濁的旋律？這個最低限度的「詩法」不可不守。

　　明初李東陽將詩、文分爲二，「文者，言之成章，而詩又其成聲者。」〔註357〕其中的區分即在聲律諷詠的關係。詩之中，又言「古詩與律不同體」，「古、律詩各有音節，然限于字數，求之不難。惟樂府長短句，初無定數，最難調疊，然亦有自然之聲。古所謂『聲依永』者，謂有長短之節，非徒永也。」「長篇中須有節奏，有操有縱，有正有變，若平鋪穩布，雖多無益。」〔註358〕沈約、姜夔所言屬近體，李氏所言則爲古詩、樂府，古詩之「永」仍有「長短之節」，長篇古詩與樂府「有操有縱，有正有變」。「長短」、「操縱」、「正變」，這些都屬陰陽相反之詞，也是陰陽之用。

　　文章中，駢、散各有側重。駢文重音律，見上文所述；古文則重在自然語勢。所謂自然語勢，前人名之曰「氣」。〔註359〕第一位以氣論言語者爲孟子，其浩然之氣，不過是說語氣通暢，強而有力，務必建立在內在的道義上。其後，將文學建立在自然語氣上之古文，當文章寫作進行時，莫不重氣。如柳冕言「夫善爲文者，發而爲聲，鼓而爲氣。眞則氣雄，精則氣生，使五彩並用而氣行於其中。」〔註360〕後有言氣者，如李德裕、曾鞏、蘇轍，大抵相同。

　　明朝唐順之論文，重在學唐、宋，對於文氣，有別於前人之體會。〈董中峰侍郎文集序〉云：

　　　　喉中以轉氣，管中以轉聲。氣有湮而復暢，聲有歇而復宣，闔之以助開，尾之以弔首，此皆發於天機之自然；而凡爲樂者，莫不能然也。

　　　　最善爲樂者則不然，其妙常在於喉管之交，而其用常潛乎聲氣之表。氣轉於氣之未湮，是以湮暢百變，而常若一氣；聲轉於聲之未歇，

〔註357〕《懷麓堂集文後稿》三〈春雨堂稿序〉。李東陽撰《懷麓堂稿》（臺北市：臺灣學生書局，民64）五，頁2393。

〔註358〕李東陽撰《麓堂詩話》。丁福保編訂《歷代詩話續編》（臺北市：木鐸出版社，民73）頁1369、1370、1373。

〔註359〕按：郭紹虞：「古文家之文論，說得抽象些，便是『氣』，即是語氣之自然；說得具體些，便是『法』，即是謀篇的結構。氣盛言宜，自然能合抑揚、開闔、起伏、照應之法，文成法立，也自然能有湮、暢、歇、宣之氣。」見《中國文學批評史》（臺北市：盤庚出版社，民67）下卷，頁360。

〔註360〕柳冕〈答衢州鄭使君論文書〉。董誥等編《全唐文》（上海市：上海古籍出版社，1990）卷五百二十七，頁2373。

是以歇宣萬殊，而常若一聲。使喉管聲氣融而爲一，而莫可以窺，蓋其機微矣。然而其聲與氣之必有所轉，而所謂開闔首尾之節，凡爲樂者莫不皆然者，則不容異也。使不轉氣與聲，則何以爲樂；使其轉氣與聲而可以窺也，則樂何以爲神？⋯⋯

漢以前之文，未嘗無法而未嘗有法，法寓於無法之中，故其爲法也密而不可窺。唐與近代之文，不能無法而能毫釐不失乎法。以有法爲法，故其爲法也，嚴而不可犯。密則疑於無所謂法，嚴則疑於有法而可窺；然而文之必有法，出乎自然而不可易者，則不容異也。〔註361〕

這當是唐氏從吟詠朗讀中，音樂中，各種發聲部位的送氣、不送氣，即文中所言氣與聲是否湮、暢、歇、宣，悟得秦漢以前之文與唐以後之文，在進行上的不同。「氣轉於氣之未湮，是以湮暢百變，而常若一氣；聲轉於聲之未歇，是以歇宣萬殊，而常若一聲」，這是漢以前之文；「氣有湮而復暢，聲有歇而復宣，闔之以助開，尾之以弔首」，這是唐以後之文。其間的差別，不在法是否嚴與密，而是法是否可窺不可窺。但是，共同的現象是，不論秦前唐後，文章進行都有所謂「湮」、「暢」與「歇」、「宣」。這兩組詞彙正是相反的陰與陽。告訴後人，文章的進行，在聲音上是陰陽斷替變動的過程。〔註362〕

戲曲本是表演藝術，除去演員主要動作、表情和舞台效果的「科」，還有唱曲與賓白是藝術化的口語。雖不免藝術化，卻最能讓人領會「氣」的相反相成的運用。明朝王驥德的《曲律》已經提出「陰陽」的問題。其〈陰陽論〉云：

古之論曲者曰：聲分平、仄，字別陰、陽。⋯⋯今借其所謂陰、陽二字而言，則曲之篇章句字，既播之聲音，必高下抑揚，參差相錯，

〔註361〕唐順之撰《荊川先生文集》（臺北市：臺灣商務印書館，民56）卷十，頁208。見王雲五主編《四部叢刊・初編・集部》85冊。

〔註362〕按：郭紹虞認爲這是「語言變遷的關係」。「昔人寫文，不用標點符號，又不能分段分行，⋯⋯必須在文辭的組織上，有可以代替標點符號的作用，有可以代替分段分行寫的作用，始能使人一覽了然。」「由中國的語文法言，至唐、宋以後而助詞之作用始顯，故半神搖曳，能曲折助語言之神態。又至唐、宋以後，而連詞之作用也始顯，故開闔、順逆、抑揚、頓挫諸種變化，均可在文章中表現，即所謂『嚴則疑於有法而可窺。』周、秦之文，減少了助詞、連詞，則此種關係便不很明顯，所以說『密而不可窺。』然於誦讀之際，默加體會，於音節歇宣之間，又未嘗不有自然之節，⋯⋯所以成爲『法寓於無法之中』，所以成爲『出乎自然而不可易。』」見《中國文學批評史》（臺北市：盤庚出版社，民67）下卷，頁235、299、374。

> 引如貫珠，而後可入律呂，可和管弦。倘宜揭也而或用陰字，則聲
> 必欺字；宜抑也而或用陽字，則字必欺聲。陰陽一欺，則調必不和。
> 欲訕調以就字，則聲非其聲；欲易字以就調，則字非其字矣！毋論
> 聽者迕耳，抑亦歌者棘喉。〔註363〕

下文王氏舉出許多因字之陰陽與聲之高下抑揚不合而改變的例子。李漁《閒
情偶寄》發表了對一句話或一段話「高低抑揚」的處理：

> 白有高低抑揚。何者當高而揚？何者當低而抑？曰：若唱曲然。曲
> 文之中，有正字，有襯字。每遇正字，必聲高而氣長；若遇襯字，
> 則聲低氣短而急忙帶過；此分別主客之法也。說白之中，亦有正字，
> 亦有襯字。其理同，則其法亦同。一段有一段之主客，一句有一句
> 之主客。主高而揚，客低而抑，此至當不易之理，即最簡極便之法
> 也。〔註364〕

下文李漁舉例以明：「凡人說話，其理亦然。譬如呼人取茶、取酒，其聲云：
『取茶來！』『取酒來！』此二句既為『茶』、『酒』而發，則『茶』、『酒』二
字為正字，其聲必高而長；『取』字、『來』字為襯字，其音必低而短。」其
下又舉《琵琶》劇中一小段，說明何處宜略輕而稍快，何處宜略重而稍遲。「上
場詩、定場白，以及長篇大幅敘事之文，定宜高低相錯，緩急得宜，切勿作
一片高聲，或一派細語——俗言『水平調』是也。」〔註365〕此外，還有「緩
急頓挫」：「但可意會，不可言傳；但能口授，不能以筆舌喻者。」李漁僅舉
一例：「大約兩句三句而止言一事者，當一氣趕下。中間斷句處，勿太遲緩。
或一句止言一事，而下句又言別事，或同一事而另分一意者，則當稍斷，不
可竟連下句。」以事為緩急頓挫之標準。以上所言不多，但高低、抑揚、緩
急、頓挫，豈非與韓愈所言：「氣，水也；言，浮物也。水大而物之浮者，大
小畢浮。氣與言猶是也。氣盛則言之短長與聲之高下者皆宜。」〔註366〕從相
反而求其相成，不是相同的道理嗎？

〔註363〕王驥德撰《曲律》。楊家駱主編《歷代詩史長編二輯》（臺北市：中國學典館
　　　　復館籌備處出版：鼎文經銷，民63）四，頁107。

〔註364〕李漁著《閒情偶寄》。見楊家駱主編《歷代詩史長編二輯》（臺北市：中國學
　　　　典館復館籌備處出版：鼎文經銷，民63）七，頁105。

〔註365〕李漁著《閒情偶寄》。見楊家駱主編《歷代詩史長編二輯》（臺北市：中國學
　　　　典館復館籌備處出版：鼎文經銷，民63）七，頁105～106。

〔註366〕〈答李翊書〉。韓愈撰、馬其昶校注《韓昌黎文集校注》（臺北市：世界書局，
　　　　2002）頁178。

古人說：「讀書千遍，其義自見。」〔註367〕「讀」即是在學習一套古人的語言。作者以高低、抑揚、緩急、頓挫，抽象的陰陽音符進行其創作；而學子從高低、抑揚、緩急、頓挫語言中得其語義。由讀音中，領會古人作文作詩之所重，或許這就是爲什麼強調「讀」的原因。

2. 書論陳述

前引王羲之〈題衛夫人筆陣圖後〉「預想字形大小、偃仰、平直」，已經稍微涉及相反相成陰陽之思考，下文從頭說起。

陰陽一詞，書論中最早出現在東漢蔡邕的〈九勢〉中：「夫書肇於自然，自然既立，陰陽生焉；陰陽既立，形勢盡矣。」〔註368〕或許古人言之自然，今人卻不知所云。我們如果將上述「兩者互相對立又相互依靠、轉化、消長」的概念去觀察書論，會發覺，確定形式與內容後，書法從器用的準備，到執筆，到書跡的完成，甚至觀賞者的品評，無不壟罩在陰陽相反相成的概念中。〔註369〕倪後瞻云：「字能分陰陽，方可美觀，陰陽二字最難明，淺言之，只在用墨肥瘦、濃淡處；深求之，則在用筆矣。」〔註370〕

有關文具，託名王羲之的〈書論〉云：

> 若書虛紙，用強筆；若書強紙，用弱筆。強弱不等，則蹉跌不入。〔註371〕

〔註367〕〈童蒙須知〉。朱熹撰：朱傑人、嚴佐之、劉永翔主編《朱子全書》（上海：上海古籍出版社，2002）第十三冊，頁374。

〔註368〕陳思《書苑菁華》卷十九。永瑢、紀昀等撰《欽定四庫全書》（上海市：上海古籍出版社，1987）814冊，頁185。

〔註369〕按：本論所稱陰陽，非陰陽家之陰陽。陰陽家未嘗不曾介入書法，元朝劉有定即對該說加以否定。其注鄭杓《衍極·論題署書》云：「題署之法弊於唐，使人多忌諱。其言蓋出於陰陽家者流。世有廣成子，……極言題署之法，點畫分毫來去，各立名字，應之以陰陽，象之以五行，法之以六神，使術者能察人平生禍福、屋之大小，字之尺寸各有程限，占其喜怒休咎之祥，年月遠近之應，可攷而知。且謂虞世南筆首大尾小，犯前九惡。二歐之筆，楷下不朝。柳公權筆瘦如鶴脛。周越筆勢如龍病在沙，不得隋侯之藥。此五者名重當時，其法不應陰陽氣候，神氣不全，蘗然如死。李邕之體，出於彼而達於此矣。愚按：廣成子，莊周載其當黃帝之世，居崆峒一千二百年，是時陰陽家宋姎也。葛仙翁生於晉朝，忌諱雖多，而題署未有此病。唐一行以數學名家，字書非其所長，然則其僧簡定之流所託爲可知矣。」鄭杓述、劉有定釋《衍極》頁317～318。見楊家駱主編《宋元人書學論著》（臺北市：世界書局，民61）。

〔註370〕倪後瞻《倪氏雜著筆法》。崔爾平選編《明清書法論文選》（上海：上海書店，1994）頁441。

〔註371〕朱長文撰《墨池篇》卷一。永瑢、紀昀等撰《欽定四庫全書》（上海市：上海古籍出版社，1987）812冊，頁624。

又記：

> 紙剛用軟筆，紙柔用硬筆。純剛則如錐畫石，純柔則如泥洗泥，既
>
> 不圓暢，神格亡矣。畫壁及石，同紙剛例：蓋相得也。〔註372〕

虛紙配合強筆，強紙配合弱筆；剛紙使用軟毫，柔紙使用硬毫，恁誰看，都知道這是陰陽和合的運用。又陳繹曾主張「初學須用佳紙，令後不怯紙；須用惡筆，令後不擇筆。」〔註373〕未嘗不是相生相剋的方式。至於「磨墨之法，重按輕推，遠行近折。」用墨之法，「乾研墨則濕點筆，濕研墨則乾點筆。」重、輕；遠、近；乾、濕，都是相反概念的動作助成其功。

　　南朝開始記載有關執筆的方法，早初僅紀錄執筆的「深淺長短」。〔註374〕深淺指的是筆在手中，不可如握棍子般實握，應近指端。執近手掌叫深，執近指端叫淺。有什麼用意？張懷瓘云：

> 筆在指端則掌虛，運動適意，騰躍頓推，生意在焉。筆居半則掌實，
>
> 如樞不轉制，豈自由轉？（不）能迴旋，乃成稜角。筆既死矣，寧望
>
> 字之生動？〔註375〕

深與淺是相對的詞彙。短長指的是接近筆頭的距離，近於筆頭的叫短，離筆頭遠的叫長。〔註376〕〈筆陣圖〉云：「若眞書，去筆頭二寸一分；若行草書，去筆頭三寸一分。」〔註377〕虞世南〈筆髓論〉云：「筆長不過六寸，捉管不過三寸，眞一、行二、草三。」〔註378〕長與短也是相對的詞彙。

〔註372〕〈利器篇第九〉。張紳撰《法書通釋》頁91。見楊家駱主編《明人書學論著》（臺北市：世界書局，民62）。

〔註373〕陳繹曾撰《翰林要訣》頁9。見楊家駱主編《宋元人書學論著》（臺北市：世界書局，民61）。下引同此。

〔註374〕孫虔禮《書譜序》（臺北市：國立故宮博物院，民76）頁29。

〔註375〕〈六體書論〉。董誥等編《全唐文》（上海市：上海古籍出版社，1990）卷四百三十二，頁1952。

〔註376〕按：陳繹曾撰《翰林要訣》以撥鐙法命名執筆法，特別強調的就是指尖執筆：「撥者筆筆著中指、名指尖，員活易轉動也。鐙及馬鐙，筆管直則虎口間如馬鐙也。足踏馬鐙淺則易出入，手執管淺則易轉動。」陳繹曾撰《翰林要訣》頁4。見楊家駱主編《宋元人書學論著》（臺北市：世界書局，民61）。

〔註377〕〈衛夫人筆陣圖〉。張彥遠集《法書要錄》卷一，頁3。見楊家駱主編《唐人書學論著》（臺北市：世界書局，民64）。

〔註378〕韋續編纂《墨藪》頁37。見楊家駱主編《唐人書學論著》（臺北市：世界書局，民64）。

中唐開始出現雙鈎執筆法的記載〔註379〕，原則上離不開「指實掌虛」。〔註380〕韓方明〈授筆要說〉云：「夫書之妙在於執管，既以雙指包管，亦當五指共執，其要實指虛掌。」〔註381〕林蘊〈撥鐙序〉云：「子學我書，但求其力爾。殊不知用筆之妙，不在於力；執筆先虛掌實指，指不入掌，東西上下，何所閡焉。」〔註382〕盧雋〈臨妙訣〉亦云：「用筆法之法：拓大指，歛中指，歛第二指，拒名指，令掌心虛如握印：此大要也。……皆不過雙苞，自然虛掌實指。」〔註383〕虛與實自然也是相對的詞彙。

運筆時，筆管有直與側。蘇軾云：「方其運也，左右前後卻不免敬側；及其定也，上下如引繩。」〔註384〕「上下如引繩」即筆管直，「左右前後敬側」是指執使時隨筆勢之所向而左右前後敬側。直是靜態，敬側是動態。蘇軾的說法顯然是兩種不同現象在運筆技巧中合理的運用：這也是陰陽之用。

執筆與運筆呈現突出理論的，則是清朝程瑤田《書勢五事》中的〈虛運〉一節，文雖長，值得全數登錄：

> 書成於筆，筆運於指，指運於腕，腕運於肘，肘運於肩。肩也，肘也，腕也，指也，皆運於其右體者也，而右體則運於其左體。左右體者，體之運於上者也，而上體則運於其下體，下體者，兩足也。兩足著地，拇踵下鈎，如屐之有齒以刻於地者，然此之謂下體之實也。下體實者，而後能運上體之虛。然上體亦有其實焉，實其左體也。左體凝然據几，與下貳相屬焉，由是以三體之實而運其右體之虛，而於是右一體者乃其至虛而至實也。夫然後以肩運肘，由肘而腕、而指，皆以其至實而運其至虛。虛者，其形也。實者，其精也。其精也者，三體之實之所

〔註379〕趙宦光曾討論「懸腕」（懸掌）的消失，認爲晉以前「藉地而坐」，自然懸腕。唐以前開始出現「隱几」，「後世巧作檯椅」，懸腕相應消失。趙宦光撰《寒山帚談》頁 85、86。見楊家駱主編《明人書學論著》（臺北市：世界書局，民62）。按：檯椅的出現，勢必影響執筆的方式；疑「雙鈎執筆法」因此產生。

〔註380〕按：虞世南〈筆髓論〉已出現：「指實掌虛」的記載。見韋續《墨藪》頁 37。楊家駱主編《唐人書學論著》（臺北市：世界書局，民 64）。按：《筆髓論》不見於張彥遠的《法書要錄》，疑在其後出現，晚唐韋續方能收入《墨藪》。

〔註381〕陳思《書苑菁華》卷二十。永瑢、紀昀等撰《欽定四庫全書》（上海市：上海古籍出版社，1987）814 冊，頁 200。

〔註382〕陳思《書苑菁華》卷十六。同註382，頁 162。

〔註383〕陳思《書苑菁華》卷十九。同註382，頁 188。

〔註384〕〈記歐公論把筆〉。蘇軾撰《東坡題跋》卷五。見楊家駱主編《宋人題跋》（臺北市：世界書局，民 81）頁 145。

融結於至虛之中者也。乃至指之虛者又實焉，古老傳授所謂搦破管
也。搦破管矣，指實矣，虛者惟在於筆矣。雖然筆也，而顧獨麗於虛
乎？惟其實也，故力透於指之背；惟其虛也，故精浮乎指之上；其妙
也，如行地者之絕跡；其神也，如馮虛御風無行地而已矣。〔註385〕

他的理論十分簡單，前人的焦點不過在一隻手如何執筆，如何用筆而已，他
卻看到有形，可視的部分，從雙足到指筆，屬實；實際上實是受虛──人之
精──所致。虛與實之間，正是相反而又相成，彼此相虛。

　　回歸實際書寫，清馮班《鈍吟書要》云：「書法無他秘，只有用筆與結字
耳。」

作字惟有用筆與結字。用筆在使盡筆勢，然須收縱有度；結字在得
其真態，然須映帶勻美。〔註386〕

書法寫作時，也不過是用筆與結字的各種筆勢與結體的運用，但在書論中衍
生出多種論述。以下舉其要者述之。

　　用筆指點畫時使用毛筆的基本原則，如起筆須「逆入平出」，行筆須「疾
筆澀進」，收筆須「無垂不縮，無往不收」等。

　　「逆入平出」，起筆時，筆鋒從相反方向逆鋒著紙，隨即轉鋒行筆，使筆
鋒平鋪而出。這個說法出現甚早，李斯曰：「用筆之法，先急回，後疾下。」
〔註387〕定下此名的是包世臣，《藝舟雙楫·論書》：「屏去模仿，專求古人逆入
平出之勢。」又云：「惟管定而鋒轉，則逆入平出。」〔註388〕

　　「疾筆澀進」，澀不只是速度慢，在運筆中還受到阻塞；疾不只是速度快，
在運筆中還如水之湍急。每一筆的運筆速度有的快有的慢，最早出現在蔡邕
的〈九勢〉，云：「疾勢：出於啄、磔之中，又在豎筆緊趯之內。掠筆，在於
趲鋒峻趯用之。澀勢：在於緊駛戰行之。橫鱗、豎勒之規。」〔註389〕更細緻

〔註385〕　《九勢碎事·虛運》。續修四庫全書編纂委員會編《續修四庫全書》（上海市：
　　　　　上海古籍出版社，1995）1068 冊，頁 646。

〔註386〕　馮班撰《鈍吟書要》頁 8、17。見楊家駱主編《清人書學論著》（臺北市：世
　　　　　界書局，民 61）。

〔註387〕　〈用筆法并口訣〉。韋續編纂《墨藪》頁 27。見楊家駱主編《唐人書學論著》
　　　　　（臺北市：世界書局，民 64）。

〔註388〕　包世臣撰《藝舟雙楫》頁 74、75。見楊家駱主編《清人書學論著》（臺北市：
　　　　　世界書局，民 61）。

〔註389〕　陳思《書苑菁華》卷十九。永瑢、紀昀等撰《欽定四庫全書》（上海市：上海
　　　　　古籍出版社，1987）814 冊，頁 186。

的，在一筆之中，也有快慢之別；前人明白以「陰陽」標示。明張紳《法書通釋》引崔子玉〈八法陰陽遲速論〉云：

> 側筆者左揭腕，簇鋒著紙爲遲澀，廻豐覆蹤是峻疾；勒筆者，麟筆右行爲犀澀，廻筆左勒是峻疾；努筆者，搶鋒逆上，頓挫爲遲澀，努鋒下行是峻疾；趯鋒者，蹲鋒於努畫之中，衄挫取勢爲遲澀，得勢險激左出是峻疾；策筆者，搶鋒向上爲遲澀，廻鋒仰策是峻疾；掠筆者，右激逆搶爲遲澀，左揭腕右掠是峻疾；啄筆者，左握筆挫鋒向右爲遲澀，右揭腕左罨是峻疾；磔筆者，緊偃戰行爲遲澀，勢極磔掣右出是峻疾。〔註390〕

這是以永字的八個基本筆畫立說，等於說所有筆畫在運筆中都有疾澀之別，大抵是起筆入紙時是遲澀，運筆時是峻疾。遲澀是陰，竣疾是陽。同樣的概念，清人朱履貞《書學捷要》以方圓作解：「書之大要，可一言而盡之。曰：筆方勢圓。方者，折法也，點畫波擊起止處是也。方出指，字之骨是也；圓者，用筆盤旋空中，作勢是也，圓出臂腕，字之筋也。故書之精能，謂之遒媚，蓋不方則不遒，不圓則不媚也。」〔註391〕

「無垂不縮，無往不收」，指收筆時筆勢有來必有往；有去必有回；有放必有斂；有運必有止。如此，方能氣韻飽滿，前後呼應。寫豎畫至筆畫終了時，應將筆鋒回縮；寫橫畫至筆鋒終了時，須將筆鋒向左回收，使起筆、收筆得以互相照應，筆畫含蓄，圓實而有力。姜夔《續書譜》云：「翟伯壽問於米老曰：『書法當如何？』米老曰：『無垂不縮，無往不收。』」〔註392〕

我們單看「逆入平出」、「疾筆澀進」、「無垂不縮，無往不收」，哪一句不是相對的詞彙，運用在筆畫的起、行、止之中？

前人用鋒有太多的領會，或六種、或八鋒、或九用、或用筆十法、或十二種隱筆法等等。〔註393〕我們看周星蓮曰：「書法在用筆，用筆貴用鋒。……

〔註390〕 〈八法篇第一〉。張紳撰《法書通釋》頁9～10。見楊家駱主編《明人書學論著》（臺北市：世界書局，民62）。

〔註391〕 朱履貞撰《書學捷要》頁30。見楊家駱主編《清人書學論著》（臺北市：世界書局，民61）。

〔註392〕 姜夔撰《續書譜》頁2。見楊家駱主編《宋元人書學論著》（臺北市：世界書局，民61）。

〔註393〕 按：〈筆陣圖〉有六種用筆，劉熙載《書概》有八種筆鋒，張懷瓘《玉堂禁經》有用筆九種，論手筆法又有十種，隱筆法又有十二種。

或曰中鋒，或曰藏鋒，或曰出鋒，或曰側鋒，或曰扁鋒。」〔註394〕或劉熙載的八鋒：「中鋒、側鋒、藏鋒、露鋒、實鋒、虛鋒、全鋒、半鋒。」〔註395〕以上諸鋒，光看其形容詞，中與側（扁）、藏與露（出）、實與虛、全與半，即知兩兩相對。

　　方圓是書法中重要的概念，不過各有其說，前引朱履貞起筆與運筆之間是一種。有的指為方筆和圓筆。有稜角者為方筆，無稜角者為圓筆。因為書體的不同，筆畫的外形因而有異，「篆貴圓，隸貴方。」〔註396〕至於眞、草，姜夔《續書譜》云：「方圓者，眞、草之體用。眞貴方，草貴圓。方者參之以圓，圓者參之以方，斯為妙矣。」〔註397〕說明的是方圓本是眞書與草書各有的基本，但二者相滲合為佳。以後的書論，大抵沿此思維進行。項穆《書法雅言》云：「眞以方正為體，圓奇為用。草以圓奇為體，方正為用。」又云：「圓而且方，方而復圓，正能含奇，奇不失正，會于中和，斯為美善。」〔註398〕周星蓮《臨池管見》又另有其說：「古人作書，落筆一圓便圓到底，落筆一方便方到底。」並以《蘭亭》用圓，《聖教》用方，歐、顏大小字皆方，虞書則大小皆圓，褚書大字用方，小字用圓為證。究其實，書家不同方圓不同，甚至有大小字之別。

　　康有為《廣藝舟雙楫》對方圓，則全從用筆提頓上著眼：

　　　書法之妙，全在運筆。該舉其要，盡於方圓。操縱極熟，自有巧妙，方用頓筆，圓用提筆。提筆中含，頓筆外拓。中含者渾勁，外拓者雄強；中含者篆之法也，外拓者隸之法也。提筆婉而通，頓筆精而密；圓筆者瀟散超逸，方筆者凝整沉著。提則筋勁，頓則血融；圓則用抽，方則用絜。圓筆使轉用提，而以頓挫出之；方筆使轉用頓，而以提絜出之。圓筆用絞，方筆用翻；圓筆不絞則瘐，方筆不翻則滯。圓筆出以險，則得勁；方筆出以頗，則得駿。提筆如游絲裊空，頓筆如獅狻

〔註394〕周星蓮撰《臨池管見》頁6。見楊家駱主編《清人書學論著》（臺北市：世界書局，民61）。

〔註395〕劉熙載撰《藝概》（臺北市：廣文書局，民58）卷五，頁17。

〔註396〕鄭杓述、劉有定釋《衍極》頁252注、345。見楊家駱主編《宋元人書學論著》（臺北市：世界書局，民61）。

〔註397〕姜夔撰《續書譜》頁8。楊家駱主編《宋元人書學論著》（臺北市：世界書局，民61）。

〔註398〕項穆撰《書法雅言》38、39。楊家駱主編《明人書學論著》（臺北市：世界書局，民62）。

蹲地。妙在方圓並用，不方不圓，亦方亦圓，或體方而用圓，或用方而體圓。或筆方而章法圓，神而明之，存乎其人矣。〔註399〕

由方、圓而引出提、頓，由提、頓引出中含與外拓〔註400〕，都是陰陽兩極性的詞彙，一篇文字，就在兩極之間進行。

方圓也有從結構與筆畫之間聯繫解釋者，有從轉折解釋者，有從筆力與筆之輕重解釋者：「以結構言之，則體方而用圓；以轉束言之，則內方而外圓；以筆質言之，則骨方而肉圓。」〔註401〕

肥、瘦則是另一個面向。肥者多肉，瘦者多骨。竇蒙《述書賦·語例字格》形容「肥」是「龜臨洞穴，沒而有餘」；形容「瘦」是「鶴立喬松，長而不足」。〔註402〕肥、瘦是結果，牽扯到的是用筆輕重，如將筆毫從中分上下兩半，近筆鋒的一半再分為三分，用筆一分為輕筆，用筆三分為重筆；而「捺滿」、「提飛」是用以取得「肥」、「瘦」效果的方式。陳繹曾《翰林要訣》云：

字之肉，筆豪是也。疎處捺滿，密處提飛；平處捺滿，險處提飛。

捺滿即肥，提飛則瘦。肥者，豪端分數足也；瘦者，豪端分數省也。〔註403〕

捺滿即下壓，飛提即上提，下壓即重，上提則輕，重即肥，輕即瘦。彼此間又是兩個相反的極端。如果肥、瘦相參，像黃庭堅〈論書〉所云：「肥字須要有骨，瘦字須要有肉。」〔註404〕姜夔《續書譜》云:「用筆不欲太肥，肥則形濁；又不欲太瘦，瘦則形枯。」〔註405〕則肥中有骨，瘦中有肉，又成為兩極中互相轉化。

〔註399〕〈綴法〉。康有為撰《廣藝舟雙楫》頁 50～51。見楊家駱主編《近人書學論著》（臺北市：世界書局，民73）。

〔註400〕按：筆意開展叫外拓，內擫則是筆意緊斂。沈尹默：「大凡筆致緊斂，是內擫所成；反是，必然是外拓。……內擫是骨（骨氣）勝之書，外拓是筋（筋力）勝之書。……內擫近古，外拓趨今。」沈尹默著《二王法書管窺》（臺北市：漢華文化事業，民67）頁 16、17、19。

〔註401〕周星蓮撰《臨池管見》頁 17。見楊家駱主編《清人書學論著》（臺北市：世界書局，民61）。

〔註402〕《述書賦下》。張彥遠集《法書要錄》卷六，頁 103。見楊家駱主編《唐人書學論著》（臺北市：世界書局，民64）。

〔註403〕陳繹曾撰《翰林要訣》頁8。楊家駱主編《宋元人書學論著》（臺北市：世界書局，民61）。

〔註404〕王原祁纂輯《佩文齋書畫譜》（北京市：中國書店，民58）卷六，頁158。

〔註405〕姜夔撰《續書譜》頁2。見楊家駱主編《宋元人書學論著》（臺北市：世界書局，民61）。

連、斷是兩個筆畫要連續還是要斷開相對的詞彙。陳繹曾《翰林要訣》云：

> 字之筋，筆鋒是也。斷處藏之，連處度之。藏者首尾蹲搶是也；度者空中打勢，飛度筆意也。〔註406〕

意思是筆畫盡處，若是斷處，提筆離紙時，回力收筆；若是要與下筆聯繫，從空中飛度至第二畫，使筆意連貫。一幅作品，就是時斷時連，不斷地進行著，這如同生理上的「筋」，所以稱「字之筋」。魯一貞《玉燕樓書法》云：「筋法有三：生也；度也；留也。生者何？如一幅中行行相生，一行中字字相生，一字中筆筆相生，則顧盼有情，氣脈流通矣。度者何？一畫方竟，即從空際飛渡，二畫勿使筆勢停住，所謂『形現於未畫之先，神留於既畫之後』也。留者何？筆勢佳矣，要必有以收之；筆鋒銳矣，要必有以蓄之。所謂『留不盡之情，斂有餘之態』也。米元章曰：『有往皆收，無垂不縮』，此之謂也。」〔註407〕引文中除了連、斷，涉及藏、度，都是彼此相反而又相成。

書體與用筆、結字之間，以蘇軾所說：「真書難於飄揚，草書難於嚴重。大字難於結密而無間，小字難於寬綽而有餘。」〔註408〕最為知名。卻也是相反觀念的比對。真書即是後世所說的楷書，「楷」的感覺，中規中矩，一絲不苟；卻也因一絲不苟，要輕鬆愉快，難。草書給人的感覺，要能放獷如天馬行空；卻也因天馬行空，要能筆筆札實，難。黃庭堅說：「楷法欲如快馬斫陣，草法欲左規又矩，此古人妙處也。」〔註409〕也使用了類似的手法。大字，就是大，卻能結構緊密，不失鬆散，難。小字，就是小，卻能畫間寬舒，不決擁擠，難。這即是上述「肥」、「瘦」與結構不白之間，蘇軾卻能以書體之所擅，言其相對應之所短，這顯然是陰陽相濟的運用。

宋朝的書家，每每嚮往晉代書法的風韻，其中字法、章法佔有相當重要的成分。字法部分：早在〈題衛夫人〈筆陣圖〉後〉即說出「若平直相似，狀如

〔註406〕陳繹曾撰《翰林要訣》頁7。見楊家駱主編《宋元人書學論著》（臺北市：世界書局，民61）。

〔註407〕張廷相、魯一貞撰《玉燕樓書法》頁15～16。見楊家駱主編《清人書學論著》（臺北市：世界書局，民61）。

〔註408〕〈跋王晉卿所藏蓮華經〉。蘇軾撰《東坡題跋》卷四。見楊家駱主編《宋人題跋》（臺北市：世界書局，民81）頁122。

〔註409〕〈總論篇第十〉。張紳撰《法書通釋》卷下，頁103。見楊家駱主編《明人書學論著》（臺北市：世界書局，民62）。

算子，上下方整，前後齊平，此不是書，但得其點畫耳。」〔註410〕明朝董其昌
《畫禪室隨筆》從相反相成的角度重新提起：「作書所最忌者，位置等勻，且如
一字中，須有收有放，有精神相挽處。王大令之書，從無左右並頭者。右軍如
鳳翥鸞翔，似奇反正。米元章謂大年《千文》，觀其有偏側之勢，出二王外。此
皆言布置不當平勻，當長短錯綜，疏密相間也。」又說：「作書之法，在能放縱，
又能攢捉。每一字中，失此兩竅，便如畫夜獨行，全是魔道矣。」〔註411〕放縱
攢捉即有放有收。董氏的說法只是在說明一字側面不當齊平，當有收有放、長
短錯綜，疏密相間；而放縱、攢捉、收、放、疏、密，都是相對的詞彙。

　　另外字和字之間的章法部分：米芾首先提出「大小不一倫」的概念：「字
之八面，唯尚眞楷見之，大小各自有分。智永有八面，已少鍾法。丁道護、
歐、虞筆始勻，古法亡矣。」〔註412〕從後半，我們可以理解鍾繇的書法應可
與「古法」畫上等號。米芾說智永開始古法漸少，丁、歐、虞「始勻」，意思
是字的大小，被寫得大小一樣。那麼，古法的現象是「大小各自有分」。再看
另一則：「唐人以徐浩比僧虔，甚失當。浩大小一倫，猶吏楷也。僧虔、蕭子
雲與子敬無異；大小各有分，不一倫。」〔註413〕他認為，王獻之、王僧虔、
蕭子雲的書風，「大小各有分，不一倫」，這應是古法；相對的，徐浩的子，
大小一般，彷彿吏人的楷法，已非古法。為此，一方面米芾追究「大字促令小，
小字展令大」的緣由：「自張顚血脈來」；一方面為「大小不一倫」找尋立足點：
「篆籀各隨字形大小，故知百物之狀，活動圓備，各各自足。」〔註414〕南宋姜
夔提起：「眞書以平正為善，此世俗之論，唐人之失也。古今眞書之妙，無出
鍾元常，其次則王逸少。今觀二家之書，皆瀟灑縱橫，何拘平正？……字之
長短、小大、斜正、疏密，天然不齊，孰能一之？……魏晉書法之高，良由
各盡字之眞態，不以私意參之耳。」〔註415〕

〔註410〕王右軍〈題衛夫人〈筆陣圖〉後〉。張彥遠集《法書要錄》卷一，頁4。楊家
　　　　駱主編《唐人書學論著》（臺北市：世界書局，民64）。
〔註411〕並見〈論用筆〉。董其昌著《畫禪室隨筆》（臺北市：廣文書局，民66）頁1。
　　　　大年：疑為楊億。
〔註412〕米芾撰《海岳名言》頁1。見楊家駱主編《宋元人書學論著》（臺北市：世界
　　　　書局，民61）。
〔註413〕同註413，頁2。
〔註414〕同註413，頁2、3。
〔註415〕姜夔撰《續書譜》頁1。同註413。

　　我們看這兩段文字，再配合幾位書家流傳下來的書跡，大概可以理解，丁、
歐、虞、徐所流傳下來的，都是碑，都是方格中字，大小均一；鍾、王所流傳
下來的，如《宣示》、《樂毅》，只有直行而無橫線，字在行中「各盡字之眞態」。
〔註416〕我們看「大小各有分，不一倫」，「字之長短、小大、斜正、疏密，天然
不齊」，不是很容易看出「兩者互相對立又相互依靠、轉化、消長」的章法排列？

　　統合用筆與結字言之，「字之形體有小大、疏密、肥瘦、長短，字之點畫
有覆仰、向背、屈伸、變換。」〔註417〕「大抵用筆有緩有急，有有鋒有無鋒，
有承接上文有牽引下字，乍徐還疾，忽往復收。緩以倣古，急以出奇；有鋒
以燿其精神，無鋒以含其氣味；橫斜曲直，鉤環盤紆，皆以勢爲主。」〔註418〕
沒有一樣不是陰陽兩極，在一幅作品中不斷地交互出現而成。

　　依照上文從器用到執筆，從執筆到用筆、結字的各方創作須知，最後，
我們看前人對整幅作品的要求：

　　　字形勢，若坐若行，若飛若動，若往若來，若臥若起，若愁若喜，
　　　若蟲食木葉，若利刀戈，若強弓之末，若水霧雲，若日月，縱橫有
　　　象，可謂書矣。〔註419〕

　　　每書欲得十遲五急，十曲五直，十藏五出，十起五伏，然後是書。
　　　〔註420〕

　　　若抑揚得所，趣舍無違；値筆廉斷，觸勢峰鬱；揚波折節，中規中
　　　矩；分間下注，濃纖有方；肥瘦相和，骨力相稱。婉婉曖曖，視之

〔註416〕　按：明末宋曹云：「有唐以書法取人，故專務嚴整，極意歐、顏。歐、顏諸
　　　　　家宜於朝廟誥勅；若論其常，當法鍾、王及虞書、《東方畫贊》、《樂毅》、《曹
　　　　　娥碑》、《洛神賦》、《破邪論序》爲則；他，不必取也。」見宋曹著《書法
　　　　　約言》頁12。清初馮班云：「古人作小正書，與碑版誥命書不同。今人用碑
　　　　　版上大字作小正書，不得體也。祝希哲常痛言之。」馮班撰《鈍吟書要》
　　　　　頁10。見楊家駱主編《明人書學論著》、《清人書學論著》（臺北市：世界書
　　　　　局，民61）。

〔註417〕　李淳〈大字結構八十四法・論〉。王原祁等纂輯《佩文齋書畫譜》（北京市：
　　　　　中國書店，1984）卷四，117。

〔註418〕　姜夔撰《續書譜》頁3。見楊家駱主編《宋元人書學論著》（臺北市：世界書
　　　　　局，民61）。

〔註419〕　〈用筆法并口訣第八〉。韋續纂《墨藪》頁27。楊家駱主編《唐人書學論著》
　　　　　（臺北市：世界書局，民64）。

〔註420〕　王羲之〈書論〉。朱長文撰《墨池篇》卷一。永瑢、紀昀等撰《欽定四庫全書》
　　　　　（上海市：上海古籍出版社，1987）812冊，頁624。

不足；稜稜凜凜，常有生氣，適眼合心，便爲甲科。〔註421〕

（當）審字勢，四面停均，八邊具備；長短合度，麤細折中；以眼準程，疎密敧正。最不可忙，忙則失勢；次不可緩，緩則骨癡；又不可瘦，瘦則形枯；復不可肥，肥即質濁。〔註422〕

太緩而無筋，太急而無骨，側管則鈍慢而肉多，豎筆則乾枯而露骨。終其誤（當是「悟」字）也，麤而不銳，細而能壯，長者不爲有餘，短者不爲不足。〔註423〕

數畫並施，其形各異；眾點齊列，爲體互乖。一點成一字之規，一字乃終篇之准。違而不犯，和而不同；留不常遲，遣不恆疾；帶燥方潤，將濃遂枯；泯規矩於方圓，遁鈎繩之曲直；乍顯乍晦，若行若藏；窮變態於豪端，合情調於紙上。〔註424〕

第一則引文出自蔡邕〈筆論〉，第二則引自王羲之〈書論〉，其後分別引自梁武帝〈又苔陶弘景書〉、歐陽詢〈傳授訣〉、虞世南〈筆髓論〉、孫過庭撰《書譜》，它們都具有相當的代表性。雖然都只是概括性說出作品的要求，卻也看出，書法的創作是各方面「兩者互相對立又相互依靠、轉化、消長」，只是彼間比例的多與少而已。

三、小結

本單元有關創作心理所列虛靜與興致，及創作技巧的形式與內容和相反以相成，都可找到與書法理論上相應的會通性；而且二者有關一時之興在資料的數量上都比虛靜爲多，也算是一共通。

〔註421〕梁武帝〈又苔書〉。張彥遠集《法書要錄》卷二，頁 20～21。見楊家駱主編《唐人書學論著》（臺北市：世界書局，民64）。
〔註422〕歐陽詢〈傳授訣〉。同註421，頁631。
〔註423〕〈虞世南筆髓論〉。同註420，頁37。
〔註424〕孫虔禮《書譜序》（臺北市：國立故宮博物院，民76）頁29。譯文：好幾「畫」並排在一起，形態各不相同；許多「點」並列在一處，形體各有區別。一個字的第一點，就是寫成這個字的準則；而一篇的第一個字，全篇都要向它看齊。一點一畫彼此有別，卻互不侵犯；彼此和諧，卻非一律求同。需遲澀，卻不是常停頓；需速度，卻不是常疾筆。行筆帶些乾燥，才能襯出其他筆畫的潤澤，但也不是濃墨求燥；若這樣，必致全篇枯槁。把規矩融入方圓用筆之中，把法度隱於曲直線條之內。忽然露鋒，忽然藏鋒；像是行筆，像是駐筆；窮盡筆鋒變化的能事。

　　技巧簡述一節，前奏部分已「意」爲先，文論重「立意爲先」，書論重「意在筆前」，二者因藝術類型不同，「意」之內容不同；但同爲「意」，則一。

　　實地進行中，形式與內容的配合一項，若不合常規以行，書論中錢泳說：

> 古來書碑者，在漢、魏必以隸書，在晉、宋必以眞書。以行書而書
> 碑者，始於唐太宗《晉祠銘》，李北海繼之。北宋之碑尚眞、行參半，
> 迨米南宮父子一開風氣，至南朝，告敕碑、碣則全用行書矣。〔註425〕

碑須以眞，以行書書碑，終非常態。阮元對於這種現象，就曾說過：「行書書
碑，終非古法。」〔註426〕同樣的問題，也出現在文論上，如王灼《碧雞漫志》
卷二評各家詞短長云：「東坡先生以文章餘事作詩，溢而作詞曲，高處出神入
天，平處尚臨鏡笑春，不顧儕輩。」〔註427〕固然描繪出蘇軾是凡間常態束縛
不住、不世出的人物，無視於所謂的常規；但是，陳師道《後山詩話》卻說：

> 退之以文爲詩，子瞻以詩爲詞，如教坊雷大使之舞，雖極天下之工，
> 要非本色。今代詞手，惟秦七、黃九爾，唐諸人不逮也。〔註428〕

退之即韓愈，作者以二人並比，透露出二人在文學史上的地位。雷大使爲藝
名，原名雷中慶，宋代教坊中舞者。他的成就蔡絛認爲超越前人，作者以此
比喻蘇軾，在以本該有的面目下爲評判標準時，「雖極天下之工，要非本色。」
蘇軾那些超越原體裁的爲文之作，多少含有微詞。這豈不是和錢泳、阮元對
唐太宗的評論是相同？又豈不是文學與書法正面討論之外，會通的另一章？

　　而相反與相成的陰陽運用一節，在內容上文論從取捨開始，分幾條線索，
有涉及篇法、句法、字法的，有涉及音律的，有涉及文氣的；書論用具、執
筆到點畫、線條到整個作品的形成。兩種藝術各有其不同的進行方式，需要
各自不同；但在相反相成觀念的運用上卻不曾有異。因此，前人就曾將文學
與書法在作法上平行比對，如明季張紳《法書通釋》云：

〔註425〕　〈書學・總論〉。錢泳撰《履園叢話》（臺北市：大立出版社，民71）十一上，
　　　　　頁293。

〔註426〕　《揅經室三集》卷一〈北碑南帖論〉，頁559。阮元撰《揅經室集》（臺北市：
　　　　　臺灣商務印書館，民56）。

〔註427〕　王灼撰《碧雞漫志》卷二。上海師範大學古籍整理研究所編，朱易安等主編
　　　　　《全宋筆記》（鄭州市：大象出版社，2008）第四編二，頁178。

〔註428〕　陳師道撰《後山居士詩話》（北京市：中華書局，1985）頁6。按：指宋代教
　　　　　坊藝人雷中慶。蔡絛《鐵圍山叢談》卷六：「……教坊琵琶則有劉繼安，舞有
　　　　　雷中慶，世皆呼之爲雷大使。……此數人者，視前代之伎，一皆過之。」見
　　　　　永瑢、紀昀等撰《欽定四庫全書》（上海市：上海古籍出版社，1987）1037
　　　　　冊，頁622。

古人寫字，政如作文。有字法，有章法，有篇法，終篇結構首尾相
應，故云：「一點成一字之規，一字乃終篇之主。」起伏隱顯，陰陽
向背，皆有意態。至於用墨用筆，亦是此意。濃淡枯潤，肥瘦老嫩，
皆要相稱。故義之能為一筆書，蓋謂《禊序》自「永」字至「文」
字，筆意顧盼，朝向偃仰，陰陽起伏，筆筆不斷，人不能也。書平
（評）稱褚河南「字裏金生，行間玉潤」，以為行款中間所空素地，
亦有法度，疎不至遠，密不至近，如織錦之法，地花相間，須要得
宜耳。〔註429〕

清人程瑤田亦云：

陰生於陽，陽生於陰，此天地之化，消息之道也，文字得之而為頓
折焉。山嶽之起伏，江河之瀾淪，草木之菀舒，燕之睇，鴻之賓，
莫非一消一息者，然未有捨頓折而能為其道者也。故凡六經之文，
以逮《左》、《史》、《莊》、《騷》，披其冊而讀之，莫不起伏如山嶽，
瀾淪如江河，菀舒如草木，如燕睇之降將以為陟也，如鴻賓之南將
以返北也。所謂一頓一折之道也，屬文則然，其於作字也，安得而
不然？〔註430〕

這兩則基本上都是以書法為主，以文學為輔，敘述方式各有不同。張紳僅以
文學共有的篇法、章法、字法為引，解說書法雖為視覺藝術理論上與此相同；
只是所用比例文學少書法多。程瑤田起首則云：「陰生於陽，陽生於陰，此天
地之化，消息之道也，文字得之而為頓折焉。」下文遍舉天地間各類的自然
現象，最後總結這個現象的是「一頓一折」。「文字」一辭，指文學，也指書
法；所用文字文學多而書法少。無論多寡，意謂文學、書法都必須在頓挫中
進行；若非二者其本源會通，何能比對？

〔註429〕〈篇段篇第四〉。張紳撰《法書通釋》頁 60～61。見楊家駱主編《明人書學
論著》（臺北市：世界書局，民 62）。

〔註430〕《九勢碎事・頓折》。續修四庫全書編纂委員會編《續修四庫全書》（上海市：
上海古籍出版社，1995）1068 冊，頁 649。瀾淪：有大波浪，有小漣漪。菀：
鬱結。菀舒：有枯偉的時候，也有綻放的時候。睇：斜視。陟：升。之降：
向下飛。賓：客。之南：向南飛。燕睇之降將以為陟也，如鴻賓之南將以返
北也：燕子眼睛斜視往下飛是為了往下衝，鴻雁往南客居是為了回返北方。
作者以此形容書寫、作文皆有提頓。一提為一頓，一頓為一提。